DE VERBEELDING

Harlan Coben bij Boekerij:

Vals spel
Tegenwerking
Vermist
Ontwricht
Schijnbeweging
Schaduwleven
Laatste kans
Niemand vertellen
Spoorloos
Geen tweede kans
Momentopname
De onschuldigen
Eens beloofd
Geleende tijd
Houvast
Verloren
Verzoeking
Levenslijn
Blijf dichtbij
Schuilplaats (jeugdthriller)
Zes jaar
Nu of nooit (jeugdthriller)
Ik mis je
Gevonden (jeugdthriller)
De vreemde
De verbeelding

www.boekerij.nl

HARLAN COBEN

DE VERBEELDING

KUN JE ALLES VERTROUWEN WAT JE
MET JE EIGEN OGEN ZIET?

BOEKERIJ

ISBN 978-90-225-6516-2
ISBN 978-94-023-0345-2 (e-book)
NUR 330

Oorspronkelijke titel: *Fool Me Once*
Vertaling: Martin Jansen in de Wal
Omslagontwerp: DPS design & prepress studio, Amsterdam
Omslagbeeld: Arcangel / Mark Owen
Zetwerk: Mat-Zet bv, Soest

Voor Charlotte.
Hoe oud je ook wordt,
je blijft altijd mijn kleine meisje.

1

Ze begroeven Joe drie dagen nadat hij was vermoord.

Maya was in het zwart, zoals het een rouwende weduwe betaamt. De zon scheen zo meedogenloos fel dat het haar deed denken aan haar maanden in de woestijn. De dominee spuide zijn clichés, maar Maya luisterde niet. Haar blik was afgedwaald naar de speelplaats aan de overkant van de straat.

Ja, de begraafplaats keek uit op een basisschool.

Maya was hier al vaak voorbijgereden, met de begraafplaats links en de basisschool rechts van haar, en toch was het rare – zo niet obscene – van de ligging van beide haar nooit echt opgevallen. Welke van de twee, vroeg ze zich af, was er het eerst geweest, de school of de begraafplaats? Wie was degene die had bepaald dat er een school tegenover een begraafplaats moest komen, of vice versa? Interesseerde het iemand, deze tegenstelling van het begin en het einde van het leven, of was die toch wel wat pijnlijk? De dood is zo dichtbij, altijd op een armlengte afstand, dus misschien was het juist goed om kinderen al vroeg in het leven aan het idee te laten wennen.

Dit soort overwegingen tolden door Maya's hoofd terwijl ze Joe's kist in het graf zag zakken. Leid jezelf af. Daar ging het om. Sla je erdoorheen.

De zwarte jurk kriebelde. Maya was in de afgelopen tien jaar naar meer dan honderd begrafenissen geweest, maar dit was de eerste keer dat ze verplicht was zich in het zwart te kleden. Ze vond het vreselijk.

Rechts van haar, geplaagd door de combinatie van de hoge buitentemperatuur en immens verdriet, stond Joe's naaste familie: zijn moeder Judith, zijn broer Neil en zijn zus Caroline. Links van haar, al flink onrustig, stond Lily, haar – en Joe's – dochter van twee, die Maya als klimrek probeerde te gebruiken. Opvoedingsdeskundigen beweren dat er voor kinderen geen universele handleiding bestaat. Hoe waar dat was, bleek vandaag. Maar wat was de etiquette voor een situatie als deze? Liet je je dochter van twee thuis, of nam je haar mee naar de begrafenis van haar vader? Daar hadden al die betweterige dertien-in-een-dozijn-ouderwebsites natuurlijk geen antwoord op. In een gecombineerde vlaag van zelfmedelijden en boosheid had Maya de vraag bijna op het forum van de website gesteld. 'Hallo, allemaal! Mijn man is onlangs vermoord. Neem ik mijn dochter van twee mee naar de begrafenis of laat ik haar thuis? O, en hebben jullie nog kledingadviezen? Alvast bedankt!'

Er waren een paar honderd mensen op de begrafenis en in een flauw verlicht hoekje van haar geest bedacht Maya dat Joe dat leuk gevonden zou hebben. Joe hield van mensen. Mensen hielden van Joe. Maar zijn populariteit was natuurlijk niet de enige reden van de grote opkomst. De mensen waren hiernaartoe getrokken door het morbide verlangen om dicht bij de tragiek te zijn: een jonge man, in koelen bloede doodgeschoten, de charmante telg van de steenrijke familie Burkett, en de echtgenoot van een vrouw die in een internationaal schandaal verwikkeld was.

Lily sloeg haar armen om het been van haar moeder. Maya boog zich naar haar toe en fluisterde: 'We gaan zo naar huis, schat. Oké?'

Lily knikte, maar klemde haar armen nog steviger om Maya's been.

Maya ging weer rechtop staan en streek de kriebelende zwarte jurk die ze van Eileen had geleend met beide handen glad. Joe zou het maar niks hebben gevonden, die zwarte jurk. Hij had haar altijd liever gezien in het uniform dat ze droeg in de tijd dat ze nog kapitein Maya Stern van het Amerikaanse leger was. Toen ze elkaar voor het eerst hadden ontmoet op een liefdadigheidsgala van de familie Burkett was Joe in zijn smoking recht op haar af komen lopen, had schalks naar haar geglimlacht – Maya had nooit geweten wat het woord 'schalks' precies betekende, totdat ze die glimlach zag – en gezegd: 'Wauw, waren het niet mánnen in uniform die iedereen altijd zo onweerstaanbaar vond?'

Het was een openingszin van niks, maar ze had er toch om moeten lachen, en voor Joe was dat genoeg geweest. Want man, wat vond ze hem knap. Zelfs nu ze hier in de verstikkende hitte op amper twee meter afstand van zijn lijk stond, bracht de herinnering een glimlach op haar gezicht. Een jaar later waren Maya en Joe getrouwd. Niet lang daarna kwam Lily ter wereld. En nu, alsof iemand de film van hun gezamenlijke leven met hoge snelheid vooruit had gespoeld, stond ze hier om haar man en de vader van haar enige kind te begraven.

'Alle grote liefdes,' had Maya's vader haar jaren geleden verteld, 'eindigen in een tragedie.'

Maya had haar hoofd geschud en gezegd: 'God, pa, dat is wel erg zwartgallig.'

'Misschien wel, maar denk er maar eens over na. Of je houdt op een zeker moment niet meer van elkaar, of, als je tot het kleine groepje echte bofkonten behoort, leef je zo lang dat je je zielsverwant ziet sterven.'

Maya kon haar vader nog voor zich zien, zittend aan de vergeelde formicatafel in de keuken van hun herenhuis in Brooklyn. Pa zoals altijd met zijn vest aan, want niet alleen in het leger maar ook in andere beroepen dragen mensen vaak een uniform, met voor zich de stapels essays van zijn studenten die hij moest beoordelen. Hij en ma waren al jaren geleden overleden, zij een paar maanden na hem, maar Maya vond het nog altijd moeilijk om te bepalen in welke categorie tragedies ze hún liefdesleven moest onderbrengen.

De dominee praatte maar door en Judith Burkett, Joe's moeder, nam Maya's hand in de dodelijk vaste greep die de rouwende nabestaande eigen is.

'Dit,' mompelde de oude vrouw, 'is nog erger dan de vorige keer, voor zover dat mogelijk is.'

Maya vroeg niet om uitleg. Dat was niet nodig. Dit was de tweede keer dat Judith Burkett een van haar kinderen moest begraven; twee van haar drie zoons waren nu dood, de ene door een tragisch ongeluk, zei men, en de andere was vermoord. Maya keek omlaag naar haar eigen kind, op de kruin van Lily's hoofd, en vroeg zich af hoe een moeder met die pijn verder moest leven.

Alsof de oude vrouw wist wat Maya dacht, fluisterde ze: 'Het komt nooit meer echt goed,' waarbij haar simpele conclusie als de zeis van de Dood door de lucht sneed. 'Nooit meer.'

'Het is mijn schuld,' zei Maya.

Ze had het niet willen zeggen. Judith keek haar aan.

'Ik had...'

'Je had het niet kunnen voorkomen,' zei Judith.

Maar de toon van haar stem zei iets anders. Maya begreep het, want er waren meer mensen die waarschijnlijk hetzelfde dachten. Maya Stern had in het verleden zo veel mensenlevens gered. Waarom niet het leven van haar eigen man?

'... en tot as zult gij wederkeren...'

Jezus, had de dominee echt die dooddoener uit de kast gehaald, of verbeeldde ze zich dat? Ze had niet staan opletten. Dat deed ze nooit op begrafenissen. Ze was al zo vaak met de dood geconfronteerd dat ze had geleerd hoe ze erop moest reageren: trek je terug in jezelf. Concentreer je nergens op. Laat alle geluiden en beelden vervagen tot ze onherkenbaar zijn.

Joe's kist raakte de bodem van het graf met een bons die te lang door de stilte bleef echoën. Judith leunde tegen haar aan en kreunde zacht. Maya bleef in de militaire houding staan, met het hoofd omhoog, de rug recht en de schouders achteruit. Ze had onlangs zo'n zelfhulpartikel gelezen die mensen voortdurend op internet zetten, over de 'powerhouding' en hoe die je voorkomen en je prestaties zou bevorderen. Dat hadden ze in het leger lang geleden al ontdekt. Als soldaat stond je niet in de houding omdat het er goed uitzag. Je stond zo omdat die houding je tot op zekere hoogte extra kracht gaf, en – wat net zo belangrijk was – omdat je er zowel voor je kameraden als voor de vijand sterker door uitzag.

Even dacht Maya terug aan het moment in het park... aan het glinsterende staal en het geluid van de schoten, aan Joe die op de grond viel en het bloed op haar T-shirt, aan hoe ze half struikelend het duister in rende, aan de halo's van licht van de straatlantaarns in de verte...

'*Help... alsjeblieft... iemand... mijn man...*'

Ze sloot haar ogen en duwde de herinnering weg.

Hou vol, zei ze tegen zichzelf. Sla je erdoorheen.

En dat deed ze.

Daarna was er de condoleancerij.

De enige twee gelegenheden waar je in de rij moet gaan staan om je de hand te laten schudden: begrafenissen en huwelijken. Er zou vast wel iets schrijnends in dat feit besloten liggen, maar Maya kon op dat moment niet bedenken wat dat moest zijn.

Ze had geen idee hoeveel mensen haar voorbijliepen, maar het leek uren te duren. Bekenden en onbekenden schuifelden voorbij als acteurs in een zombiefilm, waarin er elke keer weer een nieuwe opduikt als je er een hebt verslagen.

Zolang ze maar in beweging bleven.

De meesten zeiden zachtjes 'Gecondoleerd met je verlies', wat eigenlijk precies goed was. Anderen praatten te veel. Ze begonnen over hoe tragisch het allemaal was, hoe zonde het was en hoe de hele stad naar de verdommenis ging, over de keer dat ze bijna onder bedreiging van een pistool zelf waren beroofd – regel één: begin tijdens een condoleance nooit over jezelf – over hoezeer ze hoopten dat de politie de beesten zou pakken die het hadden gedaan, over hoeveel geluk Maya had gehad, over God, die zo veel van haar had gehouden dat Hij haar voor verder kwaad had behoed – met andere woorden: God had blijkbaar te weinig om Joe gegeven – en over dat alles altijd een bedoeling of een reden had. Het had weinig gescheeld of ze had sommige mensen boven op hun gezicht geslagen.

Joe's familie raakte vermoeid en moest halverwege gaan zitten. Maya niet. Ze bleef staan, keek iedereen recht aan en gaf ze allemaal een stevige hand. Het was haar lichaamstaal, subtiel of niet, om mensen ervan te weerhouden hun verdriet middels omhelzingen en kussen te uiten. En hoe nietszeggend hun woorden vaak ook waren, Maya hoorde alles aandachtig aan, knikte, zei: 'Bedankt voor je komst', op dezelfde min of meer oprechte toon, en richtte haar aandacht dan op de volgende in de rij.

Een ander advies wanneer je mensen condoleert: zeg niet te veel. Korte algemeenheden voldoen het best, want je kunt in een dergelijke situatie beter oppervlakkig dan opdringerig zijn. En als je per se iets wilt zeggen, zeg dan iets aardigs over de overledene. Doe vooral niet wat Joe's tante Edith nu deed, begin niet hysterisch en theatraal te huilen – 'kijk mij toch eens, ik ben kapot van verdriet' – en zeg tegen een kersverse weduwe nooit zoiets ijzingwekkend doms als: 'Arm kind, eerst je zus en nu je man.'

De wereld stopte even met draaien toen tante Edith verwoordde wat veel anderen dachten, helemaal omdat Maya's jonge neefje Daniel en haar jonge nichtje Alexa het konden horen. Het bloed in Maya's aderen begon te koken en ze moest al haar zelfbeheersing aanwenden om tante Edith niet bij haar keel te grijpen en haar stembanden eruit te rukken.

In plaats daarvan zei Maya, op min of meer oprechte toon: 'Bedankt voor je komst.'

Zes van Maya's kameraden van haar vroegere peloton, onder wie Shane, bleven op de achtergrond en hielden een oogje op haar. Dat was precies wat ze deden, of men het leuk vond of niet. Aan hun plichtsgevoel om elkaar te beschermen kwam nooit een eind als ze samen waren. Ze waren niet in de rij gaan staan om haar te condoleren. Ze wisten wel beter. Zij waren haar zwijgende wachters, altijd, en hun aanwezigheid gaf haar de enige echte troost op deze afschuwelijke dag.

Nu en dan dacht Maya dat ze in de verte het gelach van haar dochter hoorde – haar beste vriendin Eileen Finn had Lily meegenomen naar de speelplaats van de basisschool aan de overkant – maar misschien verbeeldde ze zich dat. In een situatie als deze klonk het geluid van kindergelach ronduit obsceen, maar ook als een bevestiging van nieuw leven, zodat ze er naar verlangde maar het tegelijkertijd ook niet kon verdragen.

Daniel en Alexa, Claires kinderen, waren de laatste twee in de rij. Maya omhelsde ze allebei, terwijl ze zoals altijd de aandrang voelde om ze te beschermen tegen al het slechte in de wereld. Eddie, haar zwager... Is hij dat nog? Hoe noem je de man die met je zus was getrouwd voordat ze werd vermoord? 'Ex-zwager' leek meer iets voor na een scheiding. Je 'voormalige zwager'? Ze besloot het voorlopig op 'zwager' te houden.

Meer stompzinnige details om zichzelf mee af te leiden.

Eddie zag er opgelaten uit toen hij naar haar toe kwam. Ze zag plekjes haar op zijn gezicht die hij had gemist met scheren. Eddie kuste Maya op haar wang. De geur van mondwater en pepermunt was sterk genoeg om te camoufleren wat hij wellicht had gedronken, maar ach, wat maakte het uit?

'Ik zal Joe missen,' mompelde Eddie.

'Dat weet ik. Hij mocht je graag, Eddie.'

'Als er iets is wat we voor je kunnen doen...'

Je zou beter voor je kinderen kunnen zorgen, dacht Maya, maar de boosheid die ze normaliter jegens hem voelde was er nu niet, leek weggedreven te zijn als een vlot op de rivier.

'Bedankt, maar we redden ons wel.'

Eddie zweeg, alsof hij wist wat ze dacht, wat in hun geval best mogelijk was.

Maya wendde zich tot Alexa en zei: 'Sorry dat ik je laatste wedstrijd heb gemist. Maar morgen kom ik weer kijken.'

Opeens zagen ze er alle drie nogal opgelaten uit.

'Dat hoef je niet te doen,' zei Eddie.

'Nee, het is oké. Het is een leuke afleiding voor me.'

Eddie knikte, nam Daniel en Alexa mee en ze gingen op weg naar de auto. Halverwege keek Alexa naar haar om. Maya glimlachte bemoedigend naar haar. Er is niets veranderd, zei de glimlach. Ik zal er altijd voor je zijn, zoals ik je moeder heb beloofd.

Maya zag Claires gezin in de auto stappen. Daniel, een normaliter opgewekte jongen van veertien, ging voorin zitten. Alexa, pas twaalf, zat alleen op de achterbank. Sinds de dood van haar moeder was ze schichtig geworden, alsof ze elk moment de volgende dreun verwachtte. Eddie zwaaide, wierp haar een vermoeide glimlach toe en ging achter het stuur zitten.

Maya wachtte en keek de auto na toen die langzaam wegreed. Terwijl ze dat deed, zag ze Roger Kierce, inspecteur Moordzaken van de NYPD, in de verte tegen een boom geleund staan. Ook vandaag. Zelfs op een moment als dit. Ze had de neiging om naar hem toe te lopen, te vragen wat hij kwam doen en een verklaring van hem te eisen, maar op dat moment pakte Judith haar hand weer vast.

'Ik zou graag willen dat jij en Lily met ons meegaan naar Farnwood.'

In de familie Burkett hadden ze het nooit over 'ons huis', maar over 'Farnwood'. Dat had misschien een aanwijzing moeten zijn voor wat er van haar zou worden als ze met iemand van zo'n familie trouwde.

'Bedankt,' zei Maya, 'maar ik denk dat Lily nu beter thuis kan zijn.'

'Maar ze heeft haar familie nu nodig. Jullie allebei.'

'Dat stel ik op prijs.'

'Ik meen het. Lily zal altijd onze kleindochter blijven. Net zoals jij onze dochter zult blijven.'

Judith gaf een kneepje in haar hand om haar woorden te benadrukken. Het was lief van Judith dat ze het zei – hoewel het klonk alsof ze het van een blaadje oplas tijdens een van haar liefdadigheidsgala's – maar het was gewoon niet waar... of in elk geval het deel dat Maya betrof. Niemand die een Burkett trouwde zou het ooit verder schoppen dan tot een buitenstaander die getolereerd werd.

'Een andere keer,' zei Maya. 'Je begrijpt het wel, dat weet ik zeker.'

Judith knikte en omhelsde haar plichtmatig. Joe's broer en zus deden dat ook. Maya keek naar hun verslagen gezichten terwijl ze terugliepen naar de verlengde limo die ze naar het landgoed van de Burketts zou brengen.

Haar kameraden van haar vroegere peloton waren er nog. Ze ving Shanes blik en knikte net zichtbaar. Ze begrepen de boodschap. Ze 'vertrokken' niet, maar ze verdwenen geruisloos en onopgemerkt, zonder ook maar iets of iemand te storen. De meesten van hen waren nog actief in het leger. Na wat er bij de grens van Syrië en Irak was gebeurd, was Maya 'aangemoedigd' om eervol ontslag te nemen. Aangezien ze geen andere opties had, had ze dat gedaan. Dus in plaats van bevelen of in elk geval les te geven aan nieuwe rekruten en korte tijd het gezicht van het 'nieuwe leger' te zijn geweest, was ze nu kapitein b.d. Maya Stern en gaf ze vlieglessen op Teterboro Airport in het noorden van New Jersey. Er waren dagen dat ze dat prima vond. Maar de meeste dagen miste ze het leger meer dan ze zich ooit had kunnen voorstellen.

Uiteindelijk bleef Maya alleen achter bij de berg aarde die haar man straks zou bedekken.

'O, Joe...' zei ze hardop.

Ze deed haar best zijn aanwezigheid te voelen. Ze had dat al vaker geprobeerd, in andere rouwsituaties, om te kijken of er na de dood een soort levenskracht achterbleef, maar ze had nooit iets gevoeld. Er waren mensen die geloofden dat er altijd wel iets van die kracht achterbleef... dat energie en beweging nooit helemaal verdwenen, dat de ziel onsterfelijk was, dat materie nooit voor altijd kon worden vernietigd, en dat soort dingen. Misschien was het waar, maar hoe vaker Maya met de dood was geconfronteerd, hoe meer ze ervan overtuigd was geraakt dat er niets, helemaal niets, achterbleef.

Ze bleef bij het graf staan totdat Eileen en Lily terugkwamen van de speelplaats.

'Ben je zover?' vroeg Eileen.

Maya keek nog een laatste keer in het graf. Ze wilde iets van betekenis tegen Joe zeggen, iets wat voor beiden de tragedie 'afsloot' – jakkes, wat een woord – maar er wilde haar niets te binnen schieten.

Eileen bracht ze thuis. Lily viel in slaap in haar autostoeltje, dat eruitzag alsof het door de NASA was ontwikkeld. Maya zat voorin en staarde door het raampje naar buiten. Toen ze bij het huis kwamen – Joe had hun huis ook een naam willen geven, maar Maya had het hem verboden – kostte het Maya enige tijd om Lily uit het spinnenweb van riempjes en klittenbandsluitingen te bevrijden en haar voorzichtig uit het stoeltje te tillen. Met haar hand onder Lily's hoofd, zodat ze niet wakker zou worden.

'Bedankt voor de lift,' fluisterde Maya.

Eileen zette de motor af. 'Vind je het goed als ik even mee naar binnen ga?'

'Echt, we redden ons wel.'

'Daar twijfel ik niet aan.' Eileen maakte haar autogordel los. 'Maar ik wil je iets geven. Binnen een paar minuten ben ik weer weg.'

Maya hield het in haar hand. 'Een digitale fotolijst?'

Eileen had rossig blond haar, sproeten en een brede glimlach. Ze had zo'n gezicht dat je het gevoel gaf dat het lichter werd in de kamer als zij binnenkwam, wat het maakte tot het perfecte masker voor al het leed dat erachter schuilging.

'Nee, een *nannycam* in de vorm van een digitale fotolijst.'

'Pardon?'

'Nu je fulltime werkt, moet je ook weten wat er hier zoal gebeurt, waar of niet?'

'Ja, ik denk het wel.'

'Waar speelt Isabella meestal met Lily?'

Maya wees naar rechts. 'In de tussenkamer.'

'Kom mee, dan geef ik je een demonstratie.'

'Eileen...'

Eileen trok het apparaat uit Maya's hand. 'Kom nou maar mee.'

De tussenkamer was naast de keuken. De kamer had een koepelvormig plafond en er was veel blank hout. Aan de wand hing een grootbeeld-tv. Er stonden twee wasmanden die tot aan de rand gevuld waren met opvoedkundig speelgoed voor Lily. Een box stond voor de bank, op de plek waar een prachtige mahoniehouten salontafel had gestaan. De salontafel was helaas niet kindvriendelijk geweest, dus had die het veld moeten ruimen.

Eileen liep naar de boekenplank. Ze vond een plek voor de digitale fotolijst, dicht bij een stopcontact, waar ze de stekker in stak. 'Ik heb er al een stel foto's van Lily in gezet. De lijst laat die gewoon achter elkaar zien. Spelen Isabella en Lily meestal daar bij de bank?'

'Ja.'

'Mooi.' Eileen draaide de lijst die kant op. 'Er zit een camera met een groothoeklens in, dus de hele kamer komt in beeld.'

'Eileen...'

'Ik heb haar vanmiddag op de begrafenis gezien.'

'Wie?'

'Je nanny.'

'Isabella's familie en die van Joe kennen elkaar al heel lang. Haar moeder is Joe's nanny geweest. Haar broer is de tuinman van de Burketts.'

'Echt?'

Maya haalde haar schouders op. 'Zo doen rijke mensen dat.'

'Ze zijn anders.'

'Zeg dat wel.'

'Dus je vertrouwt haar?'

'Wie, Isabella?'

'Ja.'

Maya haalde haar schouders weer op. 'Je weet hoe ik ben.'

'Ja.' Eileen was oorspronkelijk Claires vriendin geweest – de twee waren als eerstejaars op Vassar kamergenoten geweest – maar algauw was het een clubje van drie geworden. 'Jij vertrouwt niemand, Maya.'

'Zo zou ik het niet willen zeggen.'

'Best. En als het op je kind aankomt?'

'Als het op mijn kind aankomt,' zei Maya, 'oké, dan vertrouw ik niemand.'

Eileen glimlachte. 'Daarom doe ik jou dit ding cadeau. Hoor eens, niet dat ik denk dat je kwalijke zaken zult zien. Isabella lijkt me een geweldige meid.'

'Maar we nemen geen enkel risico?'

'Precies. Ik heb er zelf ook een en je hebt geen idee hoe geruststellend ik het vind als ik Kyle en Missy met de nanny alleen laat.'

Maya had daar haar twijfels over – of Eileen de cam alleen voor de nanny gebruikte, of dat ze bewijs tegen iemand anders wilde verzamelen – maar ze hield die voorlopig voor zichzelf.

'Heb je een SD-kaartlezer op je computer?' vroeg Eileen.

'Dat weet ik eigenlijk niet.'

'Het maakt niet uit. Ik heb een losse kaartlezer voor je meegebracht, die je in elke USB-poort van je computer of laptop kunt pluggen. Echt, het is doodsimpel. Aan het eind van de dag haal je gewoon het geheugenkaartje uit de cam... kijk, het zit hier, achterin, zie je?'

Maya knikte.

'Je stopt het kaartje in de lezer en de video komt op je beeldscherm. Het is een kaartje van tweeëndertig gieg, dus het gaat minstens een paar dagen mee. En er zit een bewegingsdetector in de cam, dus als er niemand in de kamer is, wordt er niks opgenomen.'

Zonder het te willen moest Maya glimlachen. 'Je zou jezelf eens moeten horen.'

'Hoezo? Zit het je dwars dat ik je rol heb overgenomen?'

'Een beetje. Ik had dit zelf moeten bedenken.'

'Het verbaast me dat je dat niet hebt gedaan.'

Maya boog haar hoofd en keek haar vriendin aan. Eileen was hooguit een meter vijfenvijftig lang en Maya bijna een meter tachtig, maar door haar kaarsrechte houding leek ze nog veel groter. 'Heb je wel eens iets gezien op jouw nannycam?'

'Iets wat ik niet had moeten zien, bedoel je?'

'Ja.'

'Nee,' zei Eileen. 'En ik weet wat je denkt. Hij is niet meer teruggekomen. En ik ben ook niet naar hem toe geweest.'

'Ik veroordeel het niet.'

'Ook niet een beetje?'

'Wat voor vriendin zou ik zijn als ik het niet een beetje veroordeelde?'

Eileen deed een stap naar voren en sloeg haar armen om Maya heen. Maya deed hetzelfde bij haar. Eileen was geen vage kennis die haar kwam condoleren. Maya was een jaar na Claire aan Vassar gaan studeren. Ze hadden met z'n drieën een geweldige tijd gehad, totdat Maya naar de Luchtvaartacademie van het leger op Fort Rucker in Alabama was overgestapt. Eileen was nog steeds haar beste vriendin, net zoals Shane haar beste vriend was.

'Ik hou van je, dat weet je, hè?'

Maya knikte. 'Ja, ik weet het.'

'Weet je zeker dat ik niet nog even moet blijven?'

'Je hebt je eigen huishouden.'

'Dat zit wel goed,' zei Eileen, en ze wees met haar duim naar de nannycam. 'Zolang ik blijf meekijken.'

'Grappig.'

'Nou, niet echt. Maar ik weet dat je eerst tot jezelf moet komen. Bel me als je me nodig hebt. O, en maak je geen zorgen over het avondeten. Ik heb chinees voor je besteld bij Look See. Over twintig minuten wordt het gebracht.'

'Ik hou van je, weet je dat?'

'Ja,' zei Eileen, en ze liep naar de deur. 'Dat weet ik.' Ze bleef staan. 'Hé!'

'Wat is er?'

'Je hebt bezoek.'

2

Het bezoek manifesteerde zich in de gedrongen, behaarde gedaante van Roger Kierce, inspecteur Moordzaken van de NYPD. Kierce kwam quasiachteloos binnenlopen, keek om zich heen zoals politiemensen dat altijd doen en zei: 'Leuk huis.'

Maya fronste haar wenkbrauwen en nam niet de moeite haar ergernis te verbergen.

Kierce had iets van een holbewoner. Hij was klein en breed, en zijn armen leken te kort voor zijn bovenlichaam. Hij had zo'n gezicht dat er meteen na het scheren alweer ongeschoren uitziet. Zijn borstelige wenkbrauwen deden denken aan twee rupsen in het laatste stadium van hun metamorfose, en het haar boven op zijn handen was lang genoeg om het met een krultang te bewerken.

'Hopelijk vindt u het niet erg dat ik even langskom.'

'Waarom zou ik dat erg vinden?' vroeg Maya. 'O, wacht, omdat ik mijn man net heb begraven, bedoelt u dat?'

Kierce deed alsof hij zich schaamde. 'Ik besef dat mijn timing beter had gekund.'

'Echt, denkt u dat?'

'Maar u gaat morgen weer aan het werk en, laten we eerlijk zijn, wanneer is het wel een goed moment?'

'Goed punt. Wat kan ik voor u doen, inspecteur?'

'Mag ik gaan zitten?'

Maya wees naar de bank in de tussenkamer. Opeens kwam er een griezelige gedachte in haar op. Deze ontmoeting – of beter gezegd: elke ontmoeting die in deze kamer zou plaatsvinden – zou vanaf nu worden vastgelegd door de verborgen nannycam. Een vreemd idee, als je erover nadacht. Ze kon het ding natuurlijk handmatig aan- en uitzetten, maar wie zou dat onthouden of daar elke dag de moeite voor willen nemen? Ze vroeg zich af of de cam ook geluid opnam. Ze zou dat aan Eileen moeten vragen, of ze kon wachten tot ze straks de video afspeelde.

'Leuk huis,' zei Kierce.

'Ja, dat zei u net ook al.'

'Uit welk jaar stamt het?'

'Van rond 1920.'

'De familie van wijlen uw man. Het is hun eigendom, nietwaar?'

'Ja.'

Kierce ging zitten. Zij bleef staan.

'Wat kan ik voor u doen, inspecteur?'

'Gewoon wat follow-up, dat soort dingen.'

'Follow-up?'

'Laat me maar even, wilt u?' Kierce plooide zijn lippen in een glimlach die voor ontwapenend moest doorgaan.

Maya trapte er niet in.

'Waar heb ik het...' Hij zocht in de zakken van zijn jasje en uiteindelijk haalde hij een beduimeld notitieboekje uit zijn binnenzak. 'Vindt u het erg als we het nog één keer doornemen?'

Maya wist niet precies wat ze hiervan moest denken, wat hoogstwaarschijnlijk Kierce' bedoeling was. 'Wat wilt u weten?'

'Laten we bij het begin beginnen, oké?'

Ze ging zitten en hield haar handen op alsof ze wilde zeggen: ga je gang.

'Waarom hadden Joe en u in Central Park afgesproken?'

'Omdat hij dat had gevraagd.'

'Telefonisch, nietwaar?'

'Ja.'

'Was dat normaal?'

'We hadden dat al vaker gedaan, ja.'

'Wanneer was dat?'

'Dat weet ik niet meer. Een aantal keren. Dat heb ik u verteld. Het is een mooi gedeelte van het park. Dan lagen we op een kleed in het gras en daarna gingen we lunchen in de Boathouse...' Ze besefte wat ze zei, stopte met praten en slikte. 'Het was gewoon een mooie plek, dat is alles.'

'Overdag, ja. Maar 's avonds was het nogal afgelegen, vindt u niet?'

'We hebben ons er altijd veilig gevoeld.'

Hij glimlachte naar haar. 'Ik durf te wedden dat u zich op de meeste plaatsen wel veilig voelt.'

'Wat bedoelt u daarmee?'

'Als we het over de gevaarlijke oorden hebben waar u bent geweest, zal een park wat betreft onveiligheid niet erg hoog scoren, denk ik zo.' Kierce kuchte in zijn vuist. 'Maar goed, dus uw man belde u, zei: "Laten we in het park afspreken", en toen bent u ernaartoe gegaan.'

'Dat klopt.'

'Alleen...' Kierce keek in zijn notitieboekje, likte aan zijn vinger en sloeg een paar bladzijden om. '... heeft hij u niet gebeld.'

Hij keek naar haar op.

'Sorry?'

'U zei dat Joe u belde om met u in het park af te spreken.'

'Nee, dat zei u. Ik zei dat we elkaar aan de telefoon hadden toen hij dat voorstelde.'

'Maar toen ik daarna zei: "Dus uw man belde u," zei u: "Dat klopt."'

'Speel geen spelletjes met me, inspecteur. U hebt de telefoongegevens van die avond opgevraagd, nietwaar?'

'Ja, dat heb ik gedaan.'

'En die vermelden een telefoongesprek tussen mij en mijn man.'

'Dat is juist.'

'Ik weet niet meer of ik hem heb gebeld of hij mij. Maar hij stelde voor om naar ons eigen plekje in het park te gaan. Ik had het ook kunnen voorstellen, hoewel ik niet begrijp wat dat ertoe doet, en misschien had ik dat ook wel gedaan als hij me niet voor was geweest.'

'Kan iemand bevestigen dat jullie daar vaker kwamen?'

'Dat denk ik niet, en volgens mij is dat ook niet relevant.'

Kierce wierp haar een niet-gemeende glimlach toe. 'Volgens mij ook niet, dus zullen we dan maar doorgaan?'

Ze sloeg haar benen over elkaar en wachtte af.

'U hebt verklaard dat de twee mannen vanuit westelijke richting op jullie af kwamen lopen. Klopt dat?'

'Ja.'

'En ze droegen bivakmutsen?'

Ze had dit al minstens tien keer verteld. 'Ja.'

'Zwarte bivakmutsen, is dat juist?'

'Ja.'

'En u hebt gezegd dat de ene man ongeveer een meter tachtig lang was. Hoe lang bent u zelf, mevrouw Burkett?'

Ze had bijna gesnauwd dat hij haar 'kapitein' moest noemen – ze vond het vreselijk om 'mevrouw' genoemd te worden – maar ze had die rang niet meer. 'Doe me een plezier en noem me Maya. En ik ben zelf bijna één tachtig lang.'

'Dus de ene man was van jouw lengte.'

Ze deed haar best niet met haar ogen te rollen. 'Eh, ja.'

'Je was heel exact in je signalement van jullie belagers.' Kierce begon voor te lezen uit zijn notitieboekje. 'De ene man was een meter tachtig lang. De andere schatte je op ongeveer een meter zeventig. De ene droeg een zwarte hoody, een spijkerbroek en rode Converse-gympies. De andere droeg een lichtblauw T-shirt zonder opdruk, een beige rugzak en zwarte sportschoenen waarvan je het merk niet herkende.'

'Dat klopt.'

'En de man met de rode gympies... Hij was degene die op je man begon te schieten.'

'Ja.'

'En toen ben jij weggerend.'

Maya zei niets.

'Volgens je verklaring wilden ze jullie beroven. Je hebt gezegd dat Joe lang wachtte voordat hij zijn portefeuille afstond. Je man droeg ook een heel kostbaar polshorloge. Een Hublot, meen ik.'

Ze had een droge keel gekregen. 'Ja, dat klopt.'

'Waarom wachtte hij zo lang?'

'Ik denk... Ik denk dat hij het ze uiteindelijk wel gegeven zou hebben.'

'Maar?'

Ze schudde haar hoofd.

'Maya?'

'Bent u wel eens met een vuurwapen bedreigd, inspecteur? Van zo dichtbij dat u in de loop moest kijken?'

'Nee.'

'Dan begrijpt u het misschien niet.'

'Wat begrijp ik niet?'

'De loop. De zwarte opening in de loop. Als iemand een vuurwapen op je richt en dreigt de trekker over te halen, wordt dat zwarte rondje steeds groter, zo groot dat je denkt dat je erdoor opgezogen zal worden. Sommige mensen raken verlamd van angst als dat gebeurt.'

Kierce' stem kreeg een zachtere klank. 'En Joe... was een van die mensen?'

'Even wel.'

'En dat was te lang.'

'In dit geval wel, ja.'

Enige tijd zeiden ze geen van beiden iets.

'Is het mogelijk dat het pistool per ongeluk is afgegaan?' vroeg Kierce.

'Dat betwijfel ik.'

'Waarom denk je dat?'

'Om twee redenen. Ten eerste was het een revolver. Weet u veel van revolvers, inspecteur?'

'Niet heel veel.'

'Om te kunnen schieten moet je óf eerst de haan spannen, óf je moet de trekker extra ver overhalen. Je schiet niet per ongeluk met een revolver.'

'Ah, ik begrijp het. En de tweede reden?'

'Die ligt voor de hand,' zei ze. 'De overvaller schoot daarna nog twee keer. Je schiet niet "per ongeluk" drie keer.'

Kierce knikte en keek weer naar zijn aantekeningen. 'De eerste kogel trof uw man in zijn linkerschouder. De tweede in het rechteruiteinde van zijn sleutelbeen.'

Maya sloot haar ogen.

'Hoe ver stond de schutter van Joe toen hij vuurde?'

'Drie meter.'

'Onze patholoog-anatoom zei dat geen van deze schoten dodelijk was.'

'Ja, dat is me verteld,' zei ze.

'Wat gebeurde er toen?'

'Ik heb hem vastgegrepen en geprobeerd hem overeind te houden...'

'Joe?'

'Ja, Joe,' zei ze op scherpe toon. 'Wie anders?'

'Sorry. En toen?'

'Ik... Joe viel voorover op zijn knieën.'

'En dat was het moment dat de schutter het derde schot loste?'

Maya zei niets.

'Het derde schot,' herhaalde Kierce. 'Dat wel dodelijk was.'

'Dat heb ik u al verteld.'

'Wat?'

Maya richtte haar hoofd op en keek hem recht aan. 'Ik heb niet gezien dat het derde schot werd gelost.'

Kierce knikte. 'Dat is juist,' zei hij met te veel nadruk. 'Omdat je was weggerend.'

'Help... alsjeblieft... iemand... mijn man...'

Ze voelde een tinteling in haar borstholte. De geluiden – repeterend geweervuur, het geklapwiek van helikopters, panisch geschreeuw – kwamen in één keer allemaal terug. Ze kneep haar ogen dicht, haalde een paar keer diep adem en hield haar gezicht in de plooi.

'Maya?'

'Ja, ik ben weggerend. Oké? Die twee mannen waren gewapend en ik ben weggerend. Ik heb mijn man in de steek gelaten en op een zeker moment, misschien vijf of tien seconden later, dat weet ik niet precies, hoorde ik achter me dat schot en ja, nu, op grond van wat u me hebt verteld, weet ik dat nadat ik was weggerend, dezelfde schutter de loop van de revolver op het hoofd van mijn man heeft gezet terwijl hij daar op zijn knieën zat, de trekker heeft overgehaald en...'

Ze stopte met praten.

'Niemand verwijt je iets, Maya.'

'Ik heb niet gevraagd of iemand me iets verwijt,' zei ze tandenknarsend. 'Wat wilt u van me?'

Kierce bladerde in zijn notitieboekje. 'Afgezien van je gedetailleerde signalement van de twee daders was je ook in staat ons te vertellen dat de ene, die met de rode Converse-gympies, een Smith & Wesson 686 had, en de andere een Beretta M9.' Kierce keek op. 'Dat vind ik heel knap. Dat je zo exact vuurwapens kunt identificeren.'

‘Dat heb ik tijdens mijn opleiding geleerd.’

‘Je bedoelt je militaire opleiding, neem ik aan?’

‘Laten we zeggen dat ik mijn ogen niet in mijn zak heb.’

‘O, ik denk dat je te bescheiden bent, Maya. We weten allemaal van je heldendaden overzee.’

En mijn neergang, had ze er bijna aan toegevoegd.

‘De verlichting in dat deel van het park is verre van geweldig. Alleen een paar straatlantaarns in de verte.’

‘Dat was genoeg.’

‘Genoeg om de makelij en het type van de wapens te herkennen?’

‘Ik weet veel van vuurwapens.’

‘Ja, natuurlijk. Je bent zelfs scherpschutter en hebt de officiële titel “*expert marksman*”, is dat juist?’

‘*Markswoman.*’

De verbetering kwam automatisch. Net als zijn denigrerende glimlach.

‘Mijn excuus. Desondanks was het donker...’

‘De Smith & Wesson was niet zwart maar van roestvrij staal. Goed te zien in het donker. Bovendien hoorde ik dat hij de haan spande. Dat doe je met een revolver, niet met een halfautomatisch pistool.’

‘En de Beretta?’

‘Daar ben ik niet helemaal zeker van, maar door de korte loop en de afgeronde achterkant dacht ik aan een Beretta.’

‘Zoals je weet hebben we drie kogels uit het stoffelijk overschot van je man gehaald. Kaliber .38, wat overeenkomt met de Smith & Wesson.’ Hij wreef over zijn wang alsof hij diep nadacht. ‘Jij bezit ook wapens, nietwaar, Maya?’

‘Ja.’

‘Is een daarvan misschien een Smith & Wesson 686?’

‘U weet het antwoord op die vraag,’ zei ze.

‘Hoe zou ik dat moeten weten?’

‘De wet van New Jersey vereist dat ik alle wapens die ik hier koop laat registreren. Dat weet u ook. Dus tenzij u een incompetente prutser bent, inspecteur Kierce, wat u duidelijk niet bent, hebt u mijn wapengegevens allang gecheckt. Zullen we dus ophouden met spelletjes spelen en ter zake komen?'

'Hoe ver is het volgens jou lopen van de plek waar je man op de grond viel naar de Bethesda-fontein?'

De verandering van onderwerp bracht haar even van de wijs. 'Ik weet zeker dat jullie dat hebben opgemeten.'

'Ja, dat hebben we gedaan. Die afstand is ongeveer driehonderd meter, alle bochten en hoeken meegerekend. Ik heb hem zelf gerend. Ik ben minder goed in vorm dan jij, maar ik deed er ongeveer een minuut over.'

'Oké.'

'Kijk, wat ik niet begrijp is het volgende: diverse getuigen hebben verklaard dat ze het schot hebben gehoord, maar dat ze jou pas één of twee minuten later bij de fontein zagen. Hoe verklaar je dat?'

'Waarom zou ik dat moeten verklaren?'

'Omdat het een redelijke vraag is.'

Ze knipperde met haar ogen. 'Denkt u dat ik mijn man heb doodgeschoten, inspecteur?'

'Is dat zo?'

'Nee. En weet u hoe ik dat kan bewijzen?'

'Nou?'

'Ga maar eens met me mee naar de schietbaan.'

'Wat bedoel je daarmee?'

'Zoals u net al zei, ben ik scherpschutter.'

'Dat is ons verteld.'

'Dan weet u het antwoord.'

'Waarop?'

Maya boog zich naar voren en keek hem recht aan. 'Het zou mij nog geen drie schoten hebben gekost om een man vanaf die afstand dood te schieten als ik geblinddoekt was.'

Die opmerking bracht een glimlach op Kierce' gezicht. 'Touché. En het spijt me dat ik die vraag moest stellen, want ik geloof inderdaad niet dat jij je man hebt doodgeschoten. Ik denk dat ik dat zelfs kan bewijzen.'

'Hoe dan?'

Kierce stond op. 'Bewaar je je wapens hier in huis?'

'Ja.'

'Mag ik ze zien?'

Ze nam hem mee naar de wapenkluis in de kelder.

'Ik neem aan dat je een groot voorstander van het Tweede Amendement bent,' zei Kierce.

'Ik doe niet aan politiek.'

'Maar je houdt van wapens.' Hij keek naar de kluis. 'Ik zie geen draaiwiel of cijferpaneel. Open je hem met een sleutel?'

'Nee. Je kunt hem alleen met de afdruk van je duim openen.'

'Ah, ik begrijp het. Dus hij is zo ingesteld dat alleen jij hem kunt openen.'

Maya slikte. 'Nu wel.'

'O,' zei Kierce, en hij zag zijn fout in. 'Je man?'

Ze knikte.

'Verder nog iemand die hem kan openen?'

'Nee, niemand.' Ze drukte haar duim op het glaasje. Met een hoorbare 'plop' sprong de deur open. Ze deed een stap opzij.

Kierce keek naar binnen en liet een lage fluittoon horen. 'Waar heb je die allemaal voor nodig?'

'Ik heb ze niet nodig. Ik schiet graag. Dat is een hobby van me. De meeste mensen begrijpen het niet en keuren het af, maar dat kan me niet schelen.'

'En waar is je Smith & Wesson 686?'

Ze wees in de kluis. 'Daar.'

Hij kneep zijn ogen tot spleetjes. 'Mag ik hem meenemen?'

‘Alleen de Smith & Wesson?’

‘Ja, als je het niet erg vindt.’

‘Ik dacht dat u niet geloofde dat ik het had gedaan.’

‘Dat is ook zo. Maar we kunnen maar beter zowel jou als de revolver uitsluiten van het onderzoek, vind je ook niet?’

Maya haalde de Smith & Wesson uit de kluis. Net als de meeste goede schutters was ze obsessief gedisciplineerd als het om het schoonmaken, het laden en ontladen van haar wapens ging, wat inhield dat je altijd nóg een keer controleerde of het wapen ongeladen was. Dat was het.

‘Ik zal je een ontvangstbewijs geven,’ zei Kierce.

‘Ik kan natuurlijk om een gerechtelijk bevel vragen.’

‘En ik kan dat hoogstwaarschijnlijk krijgen,’ zei hij.

Dat was waar. Ze gaf hem de revolver.

‘Inspecteur?’

‘Ja?’

‘U verzwijgt iets voor me.’

Kierce glimlachte. ‘Je hoort nog van me.’

3

Isabella, Lily's nanny, kwam de volgende ochtend om zeven uur.

Op de begrafenis was Isabella's familie van alle aanwezigen het zwaarst aangeslagen geweest. Rosa, haar moeder en de nanny van Joe toen hij jong was, had het erg moeilijk gehad, had voortdurend een zakdoek tegen haar neus gedrukt en zich vastgeklampt aan haar eigen kinderen, Isabella en Hector. Maya zag dat Isabella's ogen nog steeds een beetje rood waren van het huilen.

'Ik vind het zo erg voor u, mevrouw Burkett.'

Maya had haar al diverse keren gevraagd haar bij haar voornaam te noemen in plaats van 'mevrouw Burkett', maar dan knikte Isabella en noemde ze haar de eerstvolgende keer weer 'mevrouw Burkett', dus uiteindelijk had Maya het opgegeven. Als Isabella het liever wat formeler wilde houden tijdens haar werk, wie was Maya dan om het te forceren?

'Dank je, Isabella.'

Lily liet zich van de keukenstoel glijden, met haar mond nog vol van haar ontbijt, en rende naar ze toe. 'Isabella!'

Isabella's gezicht begon te stralen toen ze het kleine meisje van de vloer tilde en tegen zich aan drukte. Even had Maya het gevoel dat alle werkende moeders zo goed kenden: ze was blij dat haar dochter zo dol op haar nanny was en tegelijkertijd voelde ze zich om dezelfde reden licht beledigd.

Vertrouwde ze Isabella?

Zoals ze de vorige dag had gezegd was het antwoord ja, tenminste, voor zover je een onbekende in een situatie als deze kunt vertrouwen. Het was Joe geweest die Isabella in dienst had genomen. Maya had haar twijfels gehad. Er was een nieuw kinderdagverblijf in Porter Street dat Growin' Up heette, wat Maya had beschouwd als een kleine hommage aan het oude nummer van Bruce Springsteen. Een kittig jong ding met een brede glimlach, Kitty Shum, of 'juf Kitty', zoals ze genoemd wilde worden, had Maya een rondleiding gegeven door de brandschone, slim ingerichte, bontgekleurde kamers die alle kinderzintuigen overdadig stimuleerden, met overal camera's en beveiligingsprocedures en nog veel meer kittige jonge dingen met een brede glimlach, en natuurlijk andere kinderen met wie Lily kon spelen, maar Joe had erop gestaan dat ze een nanny namen. Als argument had hij aangevoerd dat Isabella's moeder hem 'praktisch had opgevoed', wat Maya gekscherend had gepareerd met: 'Weet je zeker dat je dat op je cv wilt zetten?' Maar aangezien Maya steeds voor periodes van zes maanden in het buitenland werkte, had ze wat betreft de keus weinig in te brengen gehad, en bovendien had ze geen reden om Joe's voorkeur te weerspreken.

Maya gaf Lily een kus boven op haar hoofd en ging naar haar werk. Ze had best nog een paar dagen vrij kunnen nemen om thuis met haar dochter door te brengen. Voor het geld hoefde ze het niet te doen, want ondanks de huwelijkse voorwaarden waaronder ze waren getrouwd zou Maya een heel rijke weduwe zijn, maar het klassieke fulltimemoederschap was gewoon niets voor haar. Ze had het geprobeerd, had een duik genomen in het 'moedergebeuren' van koffie-uurtjes met andere moeders, waar ze zaken bespraken als zindelijkheidstraining, de beste kleuterscholen en de veiligheidsscores van buggy's, en waar alle moeders er zonder uitzondering van overtuigd waren dat hun kind zich zo bijzonder ontwikkelde. Maya had erbij gezeten met een glimlach om haar mond, maar achter haar ogen waren haar gedachten steeds teruggegaan naar Irak, naar haar meest bloederige herinneringen van haar verblijf daar – meestal was dat Jake Evans, een negentienjarige jongen uit Fayetteville, Arkansas, wiens hele onderlichaam eraf was gerukt en die op de een of andere manier toch in leven was gebleven – en probeerde ze vrede te hebben met het onvoorstelbare idee dat deze koffie-uurtjes vol wezenloos geklets en het van bloed doordrenkte strijdtoneel in Irak op een en dezelfde planeet voorkwamen.

Soms, als ze met de andere moeders samen was, waren het geen gruwelijke beelden die terugkwamen, maar het klapwiekende geluid van de rotorbladen van haar helikopter. Het ironische was dat de schaamteloze opschepperij van moeders over hun kinderen ook wel 'helikopteren' werd genoemd.

Ze moesten eens weten.

Maya checkte haar directe omgeving terwijl ze over haar eigen oprit naar haar auto liep, zocht naar plekken waar de vijand zich kon verschuilen om haar op de nek te springen. De reden dat ze dit deed was doodsimpel: je raakt oude gewoontes niet zomaar kwijt. Eens een soldaat, altijd een soldaat.

Geen vijand te zien, echt noch denkbeeldig.

Maya wist dat ze aan een of andere posttraumatische kwaal leed, want de waarheid was dat niemand zonder littekens terugkeerde. Maar voor haar was haar kwaal vooral verhelderend geweest. Zij wist hoe het er op de wereld aan toeging. Veel anderen wisten dat niet.

In het leger was Maya piloot van gevechtshelikopters geweest, meestal om luchtsteun te bieden of ruimte te maken voor oprukkende grondtroepen. Ze was begonnen in UH-60 Black Hawks op Fort Campbell, totdat ze genoeg vlieguren had om te worden toegelaten tot het prestigieuze 160th SOAR – Special Operations Aviation Regiment – in het Midden-Oosten. Soldaten noemden helikopters meestal 'vogels', wat prima was, maar er waren maar weinig dingen irritanter dan wanneer burgers dat deden. Ze was van plan geweest om in het leger te blijven, misschien wel voor de rest van haar leven, maar nadat die video op die website van CoreyTheWhistle was verschenen, was dat plan in rook opgegaan, net als Jake Evans' onderlichaam toen hij op die bermbom stapte.

De vlieglessen van vandaag gaf ze in een Cessna 172, een eenmotorig vierpersoonsvliegtuigje dat toevallig ook het populairste vliegtuig uit de geschiedenis van de luchtvaart is. Dat lesgeven hield meestal in dat ze een paar uur lang met een leerling in de lucht zat. Maya's taak bestond dan meer uit toezien dan uit het geven van instructies.

Vliegen, of alleen al in een cockpit zitten van een vliegend vliegtuig, was voor Maya het equivalent van mediteren. Dan voelde ze hoe de harde spieren van haar rug en schouders zich ontspanden. Nee, het kon niet op tegen de spanning en – laten we eerlijk zijn – de kick om met een UH-60 Black Hawk boven Bagdad te vliegen, of de wetenschap dat ze de eerste vrouwelijke piloot in een Boeing MH-6 Little Bird-gevechtshelikopter was. Niemand zou ooit toegeven dat ze high werden van de actie, van de adrenalinestoot, die door sommigen werd vergeleken met het effect van verdovende middelen. Het was ongepast om te genieten van strijd, om die tinteling te voelen en te beseffen dat niets anders in je leven ook maar in de buurt kwam. Het was een akelig geheim dat je nooit openbaar kon maken. Ja, oorlog was vreselijk en niemand zou erin verzeild mogen raken. Maya zou bereid zijn haar leven te geven als ze de garantie kreeg dat Lily nooit een oorlog zou hoeven meemaken. Maar de verzwegen waarheid was dat je ergens in je geest naar gevaar verlangde. Je wilde dat niet. Het beviel je helemaal niet wat dat over je zei. Dat je ervan hield betekende dat je latent gewelddadig was, dat het je aan empathie ontbrak en meer van dat soort nonsens. Maar angst was verslavend. Thuis leidde je je relatief rustige, vredige en doodgewone leven. Je ging daarnaartoe, stond doodsangsten uit en als je weer thuiskwam werd er van je verwacht dat je je rustige, vredige, doodgewone leven voortzette. Maar zo zitten mensen niet in elkaar.

Als Maya met een leerling aan het vliegen was, liet ze haar telefoon in haar kastje liggen omdat ze niet afgeleid wilde worden. Was er sprake van een noodsituatie, dan konden ze haar altijd via de boordradio bereiken. Maar toen ze tijdens de lunchpauze haar berichten bekeek, vond ze een vreemde sms van haar neef Daniel.

Alexa wil niet dat je naar de voetbalwedstrijd komt kijken.

Maya toetste het nummer in. Daniel antwoordde onmiddellijk.

'Hallo?' zei hij.

'Wat is er aan de hand?'

Toen Maya de voetbalcoach van Alexa op zijn schouder tikte, draaide de grote man zich met zo veel vaart om dat de fluit aan het koordje om zijn nek haar bijna in het gezicht sloeg.

'Wat is er?' riep hij.

De coach – hij heette Phil en zijn dochter was een notoire pestkop die naar de naam Patty luisterde – had gedurende de hele wedstrijd lopen schreeuwen, schelden en ijsberen langs de zijlijn. Maya kende drilsergeanten die zijn gedrag tegen geharde soldaten al overdreven zouden vinden, laat staan tegen meisjes van twaalf.

'Ik ben Maya Stern.'

'Ja, dat weet ik, maar...' Coach Phil maakte een theatraal gebaar naar het speelveld. '... ik zit nu midden in een wedstrijd. Dat zou je moeten respecteren, soldaat.'

Soldaat? 'Ik heb maar één vraag.'

'Ik heb nu geen tijd voor vragen. Kom na de wedstrijd maar naar me toe. En de toeschouwers horen aan de andere kant van het veld te staan.'

'Dat zijn de wedstrijdregels?'

'Precies.'

Coach Phil beëindigde het gesprek door Maya zijn brede rug toe te keren. Maya bleef staan waar ze stond.

'Dit is de tweede helft,' zei Maya.

'Wat?'

'In de wedstrijdregels staat dat je alle meisjes minstens een halve wedstrijd moet laten spelen,' zei Maya. 'We zijn in de tweede helft en er zijn drie meisjes die nog niet hebben gespeeld. Dus zelfs als je ze er nu voor de rest van de wedstrijd in zet, hebben ze nog geen halve wedstrijd gespeeld.'

Coach Phils korte broek zou hem tien, vijftien kilo geleden waarschijnlijk goed hebben gepast. En zijn rode polo, met het woord COACH in witte geborduurde letters op de linkerborst, zat zo strak dat hij voor worstvel kon doorgaan. Hij had het uiterlijk van een aan lagerwal geraakte sportman, wat hij, vermoedde Maya, waarschijnlijk ook was. Hij was groot en intimiderend, en het was vooral dat wat mensen angst aanjoeg.

Met zijn rug nog steeds naar haar toe zei coach Phil vanuit zijn mondhoek: 'Voor de duidelijkheid, dit is de halve finale van het kampioenschap.'

'Dat weet ik.'

'En we staan maar één goal voor.'

'Ik heb de wedstrijdregels gelezen,' zei Maya. 'Daarin ben ik geen uitzondering op de halvewedstrijdregel tegengekomen. Trouwens, in de kwartfinale heb je ook niet al je spelers in het veld gebracht.'

Hij draaide zich om en keek haar recht in het gezicht. Hij trok de klep van zijn pet omlaag, deed een stap vooruit en ging vlak voor haar staan. Maya week geen centimeter. Tijdens de eerste helft, toen ze tussen de andere ouders had gezeten, had ze gezien hoe hij, om zijn constante tirades tegen de meisjes en de scheidsrechter kracht bij te zetten, zijn pet diverse keren hard op de grond had gesmeten. Hij had eruitgezien als een driftig kind van twee.

'We zouden niet eens in de halve finale hebben gestaan,' zei coach

Phil alsof hij glassplinters uitspuugde, 'als ik alle meisjes toen had laten spelen.'

'Bedoel je dat jullie verloren zouden hebben omdat je je aan de regels hield?'

Patty, de dochter van de coach, was erbij komen staan. Ze grinnikte en zei: 'Hij bedoelt dat de regels nergens op slaan.'

'Oké, Patty, zo kan-ie wel weer. Jij gaat erin voor Amanda.'

Patty grijnsde en liep naar de middellijn.

'Je dochter...' zei Maya.

'Wat is er met mijn dochter?'

'Ze intimideert de andere meisjes.'

Hij trok een geschokt gezicht. 'Heb je dat van Alice?'

'Ze heet Alexa,' corrigeerde ze hem. 'En nee, ik heb het niet van haar.'

Daniel had het haar verteld.

Hij boog zich zo dicht naar haar toe dat ze rook dat hij tonijnsalade had gegeten. 'Luister, soldaat...'

'Soldaat?'

'Dat ben je toch? Of dat ben je geweest?' Hij grinnikte. 'Er wordt gezegd dat jij je ook niet altijd aan de regels houdt, is dat niet zo?'

Ze strekte en ontspande haar vingers, strekte, ontspande...

'Als voormalig soldaat zou jij dit toch moeten begrijpen,' vervolgde hij. 'Zo moeilijk is het niet.'

'Hoe dat zo?'

Coach Phil hees zijn korte broek op. 'Dit...' Hij gebaarde naar het speelveld. '... is mijn slagveld. Ik ben de generaal en de spelers zijn mijn soldaten. Jullie zetten toch ook geen dom wicht achter de stuurknuppel van een F-16, of hoe die dingen ook heten, of wel soms?'

Maya voelde dat het bloed in haar aderen warmer begon te worden. 'Even voor de duidelijkheid,' zei ze, en wonderwel slaagde ze erin om op kalme toon te blijven praten. 'Wil je dit potje voetbal vergelijken met de oorlogen die onze soldaten in Afghanistan en Irak uitvechten?'

'Jij niet dan?'

Strekken, ontspannen, strekken, ontspannen. Blijf regelmatig ademhalen.

'Dit is sport,' zei coach Phil, terwijl hij weer naar het veld gebaarde. 'Serieuze wedstrijdsport. En ja, dat is een beetje als oorlog. Ik leg mijn meisjes niet in de watten. Ik bedoel, dit is niet langer groep vijf, waar alles nog rozengeur en maneschijn was. Dit is groep zes. Dit is het echte leven. Begrijp je wat ik bedoel?'

'De wedstrijdregels op de website...'

Hij boog zich zo dicht naar haar toe dat de klep van zijn pet haar voorhoofd raakte. 'Het interesseert me geen barst wat er op die website staat. Als het je niet bevalt, dien je maar een klacht bij de voetbalbond in.'

'Waarvan jij de voorzitter bent.'

Met een brede glimlach keek coach Phil haar aan. 'En nu moet ik mijn meisjes coachen. Dus... toedeloe.' Hij stak zijn hand op, bewoog zijn vingers en draaide zich weer om naar het veld.

'Je moet niet met je rug naar me toe gaan staan,' zei Maya.

'O nee? Wat wou je daaraan doen?'

Ze zou het niet moeten doen. Dat wist ze. Ze moest het laten rusten. Ze moest het niet erger maken voor Alexa.

Strekken, ontspannen, strekken...

Maar hoe edelmoedig de gedachten ook waren die door Maya's hoofd gingen, haar handen hadden er duidelijk een ander idee over. Met onnavolgbare snelheid zakte Maya door haar knieën, greep met beide handen de band van zijn korte broek vast en – terwijl ze vurig hoopte dat hij niet was vergeten ondergoed aan te trekken – trok die omlaag tot op zijn enkels.

Meteen daarna gebeurden er diverse dingen snel achter elkaar.

Het publiek hapte als één man naar adem. De coach, in zijn grote witte onderbroek, reageerde ook razendsnel, bukte zich om zijn broek op te hijsen, verloor daarbij zijn evenwicht en tuimelde op de grond.

Toen begon het gelach.

Maya wachtte.

Coach Phil hervond zijn evenwicht. Hij richtte zich op, trok tegelijkertijd zijn broek omhoog en kwam op haar af. Zijn gezicht was vuurrood, zowel van woede als van schaamte.

'Vuile bitch.'

Maya was klaar voor het gevecht, maar ze verroerde zich niet.

Coach Phil balde zijn vuisten.

'Kom maar,' zei Maya. 'Geef me een excuus om je tegen de grond te slaan.'

De coach verstrakte, keek Maya in de ogen, zag daar iets en liet zijn handen zakken. 'Ach, je bent het niet waard.'

Het was genoeg geweest, vond Maya.

Ze begon al een beetje spijt te krijgen van haar daad, omdat ze haar nichtje nu leerde dat geweld de oplossing voor problemen was. Juist zij zou beter moeten weten. Maar toen ze naar Alexa keek, in de verwachting dat haar stille nichtje er angstig of terneergeslagen uit zou zien, zag ze een half glimlachje om de mond van het meisje. Het was geen glimlach van tevredenheid of van plezier om de vernedering van de coach. Alexa's glimlach vertelde haar iets anders.

Ze weet het nu, bedacht Maya.

Maya had het in het leger geleerd, maar het ging in het gewone leven natuurlijk ook op. Je medesoldaten moesten weten dat ze op je konden rekenen. Dat was de eerste regel, les een, belangrijker dan al het andere. Als de vijand jou bedreigt, bedreigt hij mij ook.

Misschien had Maya te heftig gereageerd, of misschien ook niet, maar Alexa wist nu in elk geval dat wat er ook gebeurde, haar tante er voor haar zou zijn, en voor haar zou knokken als het nodig was.

Daniel was haar kant op komen lopen toen de commotie begon,

om haar op zijn geheel eigen wijze te laten merken dat ze er niet alleen voor stond. Ook hij glimlachte naar Maya. Ook hij had het begrepen.

Hun moeder was dood. Hun vader was alcoholist.

Maar op Maya konden ze rekenen.

Maya spotte de auto die haar volgde.

Ze bracht Daniel en Alexa naar huis, met haar zintuigen weer in de surveillancestand, wat een gewoonte voor haar was geworden, en waarbij haar blik voortdurend de omgeving afzocht naar iets wat er niet in thuishoorde, toen ze de rode Buick Verano in de achteruitkijkspiegel zag.

Tot nu toe had de Buick nog geen verdachte dingen gedaan. Die reed alleen anderhalve kilometer achter haar, maar ze had hem eerder gezien, toen ze het parkeerterrein bij het voetbalveld af reed. Misschien had het niets te betekenen. Die kans was groot. Shane had het wel eens gehad over het zesde zintuig van de soldaat, dat je soms gewoon wist dat er iets niet klopte. Dat was pure onzin. Hoewel ze erin had geloofd totdat op gruwelijke wijze het tegendeel was gebleken.

'Tante Maya?'

Het was Alexa.

'Ja, schat.'

'Fijn dat je toch bent gekomen. Bedankt.'

'Ik vond het leuk. Je hebt geweldig gespeeld.'

'Nee. Patty heeft gelijk. Ik kan er niks van.'

Daniel begon te lachen. Alexa lachte mee.

'Hou daarmee op. Je vindt voetballen toch leuk?'

'Ja, maar dit wordt mijn laatste jaar.'

'Waarom?'

'Ik ben niet goed genoeg voor het team van volgend jaar.'

Maya schudde haar hoofd. 'Daar gaat het niet om.'

'Huh?'

'Sporten doe je voor je plezier, en voor de lichaamsbeweging.'

'Geloof je dat echt?' vroeg Alexa.

'Ja.'

'Tante Maya?'

'Ja, Daniel.'

'Geloof je ook in de paashaas?'

Daniel en Alexa lachten weer. Maya schudde haar hoofd en glimlachte. Ze keek weer in de achteruitkijkspiegel.

De rode Buick Verano reed nog steeds achter haar.

Ze vroeg zich af of het coach Phil was, die een tweede ronde wilde. De kleur van de auto – rood – zou kunnen kloppen, hoewel ze een grote kerel als hij eerder zag rondrijden in een penislengtecompenserende sportwagen of een Hummer, of zoiets.

Toen ze de oprit van Claires huis op draaide – zelfs al die maanden na de moord dacht Maya nog steeds aan het huis als dat van haar zus – reed de rode Buick zonder vaart te minderen voorbij. Dus misschien was ze toch niet gevolgd. Misschien had de bestuurder zijn kind bij het voetballen opgehaald en woonde hij toevallig in de buurt. Dat zou heel goed kunnen.

Maya dacht terug aan de eerste keer dat Claire het huis aan haar en Eileen had laten zien. Het zag er toen ongeveer uit zoals nu, met veel te lang gras, afgebladderde verf, barsten in de stoepen en bloemen met hangende kelken.

'En, wat vind je ervan?' had Claire haar toen gevraagd.

'Een bouwval.'

Claire had geglimlacht. 'Precies, dank je. Wacht maar af.'

Maya was niet creatief genoeg voor dit soort dingen. Zij zag de mogelijkheden niet. Claire wel. Zij had hier talent voor. In een mum van tijd waren er twee woorden die je voor de geest kwamen wanneer je het huis zag: 'vrolijk' en 'huiselijk'. Alles zag eruit als een tekening van een gelukkig kind, met kleurpotloden gemaakt, een plek waar de zon altijd schijnt en waar de bloemen tot boven de voordeur groeien.

Dat was nu allemaal verdwenen.

Eddie kwam opendoen. Hij had de kleur van het huis aangenomen... een gelukkig man voor Claires dood, nu verwaarloosd en grauw. 'Hoe is het gegaan?' vroeg hij aan zijn dochter.

'We hebben verloren,' zei Alexa.

'O, jammer.'

Ze kuste haar vader op zijn wang en zij en Daniel gingen naar binnen. Eddie zag er vermoeid uit, maar hij deed een stap opzij om Maya binnen te laten. Hij was gekleed in een roodflanellen hemd en een spijkerbroek, en opnieuw rook Maya de sterke geur van te veel mondwater.

'Ik had ze ook kunnen ophalen,' zei hij defensief.

'Nee, dat had je niet,' zei Maya.

'Ik bedoel... Ik heb pas een borrel genomen toen ik wist dat jij ze zou thuisbrengen.'

Maya zei niets. De dozen stonden nog in de hoek. Claires spullen. Eddie had ze nog steeds niet naar de garage of de kelder gebracht. Ze stonden in de hoek van de woonkamer als de collectie van een of andere doorgedraaide verzamelaar.

'Ik meen het,' zei Eddie. 'Ik rij niet als ik gedronken heb.'

'Je bent een voorbeeld voor velen, Eddie.'

'Doe niet zo uit de hoogte.'

'Uit de hoogte? Dat zou ik niet zeggen.'

'Maya?'

'Ja?'

De plekjes met baardstoppels op zijn kin en zijn rechterwang, die hij had overgeslagen tijdens het scheren. Claire zou ze hebben gezien en hem hebben verboden de deur uit te gaan zolang hij er zo onverzorgd uitzag.

'Ik dronk niet toen ze nog leefde,' zei hij zacht.

Maya wist niet wat ze daarop moest zeggen, dus hield ze haar mond.

'Ik bedoel, ik dronk wel eens wat, maar...'

'Ik weet wat je bedoelt,' onderbrak Maya hem. 'Maar goed, ik kan beter gaan. Pas goed op die twee.'

'Ik ben zonet gebeld door de plaatselijke voetbalbond.'

'O.'

'Het schijnt dat je je vanmiddag nogal hebt misdragen.'

Maya haalde haar schouders op. 'Ik heb de wedstrijdregels met de coach besproken, meer niet.'

'Wat gaf jou het recht daartoe?'

'Jouw zoon, Eddie. Hij belde me en vroeg of ik je dochter wilde helpen.'

'En jij denkt dat je haar hebt geholpen?'

Maya zei niets.

'Denk je nu echt dat een hufter als Phil een voorval als dit laat passeren? Dat hij geen manier zal bedenken om zich alsnog op Alexa te wreken?'

'Dat kan hij maar beter laten.'

'Of anders?' snauwde Eddie. 'Dan stap je weer naar hem toe?'

'Ja, Eddie. Als het nodig is, doe ik dat. Ik zal het voor Alexa opnemen totdat ze zichzelf kan verweren.'

'Door zijn broek van zijn gat te trekken?'

'Door te doen wat nodig is.'

'Hoor je wel wat je zegt?'

'Luid en duidelijk. Ik zei dat ik het voor haar zal opnemen. Weet je waarom? Omdat niemand anders dat doet.'

Hij deinsde achteruit alsof hij een klap in zijn gezicht had gekregen. 'Ga verdomme mijn huis uit.'

'Best.' Maya liep naar de deur, bleef staan en draaide zich om. 'Trouwens, jouw huis lijkt wel een openbaar toilet. Maak het eens een keer schoon.'

'Eruit, zei ik. En misschien kun je voorlopig beter niet terugkomen.'

Ze schrok. 'Pardon?'

'Ik wil niet dat jij je nog langer met mijn kinderen bemoeit.'

'Met je...' Maya liep weer naar hem toe. 'En waarom niet?'

De boosheid in zijn ogen, als het dat was, leek te vervliegen. Eddie slikte, wendde zijn blik af en zei: 'Je begrijpt het niet.'

'Wat niet?'

'Jij was degene die de oorlog in ging, mede om ons te beschermen. Er was een tijd dat je ons een veilig gevoel gaf.'

'Gaf?'

'Ja.'

'Ik begrijp niet wat je bedoelt,' zei ze.

Uiteindelijk keek hij haar aan. 'De dood achtervolgt je, Maya.'

Ze stond tegenover hem en zei niets. Ergens in de buurt zette iemand een tv aan. Ze hoorde gedempt gejuich.

Eddie stak zijn handen op en begon het af te tellen op zijn vingers. 'De oorlog. Claire. En nu Joe.'

'Dat verwijt je mij?'

Hij opende zijn mond, sloot hem weer en probeerde het opnieuw. 'Misschien – weet ik veel – is de dood in je gekropen toen je ergens in die klotewoestijn was. Of misschien heeft hij altijd al in je gezeten, heb je hem hiernaartoe gebracht en hem op de een of andere manier vrijgelaten.'

'Je praat onzin, Eddie.'

'Misschien wel, misschien niet. Ik bedoel, ik mocht Joe graag. Joe was een prima kerel. En nu is hij er ook niet meer.' Eddie keek haar aan. 'Ik wil niet dat iemand van wie ik hou de volgende is.'

'Je weet dat ik nooit zal toestaan dat iemand Daniel of Alexa kwaad doet.'

'Denk je dat jij die macht hebt, Maya?'

Ze gaf geen antwoord op die vraag.

'Je zou ook nooit toestaan dat iemand Claire of Joe kwaad deed. En hoe is dat afgelopen?'

Strekken, ontspannen, strekken, ontspannen.

'Je kletst uit je nek, Eddie.'

'Ga mijn huis uit. Ga weg en kom niet meer terug.'

4

Een week later zag ze de rode Buick Verano weer.

Maya was op weg naar huis na een lange dag werken met te veel vlieglessen. Ze was moe en had honger, dus ze wilde gewoon naar huis en Isabella aflossen. Maar nu was die verdomde Buick er weer.

Hoe moest ze het aanpakken?

Ze zat na te denken over de mogelijkheden toen de Buick opeens afsloeg. Was het weer toeval, of was de bestuurder tot de conclusie gekomen dat ze gewoon naar huis ging? Maya gokte op het laatste.

Isabella's broer Hector stond bij zijn pick-up te wachten toen ze de oprit op draaide. Hij bracht Isabella meestal thuis als hij klaar was met zijn tuinierswerk.

'Hallo, mevrouw Burkett.'

'Hallo, Hector.'

'Ik ben net klaar met de bloemperken.' Hij ritste zijn hoody, een merkwaardige kledingkeuze met dit warme weer, tot aan zijn kin dicht. 'Bent u tevreden?'

'Ze zien er geweldig uit. Hoor eens, mag ik je om een gunst vragen?'

'Natuurlijk.'

'Het huis van mijn zus kan wel wat werk gebruiken. Als ik je extra betaal, zou je dan het gras willen maaien en de tuin een beetje willen fatsoeneren?'

Hector leek in verlegenheid gebracht door het verzoek. Zijn familie werkte uitsluitend voor de familie Burkett. Zij betaalden zijn salaris.

'Ik zal het eerst met Judith opnemen, oké?' zei Maya.

'In dat geval zal ik het met alle plezier doen.'

Maya liep door naar het huis toen haar telefoon de 'dingdong'-toon liet horen. Het was een sms van Alexa.

Zaterdag voetballen. Kom je?

Ze had zich al bij Alexa verontschuldigd voor het feit dat ze niet meer langs was gekomen sinds het voorval met coach Phil. Hoezeer ze er ook van overtuigd was dat Eddie het mis had, zijn beschuldiging zat haar nog steeds dwars. Ze wist dat hij onredelijk was met die lariekoek over 'de dood die haar achtervolgde'. Maar misschien had een vader het recht om onredelijk te zijn als het om zijn kinderen ging... of in elk geval een tijdje.

Jaren geleden, toen Daniel was geboren, hadden Claire en Eddie Maya tot voogdes benoemd, eerst voor Daniel en later ook voor Alexa, voor het onverhoopte geval dat zowel Claire als Eddie iets zou overkomen. Maar ook toen al, lang voordat Claire ook maar enig idee had over hoe verkeerd het allemaal zou aflopen, had ze Maya apart genomen en gezegd: 'Als alleen mij iets overkomt, zal Eddie dat hoogstwaarschijnlijk niet aankunnen.'

'Waarom denk je dat?'

'Eddie is een goed mens. Maar hij is niet bijzonder sterk. Dan moet jij ingrijpen, wat er ook gebeurt.'

Ze hoefde er niet aan toe te voegen 'Dat moet je me beloven', of iets van die strekking. Claire wist dat ze het zou doen. Maya ook. Maya nam die verantwoordelijkheid en Claires bezorgdheid heel serieus, en hoewel ze bereid was om Eddies wens een tijd te eerbiedigen, moest ook hij weten dat het niet voor altijd zou zijn.

Ze beantwoordde de sms.

Verdorie, ik kan niet. Gekkenhuis op mijn werk. Zie je gauw.
xo

Toen Maya doorliep naar de achterdeur, gingen haar gedachten terug naar die dag in Kamp Arifjan in Koeweit. Het was twaalf uur 's middags op de basis, vijf uur 's morgens in de vs, toen het telefoontje binnenkwam.

'Ik ben het,' zei Joe met haperende stem. 'Ik heb slecht nieuws voor je.'

Vreemd, dacht ze in de korte stilte voordat haar wereld instortte, om me nu eens aan de andere kant van de lijn te bevinden als er slecht nieuws is. Akelige telefoontjes hadden voor haar altijd andersom plaatsgehad... van het Midden-Oosten in westelijke richting naar de Verenigde Staten. Ze had die natuurlijk nooit zelf gepleegd. Daar hadden ze een speciaal protocol voor. Een 'slechtnieuwsofficier' – ja, zo iemand bestond – ging het de familie persoonlijk vertellen. Wat een taak. Niemand meldde zich er als vrijwilliger voor aan; er werd je door een meerdere verteld dat je vrijwilliger was, zoals het wel vaker ging in het leger. De slechtnieuwsofficier trok zijn blauwe uniform aan, stapte in de auto met een geestelijke, en als hij op je deur klopte, had hij zijn tekst uit het hoofd geleerd.

'Wat is er gebeurd?' had ze aan Joe gevraagd.

Stilte. De ergste stilte die ze ooit had meegemaakt.

'Joe?'

'Het is Claire,' zei hij, en Maya voelde binnen in zich iets tot stof vergaan.

Ze opende de achterdeur en ging naar binnen. Lily zat op de bank, te tekenen met een groen potlood. Ze keek niet op toen haar moeder binnenkwam, maar dat gaf niet. Lily had een verbazingwekkend groot concentratievermogen. Al die concentratie was nu op haar tekening gericht. Isabella stond voorzichtig op, alsof ze haar niet wilde storen, en kwam door de kamer naar Maya toe lopen.

'Fijn dat je wat langer bent gebleven,' zei Maya. 'Bedankt.'

'Geen probleem.'

Lily keek op en glimlachte. Ze glimlachten terug en Maya zwaaide naar haar.

'Hoe was ze vandaag?'

'Een en al vrolijkheid.' Isabella keek met een bedroefde blik naar Lily. 'Ze heeft geen idee.'

Dit, of iets van deze strekking, zei Isabella elke dag.

'Oké, dan zie ik je morgenochtend,' zei Maya.

'Ja, mevrouw Burkett.'

Maya ging naast haar dochter op de bank zitten en ze hoorde Hectors pick-up wegrijden. Ze keek naar de digitale fotolijst met de nannycam, zag hoe de foto's elkaar opvolgden en was zich sterk bewust van het feit dat alles wat ze deed werd vastgelegd. Ze had de video's van de meeste dagen bekeken, om zich ervan te overtuigen dat Isabella niet... tja, wat eigenlijk? Hoe dan ook, er gebeurde weinig vermeldenswaardigs op de video's, op geen ervan. Maya bekeek nooit de beelden van zichzelf wanneer ze met haar kind speelde. Dat gaf haar een raar gevoel. Het was sowieso een raar idee dat er in de kamer een camera meeliep, alsof je je vanwege dat ding anders zou moeten gedragen. Bepaalde de camera dan ten minste voor een deel hoe ze met Lily omging? Ja, waarschijnlijk wel.

'Wat ben je aan het tekenen?' vroeg Maya.

'Zie je dat niet?'

Ze zag een stel gekleurde strepen. 'Nee.'

Lily keek gekwetst naar haar op.

Maya haalde haar schouders op. 'Wil je het niet zeggen?'

'Twee koeien en een rups.'

'Een groene koe?'

'Dat is de rups.'

Gelukkig ging Maya's telefoon. Ze keek naar het schermpje en zag dat het Shane was.

'Hoe hou je je?' vroeg Shane.

'Goed.'

Stilte. Het duurde drie seconden voordat Shane weer iets zei.

'Ik ben dol op ongemakkelijke stiltes,' zei Shane. 'Jij ook?'

'Nou, reken maar. Waarvoor bel je?'

Ze waren te goed bevriend voor dit 'hoe hou je je'-gedoe. Het paste gewoon niet in de relatie die ze hadden.

'Ik moet je spreken,' zei hij.

'Ga je gang.'

'Nee, ik kom naar je toe. Heb je honger?'

'Niet echt.'

'Ik kan een pizza kipfilet van Best of Everything meebrengen...'

'Schiet op. Waar blijf je, verdomme?'

Ze beëindigden het gesprek. In Kamp Arifjan had er bij vrijwel elke maaltijd pizza op het menu gestaan, maar dan smaakte de saus naar tomatenpuree en de bodem leek wel van tandpasta. Sinds ze terug was, had ze alleen nog pizza met extra dunne bodem gegeten en niemand maakte die beter dan Best of Everything.

Toen Shane er was, gingen ze met z'n allen aan de keukentafel zitten en schrokten ze de pizza naar binnen. Lily was dol op Shane. Kinderen in het algemeen waren dol op Shane. Het waren volwassenen met wie hij minder goed overweg kon. Hij had iets ongemakkelijks en iets stoïcijns waar de meeste mensen, met hun voortdurende hang naar uiterlijke schijn en onoprechte glimlachjes, zich geen raad mee wisten. Net zoals hij zich geen raad wist met de kletspraatjes en de clichés die de moderne maatschappij van mensen leek te verlangen.

Toen ze de pizza ophadden, stond Lily erop dat niet Maya maar Shane haar naar bed bracht.

'Maar ik vind het zo saai om je voor te lezen,' zei Shane pruilend.

Dat gooide alleen maar extra olie op het vuur. Ze greep zijn hand vast en begon hem in de richting van de trap te trekken. 'Nee, alsjeblieft!' riep Shane, en hij liet zich op de grond vallen. Lily begon nog harder te lachen, bleef aan hem trekken en Shane bleef zich verzetten. Het duurde minstens tien minuten voordat Lily hem de trap op had gesleept.

Toen Lily in bed lag, las Shane haar een verhaaltje voor en ging ze zo snel onder zeil dat Maya zich afvroeg of hij haar een slaappil had gegeven.

'Dat ging snel,' zei ze toen hij weer beneden kwam.

'Opzet geslaagd.'

'Wat voor opzet?'

'Dat ze me de trap op moest slepen. Ik heb haar afgemat.'

'Slim.'

'Yep...'

Ze pakten allebei een koud biertje uit de koelkast en liepen de achtertuin in. Het was al donker. De luchtvochtigheid was drukkend, maar als je door de woestijn had gelopen met twintig kilo bepakking op je rug, maakten dit soort temperaturen weinig indruk.

'Mooie avond,' zei Shane.

Ze gingen bij het zwembad zitten en namen een slok. Er hing iets tussen hen in, een zekere spanning die Maya niet beviel.

'Hou op,' zei ze.

'Waarmee?'

'Me te behandelen als een...'

'Als een wat?'

'Als een weduwe. Hou daarmee op.'

Shane knikte. 'O, oké, sorry.'

'Waarover wilde je me spreken?' vroeg ze.

Hij nam nog een slok bier. 'Misschien heeft het niks te betekenen.'

'Maar?'

'Er gaat een rapport van de inlichtingendienst rond.' Shane zat nog steeds in het leger, was het hoofd van de plaatselijke militaire politie. 'Het schijnt dat Corey Rudzinski terug is in de VS.'

Shane wachtte op haar reactie. Maya nam een flinke teug bier en zei niets.

'We denken dat hij twee weken geleden vanuit Canada het land is binnengekomen.'

'Loopt er een arrestatiebevel tegen hem?'

'Officieel niet.'

Corey Rudzinski was de oprichter van CoreyTheWhistle, een website waar klokkenluiders anoniem hun informatie kwijt konden. Het idee erachter was dat de illegale activiteiten van de overheid en de grote bedrijven openbaar werden gemaakt. Dat Zuid-Amerikaanse parlementslid dat steekpenningen van de oliemaatschappijen had aangenomen? Het was gelekt naar CoreyTheWhistle. Die corruptiezaak bij de politie, toen er racistische e-mails rondgingen? CoreyTheWhistle. Die gedetineerde in de gevangenis in Idaho, die was mishandeld? Het ongeluk met die kernkop in Azië, dat ze onder het tapijt hadden geveegd? De beveiligingsdiensten die gebruikmaakten van escortbureaus? Het stond allemaal op CoreyTheWhistle.

En die burgerslachtoffers door een overijverige vrouwelijke helikopterpiloot?

Yep, dat natuurlijk ook.

Al deze 'nieuwtjes' waren te danken aan de anonieme klokkenluiders van CoreyTheWhistle.

'Maya?'

'Hij kan me nu geen kwaad meer doen.'

Shane hield zijn hoofd schuin.

'Wat is er?'

'Niks.'

'Hij kan me niks meer doen,' herhaalde ze. 'Hij heeft die tape al openbaar gemaakt.'

'Niet de hele tape.'

Ze nam een slok bier. 'Het kan me niet schelen, Shane.'

Hij leunde achterover. 'Oké.' En daarna: 'Waarom heeft hij dat niet gedaan, denk je?'

'Wat?'

'Het geluidsspoor openbaar gemaakt.'

Het was de vraag die haar al langer achtervolgde dan Shane ooit zou weten.

'Corey is een klokkenluider,' zei Shane. 'Waarom heeft hij het geluid niet op zijn website gezet?'

'Dat weet ik niet.'

Shane keek voor zich uit. Maya kende die blik.

'Ik neem aan dat jij een theorie hebt?' zei ze.

'Dat klopt.'

'Vertel.'

'Hij bewaart het geluid voor het juiste moment,' zei Shane.

Maya fronste haar wenkbrauwen.

'Eerst scoort hij een grote hit met de beelden. Later, als hij behoefte heeft aan nieuwe publiciteit, maakt hij de rest openbaar.'

Ze schudde haar hoofd.

'Corey is een haai,' zei Shane. 'Een haai heeft nooit genoeg gegeten.'

'En daarmee bedoel je?'

'Om het succes van zijn website te laten voortduren moet Corey Rudzinski niet alleen mensen te gronde richten van wie hij gelooft dat ze corrupt zijn, maar moet hij dat ook doen op een manier waarmee hij zo veel mogelijk publiciteit scoort.'

'Shane?'

'Ja?'

'Het kan me echt niet schelen. Ik zit niet meer in het leger. En ik ben... brrr... weduwe. Hij gaat zijn gang maar.'

Ze vroeg zich af of Shane in de bravoure trapte, alhoewel, hij kende de volledige waarheid niet, of wel soms?

'Okidoki.' Shane nam nog een slok. 'Ga je me nog vertellen wat er echt aan de hand is?'

'Hoe bedoel je?'

'Ik heb die test voor je laten doen, zonder iets prijs te geven.'

Ze knikte. 'Bedankt.'

'Ik ben niet gekomen voor een bedankje, dat weet je.'

Dat was zo.

'Door die test te doen, heb ik gebroken met de eed die ik heb afgelegd. Het was, om het minder fijnzinnig te zeggen, tegen de wet. Dat weet je, hè?'

'Laat het rusten, Shane.'

'Wist je dat Joe in gevaar was?'

'Shane...'

'Of was jij het echte doelwit?'

Maya sloot even haar ogen. De geluiden in haar hoofd begonnen weer.

Ze opende haar ogen, draaide langzaam haar hoofd opzij en keek hem aan. 'Vertrouw je me?'

'Beledig me niet. Je hebt mijn leven gered. Je bent de beste en moedigste soldaat die ik ooit ben tegengekomen.'

Ze schudde haar hoofd. 'De beste en moedigste soldaten komen thuis in een kist.'

'Nee, Maya, dat is niet waar. Die betalen de hoogste prijs, dat wel. Meestal zijn het de grootste pechvogels. Dat weten we allebei. Ze hadden gewoon de pech dat ze op het verkeerde moment op de verkeerde plek stonden.'

Het was waar. Het was niet zo dat de beste soldaten een grotere overlevingskans hadden. Dat was kletspraat. Oorlog is nooit rechtvaardig als het om slachtoffers gaat.

Shanes stem klonk zacht in het duister. 'Je gaat dit in je eentje afhandelen, hè?'

Ze gaf geen antwoord.

'Je gaat de moordenaars van Joe zelf straffen.'

Het was geen vraag. De stilte bleef in de lucht hangen, net als de drukkende warmte.

'Als je hulp nodig hebt, weet je me te vinden, hè?'

'Ja.' En daarna: 'Vertrouw je me, Shane?'

'Absoluut.'

'Laat het dan rusten.'

Shane dronk zijn flesje leeg en liep door het huis naar de voordeur.

'Wil je nog één ding voor me doen?' vroeg Maya.

Ze gaf hem een blaadje papier.

'Wat is dit?'

'Het kentekennummer van een rode Buick Verano. Ik wil weten van wie die auto is.'

Shane trok een gezicht. 'Ik zal maar niet vragen waarom je dat wilt weten, hè?' zei hij. 'Maar het is het laatste officieuze.'

Hij kuste haar boven op haar hoofd, zoals een vader zou doen, en vertrok.

Maya ging eerst bij haar slapende dochter kijken. Daarna liep ze door de gang naar de hightech fitnessruimte die Joe had laten inrichten toen ze het huis betrokken. Ze deed een paar oefeningen met halters – squats, bankdrukken en curls – en ging daarna op de loopband. Voor haar gevoel was het huis altijd te groot en te chic voor haar geweest. Haar familie was zeker niet arm geweest, maar dit soort weelde paste haar toch niet echt. Maya voelde zich hier niet op haar gemak, had dat nooit gedaan, maar zo ging het nu eenmaal als je een Burkett was. Niemand verliet ooit echt de familiaire kring... ze breidden hun territorium gewoon steeds verder uit.

Ze werkte zich goed in het zweet. Ze voelde zich altijd beter als ze had getraind. Toen Maya klaar was, sloeg ze een handdoek om haar nek en pakte nog een Budweiser uit de koelkast. Ze hield het flesje tegen haar voorhoofd en genoot van de kou.

Bij haar computer bewoog ze de muis, wekte het apparaat uit de slaapstand en ging het internet op. Ze typte de URL van de Corey-TheWhistle-website in het kadertje en wachtte tot de pagina was geladen. Andere soortgelijke websites, zoals WikiLeaks, hadden een no-nonsense vormgeving: heel basic, zwart-wit, puur informatief. Corey had voor een levendigere visuele aanpak gekozen. Het motto van de website, in diverse lettertypes boven aan de pagina, was simpel en weinig subtiel: WIJ LEVEREN DE FLUIT EN JIJ MAG EROP BLAZEN.

Er was ruimschoots gebruikgemaakt van kleur. Er waren thumbnails van video's. En in tegenstelling tot concurrerende websites, die elke overdrijving schuwden, had Corey de titels van zijn onderwerpen juist zo smeuïg en sensationeel mogelijk gemaakt. '10 manieren waarop de overheid met je meekijkt – schrik je rot van nummer 7!' 'Wall Street loert op je geld – Kijk wat ermee gebeurt!' 'Denk je dat de politie er is om je te beschermen? Dat had je gedacht!' 'Wij doden burgers. Waarom viersterrengeneraals de pest aan ons hebben.' '20 aanwijzingen dat je door je bank wordt beroofd!' 'De rijkste mensen van de wereld betaling geen belasting! Leer hoe jij dat ook kunt doen!' 'Op welke despoot lijk jij het meest? Doe de test!'

Ze opende het archief en zocht de oude video op. Ze wist niet precies waarom ze ervoor naar Coreys website was gegaan. Er stonden op YouTube meer dan tien versies ervan. Het was gemakkelijker geweest om die op te zoeken, maar om de een of andere reden wilde ze zo dicht mogelijk bij de bron blijven.

Wat iemand naar Corey Rudzinski had gelekt, was begonnen als een reddingsactie. Van een groep van zes soldaten waren er vier, onder wie drie die Maya goed kende en graag mocht, gedood in een hinderlaag in Al Qa'im, niet ver van de Syrisch-Irakese grens. De overige twee waren nog in leven, maar ze lagen onder vijandig vuur en konden geen kant op. Er was een zwarte SUV met vijandige soldaten naar ze onderweg om het werk af te maken. Maya en Shane, op volle snelheid naar ze op weg in een Boeing MH-6 Little Bird, een lichte gevechtshelikopter, hadden het angstige geschreeuw om hulp van de twee overlevende soldaten via hun boordradio gehoord. De stemmen klonken zo jong, zo verdomde jong, en Maya wist dat die van de vier soldaten die al dood waren precies hetzelfde hadden geklonken.

Toen ze het doelwit in zicht kregen, moesten ze wachten op bevestiging, maar hoewel iedereen denkt dat militaire apparatuur altijd feilloos werkt, was het radiosignaal van Joint Operations Command in Al-Asad al diverse keren weggevallen. Maar de twee soldaten die om hulp smeekten bleven duidelijk hoorbaar. Maya en Shane moesten wachten. Luidkeels vloekend via de radio eisten ze antwoord van het JOC, totdat ze het geschreeuw van pijn van de twee overlevenden hoorden.

Dat was het moment dat Maya's MH-6 de zwarte SUV onder vuur nam met een AGM-114 Hellfire Missile. De SUV explodeerde en vloog hoog de lucht in. De infanterie volgde en redde de twee soldaten. Ze waren allebei gewond maar zouden het allebei overleven.

Op dat moment had het allemaal heel gerechtvaardigd geleken.

Maya's mobiele telefoon ging. Snel sloot ze de website, alsof ze werd betrapt bij het kijken naar porno. Ze keek naar het schermpje en las FARNWOOD, de naam van het landgoed van de familie Burkett.

'Hallo?'

'Maya, met Judith.'

Joe's moeder. Er was meer dan een week verstreken sinds Joe's dood, maar haar stem klonk nog net zo aangeslagen als toen, alsof er aan elk woord een loodzware, pijnlijke strijd voorafging.

'O, hallo Judith.'

'Ik was benieuwd hoe jij en Lily het maken.'

'Wat attent van je. Het gaat goed, naar omstandigheden.'

'Ik ben blij dat te horen,' zei Judith. 'Ik bel je ook om je eraan te herinneren dat Heather Howell morgenochtend om negen uur Joe's testament zal voorlezen in de Farnwood-bibliotheek.'

De rijken gaven zelfs hun kamers namen.

'Dank je, ik zal er zijn.'

'Moeten we een auto sturen om je op te halen?'

'Nee hoor, dat hoeft niet.'

'Waarom breng je Lily niet mee? We willen haar dolgraag zien.'

'Zullen we dat morgenochtend bekijken?'

'O, natuurlijk. Ik... ik mis haar zo. Ze lijkt zo op... Maar goed, we zien je morgen.'

Judith kon nog net ophangen voordat ze in tranen uitbarstte.

Maya bleef enige tijd voor zich uit kijken. Misschien zou ze Lily meenemen. En Isabella. Dat herinnerde haar eraan dat ze de video van de nannycam nog moest bekijken. Ze had dat al twee dagen niet gedaan. Maar ach, wat maakte het uit? Ze was moe. Het kon tot morgen wachten.

Maya waste zich. In de slaapkamer stond een grote stoel – Joe's stoel – waarin ze ging zitten, haar boek pakte en het opensloeg. Het was de nieuwe biografie van de gebroeders Wright. Ze probeerde zich te concentreren, maar haar gedachten lieten haar niet met rust.

Corey Rudzinski was terug in de Verenigde Staten. Was dat toeval?

'*Je gaat dit in je eentje afhandelen, hè?*'

Ze voelde de eerste waarschuwingssignalen. Maya sloeg het boek dicht en kroop snel in bed. Ze deed het licht uit en wachtte af.

Eerst kwam het koude zweet, daarna kwamen de beelden, maar het waren de geluiden die haar altijd de das omdeden. De geluiden. De constante, aanhoudende kakofonie van de rotorbladen van haar helikopter, de ruis en de blikken stemmen uit de boordradio, het machinegeweervuur... en natuurlijk de menselijke geluiden: het gelach, de dwaze opmerkingen, de paniek, het geschreeuw...

Maya trok het kussen over haar hoofd en drukte de zijkanten tegen haar oren, maar dat maakte het alleen maar erger. Want de geluiden kwamen niet van buitenaf. Die echoden en resoneerden niet. Ze zaten in haar hoofd. Ze bestookten haar hersenen en reten haar dromen, haar gedachten en verlangens uiteen als granaatscherven.

Maya onderdrukte een schreeuw. Het zou vannacht erg worden. Ze had hulp nodig.

Maya trok de la van het nachtkastje open. Ze haalde het potje eruit en nam twee slaappillen in.

Die maakten geen eind aan de geluiden, maar uiteindelijk, nadat ze nog een tijdje had liggen lijden, dempten ze de herrie zodanig dat ze in slaap kon vallen.

5

Het eerste wat Maya dacht toen ze wakker werd was: bekijk de video van de nannycam.

Maya werd altijd precies om 4.58 uur wakker. Mensen zeiden wel eens dat ze een inwendige wekker had, maar als dat zo was, kon die alleen op 4.58 uur worden gezet en niet worden uitgeschakeld, ook niet als ze laat naar bed was gegaan en nog even wilde doorslapen, en als ze hem een kwartier vroeger of later zette, schoot hij vanzelf weer terug naar 4.58 uur.

Dit stamde uit de tijd van haar basistraining. Haar drilsergeant kwam altijd precies om vijf uur hun slaapzaal binnen, en als haar mederekruten zich dan kreunend nog eens omdraaiden, was Maya al twee volle minuten wakker en had ze zich mentaal voorbereid op de komst van de drilsergeant, wat zelden een pretje was.

Toen Maya de afgelopen nacht uiteindelijk in slaap was gevallen – lees: knock-out was gegaan – had ze verder goed geslapen. Vreemd genoeg vielen haar demonen haar nooit lastig wanneer ze sliep... Ze had geen nachtmerries, lag niet met haar lakens te vechten en werd niet badend in het zweet wakker. Wat ze had gedroomd herinnerde Maya zich evenmin, wat zou kunnen betekenen dat ze droomloos sliep, of, als ze wel droomde, dat haar onderbewustzijn zo aardig was dat ze die dromen was vergeten zodra ze wakker werd.

Ze pakte het elastiekje van haar nachtkastje en deed haar haar in een paardenstaart. Joe was dol geweest op haar paardenstaart. 'Ik hou van de vorm van je gezicht,' zei hij dan, 'dus ik wil er zo veel mogelijk van zien.' Hij had het ook leuk gevonden om met haar paardenstaart te spelen, of er in sommige gevallen zachtjes aan te trekken, maar dat was een heel andere zaak.

Haar gezicht begon te gloeien toen ze eraan terugdacht.

Maya pakte haar telefoon en keek of ze berichten had. Niks belangrijks. Ze zwaaide haar benen uit bed en slofte de gang op. Lily sliep nog. Geen verrassing. Haar inwendige wekker leek sprekend op die van haar vader: ze sliep door totdat ze werd gedwongen om op te staan.

Het was nog donker buiten. In de keuken rook het naar eten en iets wat Isabella de dag daarvoor had gebakken. Maya kookte zelf niet, ze bakte geen taarten en deed verder vrijwel niets culinairs, tenzij het niet anders kon. Veel van haar vriendinnen waren dol op koken, wat Maya een grappig idee vond, aangezien koken al generaties lang, ja, zelfs vanaf het begin van de mensheid werd beschouwd als een saaie, tijdrovende plicht waaraan je je maar beter kon onttrekken als je de kans had. In geschiedenisboeken las je nooit iets over koningen of presidenten of wie dan ook van enige komaf die het leuk vond om in de keuken te staan. Eten? Best. Chic dineren met lekkere wijnen? Ja, graag. Maar eten koken? Dat kon je maar beter aan je personeel overlaten.

Even overwoog Maya roerei met bacon voor zichzelf klaar te maken, maar dat was veel te bewerkelijk, dus besloot ze het bij ontbijtgranen met koude melk te houden. Ze ging aan de keukentafel zitten en probeerde niet te denken aan Joe's testament dat vandaag zou worden voorgelezen. Ze verwachtte niet dat er verrassingen in zouden staan. Maya had de huwelijkse voorwaarden getekend – 'Gebruikelijk bij de Burketts,' had Joe gezegd, 'anders word ik onterfd' – en toen Lily was geboren had Joe het zo geregeld dat, mocht hij onverhoopt overlijden, al zijn geld naar een spaarrekening voor hun dochter zou gaan. Maya had dat prima gevonden.

Er stond geen doos ontbijtgranen in het keukenkastje. Verdorie. Isabella had tegen haar geklaagd dat er te veel suiker in zat, maar was ze zo ver gegaan dat ze alles had weggegooid? Maya liep naar de koelkast maar bleef halverwege abrupt staan.

Isabella.

De nannycam.

Ze had eraan gedacht toen ze wakker werd, wat op zich al opmerkelijk was. Goed, ze checkte de beelden vrijwel dagelijks, maar niet elke dag. Echt noodzakelijk had ze het niet gevonden. Er was nooit iets gebeurd wat ook maar de geringste vraag opriep. Maya bekeek de video meestal met haar vinger op de fastforwardknop. Het enige wat opviel, was dat Isabella er op de beelden altijd vrolijk en gelukkig uitzag, want zo was ze lang niet altijd. Haar gezicht lichtte op zodra ze Lily zag, maar ze kon ook best ernstig kijken. Ze was niet iemand die constant liep te glimlachen.

Toch deed ze dat op de beelden van de nannycam wel. Ze was de hele dag de perfecte nanny en laten we eerlijk zijn, niemand is zo. Niemand. We hebben allemaal onze momenten, waar of niet?

Dus was de vraag: wist Isabella dat ze werd gefilmd?

Maya's laptop en de kaartlezer die ze van Eileen had gekregen zaten in haar rugzak. Ze had een tijdje haar legerrugzak gebruikt, een beige, nylon ding met talloze vakken, totdat ze had gemerkt dat je die dingen bij webshops kunt kopen en veel jongeren dat deden, om er stoer uit te zien. Joe had voor haar bij Tumi een kevlar rugzak speciaal voor laptops gekocht. Maya had het ding erg duur gevonden, totdat ze had gezien wat al die jongeren voor hun legerrugzakken online betaalden.

Ze pakte de digitale fotolijst van de plank, drukte op het knopje aan de zijkant en haalde het geheugenkaartje eruit. Stel dat Isabella erachter was gekomen. Ten eerste, zou dat zo'n ramp zijn? Nee, niet echt. Als je scherpzinnig was, en dat was Isabella, zou je je kunnen afvragen waarom je werkgever opeens een digitale fotolijst had gekocht. Als je nog iets scherpzinniger was, en dat was Isabella waarschijnlijk ook, kon je je afvragen waarom de digitale fotolijst uitgerekend op de dag nadat je werkgever haar vermoorde man had begraven op de plank was neergezet.

Of, hoe scherpzinnig je ook was, je schonk er geen enkele aandacht aan. Moeilijk te zeggen.

Maya schoof het kaartje in de lezer en sloot die aan op de USB-poort. Waarom maakte dit haar zo onrustig? Als haar vermoedens juist waren en Isabella had ontdekt dat de digitale fotolijst meer was dan alleen een eindeloze diavoorstelling van kinderfoto's, zou het enige gevolg daarvan zijn dat ze een Isabella zag die zich volmaakt gedroeg. Isabella zou natuurlijk niet zo dom zijn dat ze iets deed wat vragen opriep. Het hele idee achter de verborgen nannycam was dat die verborgen was. Wist de nanny van de aanwezigheid van de cam, dan sloeg het project nergens meer op.

Maya klikte op play. De camera had een bewegingsdetector, dus de video begon pas toen Isabella de speelkamer binnenkwam met een mok koffie in haar hand. Er zat natuurlijk een deksel op de mok, om te voorkomen dat ze hete koffie morste op de huid van het kind. Isabella pakte Lily's speelgoedgiraffe van de vloer, liep terug in de richting van de keuken en verdween uit beeld.

'Mamma.'

De nannycam had geen geluid, dus Maya draaide haar hoofd om en zag haar dochter bij het hekje boven aan de trap staan. Onmiddellijk trok dat bekende warme gevoel door haar heen. Ze mocht dan cynisch zijn over diverse aspecten van het ouderschap, het gevoel dat je ervaart wanneer je naar je kind kijkt, wanneer de rest van de wereld vervaagt en alles behalve dat kleine koppie naar de achtergrond verdwijnt... dat begreep Maya heel goed.

'Dag schat.'

Maya had ergens gelezen dat het gemiddelde kind van twee een vocabulaire van ongeveer vijftig woorden heeft. Dat leek wel te kloppen. 'Meer' en 'nog een keer' waren belangrijke woorden voor een kind van twee. Maya haastte zich de trap op, tilde Lily over het hekje en nam haar in haar armen. Lily had een van haar onverwoestbare boeken in haar beide handjes geklemd, een verkorte versie van dr. Seuss' klassieker: *One Fish Two Fish Red Fish Blue Fish*. Ze sleepte het boek de laatste tijd met zich mee alsof het een teddybeer was. Een boek in plaats van een speelgoedbeest... Maya vond het geweldig.

'Moet mamma je voorlezen?'

Lily knikte.

Maya bracht haar de trap af en zette haar op een stoel aan de keukentafel. De video liep nog door. Een van de dingen die Maya had geleerd was dat kinderen van herhaling houden. Ze hoefden nog niet voortdurend nieuwe dingen te ervaren. Lily had een hele stapel van dit soort boeken. Maya hield van de verhaallijn van *Are You My Mother* en *A Fish Out of Water* van P.D. James, die soms best spannend waren. Lily luisterde dan wel wanneer Maya ze voorlas – beter die boeken dan helemaal geen boek – maar ze keerde altijd weer terug bij de rijmpjes en de illustraties van dr. Seuss, en zeg nu zelf, wie kon het haar kwalijk nemen?

Maya keek weer naar het beeldscherm van de laptop, waarop de video nog steeds doorliep. Op het scherm zaten Lily en Isabella op de bank. Isabella voerde haar Goldfish-crackers, één per keer, alsof Lily een zeehondje was dat een kunstje had vertoond. Maya nam de hint op het beeldscherm over, stond op, pakte de zak Goldfish-crackers uit het keukenkastje en strooide er een paar op tafel. Lily begon ze een voor een op te eten.

'Wil je nog iets anders?'

Lily schudde haar hoofd en wees naar het boek. 'Voorlezen.'

'Niet "voorlezen". Je moet zeggen: "Mamma, wil je alsjeblieft..."'

Maya stopte. Genoeg. Ze pakte het boek, sloeg het open, begon voor te lezen over de vissen en sloeg de bladzijde om. Ze was aangekomen bij de dikke vis met de gele bolhoed toen iets op het beeldscherm haar aandacht trok.

Maya stopte met voorlezen.

‘Meer,’ commandeerde Lily.

Maya boog zich naar het beeldscherm.

De camera had zichzelf ingeschakeld, maar het zicht werd helemaal geblokkeerd. Hoe kon dat? Maya nam aan dat ze naar Isabella’s rug keek. Dat Isabella voor de digitale fotolijst was gaan staan en dat Maya daarom niets kon zien.

Nee.

Zo groot was Isabella niet. Misschien kon haar hoofd een deel van het zicht blokkeren. Maar haar rug? Uitgesloten. Bovendien kon Maya nu ook de kleur onderscheiden. Isabella had gisteren een rode blouse aangehad. Dit shirt was groen.

Mosgroen.

‘Mamma?’

‘Wacht even, schat.’

Degene die voor de camera stond bewoog zich opzij en verdween uit beeld. Nu had Maya weer zicht op de bank. Lily zat er alleen op. Ze had ditzelfde boek in haar handjes, bladerde erin en deed alsof ze las.

Maya wachtte.

Vanaf de linkerkant – de keuken – kwam iemand het beeld in lopen. Niet Isabella.

Het was een man.

Tenminste, zo te zien was het een man. Hij stond weer te dicht bij de camera en door de beeldhoek kon Maya zijn gezicht niet zien. Even dacht ze dat het Hector was, dat hij in de buurt was geweest en was binnengekomen voor een glas water of zoiets. Maar Hector had gisteren een overall en een sweatshirt aangehad. Deze man droeg een spijkerbroek en een groen...

... mosgroen...

... shirt.

Op het beeldscherm keek Lily vanaf de bank op naar de man. Toen ze breed naar hem glimlachte, begon zich in Maya's borstkas een stenen klomp te vormen. Lily was heel terughoudend tegen onbekenden. Dus wie het ook was, deze man met dat bekende mosgroene shirt...

De man liep langzaam naar de bank. Zijn rug was naar de camera toe gekeerd, zodat Maya haar dochter niet meer kon zien. Nu het zicht op Lily werd geblokkeerd, begon Maya in paniek te raken en boog ze zich zelfs naar links en naar rechts in een poging om de man heen te kijken, om te zien of haar dochter nog veilig op de bank zat met haar boek van dr. Seuss. Ze had het gevoel dat haar dochter in gevaar was, en dat dat gevaar in elk geval zou blijven voortduren totdat Maya haar weer kon zien en kon vaststellen dat alles met haar in orde was. Dat gevaar was natuurlijk onzin. Dat wist Maya best. Ze zat niet naar livebeelden te kijken maar naar iets wat al was gebeurd, en haar dochter zat hier naast haar, kerngezond en ogenschijnlijk blij, of dat laatste was ze althans geweest totdat haar moeder heel stil was geworden en alleen nog maar naar het beeldscherm van de laptop zat te staren.

'Mamma?'

'Nog even, schat, oké?'

De man in de bekende spijkerbroek en het bekende mosgroene shirt – zo had hij het altijd beschreven, niet groen of donkergroen of grasgroen, maar mosgroen – had haar dochter niets gedaan, dat was duidelijk, dus de angst die Maya nog steeds voelde leek onterecht en overdreven.

Op het beeldscherm ging de man opzij.

Maya kon Lily weer zien. Ze nam aan dat haar angst nu wel zou verdwijnen. Maar dat gebeurde niet. De man draaide zich om en ging naast Lily op de bank zitten. Hij keek in de camera en glimlachte.

Op de een of andere manier slaagde Maya erin de schreeuw binnen te houden.

Strek, ontspan, strek...

Maya, die in gevechtssituaties in de oorlog altijd een koele kikker was gebleven, die er altijd in was geslaagd in zichzelf dat plekje te vinden waardoor haar hartslag niet op hol sloeg en de pieken van haar adrenalinestroom haar niet verlamden, probeerde dat plekje nu te vinden. De bekende kleding, de spijkerbroek en vooral het mosgroene shirt, had haar moeten voorbereiden op de mogelijkheid – en met 'mogelijkheid' bedoelde ze het 'absoluut onmogelijke' – van wat ze nu zag. Dus ze begon niet te gillen. Haar mond viel niet open.

In plaats daarvan verspreidde zich in haar borstkas een gevoel dat ademen moeilijk maakte. Het bloed in haar aderen werd kouder. Haar lippen begonnen net zichtbaar te trillen.

Daar, op het beeldscherm van haar laptop, zag ze Lily op de schoot van haar vermoorde man kruipen.

6

De video duurde niet veel langer.

Lily zat nog maar net op 'Joe's' schoot toen hij haar in zijn armen nam, opstond en met haar het beeld uit liep. Na dertig seconden, toen er niets was gebeurd, werd de nannycam uitgeschakeld door de bewegingsdetector.

Dat was alles.

De eerstvolgende keer dat de camera weer werd geactiveerd, was toen Isabella en Lily vanuit de keuken de kamer binnenkwamen en begonnen te spelen, zoals ze altijd deden. Maya vloog er met fastforward doorheen, maar de rest van de dag verliep vrijwel hetzelfde als alle dagen daarvoor. Isabella en Lily. Geen vermoorde echtgenoten of ander bezoek.

Ze ging terug naar het begin en speelde de video nog een keer af, en daarna een derde keer.

'Boek!'

Het was Lily, die steeds ongeduldiger begon te worden. Maya draaide zich om naar haar dochter en wist niet goed hoe ze dit moest vragen. 'Schat,' zei ze kalm en vriendelijk, 'heb jij pappa gezien?'

'Pappa?'

'Ja, Lily. Heb je pappa gezien?'

Lily keek haar opeens bedroefd aan. 'Pappa waar?'

Maya wilde haar niet van streek maken, maar aan de andere kant was de aanleiding er belangrijk genoeg voor. Hoe moest ze dit aanpakken? Maya zag maar één mogelijkheid. Ze startte de video nog een keer en liet die aan Lily zien. Lily keek gebiologeerd naar het beeldscherm. Toen Joe in beeld verscheen, riep ze verheugd: 'Pappa!'

'Ja,' zei Maya, en ze negeerde de pijnsteek die het enthousiasme van haar kind haar gaf. 'Heb jij pappa gezien?'

Het kleine meisje wees naar het scherm. 'Pappa!'

'Ja, dat is pappa. Is hij hier gisteren geweest?'

Lily keek haar alleen maar aan.

'Gisteren,' zei Maya. Ze stond op, liep naar de bank en ging op dezelfde plek zitten waar 'Joe' – ze kon alleen aan zijn naam denken wanneer die tussen aanhalingstekens stond – de vorige dag had gezeten. 'Zat pappa hier gisteren?'

Lily begreep het niet. Maya probeerde er luchtig over te doen, probeerde er een spelletje van te maken in plaats van een wanhoopsdaad, maar of haar lichaamstaal verraadde haar, of haar kind beschikte al over meer intuïtie dan ze had aangenomen.

'Mamma, hou op.'

Je maakt haar van streek.

Maya dwong haar gezicht in een brede nepglimlach en tilde haar dochter van de stoel. Ze nam Lily mee naar boven, lachend en dansend op de trap, net zo lang tot alle sporen van de onaangenaamheden die beneden hadden plaatsgevonden van Lily's gezicht waren verdwenen. Ze zette haar neer op het bed, pakte de afstandsbediening en deed de televisie aan. Nick jr. speelde 'Bubble Guppies', een van Lily's lievelingsliedjes, en ja, Maya had gezworen dat ze de tv niet als babysit zou gebruiken – zoals alle ouders, om daar vervolgens in te falen – maar een paar minuten afleiding voor haar kind zou toch niet al te erg moeten zijn.

Maya liep naar Joe's kledingkast en bleef aarzelend voor de deur staan. Sinds zijn dood had ze nog niet in de kast gekeken. Daar was het te vroeg voor. Maar in dit geval had ze geen tijd voor dat soort overpeinzingen. Terwijl Lily gebiologeerd naar het scherm staarde, opende Maya de kastdeur en deed het licht aan.

Joe was dol op zijn kleding geweest en had er altijd goed voor gezorgd, net zo goed als Maya... voor haar wapens had gezorgd. Zijn pakken hingen keurig aan knaapjes, precies acht centimeter van elkaar. Zijn shirts waren op kleur gesorteerd. Zijn broeken hingen altijd aan speciale broekhangers, recht omlaag, zodat er geen vouwen in kwamen.

Joe had ook altijd zijn eigen kleding gekocht. Als Maya hem iets op het gebied van kleding cadeau deed, was het bijna nooit in de smaak gevallen. Met één uitzondering: het mosgroene, grof geweven buttondownshirt dat ze bij een webshop met de naam Moods of Norway voor hem had besteld. Tenzij haar ogen haar hadden bedrogen, en dat was best mogelijk, was het dat shirt geweest dat 'Joe' op de video aan had gehad. Ze wist precies waar het altijd lag.

En het lag er niet.

Opnieuw slaakte ze geen kreet van ontzetting en viel haar mond niet open. Maar nu wist ze het zeker.

Er was iemand in huis geweest. Iemand had in Joe's kast gerommeld.

Tien minuten later zag Maya de enige persoon die haar vragen kon beantwoorden.

Isabella.

Isabella was er gisteren geweest en had de hele dag plichtsgetrouw op Lily gelet, dus als iemand had gemerkt dat er iets ongewoons was gebeurd, zoals – laten we zeggen – haar vermoorde man die iets uit zijn kledingkast haalde en met hun dochter speelde, was zij het, althans, in theorie.

Maya stond bij het slaapkamerraam toen Isabella over de oprit naar het huis toe kwam lopen. Maya probeerde haar in te schatten zoals ze in het leger met potentiële vijanden had gedaan. Zo te zien was ze niet gewapend; het enige wat ze bij zich had was haar tas, hoewel daar natuurlijk een wapen in kon zitten. Ze hield de tas stevig tegen zich aan gedrukt, alsof iemand hem elk moment uit haar handen kon grissen, maar zo hield Isabella haar tas altijd vast. Isabella was geen bijzonder hartelijke, innemende jonge vrouw, behalve natuurlijk op het punt dat ertoe deed. Met Lily. Ze was dol geweest op Joe, zoals loyale werknemers dat op hun werkgevers zijn, en ze had Maya altijd alleen getolereerd, als iemand die vooral in de weg liep. Ook dat zie je soms bij loyale werknemers. Dat ze vriendelijker en toleranter zijn tegen buitenstaanders dan tegen degene die hun salaris betaalt.

Zag Isabella er vandaag meer gespannen uit dan anders?

Moeilijk te zeggen. Isabella zag er altijd enigszins gespannen uit, met die blik die alle kanten op ging, dat onbewogen gezicht en die onleesbare lichaamstaal. Maar was dat vandaag erger dan anders, of was het Maya's verbeelding, die al op volle toeren draaide, die haar oordeel kleurde?

Isabella gebruikte haar sleutel om de achterdeur te openen. Maya bleef boven en wachtte af.

'Mevrouw Burkett?'

Stilte.

'Mevrouw Burkett?'

'We komen zo naar beneden.'

Maya pakte de afstandsbediening en zette de tv uit. Ze had verwacht dat Lily zou protesteren, maar dat deed ze niet. Lily had Isabella's stem gehoord en wilde zo snel mogelijk naar haar toe. Maya nam Lily in haar armen en liep de trap af.

Isabella stond bij het aanrecht, waar ze een koffiemok afspoelde. Ze draaide zich om toen ze hun voetstappen hoorde. Haar blik vond die van Lily, alleen die van Lily, en er verscheen een brede glimlach op het strakke, bezorgde gezicht. Het was een leuke glimlach, vond

Maya, maar was die vandaag minder spontaan dan anders?

Hou op.

Lily strekte haar armen uit naar Isabella. Isabella draaide de kraan dicht, droogde haar handen aan een handdoek en kwam op ze toe lopen. Ze strekte haar armen naar Lily uit, maakte graaiende bewegingen met haar vingers en zei iets wat klonk als 'kom hier, kom hier'.

'Hoe gaat het met je, Isabella?' vroeg Maya.

'Goed, mevrouw Burkett. Dank u.'

Isabella strekte haar armen weer uit naar Lily, en even had Maya de neiging haar kind weg te trekken. Eileen had haar gevraagd of ze deze vrouw vertrouwde. Zo veel als je iemand met je kind kunt vertrouwen, had ze geantwoord. Maar nu, na wat ze op de beelden van de nannycam had gezien...

Isabella trok Lily uit haar armen. Maya stond het toe. Zonder verder nog iets te zeggen liep Isabella met Lily naar de speelkamer. Ze gingen samen op de bank zitten.

'Isabella?'

Isabella keek op alsof ze schrok. De glimlach bevroor op haar gezicht. 'Ja, mevrouw Burkett?'

'Kan ik je even spreken?'

Lily zat op haar schoot.

'Nu?'

'Ja, graag,' zei Maya. Ze hoorde zelf dat haar stem een vreemde klank had. 'Ik wil je iets laten zien.'

Isabella zette Lily voorzichtig naast zich op de bank, gaf haar een van haar boeken, stond op en streek haar rok glad. Langzaam liep ze op Maya toe, behoedzaam, alsof ze een klap verwachtte.

'Ja, mevrouw Burkett?'

'Is er gisteren iemand hier geweest?'

'Hoe bedoelt u?'

'Ik bedoel,' zei Maya op kalme, effen toon, 'is er gisteren iemand in dit huis geweest, afgezien van jou en Lily?'

'Nee, mevrouw Burkett.' Haar gezicht stond weer onbewogen. 'Wie bedoelt u?'

'Wie dan ook. Is Hector bijvoorbeeld langs geweest?'

'Nee, mevrouw Burkett.'

'Dus er is niemand hier geweest?'

'Nee, niemand.'

Maya's blik ging naar haar laptop en daarna weer naar Isabella. 'En ben jij weg geweest?'

'Naar buiten?'

'Ja.'

'Lily en ik zijn naar de speeltuin geweest. Maar dat doen we elke dag.'

'Zijn jullie afgezien daarvan nog weg geweest?'

Isabella keek omhoog, alsof ze moest nadenken. 'Nee, mevrouw Burkett.'

'En je bent ook niet alleen weg geweest?'

'Zonder Lily?' Ze zei het happend naar adem, alsof dit wel het laatste was wat ze zich kon voorstellen. 'Nee, mevrouw Burkett. Natuurlijk niet.'

'Heb je haar alleen gelaten?'

'Ik begrijp niet wat u bedoelt.'

'Ik stel je gewoon een vraag, Isabella.'

'Ik begrijp er niks van,' zei Isabella. 'Waarom al die vragen? Doe ik mijn werk niet goed?'

'Dat zeg ik niet.'

'Ik laat Lily nooit alleen. Nooit. Of misschien als ze boven haar middagdutje doet, ga ik wel eens naar beneden om een beetje op te ruimen...'

'Dat bedoel ik niet.'

Isabella bleef Maya nu aankijken. 'Wat bedoelt u dan?'

Het had geen zin om het nog langer uit te stellen. 'Ik wil je iets laten zien.'

De laptop stond op het keukeneiland. Ze liepen ernaartoe en Maya pakte hem op. 'Er is een camera in de speelkamer,' begon ze.

Isabella keek verbaasd.

'Die heb ik van een vriendin gekregen,' zei Maya bij wijze van uitleg, maar ze dacht: moet ik mezelf rechtvaardigen? 'Hij neemt op wat er hier gebeurt als ik er niet ben.'

'Een camera?'

'Ja.'

'Maar ik heb nergens een camera gezien, mevrouw Burkett.'

'Dat moet ook niet. Het is een verborgen camera.'

Isabella's blik ging naar de speelkamer.

'Een nannycam,' vervolgde Maya. 'Zie je die digitale fotolijst op de plank staan?'

Ze zag dat Isabella's blik naar de boekenplank ging. 'Ja, mevrouw Burkett.'

'Dat is de camera.'

Isabella keek haar weer aan. 'Dus u bespioneert me?'

'Ik volg wat mijn kind doet,' zei Maya.

'Maar u hebt het mij niet verteld.'

'Nee.'

'Waarom niet?'

'Je hoeft je niet beledigd te voelen.'

'O nee?' Haar stem kreeg een scherpere klank. 'U vertrouwt me niet.'

'Zou jij dat doen?'

'Wat?'

'Het gaat niet om jou, Isabella. Lily is mijn kind. Ik ben verantwoordelijk voor haar welzijn.'

'En u denkt dat mij bespioneren het beste voor haar is?'

Maya maakte de player beeldvullend en startte de video. 'Tot vanochtend dacht ik dat het geen kwaad kon.'

'En nu?'

Maya draaide de laptop om zodat Isabella het beeldscherm goed kon zien. 'Kijk maar.'

Maya keek deze keer niet mee. Ze had de video al vaak genoeg gezien. In plaats daarvan observeerde ze Isabella's gezicht en zocht ze naar sporen van stress of bedrog.

'Waar moet ik naar kijken?'

Maya wierp een blik op het beeldscherm. De nep-Joe was net het beeld uit gelopen nadat hij het zicht had geblokkeerd. 'Kijk nou maar.'

Isabella kneep haar ogen tot spleetjes. Maya probeerde haar ademhaling tot bedaren te brengen. Ze zeggen dat je nooit weet hoe iemand zal reageren als er een granaat wordt geworpen. Dat was altijd de grote vraag: je staat met je krijgsmakkers bijeen en er wordt een granaat voor je voeten geworpen. Wie rent weg? Wie duwt zijn makkers opzij? Wie duikt erbovenop, offert zich op om de anderen te sparen? Je kunt proberen het te voorspellen, maar totdat de granaat werkelijk voor je voeten terechtkomt, is het onmogelijk te zeggen.

Maya had zich herhaaldelijk tegenover haar krijgsmakkers bewezen. Ze wisten dat er onder de normale druk van de strijd een koele kikker in haar huisde. Ze was een echte leider, die haar kwaliteiten keer op keer had bewezen.

Het rare was dat dit leiderschap en haar koelbloedigheid zich niet naar het normale leven lieten vertalen. Eileen had haar verteld over haar jongste zoon Kyle, die op de montessorikleuterschool zo netjes en precies was... en thuis zo'n enorme sloddervos. Iets soortgelijks gold voor Maya.

Dus toen ze naast Isabella stond, toen 'Joe' het beeld in liep, Lily op zijn schoot zette en Isabella's gezicht volstrekt onbewogen bleef, begon er iets in Maya te borrelen.

'Nou?' zei ze.

Isabella keek haar aan. 'Nou wat?'

Achter Maya's ogen brak iets. 'Hoe bedoel je, "nou wat"?'

Isabella kromp ineen.

'Hoe verklaar je dat?'

'Ik weet niet waar u het over hebt.'

'Speel geen spelletjes met me, Isabella.'

Isabella deed een stap achteruit. 'Ik begrijp echt niet wat u bedoelt.'

'Je hebt die video toch gezien?'

'Ja, natuurlijk.'

'Dus je hebt die man gezien.'

Isabella zei niets.

'Heb je die man gezien, ja of nee?'

Isabella zei nog steeds niets.

'Ik vraag je iets, Isabella.'

'Ik weet niet wat u van me wilt.'

'Heb je hem gezien, ja of nee?'

'Wie?'

'Hoezo "wie"? Joe!' Maya greep de revers van Isabella's jasje vast. 'Hoe is het verdomme mogelijk dat hij hier was?'

'Alstublieft, mevrouw Burkett! U maakt me bang!'

Maya trok Isabella naar zich toe. 'Heb je Joe niet gezien?'

Isabella keek haar aan. 'U wel?' vroeg ze zacht, bijna op fluistertoon. 'Wilt u zeggen dat u Joe in die video hebt gezien?'

'Jij... jij niet?'

'Alstublieft, mevrouw Burkett,' zei Isabella. 'U doet me pijn.'

'Wacht, wil je beweren...'

'Laat me los!'

'Mammie...'

Het was Lily. Maya draaide zich om en keek naar haar dochter. Isabella maakte van de afleiding gebruik door een stap achteruit te doen en haar hand naar haar hals te brengen alsof ze was gewurgd.

'Het is oké, schat,' zei Maya tegen Lily. 'Er is niks aan de hand.'

Isabella, die deed alsof ze op adem moest komen, zei: 'Je moeder en ik zijn alleen aan het spelen, Lily.'

Lily nam beide vrouwen aandachtig op.

Isabella hield haar rechterhand nog steeds tegen haar hals en wreef erover, veel harder dan nodig was. Maya draaide zich weer naar haar om. Isabella stak snel haar linkerhand op om Maya van zich af te houden.

'Ik wil een verklaring,' zei Maya.

Isabella knikte alsof het haar moeite kostte. 'Goed dan,' zei ze. 'Maar eerst wil ik een glaasje water.'

Maya aarzelde even, maar liep toen naar het aanrecht. Ze draaide de kraan open, opende het keukenkastje en haalde er een glas uit. Ze moest opeens aan iets denken.

Het was Eileen geweest die haar de nannycam had gegeven.

Maya dacht aan de betekenis hiervan terwijl ze het glas onder de kraan hield. Ze liet het voor de helft vollopen, draaide zich om naar Isabella en hoorde een vreemd sissend geluid.

Maya slaakte een kreet toen ze de brandende pijn voelde.

Het was alsof iemand handenvol glassplinters in haar beide ogen drukte. Maya's knieën knikten en ze viel op de vloer.

Het sissende geluid.

Ergens achter de wolken van allesverterende pijn dook het antwoord op.

Isabella had iets in haar ogen gespoten.

Pepperspray.

De spray brandde niet alleen in haar ogen, maar zette ook haar neusholtes, mond en longen in brand. Maya probeerde niet in te ademen om te voorkomen dat het spul in haar longen kwam, en snel met haar ogen te knipperen in de hoop dat haar tranen het eruit zouden spoelen. Maar voorlopig had het weinig effect en duurde de pijn voort.

Maya kon zich niet bewegen.

Ze hoorde het geluid van iemand die wegrende en een deur die dichtsloeg.

Isabella was het huis uit gevlucht.

'Mamma?'

Het was Maya gelukt naar de badkamer te strompelen.

'Alles is in orde met mamma, schat. Maak maar een tekening voor me, oké? Ik kom zo.'

'En Isabella?'

'Met Isabella is het ook goed. Ze komt straks weer terug.'

Het duurde langer om van de pijn te herstellen dan ze altijd had aangenomen. De woede in haar borstkas brandde net zo fel als haar ogen. De eerste tien minuten was ze compleet hulpeloos geweest, niet in staat om ook maar de geringste verdediging tegen de vijand in stelling te brengen. Uiteindelijk werden de pijn en het hijgen minder. Langzaam maar zeker kwam Maya weer op adem. Ze spoelde haar ogen uit met schoon water en waste haar gezicht met zeep. Daarna bekeek ze zichzelf in de spiegel.

Ze had de vijand haar rug toegekeerd. Amateur.

Hoe had ze zo dom kunnen zijn?

Ze was woedend, vooral op zichzelf. Ze was Isabella zelfs gaan geloven, begon zelfs te denken dat ze er misschien echt niets van wist. Dus had ze haar dekking laten zakken. Heel even maar. En moet je nu zien.

Had ze niet vaak genoeg meegemaakt dat één moment van concentratieverlies en slordigheid mensenlevens had gekost? Had ze daar dan niets van geleerd?

Het zou haar geen tweede keer gebeuren.

Oké, genoeg zelfkastijding. Denk erover na, leer er iets van en ga door met waar je mee bezig was.

Dus wat nu?

Het antwoord lag voor de hand. Neem nog een paar minuten de

tijd. Herstel eerst volledig, dan spoor je Isabella op en dwing je haar alles te vertellen.

De deurbel ging.

Maya spoelde haar ogen nog een keer uit en liep naar de deur. Even overwoog ze eerst een pistool te pakken – geen risico's meer – maar ze zag al door het raampje dat het inspecteur Kierce was.

Ze opende de deur en hij staarde haar aan. 'Wat is er in hemelsnaam met jou gebeurd?'

'Ik ben aangevallen met pepperspray.'

'Pardon?'

'Door Isabella. Mijn nanny.'

'Meen je dat?'

'Nee, ik ben een begaafd comédienne. Grappen over pepperspray spuitende nanny's doen het tegenwoordig erg goed bij het publiek.'

Roger Kierce liet zijn blik door de kamer gaan voordat hij Maya weer aankeek. 'Maar waarom?'

'Ik had iets op mijn nannycam gezien.'

'Heb jij een nannycam?'

'Ja.' Maya's gedachten gingen weer naar Eileen, die haar de camera had gegeven en haar zelfs had verteld waar ze die moest neerzetten. 'Hij zit verborgen in een digitale fotolijst.'

'Mijn god. Heb je... Heb je Isabella iets zien doen met...'

'Wat?' Maar het was natuurlijk logisch dat hij als politieman meteen in die richting dacht. 'Nee, dat was het niet.'

'Dan vrees ik dat ik het niet kan volgen.'

Maya vroeg zich af hoeveel ze hem moest vertellen, maar ze kwam al snel tot de conclusie dat de hele waarheid in dit geval het beste was. 'Ik kan het u beter laten zien.'

Ze liep naar de laptop op het keukeneiland. Kierce kwam naast haar staan. Hij had een verbaasde uitdrukking op zijn gezicht. Nou, dacht Maya, die zou zo meteen nog een heel stuk verbaasder zijn.

Ze draaide het beeldscherm zijn kant op. Ze bewoog het pijltje naar de player, klikte op play en wachtte.

Er gebeurde niets.

Ze keek naar de kaartlezer, die op de USB-poort was aangesloten.

Het SD-kaartje zat er niet meer in.

Ze keek op het keukeneiland en daarna op de vloer eromheen. Maar ze wist al wat er was gebeurd.

'Wat is er?' vroeg Kierce.

Maya haalde een paar keer diep adem. Ze moest kalm blijven. Ze moest twee of drie stappen vooruitdenken, net als tijdens een militaire operatie. Het was niet genoeg om alleen te besluiten dat je de zwarte SUV onder vuur zou nemen. Je moest rekening houden met de gevolgen. Je moest eerst de best mogelijke informatie verzamelen voordat je zo'n ingrijpende beslissing nam.

Ze wist hoe het zou klinken als ze het vertelde. Als ze gewoon zou vertellen wat ze op de beelden van de nannycam had gezien, zou Kierce denken dat ze gestoord was. Shit, het klonk ook gestoord nu ze erover nadacht. Haar hoofd had zich nog steeds niet helemaal hersteld van de pepperspray. Wat was er precies gebeurd? Kon ze wel helder redeneren?

Rustig aan.

'Mevrouw Burkett?'

'Ik heb al gezegd dat u me Maya moet noemen.'

Het bewijs van haar bizarre observatie – het SD-kaartje – was weg. Isabella had het meegenomen. Het zou waarschijnlijk het beste zijn als ze dit zelf afhandelde. Aan de andere kant, als ze dat deed, als ze het nu voor hem verzweeg en het later uitkwam...

'Ik weet zeker dat Isabella het heeft meegenomen.'

'Wat?'

'Het SD-kaartje.'

'Nadat ze je met die pepperspray had gestookt?'

'Ja,' zei Maya, en ze deed haar uiterste best om zelfverzekerd te klinken.

'Dus ze spuit die spray in je ogen, pakt het geheugenkaartje en dan gaat ze ervandoor?'

'Ja.'

Kierce knikte. 'Wat stond erop?'

Maya's blik ging naar de speelkamer. Lily was bezig met haar dierentuinpuzzel, die uit vier grote stukken bestond. 'Ik heb een man gezien.'

'Een man?'

'Ja. Op de video. Lily zat op zijn schoot.'

'O,' zei Kierce. 'En die man was een onbekende, neem ik aan?'

'Nee.'

'Je kent hem?'

Ze knikte.

'Wie was het dan?'

'U gelooft me toch niet als ik het zeg. Dan denkt u dat ik aan waandenkbeelden lijd, wat nog begrijpelijk zou zijn ook.'

'Zeg het toch maar.'

'Het was Joe.'

Het sprak in Kierce' voordeel dat hij geen gezicht trok, niet theatraal naar adem hapte en haar niet aankeek alsof ze de meest gestoorde persoon op deze aardbol was.

'Aha,' zei hij, maar nu moest hij toch zijn best doen om zijn gezicht in de plooi te houden. 'Dus het was een oude opname?'

'Pardon?'

'Iets wat je hebt opgenomen toen Joe nog in leven was en wat... ik weet het niet... op de een of andere manier op dat geheugenkaartje terecht is gekomen.'

'Ik heb de nannycam pas na de moord op Joe gekregen.'

Kierce stond naast haar en zei niets.

'De datumaanduiding gaf aan dat het gisteren is opgenomen,' vervolgde Maya.

'Maar...'

Stilte.

Toen zei hij: 'Je weet dat het niet waar kan zijn, toch?'

'Ja,' zei Maya.

Ze bleven elkaar enige tijd aankijken. Maya wist dat het ondoenlijk was om hem te overtuigen. Dus veranderde ze van onderwerp. 'Wat kwam u eigenlijk doen?'

'Ik zou graag willen dat je meegaat naar het bureau.'

'Waarom?'

'Dat kan ik niet zeggen. Maar het is heel belangrijk.'

7

Hetzelfde breed glimlachende jonge ding had dienst in kinderdagverblijf Growin' Up.

'Hé, ik heb u al eens eerder gezien,' zei ze tegen Maya. Ze hurkte naast Lily neer. 'En jou ook. Hallo, Lily.'

Lily zei niets. De twee vrouwen parkeerden haar bij de speelblokken en gingen naar het kantoortje.

'Ik kom haar aanmelden,' zei Maya.

'Geweldig! Vanaf wanneer?'

'Nu meteen.'

'Eh, dat is tamelijk ongebruikelijk. Normaliter hanteren we een aanmeldingsprocedure van twee weken.'

'Mijn nanny heeft onverwacht ontslag genomen.'

'Dat vind ik heel vervelend voor u, maar...'

'Juffrouw... Sorry, ik ben vergeten hoe je heet.'

'Kitty Shum.'

'O ja, juf Kitty, sorry. Kitty, zie je die groene auto daar?'

Kitty keek uit het raam. Ze kneep haar ogen tot spleetjes. 'Valt die persoon u lastig? Moeten we de politie bellen?'

'Nee, dat is de politie, in een ongemarkeerde rechercheurswagen. Mijn man is onlangs vermoord.'

'Dat heb ik in de krant gelezen,' zei Kitty. 'Mijn condoleances met uw verlies.'

'Dank je. Maar zie je, die politieman heeft me nodig op het bureau. Ik weet niet precies waarvoor. Hij stond opeens voor de deur. Dus ik moet kiezen. Ik kan Lily bij me houden terwijl ze me uithoren over de moord op haar vader...'

'Mevrouw Burkett?'

'Maya.'

'Maya.' Kitty stond nog steeds naar Kierce' auto te kijken. 'Weet je hoe je onze app moet downloaden?'

'Ja.'

Kitty knikte. 'Het is het beste voor Lily als je niet te emotioneel afscheid van haar neemt.'

'Dank je.'

Toen ze bij bureau Central Park kwamen vroeg Maya: 'Kunt u me nu vertellen waarom we hier zijn?'

Kierce had gedurende de hele rit nauwelijks iets gezegd. Wat Maya prima vond. Ze had tijd nodig om over alles na te denken... over de nannycam, de video, Isabella en het mosgroene shirt.

'Ik zou graag willen dat je twee line-ups voor me doet.'

'Line-ups waarvan?'

'Ik wil je antwoorden niet beïnvloeden.'

'Toch niet van de daders? Ik heb u al gezegd dat ze bivakmutsen droegen.'

'Ja, zwarte, zei je. Die alleen de ogen en de mond vrijlieten?'

'Ja.'

'Oké, goed. Kom mee.'

'Ik begrijp het niet.'

'Je zult het wel zien.'

Terwijl ze door de gang liepen opende Maya de app van kinderdagverblijf Growin' Up. Met de app kon je de rekening betalen, uren reserveren, het 'curriculum van activiteiten' van je kind bekijken en biografietjes van alle verzorgsters lezen. Maar het mooiste van de app – de reden dat Maya in eerste instantie voor Growin' Up had gekozen – was een extra mogelijkheid. Daar tikte ze nu op. Ze kon kiezen uit drie kamers: de rode, de groene en de gele. Lily's leeftijdsgroep 'woonde' in de gele kamer. Ze tikte op het gele icoontje.

Kierce opende een deur. 'Maya, kom je?'

'Momentje.'

Het schermpje van haar telefoon kwam tot leven met een live videofeed van de gele kamer. Je zou denken dat Maya voorlopig schoon genoeg zou hebben van videobeelden. Maar nee, dat was niet zo. Ze kantelde haar telefoon om het beeld groter te maken. Daar zat Lily. Veilig op de vloer. Een kinderjuf – Maya zou later opzoeken wie ze was en haar bio lezen – stapelde blokken op elkaar voor haar en een jongetje van Lily's leeftijd.

Maya voelde een warme golf van opluchting door zich heen gaan. Ze begon bijna te glimlachen. Ze had er maanden geleden al op moeten staan dat Lily naar zo'n soort dagverblijf ging. Met een nanny droeg je de zorg en de verantwoording over aan één enkele persoon en had je weinig zicht op hoe het eraan toeging. Hier waren er getuigen en beveiligingscamera's, en leerde Lily met andere kinderen omgaan. Dat was toch veel beter?

'Maya?'

Het was Kierce weer. Ze sloot de app en stopte de telefoon in haar zak. Ze gingen de kamer binnen. Er waren nog twee mensen in de kamer: de vrouwelijke openbaar aanklager die op de zaak was gezet en een mannelijke advocaat. Maya probeerde zich te concentreren, maar de beelden van de nannycam en van Isabella tolden nog steeds door haar hoofd. Bovendien voelde ze het effect van de pepperspray nog nawerken in haar longen en neusholten. Ze had een loopneus, waardoor ze wel een cokeverslaafde leek.

'Ik eis nogmaals dat mijn protest in het rapport wordt opgenomen,' zei de advocaat. Hij had een paardenstaart die tot halverwege zijn rug reikte. 'Deze getuige heeft zelf toegegeven dat ze hun gezicht niet heeft gezien.'

'Oké, staat genoteerd,' zei Kierce. 'En we zijn het met je eens.'

De advocaat hield zijn handen op. 'Wat is de zin hiervan dan?'

Dat vroeg Maya zich ook af.

Kierce trok aan het koordje en de jaloezieën gingen omhoog. Hij boog zich naar de microfoon en zei: 'Laat de eerste groep binnenkomen.'

Zes mannen kwamen de kamer binnen. Ze droegen allemaal een bivakmuts.

'Dit slaat nergens op,' zei de advocaat.

Maya had dit niet verwacht.

'Mevrouw Burkett,' zei Kierce, duidelijk en formeel, alsof zijn stem werd opgenomen – wat, bedacht Maya, waarschijnlijk ook zo was – 'herkent u een van deze zes mannen?'

Hij keek haar kant op en wachtte af.

'Nummer vier,' zei Maya.

'Dit is bullshit,' zei de advocaat.

'En waaraan herkent u nummer vier?'

'"Herkennen" is misschien te sterk uitgedrukt,' zei Maya. 'Maar hij heeft dezelfde lichaamsbouw en dezelfde lengte als de man die mijn echtgenoot heeft doodgeschoten. En hij draagt dezelfde kleding.'

'Diverse andere mannen in die kamer dragen exact dezelfde kleding,' zei de advocaat. 'Dus hoe kunt u er zo zeker van zijn?'

'Zoals ik al zei, zij hebben die lichaamsbouw en die lengte niet.'

'Weet u het zeker?'

'Ja. Nummer twee komt het dichtst in de buurt, maar hij draagt blauwe gympies. De man die mijn echtgenoot heeft doodgeschoten was in het zwart gekleed.'

'Even voor de duidelijkheid,' vervolgde de advocaat, 'u kunt niet met zekerheid zeggen dat nummer vier degene is die uw echtgenoot heeft doodgeschoten. U kunt alleen zeggen dat hij ongeveer van dezelfde lengte en lichaamsbouw is en dat hij soortgelijke kleding draagt...'

'Niet soortgelijk,' onderbrak Maya hem. 'Dezelfde kleding.'

De advocaat hield zijn hoofd schuin. 'Echt?'

'Ja.'

'U kunt dat niet weten, mevrouw Burkett. Er lopen wel meer mensen rond op rode Converse-gympies, waar of niet? Ik bedoel, als ik vier van de zes mannen daar rode gympies laat aantrekken, kunt u dan nog met zekerheid zeggen wie ze de avond van de moord aanhad?'

'Nee.'

'Dank u.'

'Maar de kleding is niet "soortgelijk". Het is niet zo dat hij witte in plaats van rode gympies draagt. Nummer vier is exact hetzelfde gekleed als de dader op die avond.'

'Wat me brengt bij het volgende punt,' zei de advocaat. 'U weet niet zeker of hij de dader is, hè? U weet alleen dat deze man met zijn bivakmuts hetzelfde postuur heeft en hetzelfde gekleed gaat als de dader, is dat juist?'

Maya knikte. 'Ja, dat is juist.'

'Dank u.'

Dat was voor dit moment alles voor de advocaat. Kierce boog zich naar de microfoon. 'Jullie kunnen gaan. Stuur de tweede groep naar binnen.'

Zes andere mannen met bivakmutsen op kwamen de kamer binnen. Maya bekeek ze stuk voor stuk. 'Nummer vijf, hoogstwaarschijnlijk.'

'Hoogstwaarschijnlijk?'

'Nummer twee draagt dezelfde kleding en heeft min of meer dezelfde lengte en bouw. Mijn geheugen zegt dat het nummer vijf is, maar twee en vijf lijken zo veel op elkaar dat ik het niet zou durven zweren.'

'Dank u,' zei Kierce. Hij boog zich weer naar de microfoon. 'Dat is alles. Bedankt.'

Kierce en Maya liepen de kamer uit.

'Wat is er gebeurd?'

'We hebben twee verdachten gearresteerd.'

'Hoe hebben jullie die gevonden?'

'Dankzij jouw signalement.'

'Mag ik zien hoe jullie te werk zijn gegaan?'

Kierce aarzelde, maar niet lang. 'Oké, kom maar mee.' Hij ging haar voor naar een werktafel met een computerbeeldscherm van minstens 30 inch. Ze ging zitten en Kierce begon op het toetsenbord te typen. 'We hebben de beelden van de avond van de moord van bijna alle CCTV-camera's gecheckt en gezocht naar twee mannen die aan jouw signalement voldeden. Je kunt je voorstellen dat dat vrij veel tijd heeft gekost. Hoe dan ook, op de hoek van Seventy-Fourth Street en Fifth Avenue staat een appartementengebouw met een camera. Kijk zelf maar.'

De CCTV-camera had de twee mannen van bovenaf gefilmd.

'Herken je ze?'

'Ja,' zei Maya. 'Of gaat u me nu ook de les lezen over identificatie op grond van kleding en lichaamsbouw?'

'Nee, wat ik je laat zien is off the record. Zoals je ziet dragen ze geen bivakmutsen. Dat doe je ook niet op straat. Dan zouden ze juist de aandacht trekken.'

'Maar toch,' zei Maya. 'Is die beeldhoek wel goed genoeg voor een identificatie?'

'Goeie vraag. De camera hangt erg hoog. Vreselijk irritant. Je moest eens weten hoe vaak we het met dit soort beelden moeten doen. Met dat belachelijk hoge camerastandpunt hoeven daders alleen maar omlaag te kijken of een pet op te zetten en dan kunnen we hun gezicht niet zien. Maar goed, toen we dit eenmaal hadden, wisten we dat ze daar in de buurt waren geweest. En zijn we verder gaan zoeken.'

'En? Hebben jullie ze gevonden?'

Kierce knikte en begon weer te typen. 'Yep. Na een half uurtje vonden we ze in een buurtsuper.'

Hij startte de video. Deze was in kleur. De camera was links van de kassa. De twee gezichten waren duidelijk te zien. Het ene was zwart. Het andere licht getint, misschien van een latino. Ze betaalden contant.

'IJskoud,' zei Kierce.

'Wat?'

'Kijk naar de tijdsaanduiding. Dit is amper een kwartier nadat ze je man hebben doodgeschoten. En dan gaan ze daar, nog geen kilometer verderop, blikjes Red Bull en zakken Doritos kopen.'

Maya staarde naar het scherm en zei niets.

'IJskoud, vind je ook niet?'

Ze keek hem aan. 'Of ik heb het mis.'

'Dat denk ik niet.' Kierce stopte de video en de twee mannen bleven als versteend op het beeldscherm staan. Ja, mannen. Jonge mannen, weliswaar, maar Maya had met te veel mannen van die leeftijd gediend om ze nog jongens te noemen. 'Kijk hier maar eens naar.'

Hij tikte op een van de pijltjestoetsen. De camera zoomde in en het beeld werd vergroot. Kierce stuurde naar de latino. 'Dit is die andere gast, hè? Degene die niet heeft geschoten?'

'Ja.'

'Valt je iets op?'

'Niet echt.'

Hij zoomde verder in en stuurde naar de heup van de man. 'Kijk nog eens goed.'

Maya knikte. 'Ik zie een bult.'

'Precies. Hij draagt een wapen. Als ik verder inzoom, kun je de kolf zien.'

'Niet bepaald subtiel,' zei ze.

'Nee. Ik vraag me af wat je oude legermaten zouden doen als ze deze twee op straat tegenkwamen.'

‘Het zal geen legaal aangeschaft wapen zijn,’ zei Maya.

‘Dat klopt.’

‘Hebben jullie het gevonden?’

‘Ja.’ Hij zuchtte en stond op. ‘Mag ik je voorstellen aan Emilio Rodrigo? Hij heeft een indrukwekkend strafblad voor zo’n jonge gast. Dat hebben ze allebei. Meneer Rodrigo had de Beretta M9 bij zich toen we hem arresteerden. Illegaal bezit. Hij zal ervoor moeten zitten.’

Kierce stopte met praten.

Maya zei: ‘Ik hoor een “maar”.’

‘We hebben een huiszoekingsbevel gevraagd en de huizen van beiden doorzocht. We hebben de kleding gevonden die jij zonet hebt beschreven en geïdentificeerd.’

‘Houdt dat stand voor de rechtbank?’

‘Dat betwijfel ik. Het is zoals onze vriend met de paardenstaart zei: het zijn maar rode Converse-gympies. Talloze mensen hebben die dingen. En de bivakmutsen hebben we niet gevonden, wat ik vreemd vind. Ik bedoel, ze hebben de kleding gehouden. Waarom zouden ze de bivakmutsen dan weggooien?’

‘Dat weet ik niet.’

‘Waarschijnlijk hebben ze die in een vuilnisbak gegooid. Je weet wanneer. Onmiddellijk. Ze schieten, rennen weg, rukken de bivakmuts van hun hoofd en gooien hem weg.’

‘Dat klinkt aannemelijk.’

‘Ja, maar we hebben in alle vuilnisbakken in de omgeving gekeken en niks gevonden. Het is natuurlijk mogelijk dat ze een andere geschikte plek hebben gevonden... Een put van het riool, of zoiets.’ Kierce aarzelde.

‘Wat is er?’

‘Nou, zoals ik al zei hebben we de Beretta gevonden. Maar het moordwapen, de .38-revolver, hebben we niet gevonden.’

Maya leunde achterover. ‘Het zou me verbazen als ze die hadden gehouden, u niet?’

'Ja. Alleen...'

'Alleen wat?'

'Dit soort jongens dumpen een wapen niet zo snel. Dat zouden ze wel moeten doen. Maar ze doen het vaak niet. Zo'n ding heeft waarde voor ze. Ze willen het nog eens gebruiken. Of ze verkopen het aan een vriend. Of aan wie dan ook.'

'Maar dit is toch een belangrijke zaak? Een grootscheeps onderzoek en veel aandacht van de pers?'

'Ja, dat is waar.'

Maya bleef hem aankijken. 'Maar u gelooft dat niet, hè? U hebt een andere theorie.'

'Ja.' Kierce wendde zijn blik af. 'Maar die slaat nergens op.'

'Hoezo niet?'

Hij krabde aan zijn onderarm. Een soort zenuwtic. 'De .38's die we uit het stoffelijk overschot van je man hebben gehaald. We hebben er ballistisch onderzoek op gedaan. Je weet wel, om te zien of er een match was met andere zaken in onze database.'

Maya keek hem weer aan. Kierce ging door met krabben. 'Aan uw gezicht te zien,' zei Maya, 'hebben jullie die match gevonden.'

'Dat klopt, ja.'

'Dus deze twee hebben al eerder mensen vermoord.'

'Nee, dat denk ik niet.'

'Maar u zegt net...'

'Hetzelfde wapen. Dat hoeft niet te betekenen dat het ook dezelfde schutter is. Sterker nog, Fred Katen, die jij als de dader hebt geïdentificeerd, had een waterdicht alibi voor die eerdere moord. Hij zat in de bak. Hij kan het niet hebben gedaan.'

'Wanneer was dat?'

'Wat?'

'Die eerdere moord?'

'Vier maanden geleden.'

Het werd vijf graden kouder in de kamer. Kierce hoefde het niet te zeggen. Hij wist het. Zij wist het. Kierce kon haar niet in de ogen kijken. Hij wendde zijn blik af, knikte en zei: 'Je man en je zus zijn met hetzelfde wapen vermoord.'

8

‘Alles in orde met je?’ vroeg Kierce.

‘Ja.’

‘Ik weet dat het moeilijk voor je is.’

‘Behandel me niet als een klein kind, inspecteur.’

‘Sorry, je hebt gelijk. Laten we alles nog eens doornemen, oké?’

Maya knikte en staarde recht voor zich uit.

‘We moeten dit nu op een andere manier gaan bekijken. Het leken twee willekeurige moorden, zonder verband, maar nu we weten dat voor beide hetzelfde wapen is gebruikt…’

Maya zei niets.

‘Toen je zus werd vermoord, was je gestationeerd in het Midden-Oosten, is dat juist?’

‘Ja, in Kamp Arifjan,’ zei ze. ‘In Koeweit.’

‘Ik weet het.’

‘O ja?’

‘We hebben het gecheckt. Voor de zekerheid.’

‘De zekerheid?’ Ze schoot bijna in de lach. ‘Ah! Om er zeker van te zijn dat ik niet stiekem naar huis ben gekomen om mijn zus te vermoorden, snel terug te gaan naar Koeweit en dan vier maanden te wachten en hetzelfde met mijn man te doen?’

Kierce gaf geen antwoord. Dat was niet nodig. ‘Alles klopt. Je hebt een waterdicht alibi.’

'Fijn,' zei ze.

Maya's gedachten schoten terug naar Joe's telefoontje van toen. De tranen. De schok. Dat verdomde telefoontje dat een eind maakte aan Maya's leven zoals ze het tot dat moment had gekend. Niets zou daarna nog hetzelfde zijn. Opmerkelijk, als je erover nadacht. Je vliegt naar de andere kant van de wereld, naar een of andere zandbak, om een compleet gestoorde vijand te bestrijden. Je denkt dat het gevaar uit die hoek komt, dat de echte dreiging van gewapende vijandige soldaten zal komen. Je denkt dat, als er een abrupt eind aan je leven moet komen, dat zal gebeuren door een granaat, een bermbom of een extremist met een AKM.

Maar nee. De vijand had toegeslagen, zoals vijanden wel vaker doen, op de plaats waar ze hem het minst had verwacht: in die goeie ouwe VS.

'Maya?'

'Ik luister.'

'De rechercheurs die de moord op je zus hebben onderzocht, denken dat iemand het huis is binnengedrongen. Ze was... Ben je op de hoogte van de details?'

'Meer dan voldoende.'

'Ik vind het heel erg voor je.'

'Ik heb u gevraagd me niet als een klein kind te behandelen.'

'Dat doe ik niet. Ik probeer gewoon menselijk te zijn. Wat ze met haar hebben gedaan...'

Maya haalde haar telefoon tevoorschijn. Ze wilde haar dochter zien. Daar had ze behoefte aan. Maar ze beheerste zich. Nee. Niet nu. Ze mocht Lily hier op geen enkele manier bij betrekken. Zelfs niet als ze er niets van merkte.

'Ten tijde van de moord heeft de politie ook ruim aandacht besteed aan Claires echtgenoot, jouw zwager...' Hij sloeg een dossier open.

'Eddie.'

'Precies. Edward Walker.'

'Eddie zou haar nooit vermoorden. Hij hield van haar.'

'Nou, ze hebben hem van de verdachtenlijst geschrapt,' zei Kierce. 'Maar nu moeten we de thuissituatie nog eens goed onder de loep nemen. We moeten alles door een andere bril bekijken.'

Opeens had Maya het door. Ze glimlachte, maar niet van plezier en zonder ook maar enige warmte. 'Hoe lang, inspecteur?'

Hij keek niet op. 'Sorry?'

'Hoe lang weet u het al van dat ballistische rapport?'

Kierce bleef in het dossier kijken.

'U weet het al een tijdje, hè? Dat Joe en Claire met hetzelfde wapen zijn vermoord.'

'Hoe kom je daarbij?'

'Toen u bij mij thuis was en mijn Smith & Wesson wilde zien, wilde u zich ervan overtuigen dat die niet het moordwapen was, om uit te sluiten dat hij voor de moorden was gebruikt.'

'Het had niks te betekenen.'

'Nee, maar u zei toen ook dat u me niet langer als een verdachte beschouwde, weet u nog?'

Hij zei niets.

'Omdat u al wist dat ik een sluitend alibi had. U wist dat mijn zus met hetzelfde wapen was vermoord, én u wist dat ik in Koeweit was toen het gebeurde. De twee mannen met de bivakmutsen hadden jullie nog niet gevonden. Die zou ik verzonnen kunnen hebben. Maar toen u dat ballistische rapport eenmaal had, hoefde u alleen maar bij de legerautoriteiten te checken waar ik ten tijde van de moord was. En dat hebt u gedaan. Ik ken de procedure. Dat doe je niet met één telefoontje. Dus... hoe lang hebt u het ballistische rapport al in uw bezit?'

'Sinds de begrafenis,' antwoordde hij zacht.

'Juist. En wanneer hebben jullie die Emilio Rodrigo en Fred Katen gevonden en bevestigd gekregen dat ik ten tijde van de eerste moord in Koeweit was?'

‘Gisteravond laat.’

Maya knikte. Het was precies zoals ze had vermoed.

‘Kom op, Maya, doe niet zo naïef. Ik zei net al dat we je zwager flink aan de tand hebben gevoeld toen je zus was vermoord. Echtgenoten, m/v, zijn altijd de eerste verdachten. Denk na. Jij bent de echtgenote. Je bent alleen met hem in een park. Als jij mij was, wie zou jouw eerste verdachte dan zijn?’

‘Helemaal,’ voegde Maya eraan toe, ‘als die echtgenote in het leger heeft gezeten en in uw ogen een wapenfreak is?’

Ook nu nam hij niet de moeite zichzelf te verdedigen. Dat was ook niet nodig. Hij had gelijk. Je verdenkt altijd eerst de partner.

‘Nu we dat hebben opgehelderd,’ zei Maya, ‘wat gaan we nu doen?’

‘We gaan zoeken naar verbanden,’ zei Kierce. ‘Tussen je zus en je man.’

‘Het belangrijkste verband ben ik.’

‘Ja. Maar er moeten er meer zijn.’

Maya knikte. ‘Ze werkten bij elkaar.’

‘Precies. Joe had je zus een baan bezorgd bij het advocatenkantoor waar hij werkte. Waarom?’

‘Omdat Claire heel goed was.’ Alleen al het uitspreken van haar naam deed pijn. ‘Joe wist dat ze een harde werker was, degelijk en betrouwbaar.’

‘En omdat Claire familie was?’

Maya dacht hier even over na. ‘Ja, maar niet alleen om haar te bevoordelen.’

‘Waarom dan nog meer?’

‘De Burketts hebben het begrip “familie” hoog in het vaandel staan. Het is een soort clan.’

‘Vertrouwen ze buitenstaanders niet?’

‘Ze verdommen het gewoon om buitenstaanders te vertrouwen.’

‘Oké, dat kan,’ zei Kierce. ‘Maar als ik elke dag met mijn schoonzus zou moeten samenwerken... Brr, ik moet er niet aan denken. Begrijp je wat ik bedoel?'

'Ja.'

'Nu is mijn schoonzus een absoluut onuitstaanbare lastpak van wereldformaat en ben ik ervan overtuigd dat jouw zus...' Hij riep zichzelf tot de orde en schraapte zijn keel. 'Dus ze werkten samen, Joe en Claire... Heeft dat wel eens tot spanningen geleid?'

'Daar was ik soms bang voor,' zei Maya. 'Mijn oom had vroeger een bedrijf. Een heel succesvol bedrijf. Op een zeker moment wilden andere familieleden bij hem komen werken, hij ging akkoord en binnen de kortste keren was de hele zaak failliet. Familie en geld gaan nooit goed samen. Er is altijd wel iemand die jaloers is of die zich tekortgedaan voelt.'

'Maar daar was in dit geval geen sprake van?'

'Eerder het tegendeel. Claire en Joe ontwikkelden een nieuw soort contact met elkaar. Hun werk. Ze zaten voortdurend over werk te praten. Ze belde hem vaak over ideeën die ze had. En hij sms'te haar als er de volgende dag dringend iets moest worden gedaan.' Ze haalde haar schouders op. 'Aan de andere kant...'

'Ja?'

Maya keek hem aan. 'Ik was er meestal niet bij.'

'Omdat je overzee gestationeerd was.'

'Ja.'

'Maar toch,' zei Kierce. 'Ik begrijp er niks van. Waarom zou iemand Claire willen doden, het moordwapen vier maanden bij zich houden en het dan aan die Katen geven om Joe te vermoorden?'

'Hé, Kierce.'

Het was een politieman van het bureau. Een jongere man, die bij de deur stond en Kierce wenkte.

'Als je me even wilt excuseren...'

Kierce liep naar zijn collega toe. De jongere man boog zich naar hem toe en de twee begonnen op fluistertoon tegen elkaar te praten.

Maya keek toe. Haar hoofd tolde nog steeds, maar haar gedachten keerden elke keer terug naar iets waarvoor Kierce nog geen enkele belangstelling had getoond.

De video van de nannycam.

Dat was begrijpelijk, nam ze aan. Hij had de beelden niet gezien. Hij beperkte zich tot de feiten, en hoewel hij de dingen die ze erover had gezegd niet had afgedaan als de waanideeën van een doorgedraaid psychiatrisch geval, ging hij er waarschijnlijk wel van uit dat ze het resultaat waren van een overactieve verbeelding of iets in die geest. Om eerlijk te zijn moest zelfs Maya rekening houden met die mogelijkheid.

Kierce was uitgepraat en kwam weer naar haar toe.

'Wat is er aan de hand?'

Hij pakte zijn jasje en sloeg het over zijn schouder alsof hij Frank Sinatra in The Sands was. 'Ik breng je naar huis,' zei hij. 'We kunnen onderweg verder praten.'

Ze zaten tien minuten in de auto toen Kierce zei: 'Je hebt me zonet met die smeris zien praten, hè?'

'Ja.'

'Dat ging over jouw, eh... situatie.' Hij bleef naar de weg kijken. 'Wat je me hebt verteld over die nannycam en de pepperspray en die dingen, bedoel ik.'

Hij was het dus niet vergeten. 'Wat is daarmee?'

'Nou, kijk, wat je me over de feitelijke beelden hebt verteld, laat ik voorlopig even rusten, oké? Totdat ik ze zelf heb gezien en we ze samen hebben geanalyseerd, is er geen reden om al dan niet serieus te nemen wat er op die... Wat was het ook alweer, een USB-stick?'

'Een SD-kaartje.'

'O ja, een SD-kaartje. Het heeft geen zin om ons nu al bezig te houden met dingen waar we nog geen grip op hebben. Maar dat betekent niet dat we niks kunnen doen.'

'Ik kan u niet volgen.'

'Je bent aangevallen. Dat is een feit. Het staat vast dat je in je gezicht bent gespoten met pepperspray of een of ander goedje dat daaraan verwant is. Je ogen zijn nog rood. Ik kan zien dat je nog steeds lichte ademhalingsproblemen hebt. Dus wat we verder ook wel of niet willen geloven, het staat vast dat jou iets is overkomen.'

Hij stuurde de bocht om en keek haar even van opzij aan terwijl hij dat deed.

'Je zei dat het je nanny, Isabella, was die je heeft aangevallen, is dat juist?'

'Ja.'

'Dus heb ik een van mijn mensen naar haar huis gestuurd. Je weet wel, om je bewering te staven.'

Haar 'bewering'. Leuke woordkeus. 'En heeft uw rechercheur haar gevonden?'

Kierce hield zijn blik op de weg gericht. 'Laat me je eerst iets vragen.'

Dat antwoord beviel haar niet. 'Oké.'

'Heb jij, tijdens deze confrontatie,' begon hij, zijn woorden nu zorgvuldiger afwegend, 'Isabella Mendez bedreigd of geprobeerd haar te wurgen?'

'Heeft ze dat gezegd?'

'Geef maar gewoon antwoord op mijn vraag.'

'Nee, dat heb ik niet gedaan.'

'Je hebt haar met geen vinger aangeraakt?'

'Misschien wel aangeraakt, maar...'

'Misschien?'

'Kom op, inspecteur. Ik heb haar misschien aangeraakt om haar aandacht te krijgen. Zoals vrouwen dat doen als ze elkaar spreken.'

'Vrouwen?' Er verscheen een half glimlachje om zijn mond. 'Ga je nu ineens de vrouwenkaart uitspelen?'

'Ik heb haar geen pijn gedaan of zoiets.'

'Maar je hebt haar wel vastgegrepen?'

Maya wist welke kant dit op zou gaan. 'Dus uw rechercheur heeft haar gesproken?'

'Ja.'

'En toen beweerde zij dat ze me uit zelfverdediging met pepperspray heeft bespoten?'

'Daar komt het op neer. Ze zei dat je je nogal vreemd gedroeg.'

'Op welke manier?'

'Dat je nonsens uitkraamde over Joe die je in een video zou hebben gezien.'

Maya dacht na over hoe ze dit moest aanpakken. 'Wat heeft ze nog meer gezegd?'

'Dat ze bang van je was. Ze zei dat je haar blouse met beide handen vastpakte, net onder haar keel, en dat ze zich bedreigd voelde.'

'Aha.'

'Is dat waar?'

'Heeft ze ook gezegd dat ik de video voor haar heb afgespeeld?'

'Ja.'

'En?'

'Ze zei dat ze alleen een zwart scherm heeft gezien.'

'Jeetje,' zei Maya.

'Ze zei dat ze bang was dat je aan waanvoorstellingen leed. Dat je beroepsmilitair was geweest en dat je vaak gewapend in huis rondliep. Ze zei dat als je alles bij elkaar optelde: je verleden, de rare dingen die je zei, je waandenkbeelden en het feit dat je haar het eerst aanviel...'

'Aanviel?'

'Je hebt zelf toegegeven dat je haar hebt vastgegrepen, Maya.'

Ze fronste haar wenkbrauwen maar zei niets.

'Isabella zei dat ze zich bedreigd voelde, dat ze daarom de pepperspray heeft gebruikt en er snel vandoor is gegaan.'

'Heeft uw rechercheur haar naar het verdwenen SD-kaartje gevraagd?'

'Ja, dat heeft hij gedaan.'

'Laat me raden. Ze heeft het niet meegenomen en weet er verder niks van'

'In één keer goed,' zei Kierce. Hij deed de richtingaanwijzer aan. 'Wil je haar nog steeds aangeven?'

Maar Maya zag al voor zich hoe dat zou aflopen. Een wapenfreak met een controversieel verleden in het leger schreeuwt moord en brand over haar vermoorde echtgenoot die op een video met hun kind zit te spelen, ze grijpt de nanny bij haar blouse en vervolgens beschuldigt ze de nanny van het onrechtmatige gebruik van pepperspray? O, en van diefstal van de video van haar vermoorde man.

Yep, succes gegarandeerd.

'Op dit moment niet,' zei Maya.

Kierce zette haar voor de deur af. Hij beloofde dat hij haar op de hoogte zou houden van nieuwe ontwikkelingen. Maya bedankte hem. Ze overwoog of ze Lily bij het kinderdagverblijf moest gaan ophalen, maar na een korte blik op haar app – het was voorleestijd en ondanks de vreemde beeldhoek van de camera kon Maya zien dat Lily het naar haar zin had – besloot ze dat ze nog wel even kon wachten.

Ze had minstens twintig voicemails en sms'jes op haar telefoon, allemaal van Joe's familie. O, shit. Ze had het voorlezen van het testament gemist. Voor haarzelf kon het haar niet zo veel schelen, maar Joe's moeder was vast doodongerust geweest. Ze belde haar meteen.

Judith nam onmiddellijk op. 'Maya?'

'Het spijt me van vanochtend.'

'Alles in orde met je?'

'Ja,' zei Maya.

'Met Lily ook?'

'Ja. Er is iets tussen gekomen. Sorry dat ik niet eerder heb gebeld.'

'Iets wat belangrijker was dan...'

'De politie heeft de daders gevonden,' onderbrak Maya haar. 'Ik moest naar het bureau om ze te identificeren.'

Maya hoorde Judith naar adem happen. 'Kon je dat?'

'Ja.'

'Dus ze zitten nu achter de tralies? Is het voorbij?'

'Het ligt iets gecompliceerder dan dat,' zei Maya. 'Ze hebben nog niet genoeg bewijs om ze vast te houden.'

'Hoezo niet?'

'Ze droegen bivakmutsen, dus ik heb hun gezicht niet gezien. Identificatie op grond van lichaamsbouw en kleding is niet genoeg.'

'Dus... ze moeten ze weer laten gaan? De twee mannen die mijn zoon hebben vermoord mogen vrij blijven rondlopen?'

'Ze kunnen de ene pakken op verboden wapenbezit. Zoals ik al zei ligt het nogal gecompliceerd.'

'Misschien kunnen we het erover hebben als je morgenochtend langskomt? Het leek Heather Howell het beste als we wachtten tot alle partijen aanwezig kunnen zijn als ze het testament voorleest.'

Heather Howell was de advocaat van de familie. Maya nam afscheid, beëindigde het gesprek en liet haar blik door de keuken gaan. Alles was nieuw en duur, en God, wat miste ze de oude formicatafel die ze in Brooklyn had gehad.

Wat deed ze in godsnaam in dit huis? Ze had zich hier nooit thuis gevoeld.

Ze liep naar de digitale fotolijst met de nannycam. Misschien zat het SD-kaartje er nog in. Maya kon zich niet voorstellen hoe dat mogelijk was, maar ze was inmiddels zover dat ze openstond voor welke interpretatie ook. Had ze Joe echt op de video gezien? Nee. Was het op de een of andere manier mogelijk dat hij nog in leven was? Nee. Had ze zich het hele gebeuren verbeeld?

Nee.

Haar vader was een groot liefhebber van misdaadromans geweest. Hoe vaak had hij Maya en Claire niet voorgelezen uit de boeken van

Sir Arthur Conan Doyle, aan die formica keukentafel in Brooklyn? Hoe had Sherlock Holmes het ook alweer geformuleerd? 'Als je al het onmogelijke elimineert, zou wat overblijft de waarheid moeten zijn.'

Maya pakte de fotolijst en bekeek de achterkant.

Geen SD-kaartje.

Als je al het onmogelijke elimineert...

Het SD-kaartje was weg. Ergo, Isabella had het meegenomen. Ergo, Isabella had gelogen. Ze had de pepperspray gebruikt om Maya te verblinden, zodat zij het kaartje uit de lijst kon halen. Ergo, Isabella was hierbij betrokken.

Waarbij?

Eén ding tegelijk.

Maya wilde de fotolijst terugzetten op de plank, maar ze bedacht zich. Ze bekeek hem nog eens goed, keek naar de foto's die Eileen erop had gezet en die elkaar afwisselden, toen die ene vraag weer in haar opkwam.

Waarom had Eileen haar die nannycam eigenlijk gegeven?

Dat had Eileen haar toch uitgelegd? Maya was nu alleen. Ze had de zorg voor Lily overgedragen aan een nanny. Het was dus niet meer dan redelijk dat ze een nannycam had. Je kon beter voorzichtig zijn dan spijt krijgen. Dat was toch allemaal niet zo gek?

Maya bleef naar de lijst staren. Als ze heel goed keek, zag ze het piepkleine ronde lensje in de bovenste rand van de lijst. Vreemd, als je erover nadacht, want jazeker, de nannycam was een extra beveiligingsmiddel, maar als je een camera in huis haalde...

... haalde je dan ook nog iemand anders in huis?

Was het mogelijk dat iemand je bespioneerde?

Ho, rustig aan. Laten we niet paranoïde worden.

Maar nu Maya erover nadacht... Iemand had deze camera's bedacht en gefabriceerd. En de meeste van dit soort gadgets konden worden gekoppeld aan videofeeds, zodat anderen live konden meekijken. Het hoefde niet te betekenen dat dit zo was, maar het kon wel. De fabrikant had er best een achterdeurtje in kunnen zetten, waardoor hij alles kon zien wat je deed, net zoals Maya haar app kon aanklikken om te zien wat Lily in het kinderdagverblijf aan het doen was.

Jezus. Waarom had ze dat ding in huis gehaald?

Eileens stem echode door haar hoofd.

'Dus je vertrouwt haar?'

En daarna:

'Jij vertrouwt niemand, Maya.'

Dat was niet waar. Ze vertrouwde Shane. Ze had Claire vertrouwd. En Eileen?

Ze had Eileen via Claire leren kennen. Maya zat in de examenklas van high school toen Claire, die een jaar ouder was, aan Vassar ging studeren. Maya had Claire naar de universiteit gereden en haar geholpen met uitpakken. Eileen was aangewezen als Claires kamergenoot. Maya herinnerde zich nog goed hoe cool ze Eileen had gevonden. Ze was leuk en had gevoel voor humor en ze vloekte als een bootwerker. Ze was luidruchtig, beweeglijk en messcherp. Als Claire haar tijdens de vakanties meenam naar hun huis in Brooklyn, zat Eileen vaak urenlang met hun vader te discussiëren, waarbij Eileen meestal het hoogste woord had.

Maya had haar destijds ongelofelijk stoer gevonden, een 'vrouw met ballen'. Maar het leven verandert mensen. Het heeft de neiging dat soort vrouwen een halt toe te roepen. De tijd legt ze het zwijgen op. Dat meisje op high school, waar iedereen tegen opkeek... Waar was ze gebleven? Het overkwam mannen minder vaak. Dat soort jongens ontwikkelden zich vaak tot mannen van aanzien, meesters van het universum. Maar de meisjes met praatjes? Die schenen een vroege dood te sterven door langzame sociale verstikking.

Dus, waarom had Eileen haar die nannycam gegeven?

Het had geen zin om daarover te blijven nadenken. Het was tijd om haar ermee te confronteren en uit haar te persen wat er verdomme aan de hand was. Maya liep de keldertrap af. Ze drukte haar duim op de scanner en opende de kluis. De Beretta M9 lag er, maar ze pakte de Glock 26. Die was kleiner. Gemakkelijker te verbergen.

Niet dat ze dacht dat ze een wapen nodig zou hebben, maar dat denken mensen nooit.

9

Eileen was in de voortuin haar rozen aan het snoeien toen Maya op de oprit stopte. Eileen zwaaide. Maya zwaaide terug en zette de auto op de handrem.

Maya had nooit veel vriendinnen gehad.

Maya en Claire waren opgegroeid op de onderste twee verdiepingen van een herenhuis in de wijk Greenpoint van Brooklyn. Haar vader was docent aan de universiteit van New York. Haar moeder had zes jaar als strafpleiter gewerkt, maar had er een punt achter gezet om haar twee dochters groot te brengen. Haar ouders waren geen pacifisten of socialisten of zoiets, maar ze neigden wel naar links. Ze stuurden hun dochters naar het zomerkamp van Brandeis University, naar muziekles, en lieten ze kennismaken met de klassiekers van de literatuur. Ze gaven hun meisjes godsdienstles maar zeiden er wel bij dat ze alles vooral niet te letterlijk moesten nemen. Ze hadden geen vuurwapens in huis. Ze deden niet aan jagen of vissen, of aan andere dingen waarvoor ze hun huis uit moesten.

Maya had al op jonge leeftijd besloten dat ze straaljagerpiloot wilde worden. Niemand wist waarom, of waar dat idee vandaan kwam. Niemand in de familie vloog of had op een andere manier iets met vliegtuigen te maken. Haar ouders gingen ervan uit dat Maya's vliegobsessie een fase zou zijn. Maar dat was het niet. Ze moedigden haar niet aan maar werkten haar evenmin tegen toen ze het besluit nam de elite-pilotenopleiding van het Amerikaanse leger te gaan doen. Ze begrepen er alleen niets van.

Tijdens haar basistraining kreeg ze een Beretta M9 als dienstwapen, en hoezeer mensen ook geneigd zijn om naar allerlei gecompliceerde psychologische redenen te zoeken, Maya vond het gewoon leuk om ermee te schieten. Ja, ze was zich ervan bewust dat wapens konden doden, ze begreep dat het destructieve instrumenten waren en had gezien hoeveel mensen, voornamelijk mannen, wapens op die manier gebruikten, als een stompzinnige compensatie voor hun eigen tekortkomingen. Ze begreep ook dat sommige mensen van wapens hielden vanwege het gevoel dat ze ervan kregen, dat er dan een of andere ongezonde psychische transformatie plaatsvond en dat dat meestal een slechte zaak was.

Maar Maya hield gewoon van schieten. Ze was er goed in en ze vond het leuk. Waarom? God mag het weten. Om dezelfde reden waarom andere mensen van basketballen, zwemmen, parachutespringen of antiek verzamelen houden, nam ze aan.

Eileen kwam overeind en sloeg de aarde van haar knieën. Ze glimlachte en kwam op Maya's auto aflopen. Maya stapte uit.

'Hé, Maya!' zei Eileen.

'Waarom heb je me die nannycam gegeven?'

Het was eruit voordat ze er erg in had.

Eileen bleef abrupt staan. 'Hoezo? Wat is er gebeurd?'

Maya keek naar Eileen en zocht naar de vrijgevochten eerstejaars van destijds. Soms zag ze er nog wel sporen van. Ze was op de weg terug, maar de klok tikt door en sommige wonden genezen nooit helemaal. Eileen was altijd zo scherpzinnig, zo stoer en zo oorspronkelijk geweest – tenminste, zo had het geleken – totdat ze de verkeerde man had ontmoet. Zo simpel was het.

Robby was eerst zo'n toffe gast geweest. Hij bewonderde Eileen en schepte over haar op. Hij was trots op haar en vertelde iedereen hoe intelligent ze was, maar na een tijdje werd hij té trots op haar, het soort trots dat zich zigzaggend over de grens van liefde en obsessie beweegt. Claire maakte zich zorgen, maar het was Maya die als eerste de blauwe plekken had opgemerkt. Eileen begon kleding met lange mouwen te dragen. Toch had geen van beide zussen in het begin iets gedaan, omdat ze het gewoonweg niet konden geloven. Maya had altijd gedacht dat slachtoffers van huiselijk geweld meer... slachtofferachtig zouden zijn. Dat het zwakkere vrouwen waren die in dat soort situaties belandden. Onzekere, bedeesde vrouwen zonder opleiding en zonder ruggengraat... dat waren degenen die door mannen werden mishandeld.

Maar een sterke vrouw als Eileen? Absoluut uitgesloten.

'Geef antwoord op mijn vraag,' zei Maya. 'Waarom heb je me die nannycam gegeven?'

'Waarom denk je?' zei Eileen. 'Je bent een weduwe met een jong kind.'

'Om haar te beschermen.'

'Ja. Begrijp je dat dan niet?'

'Waar heb je dat ding gekocht?'

'Wat?'

'Die digitale fotolijst met ingebouwde nannycam. Waar komt die vandaan?'

'Gewoon, van internet.'

'Welke webshop?'

'Je maakt een grapje, hè?'

Maya bleef haar recht aankijken.

'Jezus, goed dan, bij Amazon. Wat is er aan de hand, Maya?'

'Laat zien.'

'Meen je dit echt?'

'Als jij dat ding bij Amazon hebt gekocht, heb je een afschrift van de bestelling. Laat zien.'

'Ik begrijp echt niet waar je naartoe wilt. Wat is er gebeurd?'

Maya had zo veel bewondering voor Eileen gehad. Haar zus was altijd een beetje een watje geweest. Eileen was veel wilder. Eileen gaf haar een goed gevoel. Ze was fan van Eileen.

Maar dat was allemaal lang geleden.

Met een boos gebaar trok Eileen haar tuinhandschoenen uit en smeet ze op de grond. 'Goed dan.'

Ze liep naar de deur. Maya ging haar achterna. Toen ze haar had ingehaald, zag ze dat Eileens gezicht strak van verdriet stond.

'Eileen...'

'Je had gelijk.'

'Waarover?'

Er welden tranen op in Eileens ogen. 'Over Robby. Maar ik ben nu echt van hem af.'

'Ik kan je niet volgen.'

Het huis was een splitlevel uit de jaren zestig. Ze stonden in de speelkamer. Aan de ene wand hingen foto's van Kyle en Missy. Geen foto's van Eileen. Geen foto's van Robby. Maar het was de poster aan de andere wand die Maya's aandacht trok. Claire had dezelfde poster in haar werkkamer gehad. Die bestond uit vier zwart-witfoto's van de verschillende bouwstadiums van de Eiffeltoren. Eileen en Claire hadden ze gekocht toen ze met z'n drieën – Eileen, Claire en Maya – een zomertrip naar Frankrijk hadden gemaakt. Eileen en Claire waren twintig en Maya was negentien.

In de eerste week van hun vakantie hadden ze alle drie elke avond een andere Fransman aan de haak geslagen. Er werd stevig geflirt en een beetje gevreeën, maar daar bleef het bij, en de rest van de nacht hadden ze giechelend bij elkaar gezeten om te bespreken hoe ongelofelijk leuk hun François, Laurent of Pascal was geweest. Maar na een week had Claire ene Jean-Pierre leren kennen en was voor haar de perfecte zomerliefde begonnen... intens, gepassioneerd, romantisch en vol PVWA – publiek vertoon van wederzijdse affectie – totdat Maya en Eileen er misselijk van werden... een romance die na zes weken een droevige dood zou moeten sterven.

Toen hun vakantie ten einde liep, had Claire heel even serieus overwogen om niet naar Vassar terug te gaan voor haar laatste jaar. Ze was verliefd. Jean-Pierre was verliefd. Hij smeekte haar in Frankrijk te blijven. Hij was een 'realistische romanticus', beweerde hij, dus hij had geweten dat het tot een moment als dit zou komen, maar hij vond ook dat ze moesten weigeren ervoor te buigen. Hij hield echt van haar.

'Alsjeblieft, Claire, we kunnen het samen aan. Dat weet ik zeker.'

Maar Claire was gewoon te praktisch ingesteld. Ze brak zijn hart en dat van haarzelf. Ze ging naar huis, huilde een tijdje en ging toen weer door met het leven van alledag.

Wat, vroeg Maya zich af, zou er van Jean-Pierre geworden zijn? Zou hij gelukkig getrouwd zijn? Zou hij kinderen hebben? Zou hij nog wel eens aan Claire denken? Zou hij weten, via internet of een andere weg, dat ze dood was? Hoe zou hij op haar dood gereageerd hebben? Geschokt, boos, kapot van verdriet, of met een bedroefd schouderophalen?

Maya vroeg zich af wat er gebeurd zou zijn als Claire bij Jean-Pierre in Frankrijk was gebleven. Claire kennende was ze dan nog een paar weken of maanden langer gebleven en was ze daarna alsnog naar de VS teruggekeerd. Dan had ze het eerste semester op Vassar gemist en had ze waarschijnlijk later moeten afstuderen.

Lekker belangrijk.

Claire had definitief in Frankrijk moeten blijven. Ze had niet zo verdomde praktisch moeten zijn.

'Ik weet dat je dacht dat je me voorgoed van Robby had verlost,' zei Eileen. 'En daar ben ik je dankbaar voor. Je hebt mijn leven gered. Dat weet je.'

De sms van Eileen kwam rond middernacht en de tekst was simpel en duidelijk: HIJ GAAT ME VERMOORDEN. HELP ME ALSJEBLIEFT. Maya was naar haar toe gereden met hetzelfde pistool in haar tas.

Robby was straalbezopen en door het dolle heen, schold haar uit voor vuile hoer en nog veel erger. Hij had Eileen bespioneerd en haar op de sportschool naar een man zien glimlachen. Hij liep met huisraad te smijten toen Maya binnenkwam, en was op zoek naar zijn exvrouw, maar die had zich in de kelder verstopt.

'Je hebt hem die avond goed bang gemaakt.'

Maya dacht dat ze daarin misschien een stap te ver was gegaan, maar soms was dat de enige manier.

'Maar zodra hij wist dat je niet meer in het leger zat, begon hij weer langs te komen.'

'Waarom heb je de politie niet gebeld?'

Eileen haalde haar schouders op. 'Ze geloofden me niet. Ze zeggen hoe erg ze het allemaal vinden, maar ze doen niks. En je kent Robby. Hij kan heel charmant en overtuigend zijn.'

En jij, voegde Maya er in gedachten aan toe, hebt nooit aangifte gedaan. De vicieuze cirkel van misbruik, van brandstof voorzien door een mengsel van valse hoop en angst.

'En toen?'

'Hij is weer teruggekomen en heeft me geslagen. Heeft twee van mijn ribben gebroken.'

Maya sloot haar ogen. 'O, Eileen...'

'Ik kon de voortdurende angst niet meer aan. Ik heb overwogen een pistool te kopen, weet je? Want het zou toch zelfverdediging zijn?'

Maya zei niets.

'Maar dan? De politie zou willen weten waarom ik opeens had besloten een vuurwapen aan te schaffen. En misschien, zelfverdediging of niet, zou ik van moord worden beschuldigd. En zo niet, hoe zouden Kyle en Missy ermee moeten leven? Hun moeder had hun vader doodgeschoten. Denk je dat ze dat ooit zouden begrijpen?'

Ja, dacht Maya, dat denk ik. Maar ze hield het voor zich.

'Ik wilde niet meer met deze angst leven. Dus heb ik me nog één keer in elkaar laten slaan. Eén keer nog. En als ik het overleefde, zou ik waarschijnlijk voorgoed van hem af zijn.'

Maya begon te begrijpen waar dit naartoe ging. 'Je hebt het opgenomen met een verborgen camera.'

Eileen knikte. 'Ik ben met de opnames naar mijn advocaat gestapt. Hij wilde ermee naar de politie, maar ik heb gezegd dat ik alleen wilde dat er een eind aan kwam. Toen is hij met Robby's advocaat gaan praten. Robby heeft zijn claim op gedeelde voogdij ingetrokken. Hij weet dat mijn advocaat de opnames heeft en dat als hij ooit terugkomt... Het is niet perfect, maar het gaat nu een stuk beter.'

'Waarom heb je me dat niet verteld?'

'Omdat je niks kon doen. En omdat jij altijd degene bent die het voor anderen opneemt. Ik wilde dat niet meer. Ik wilde dat het met jou ook goed gaat.'

'Het gaat goed met me.'

'Nee, Maya, dat is niet waar.'

Eileen ging achter haar computer zitten. 'Weet je hoeveel mensen willen dat politieagenten met een cameraatje worden uitgerust? Tweeënnegentig procent van het publiek. En ik bedoel, waarom niet? Misschien moeten we allemaal wel een cameraatje dragen. Hoe zouden we ons dan gedragen? Zouden we niet wat aardiger voor elkaar zijn? Dus begon ik daarover na te denken. Dat er veel meer dingen waren die je op beeld kon vastleggen. Daarom heb ik die camera's gekocht. Begrijp je het nu?'

'Laat me die bestelling zien, alsjeblieft.'

'Wat je wilt.' Eileen protesteerde niet meer. 'Hier.'

Maya keek naar het beeldscherm. Daar stond het... de bestelling van drie digitale fotolijsten met ingebouwde nannycam.

'Maar deze bestelling is van een maand geleden.'

'Ja. Ik heb er toen drie voor mezelf besteld. Een daarvan heb ik aan jou gegeven.'

Een maand geleden. Dus het idee dat Eileen hierbij betrokken was – wat dat 'hier' verdomme ook was – leek wel heel onwaarschijnlijk. Niemand had een maand geleden kunnen voorzien wat er allemaal zou gebeuren. En zeg nu zelf, hoe kon Maya nu denken dat Eileen er iets mee te maken zou hebben?

Dit sloeg allemaal nergens op.

'Maya?'

Ze draaide zich om naar Eileen.

'Ik zal voor deze keer door de vingers zien dat je me diep hebt beledigd door me niet te vertrouwen.'

'Ik heb iets gezien...'

'Ja, dat vermoedde ik al. Wat?'

Maar het leek Maya geen goed idee om die waanzin met Eileen te delen. Misschien zou Eileen haar geloven, of misschien ook niet, maar in beide gevallen zou ze Eileen alles moeten uitleggen en Maya achtte het vrijwel uitgesloten dat haar vriendin iets zou kunnen bijdragen aan de oplossing van het mysterie.

'De politie heeft iets vreemds ontdekt over de moord op Claire.'

'Een aanwijzing?'

'Misschien.'

'Na al die maanden?' Eileen schudde haar hoofd. 'Goh.'

'Vertel me wat jij je erover herinnert.'

'Over de moord op Claire?'

'Ja.'

Eileen haalde haar schouders op. 'Ze waren haar huis binnengedrongen. Een roofoverval, dacht de politie. Dat is het enige wat ik ervan weet.'

'Nee, het was geen roofoverval.'

'Wat dan?'

'Het wapen waarmee Claire is doodgeschoten,' zei Maya, 'is ook gebruikt voor de moord op Joe.'

Eileens ogen werden groot. 'Maar... dat kan niet.'

'Ja, dat kan wel.'

'En dat ben je via de nannycam te weten gekomen?'

'Wat? Nee. De politie heeft ballistisch onderzoek verricht op de kogels die ze uit Joe's stoffelijk overschot hebben gehaald. Ze hebben de uitkomsten door de computer gehaald om te kijken of er een match was met andere zaken.'

'En toen kwamen ze uit bij de moord op Claire?' Eileen liet zich achterovervallen op haar stoel. 'Mijn god.'

'Op dat punt heb ik je hulp nodig, Eileen.'

Eileen staarde haar aan alsof ze door een waas keek. 'Wat je maar wilt.'

'Ik wil dat je in gedachten teruggaat naar vier maanden geleden.'

'Oké.'

'Gedroeg Claire zich anders voordat ze werd vermoord? Was er iets vreemds aan de hand? Was er sowieso iets aan de hand?'

'Ik heb al die tijd gedacht dat ze een willekeurig slachtoffer was.' Eileen was nog steeds verbijsterd. 'Van een roofoverval.'

'Dat was het niet. Dat weten we nu. Probeer je te concentreren, Eileen, oké? Claire is dood. Joe is dood. Ze zijn allebei met hetzelfde wapen vermoord. Misschien waren ze samen in iets verwikkeld geraakt...'

'In iets verwikkeld? Claire?'

'Het hoeft niet iets onwettigs te zijn. Misschien was er iets anders aan de hand. Iets wat haar met Joe in verband bracht. Denk goed na, Eileen. Jij hebt Claire beter gekend dan wie ook.'

Eileen boog haar hoofd.

'Eileen?'

'Ik weet niet of het iets te betekenen heeft...'

Maya voelde die bekende siddering. Ze verroerde zich niet. 'Vertel.'

'Claire gedroeg zich niet raar of anders, maar... er was één ding dat me opviel.'

Maya knikte, als aanmoediging om door te gaan.

'We waren aan het lunchen in Baumgart's. Eén of hooguit twee weken voordat ze werd vermoord. Haar mobiele telefoon ging. Ze keek naar het schermpje en werd lijkbleek. Normaliter nam ze haar gesprekken gewoon aan waar ik bij was. We hadden geen geheimen voor elkaar, dat weet jij ook.'

'Ja. Ga door.'

'Maar deze keer haastte Claire zich met haar telefoon naar buiten. Ik kon haar zien door het raam en zag dat ze flink opgewonden in haar telefoon stond te praten. Dat duurde een minuut of vijf, en toen kwam ze weer binnen.'

'Heeft ze je verteld wie ze aan de telefoon had?'

'Nee.'

'Heb je het haar gevraagd?'

'Ja. Ze zei dat het niks belangrijks was.'

'Ik hoor een "maar".'

'Het was overduidelijk dat het belangrijk was.' Eileen schudde haar hoofd. 'Waarom heb ik niet aangedrongen? Waarom heb ik... Maar goed, de rest van de lunch was ze heel stil. Ik ben er nog een paar keer over begonnen, maar ze gaf geen krimp. Jezus, ik had beter mijn best moeten doen.'

'Ik betwijfel of je veel meer had kunnen doen.' Maya dacht erover na. 'De politie zal haar belstaten wel hebben opgevraagd. Als het goed is, staat het gesprek daarop.'

'Dat is het juist.'

'Wat?'

'De telefoon.'

'Wat is daarmee?'

'Het was niet haar telefoon.'

Maya boog zich naar haar toe. 'Sorry?'

'Haar eigen telefoon, die met het hoesje met de foto's van de kinderen, lag nog op het tafeltje,' zei Eileen. 'Claire had een tweede toestel bij zich.'

10

Het personeel van de familie Burkett woonde in een complex van kleine woningen achter op het Farnwood-landgoed, links van de dienstingang. Het waren huisjes van één verdieping, die Maya aan legerbarakken deden denken. Het grootste was van de Mendezzes, Isabella's familie. Isabella's moeder, Rosa, werkte nog steeds in het grote huis, hoewel onduidelijk was wat ze daar deed nu alle kinderen van de Burketts allang volwassen waren.

Maya klopte op Isabella's deur. Ze hoorde niets wat erop wees dat er iemand thuis was. Maar dit waren hardwerkende mensen, die waanzinnig veel uren draaiden. Maya was bepaald geen socialist, maar ze vond het wel ironisch dat de Burketts altijd kritiek hadden op personeel en werkmensen, en dat ze oprecht geloofden dat je in dit land moest werken voor je geld, terwijl zij alles cadeau hadden gekregen toen hun grootvader twee generaties geleden een manier had ontdekt om een aantal vastgoedwetten te omzeilen. Ze wist dat de meeste Burketts het nog geen week zouden volhouden als ze het aantal uren van hun personeel draaiden.

Achter zich hoorde ze Hectors Dodge Ram de oprit op draaien. Hij stopte op ruime afstand van haar en stapte uit.

'Mevrouw Burkett?' Hij had een angstige blik in zijn ogen.

'Waar is Isabella?'

'Ik denk dat u beter kunt gaan.'

Maya schudde haar hoofd. 'Niet voordat ik Isabella heb gesproken.'

'Ze is er niet.'

'Waar is ze dan?'

'Ze is weggegaan.'

'Waarnaartoe?'

Hector schudde zijn hoofd.

'Ik wilde haar alleen zeggen dat het me spijt,' zei Maya. 'Het was allemaal één groot misverstand.'

'Ik zal het aan haar doorgeven.' Hij verplaatste zijn lichaamsgewicht van de ene voet op de andere. 'Maar ik denk dat u nu beter kunt gaan.'

'Waar is ze, Hector?'

'Dat ga ik u niet vertellen. U hebt haar echt bang gemaakt.'

'Maar ik moet haar dringend spreken. Je kunt erbij blijven. Als ze zich daardoor veiliger voelt.'

Achter haar zei een stem: 'Dat gaat niet gebeuren.'

Maya draaide zich om en zag Isabella's moeder in de deuropening staan. Ze keek Maya met een verzengende blik aan en zei: 'Ga weg.'

'Nee.'

Rosa's blik ging naar haar zoon. 'Kom binnen, Hector.'

Met een ruime boog om Maya heen liep Hector naar de deur en ging naar binnen. Na een laatste dodelijke blik deed Isabella's moeder de deur dicht en liet ze Maya alleen buiten staan.

Dit had ze kunnen weten.

Hou je gedeisd, zei Maya tegen zichzelf. Denk eerst na voordat je iets doet.

Haar mobiele telefoon ging. Ze keek op het schermpje en zag dat het Shane was.

'Hallo, Shane,' zei ze.

'Ik heb dat kentekennummer voor je gecheckt,' zei Shane zonder inleiding. 'Die Buick Verano van jou wordt geleased door een bedrijf dat WTC Limited heet.'

WTC. Dat zei haar niets. 'Enig idee waar dat voor staat?'

'Nee. Het adres is een postbus in Houston, Texas. Zo te zien is het een soort holdingmaatschappij.'

'Van het soort dat mensen gebruiken als ze anoniem willen blijven?'

'Yep. Als ik dieper wil graven, heb ik een gerechtelijk bevel nodig. En om dat te krijgen, moet ik een goede reden hebben waarom ik het wil weten.'

'Laat maar zitten,' zei ze.

'Als jij het zegt.'

'Het heeft niks te betekenen.'

'Lieg niet tegen me, Maya. Daar kan ik slecht tegen.'

Maya zei niets.

'Als je bereid bent open kaart te spelen, bel je me maar.'

Shane verbrak de verbinding.

Eddie had de deursloten niet veranderd.

Maya was niet terug geweest naar Claires huis – yep, zo dacht ze er nog steeds aan – sinds ze coach Phil de broek van zijn gat had getrokken. Er stonden geen auto's op de oprit. Er kwam geen reactie toen ze op de deur klopte. Dus haalde ze haar sleutel uit haar zak en liet zichzelf binnen. Toen ze de hal in liep, echoden Eddies woorden weer door haar hoofd.

'De dood achtervolgt je, Maya...'

Misschien had Eddie wel gelijk. Als het zo was, was het dan eerlijk om Daniel en Alexa aan dat gevaar bloot te stellen?

Of, nu ze erover nadacht, Lily?

De dozen met Claires spullen waren nog steeds niet opgeruimd. Maya dacht aan de mysterieuze telefoon die Eileen had gezien. Het was duidelijk dat je een tweede telefoon kocht als je niet wilde dat anderen wisten met wie je belde.

Maar waar was dat ding gebleven?

Als Claire hem bij zich had gehad toen ze werd vermoord, zou de politie de inkomende en uitgaande gesprekken hebben gecheckt. Het was heel goed mogelijk dat ze dat al hadden gedaan. Dat ze het toestel tijdens het onderzoek waren tegengekomen en het als onbelangrijk hadden afgedaan. Maar Maya geloofde dat niet. Shane had contacten bij de politie. Hij had het moordonderzoek voor haar gevolgd. Hij had niets gezegd over een extra telefoon of onverklaarde gesprekken.

En dat hield in dat ze de telefoon waarschijnlijk nog niet hadden gevonden.

Er stond niet op de dozen geschreven wat erin zat. Zo te zien had Eddie alles snel en in de roes van zijn verdriet in de dozen gepropt, zodat Maya allerlei combinaties tegenkwamen: kleding bij toiletartikelen, sieraden bij de papieren en souvenirs bij de schoenen. Claire was een fan van goedkope souvenirs geweest. Antiquiteiten en echte verzamelobjecten had ze te duur gevonden, maar ze had sneeuwbollen van elke nieuwe stad of toeristische attractie die ze had bezocht. Ze had een tequilaglaasje uit Tijuana, een spaarpot in de vorm van de scheve toren van Pisa, een Princess Di-gedenkplaat, een Hawaïaans hoelameisje dat heupwiegend op het dashboard van haar auto stond, en een paar gebruikte dobbelstenen van een casino in Las Vegas.

Maya's gezicht bleef onbewogen terwijl ze alle prullaria, die op een zeker moment tijdens hun bestaan een glimlach op Claires gezicht hadden gebracht, door haar handen liet gaan. Ze stond nu op de automatische piloot. Aan de ene kant was wat ze hier deed, de niemendalletjes bekijken waar haar zus zo dol op was geweest, intens pijnlijk, en zorgden ze ervoor dat het schuldgevoel weer terugkwam...

Eddie heeft gelijk. Ik heb de dood binnengelaten. Ik had hier moeten zijn en je moeten beschermen...

Maar aan de andere kant: op een hoger, belangrijker niveau bewezen de pijn en het schuldgevoel haar ook een dienst. Ze maakten haar missie duidelijker omlijnd. Wanneer je ziet wat er op het spel staat en je beseft wat het ware doel van je missie is, motiveert dat je. Het verbetert je focus. Het duwt bijzaken naar de achtergrond. Je krijgt meer zicht op het doel van je missie. Het maakt je sterker.

Maar in geen van de dozen zat een telefoon.

Nadat ze de laatste doos had doorzocht, plofte ze neer op de grond. Denk na, droeg ze zichzelf op. Kruip in Claires hoofd. Haar zus had een telefoon gehad waarvan niemand mocht weten. Waar zou ze die verstopt kunnen hebben?

Een herinnering meldde zich in Maya's hoofd. Claire zat in de eerste van high school en Maya nog op de basisschool toen Claire was begonnen met roken, wat een van haar weinige daden van verzet was geweest. Maar papa had een uitstekende neus. Hij kon het ruiken wanneer ze had gerookt.

Papa was heel ruimdenkend over de meeste dingen. Als docent aan de universiteit zag hij het dagelijks om zich heen gebeuren en hij had gedacht dat ze in een experimentele fase zat. Maar sigaretten lagen gevoelig bij hem. Zijn eigen moeder was aan longkanker een gruwelijke dood gestorven. Ze had de laatste maanden van haar leven in de logeerkamer gewoond. Maya herinnerde zich vooral de geluiden, het piepende happen naar adem en het afschuwelijke vochtige gerochel dat achter de deur klonk toen grootma's einde naderde en ze langzaam maar zeker stikte. Na grootma's dood had Maya het niet meer aangedurfd om de logeerkamer binnen te gaan. De dood was in die kamer blijven hangen. De geur van de dood had zich in de muren gevreten. En erger nog, soms was Maya er zeker van dat ze dat afschuwelijke gerochel nog steeds hoorde. Ze had ergens gelezen dat geluiden nooit helemaal verdwijnen. Dat ze alleen maar steeds zachter worden.

Net als het geluid van rotorbladen van een helikopter. Het geluid van automatisch geweervuur. Het geluid van doodsschreeuwen.

Misschien, dacht Maya nu, was het in die vreselijke kamer geweest dat de dood had besloten haar te blijven achtervolgen.

Maya bleef op de grond zitten en sloot haar ogen. Ze probeerde haar ademhaling tot bedaren te brengen en de geluiden op een afstand te houden.

De herinnering roerde zich weer: papa had een enorme hekel aan roken gehad.

Juist. Claire was ermee begonnen en papa was woedend geworden. Hij begon Claires kamer te doorzoeken als ze er niet was, en als hij een pakje sigaretten vond, was het huis te klein geweest. Dat roken van Claire had niet zo lang geduurd. Maar toen ze het nog deed, had ze uiteindelijk een geheime bergplaats gevonden waar hun vader nooit zou kijken.

Maya's ogen gingen weer open.

Ze kwam snel overeind en haastte zich naar de woonkamer. De oude hutkoffer – grootma's hutkoffer, ironisch genoeg – stond er nog steeds. Claire had hem als salontafel gebruikt. Er stonden ingelijste familiefoto's op. Maya begon ze eraf te halen en zette ze op de grond. De meeste foto's waren van Daniel en Alexa, maar er was er ook een van Eddie en Claire toen ze trouwden. Maya hield hem voor zich en bleef er een tijdje naar kijken. Wat zagen ze er allebei jong en hoopvol en gelukkig en onbevangen uit. Ze hadden geen idee wat het leven voor ze in petto had, maar ja, wie heeft dat wel?

De hutkoffer was de afgelopen jaren gebruikt om er tafelkleden en linnengoed in te bewaren. Maya haalde alles eruit en liet haar vingertoppen over de bodem gaan.

'Mijn vader heeft deze hutkoffer meegebracht uit Kiev,' had grootma hun verteld toen ze nog klein waren, jaren voordat ze kanker kreeg, ze nog gezond en actief was en ze Maya en Claire meenam naar het zwembad of de tennisbaan. 'Zien jullie dit?'

De twee kleine meisjes bogen zich over de hutkoffer.

'Hij heeft hem zelf gemaakt. Er zit een geheime ruimte in.'

'Waarom heeft hij dat gedaan, grootmama?' had Claire destijds gevraagd.

'Om de sieraden en het geld van zijn moeder in te verstoppen. Want elke vreemdeling is een potentiële dief. Onthoud dat goed, allebei. Voor als je ouder bent. Jullie zullen altijd elkaar nog hebben. Maar laat nooit waardevolle dingen rondslingeren.'

Maya's vinger vond het uitstekende randje. Ze drukte erop, hoorde 'klik' en kon het paneel opzijschuiven. Net zoals ze vroeger als kind had gedaan boog ze zich over de rand en keek.

Daar lag de telefoon.

Met een tevreden glimlach haalde ze hem uit de koffer. Als ze gelovig was geweest, zou ze hebben gezworen dat haar zus en haar grootmama vanuit de hemel met haar meekeken. Maar ze was niet gelovig. De doden bleven voor altijd dood. Dat was juist het probleem.

Ze probeerde de telefoon aan te zetten, maar de batterij was helemaal leeg. Niet zo gek. Dat ding had sinds Claires dood in die koffer gelegen. Maya draaide het toestel om en keek naar de aansluiting voor de oplader. Die zag er redelijk bekend uit. Ze zou hem opladen als ze weer thuis was.

'Wat doe jij hier?'

Maya schrok van de stem. Instinctief rolde ze weg van het geluid, sprong overeind en was klaar om zich te verdedigen.

'Jezus, Eddie.'

Eddies gezicht was vuurrood. 'Ik zei...'

'Ik heb je wel verstaan. Geef me even de tijd om op adem te komen, wil je?'

Tot zover je focus en je duidelijkheid, dacht Maya. Ze was zo in beslag genomen door het briljante van haar ontdekking dat Eddie het huis had kunnen binnenkomen en haar had kunnen besluipen zonder dat ze het in de gaten had.

Een zoveelste fout.

'Ik vroeg wat je hier...'

'Ik heb in de dozen met haar spullen gekeken,' zei Maya.

Eddie deed een stap naar voren en wankelde. 'Ik heb je gezegd dat je hier moest wegblijven.'

'Ja, dat weet ik.'

Eddie had hetzelfde rode flanellen shirt aan van de laatste keer dat ze hem had gezien. De mouwen waren opgerold en toonden zijn gespierde onderarmen. Hij had de pezige, compacte bouw van een weltergewicht bokser. Claire was er ooit voor gevallen, die lichaamsbouw. Zijn ogen waren rood van de drank.

Hij hield zijn hand op.

'Ik wil je sleutel. Nu.'

'Vergeet het maar, Eddie.'

'Ik kan nieuwe sloten op de deuren zetten.'

'Je bent niet eens in staat schone kleren aan te trekken.'

Hij keek naar de foto's en de stapel linnengoed op de vloer. 'Wat had je in die hutkoffer te zoeken?'

Maya zei niets.

'Ik heb gezien dat je er iets uit haalde. Geef hier.'

'Nee.'

Hij bleef haar recht aankijken en balde zijn handen tot vuisten. 'Ik kan het je met geweld afnemen...'

'Nee, dat kun je niet. Had ze een verhouding, Eddie?'

Dat bracht hem tot staan. Zijn mond viel open. Toen zei hij: 'Loop naar de hel.'

'Wist je ervan?'

Er kwam weer een vochtig waas voor Eddies ogen, en ongewild ging Maya's blik naar de trouwfoto op de grond, met Eddies gelukkige, hoopvolle gezicht. Dus misschien was het niet alleen de drank die zijn ogen rood maakte. Eddie volgde haar blik, zag dezelfde foto, en toen knapte er iets in hem. Hij plofte neer op de bank en sloeg zijn handen voor zijn gezicht.

'Eddie?'

Zijn stem was maar net hoorbaar. 'Wie was het?'

'Dat weet ik niet. Eileen zei dat Claire er een geheime telefoon op na hield. Ik heb die zonet in deze hutkoffer gevonden.'

Hij hield zijn handen nog voor zijn gezicht. 'Ik kan het niet geloven,' zei hij, met een stem waarin geen enkele hoop meer doorklonk.

'Wat is er gebeurd, Eddie?'

'Niks.' Hij keek op. 'Ik bedoel, we waren niet op ons best. Maar zo gaat dat in een huwelijk. Pieken en dalen. Daar weet jij alles van, nietwaar?'

'We hebben het nu niet over mij.'

Eddie schudde zijn hoofd en boog het weer. 'Misschien wel, misschien niet.'

'Wat mag dat dan wel betekenen?'

'Claire,' zei hij met te veel nadruk, 'werkte voor jouw man.'

De toon beviel Maya niet. 'Ja, en?'

'En als ik haar ernaar vroeg, was de reden steeds dat ze moest overwerken.'

Nu keek hij naar haar op. Maya keek hem recht aan. Ze hield niet van omtrekkende bewegingen als ze serieus met iemand in gesprek was.

'Als je probeert te insinueren dat Claire en Joe...'

Het was te bespottelijk om het uit te spreken.

'Jij bent degene die zegt dat ze een verhouding had,' zei Eddie, en moeizaam stond hij op van de bank. 'Ik vertel je alleen waar ze was.'

'Dus je had het vermoeden dat er iemand anders was?'

'Dat zeg ik niet.'

'Ja, dat zeg je wel. Waarom heb je dat nooit aan de politie verteld?'

Nu was het zijn beurt om te blijven zwijgen.

'Ah, ik begrijp het al,' zei Maya. 'Jij bent de echtgenoot. Die wordt altijd als eerste verdachte gezien. Stel je voor dat ze wisten dat jij vermoedde dat ze een verhouding had.'

'Maya?'

Ze wachtte. Hij deed een stap naar haar toe. Zij deed een stap achteruit.

'Geef me die telefoon, verdomme,' zei hij. 'En ga mijn huis uit.'

'Nee, ik neem die telefoon mee.'

Eddie blokkeerde haar de weg. 'Wil je me echt uitdagen?'

Maya dacht aan het pistool in haar tas. Niet dat ze het was vergeten, want je bent het je voortdurend bewust als je een wapen bij je hebt, al was het alleen door het gewicht dat je voelt. Het is altijd een optie, mocht het nodig zijn.

Eddie deed nog een stap naar haar toe.

Het was absoluut uitgesloten dat Maya de telefoon aan hem zou geven. Haar hand ging al langzaam naar haar tas toen ze twee bekende stemmen hoorde.

'Tante Maya!'

'Yes!'

Daniel en Alexa kwamen de kamer binnenstormen zoals alleen pubers dat kunnen. Ze renden op hun tante toe en vlogen haar in de armen. Maya omhelsde ze, maar paste ervoor op dat haar tas er niet tussen zat. Ze kuste ze op beide wangen, zei dat ze haast had en was de deur uit voordat Eddie domme dingen kon doen.

Vijf minuten later belde Eddie haar op haar mobiel.

'Sorry van daarnet,' zei hij. 'Ik hield van Claire. God, hoe heb ik... Jij weet dit allemaal al. Oké, we hadden problemen, maar zij hield ook van mij.'

Maya's blik bleef op de weg gericht. 'Dat weet ik, Eddie.'

'Wil je iets voor me doen, Maya?'

'Wat?'

'Wat je ook vindt op die telefoon, hoe erg het ook is, vertel het me. Ik wil de waarheid weten.'

In de achteruitkijkspiegel zag Maya de rode Buick weer.

'Beloof het me, Maya.'

'Oké, Eddie, ik beloof het.'

Ze beëindigde het gesprek en keek weer in de achteruitkijkspiegel, maar de rode Buick was nergens meer te zien. Twintig minuten later was ze bij kinderdagverblijf Growin' Up, waar juf Kitty haar de overige papieren liet invullen en ze de betaling regelden. Lily wilde niet weg, wat Maya als een goed teken opvatte.

Eenmaal thuis, toen Lily was geacclimatiseerd en weer aan het spelen was, trok Maya haar zogenoemde snoerenla open. Net als veel mensen die ze kende, gooide Maya nooit een netsnoer of aansluitkabel weg. De la was een soort slangenkuil, tot aan de rand toe gevuld met tientallen of misschien wel honderden snoeren – ja, een aansluitsnoer voor een Betamax-videorecorder zat er waarschijnlijk ook nog wel tussen – die ze kon uitproberen.

Uiteindelijk vond ze een oplader die in Claires telefoon paste, sloot hem aan op het stopcontact en wachtte tot het toestel genoeg power had om het aan te kunnen zetten. Na ongeveer tien minuten was het zover. Het was een heel simpel toestel – u kunt er alleen mee bellen, mevrouw – maar het had wel een belverleden. Ze klikte het aan en scrolde door de gesprekken.

Die waren allemaal naar hetzelfde nummer geweest.

Maya scrolde omlaag en telde er zestien. Het nummer kwam haar niet bekend voor. De districtscode was 201. Dat stond voor het noordelijke deel van New Jersey.

Wie had Claire in godsnaam gebeld?

Ze bekeek de datums. Het eerste gesprek dateerde van drie maanden voor Claires dood. Het laatste van vier dagen voor de moord. Wat kon dat te betekenen hebben? Het belpatroon was nogal onregelmatig. Veel telefoontjes in het begin, tegen het eind ook veel, en relatief weinig ertussenin.

Had Claire geprobeerd een ontmoeting te regelen?

Even gingen Maya's gedachten terug naar Jean-Pierre en ging

haar fantasie met haar op de loop. Stel dat het Jean-Pierre op de een of andere manier was gelukt haar na al die jaren op te sporen. Je hoorde dat tegenwoordig zo vaak, zeker in het internettijdperk. Zolang je Facebook had, hoefde je een geliefde nooit helemaal uit het oog te verliezen.

Maar nee, het kon Jean-Pierre niet zijn. Dat zou Claire haar zeker hebben verteld.

O ja? Hoe kon ze daar zo zeker van zijn? Claire was met iets bezig geweest, daar bestond geen twijfel over, en ze had het niet nodig gevonden om Maya te vertellen wat het was. Maya had altijd gedacht dat Claire en zij alles met elkaar hadden gedeeld, dat ze geen geheimen voor elkaar hadden gehad, maar aan de andere kant... Laten we eerlijk zijn: Maya was aan de andere kant van de wereld geweest toen dit allemaal gebeurde, ze had voor haar land gevochten in een of andere godvergeten woestijn, in plaats van hier, thuis, te zijn om haar zus te beschermen.

Je had geheimen voor me, Claire.

Dus wat nu?

Begin met het simpelste. Googel het telefoonnummer. Misschien had ze geluk en kwam er iets uit. Maya typte het nummer in het vakje van de zoekmachine en gaf een tik op de entertoets.

Meteen raak. Althans...

De hits sprongen meteen in beeld, wat haar verbaasde. Meestal wanneer je een telefoonnummer googelde, werd je doorverwezen naar een of andere derde partij, die je geld vroeg voor de informatie over de abonnee. Het telefoonnummer dat Claire had gebeld, was van een bedrijf, maar net als al het andere in de draaikolk van waanzin van de afgelopen paar weken riep het soort bedrijf meer vragen op dan dat het antwoorden verschafte. Het bedrijf was inderdaad gevestigd in het noorden van New Jersey, dicht bij George Washington Bridge, als ze Google Maps mocht geloven. Het heette Leather & Lace... een herenclub.

'Herenclub' was een eufemisme voor 'striptent'.

Maya klikte de link aan, voor de zekerheid, en zat oog in oog met een scherm vol schaars geklede vrouwen. Yep, een striptent. Haar zus had er een geheime telefoon op na gehouden en die in de hutkoffer van hun grootmama verstopt om een striptent te bellen.

Sloeg dat ergens op?

Nee.

Maya probeerde deze nieuwe informatie te rijmen met wat ze al wist. Als ze alles bij elkaar optelde – Claire, Joe, de nannycam, de telefoon, de striptent en de rest – en alle mogelijkheden afwoog, kwam er niets zinnigs uit. Het sloeg echt allemaal nergens op. Ze begon zich zelfs aan strohalmen vast te grijpen. Misschien had Claire een verhouding en werkte haar minnaar daar. Misschien was Jean-Pierre er wel bedrijfsleider. De website bood zijn hooggeëerde clientèle iets wat ze een 'Lapdance de France' noemden, hoewel Maya geen idee had wat dat zou kunnen zijn en het ook liever niet wilde weten. Misschien leidde Claire wel een geheim leven en werkte ze daar. Dat las je wel eens, of je zag het in slechte tv-films. Overdag een keurige huismoeder, 's nachts een stripper.

Hou op.

Ze pakte de telefoon en belde Eddie.

'Heb je iets gevonden?' vroeg hij.

'Hoor eens, Eddie, als ik om de naakte feiten heen moet draaien...' De ironie van haar woordkeus trof haar zodra ze het had gezegd. '... of als ik moet oppassen met wat ik je wel of niet kan vragen, dan komen we niet veel verder, of wel soms?'

'Nee, natuurlijk niet. Wat wil je weten?'

'Kom jij wel eens in stripclubs?'

Stilte. En toen: 'Of ik er ooit geweest ben, bedoel je?'

'Ja.'

'Vorig jaar zijn we met de jongens van het werk naar een stripclub geweest, voor een vrijgezellenparty.'

‘En daarna?’

‘Dat was de enige keer.’

‘Waar was die club?’

‘Hoor eens, wat heeft dat er nu...’

‘Geef gewoon antwoord, Eddie.’

‘Buiten Philadelphia. Bij Cherry Hill.’

‘Geen andere?’

‘Nee.’

‘Zegt een club met de naam Leather & Lace jou iets?’

‘Je maakt zeker een grapje?’

‘Eddie?’

‘Nee, die naam zegt me niks.’

‘Oké. Bedankt.’

‘Ga je me niet vertellen wat dit te betekenen heeft?’

‘Nee, nog niet. Doei.’

Maya legde haar telefoon neer en staarde naar het beeldscherm. Waarom zou Claire Leather & Lace al die keren hebben gebeld?

Het had weinig zin om er nog meer ongefundeerde theorieën op los te laten. Het liefst was ze nu in de auto gestapt en ernaartoe gereden, maar ze had geen oppas voor Lily. Growin’ Up sloot om acht uur ’s avonds.

Morgen, dacht ze. Morgen werp ik me met hart en ziel, om het zo maar eens te zeggen, op Leather & Lace.

11

Maya had een bizarre droom over het voorlezen van Joe's testament. Het was een surrealistische droom, met vage beelden, alsof je door een douchegordijn kijkt, zo'n droom waarvan je je al meteen niet herinnert wat er was gezegd of waar je eigenlijk was. Maar één ding herinnerde ze zich wel.

Joe was erbij.

Hij zat in een leren fauteuil, gekleed in dezelfde smoking die hij aan had gehad op de avond dat ze elkaar hadden ontmoet. Hij zag er ongelofelijk knap uit en hij keek naar een wazige figuur die een document voorlas. Maya kon niet horen wat de wazige figuur zei, maar op de een of andere manier wist ze dat die het testament voorlas. Dat interesseerde Maya niet. Ze had alleen oog voor Joe. Ze riep hem en probeerde zijn aandacht te trekken, maar hij hoorde haar niet.

Maya werd wakker met de bekende geluiden: het geschreeuw, het geklapwiek van rotorbladen en automatisch geweervuur. Ze greep het kussen, trok het over haar hoofd en drukte het tegen haar oren om zich ervoor af te sluiten. Ze wist natuurlijk dat dit niet hielp, omdat de geluiden in haar hoofd zaten, en dat ze er alleen maar mee bereikte dat ze daar bleven. Maar toch deed ze het. De geluiden duurden nooit lang. Wat zij moest doen was haar ogen sluiten – ook een rare reactie: je ogen sluiten om geluiden niet te horen – en wachten tot ze ophielden.

Toen het zover was, stapte Maya uit bed en slofte naar de badkamer. Ze wierp een korte blik in de spiegel van het medicijnkastje en was zo verstandig om het deurtje te openen, zodat ze de opgejaagde blik in haar ogen niet hoefde te zien. Op de plank van het kastje stond het potje met de kleine bruine pillen. Even overwoog ze er een of twee te nemen, maar ze zag ervan af, want ze wilde scherp zijn vandaag, nu het testament zou worden voorgelezen in het bijzijn van de hele familie Burkett.

Ze douchte, opende de kledingkast en koos voor het zwarte Chanel-pakje dat Joe voor haar had gekocht. Joe had het leuk gevonden om met haar te gaan shoppen. Ze had het voor hem gepast, was inwendig lyrisch geweest over de stof en de pasvorm, maar had gedaan alsof het haar niet beviel, omdat het zo extreem duur was. Maar daar was Joe niet in getrapt. De volgende dag was hij teruggegaan naar de winkel en had het voor haar gekocht. Toen ze thuiskwam, had het op het bed gelegen, waar het nu ook lag.

Ze trok het aan en ging Lily wekken.

Een half uur later leverde ze Lily af bij Growin' Up. Juf Kitty was gekleed in een Disney-prinsessenkostuum dat Maya niet meteen herkende. 'Wil jij vandaag ook een prinsesje zijn, Lily?' Lily knikte, nam amper de moeite om afscheid te nemen van haar moeder en liep mee met juf Kitty. Maya stapte weer in de auto, haalde haar telefoon tevoorschijn en klikte de app van Growin' Up aan. Ze koos de camerabeelden en zag hoe Lily in een Elsa-kostuumpje uit *Frozen* werd gekleed.

'Laat het los,' zong Maya zachtjes in zichzelf terwijl ze op weg ging naar haar schoonfamilie.

Ze zette de autoradio aan om haar eigen stem te vervangen door wat de radiozenders 's morgens te bieden hadden. De meeste presentatoren van ochtendprogramma's hebben geen idee hoe irritant grappig ze zijn. Ze schakelde door naar AM – luisterde er nog iemand naar AM? – en koos voor een 24 uursnieuwszender. De voorspelbaarheid en de bijna militaire precisie gaven haar een geruststellend gevoel. Sportnieuws om het kwartier. Filemeldingen elke tien minuten. Ze was in gedachten en luisterde er met een half oor naar toen een bericht haar aandacht trok.

'De beruchte hacker Corey the Whistle heeft beloofd deze week een schatkist aan nieuwe lekken te openen en beweert dat die niet alleen een vooraanstaand politicus van de huidige regering ernstig in verlegenheid zullen brengen, maar dat ze vrijwel zeker tot zijn ontslag zullen leiden en waarschijnlijk ook tot rechtsvervolging...'

Ondanks alles wat er was gebeurd, en alles wat ze had gezegd over Corey the Whistle die haar geen kwaad meer kon doen, voelde Maya een kersverse rilling over haar rug lopen. Shane had zich afgevraagd waarom Corey niet alles openbaar had gemaakt, en of hij niet het moment afwachtte om een nog grotere bom – ha ha, hoe toepasselijk in haar geval – op haar te laten vallen. Zelf had ze zich dat natuurlijk ook afgevraagd. Maya Stern was allang oud nieuws, maar de mogelijkheid bleef bestaan. Grote geheimen bleven niet geheim. Ze hadden de neiging je op je nek te springen op momenten dat je het absoluut niet verwachtte, nietsontziend toe te slaan en – ze merkte weer eens hoe vaak het militaire jargon in haar gewone woordkeus opdook – aanzienlijke 'onvoorziene' schade aan te richten.

Farnwood was een rijkeluislandgoed van de oude stempel. Voordat Maya Joe had leren kennen, had ze altijd gedacht dat ze alleen in geschiedenisboeken en romans voorkwamen. Maar dat is dus niet zo. Ze stopte bij de poort, die door Morris werd bemand. Morris werkte al sinds het begin van de jaren tachtig op het landgoed. Hij woonde ook in een van de personeelshuisjes, net als Isabella's familie.

'Hallo, Morris.'

Hij keek haar met een norse blik aan, zoals hij altijd deed, om haar er op zijn eigen manier aan te herinneren dat ze slechts aangetrouwde familie was en geen echte Burkett. Misschien was Morris' blik vandaag wel iets norser dan gewoonlijk, mogelijk omdat hij nog steeds treurde om Joe's dood, of, wat waarschijnlijker was, omdat hij het gerucht over Isabella en de pepperspray had gehoord. Mopperend drukte Morris op de knop en de poort zwaaide zo langzaam open dat het met het blote oog nauwelijks waarneembaar was.

Maya reed de lange, bochtige oprijlaan op, langs de tennisbaan en het voetbalveld – Maya had op geen van beide ooit iemand bezig gezien – naar een landhuis in tudorstijl, dat haar deed denken aan Bruce Waynes optrekje in de oude Batman-tv-serie. Ze zou niet verbaasd geweest zijn als ze was opgewacht door een groep mannen gekleed voor de vossenjacht, maar in plaats daarvan stond alleen haar schoonmoeder Judith voor de deur. Maya parkeerde bij het bordes.

Judith was een heel mooie vrouw. Ze was tenger, had grote, ronde ogen en zachte, fijne gelaatstrekken. Ze zag er jonger uit dan ze was. Ze had wat aan haar gezicht laten doen – Botox, en misschien iets rondom de ogen – maar op een smaakvolle manier, en je kon zien dat haar jeugdige voorkomen genetisch bepaald was, of dat het te danken was aan haar dagelijkse yoga-uurtje. Haar figuur ontlokte mannen nog steeds een tweede blik. Mannen voelden zich sowieso tot haar aangetrokken – uiterlijk, hersens en geld – maar als Judith met mannen uitging, wist Maya daar niets van.

'Volgens mij heeft ze geheime minnaars,' had Joe wel eens tegen haar gezegd.

'Waarom geheim?'

Maar Joe had alleen zijn schouders opgehaald.

Het gerucht ging dat Judith vroeger een echte West Coast-hippie was geweest. Maya geloofde dat onmiddellijk. Als je goed naar haar gezicht keek, zag je in haar ogen en haar glimlach nog steeds een vleugje rebellie.

Judith kwam het bordes af lopen maar bleef op de voorlaatste tree staan, waardoor zij en Maya even groot waren. Ze kusten elkaar op de wang, waarbij Judith de hele tijd langs haar heen keek.

'Waar is Lily?'

'In het kinderdagverblijf.'

Maya wachtte tot er een verbaasde uitdrukking op het gezicht van haar schoonmoeder zou verschijnen. Dat gebeurde niet. 'Je moet het uitpraten met Isabella.'

'Heeft ze het je verteld?'

Judith vond het niet nodig die vraag te beantwoorden.

'Help me dan het op te lossen,' zei Maya. 'Waar is ze?'

'Op reis, is me verteld.'

'Voor hoe lang?'

'Dat weet ik niet. Ik stel voor dat je in de tussentijd Rosa als nanny neemt.'

'Nee, dank je.'

'Je weet dat zij Joe's nanny is geweest?'

'Ja, dat weet ik.'

'En?'

'Nee, dank je.'

'Dus je houdt haar in het kinderdagverblijf?' Judith schudde afkeurend haar hoofd. 'Ik heb jaren geleden zelf met kinderdagverblijven te maken gehad, beroepsmatig, bedoel ik.' Judith was bevoegd psychiater, en ze had nog steeds twee keer per week cliënten in haar praktijk in de Upper West Side van Manhattan. 'Herinner je je al die gevallen van kindermisbruik in de jaren tachtig en negentig?'

'Ja. Was je als getuige-deskundige opgeroepen?'

'Zoiets.'

'Ik heb gehoord dat het allemaal verzinsels bleken te zijn. Kinderhysterie of zo?'

'Ja,' zei Judith. 'De verzorgers zijn vrijgesproken.'

'Dus?'

'De verzorgers zijn vrijgesproken,' herhaalde ze, 'maar het systeem gaat misschien niet vrijuit.'

‘Ik kan je niet volgen.’

‘Kinderen worden zo gemakkelijk in dagverblijven gedumpt. Waarom?’

Maya haalde haar schouders op.

‘Denk na. Die kinderen kwamen met al die gruwelijke verhalen. Ik heb me afgevraagd waarom. Waarom hebben ze de dingen gezegd waarvan ze dachten dat hun ouders ervan zouden schrikken? Dus misschien, heel misschien, als hun ouders in eerste instantie wat meer aandacht aan ze hadden besteed...’

Dat, bedacht Maya, was wel erg vergezocht.

‘Waar ik naartoe wil is dat ik Isabella ken. Ik ken haar van jongs af aan. Ik vertrouw haar. De mensen van dagverblijven ken ik niet en dus vertrouw ik ze niet. En dat kun jij evenmin.’

‘Ik heb iets wat beter is dan vertrouwen,’ zei Maya.

‘Pardon?’

‘Ik kan zien wat ze doen.’

‘Wat?’

‘Er zijn genoeg getuigen van wat ze doen, en ik ben er een van.’ Ze hield haar telefoon op, klikte de app aan en daar was Lily, in haar Elsa-kostuumpje. Judith nam de telefoon van haar over, keek naar het schermpje en glimlachte. ‘Wat is ze aan het doen?’

Maya keek mee. ‘Zo te zien aan de manier waarop ze rondjes draait, probeert ze het dansje uit *Frozen* te doen.’

‘Overal camera’s,’ zei Judith hoofdschuddend. ‘De techniek staat voor niets.’ Ze gaf Maya de telefoon terug. ‘Maar... wat is er tussen jou en Isabella gebeurd?’

Het zou niet slim zijn om daar nu op in te gaan, zeker niet nu het voorlezen van Joe’s testament elk moment kon beginnen. ‘Daar zou ik me maar geen zorgen om maken.’

‘Mag ik rechtdoorzee zijn?’

‘Ben je dat wel eens niet?’

Judith glimlachte. ‘Op dat punt lijken we op elkaar, jij en ik. Op diverse andere punten ook, trouwens. We zijn allebei aangetrouwde familie. We zijn allebei weduwe. En we nemen geen van beiden een blad voor de mond.'

'Oké, ik luister.'

'Zie je je therapeut nog?'

Maya zei niets.

'Je omstandigheden zijn ingrijpend veranderd, Maya. Je man is vermoord. Je hebt het zien gebeuren. Ze hadden jou ook kunnen doodschieten. Je staat er alleen voor met het grootbrengen van je kind. Als je al deze druk en stress optelt bij de vorige diagnose...'

'Wat heeft Isabella je verteld?'

'Niks,' zei Judith. Ze legde haar hand op Maya's schouder. 'Ik zou je zelf in therapie kunnen nemen, maar...'

'Dat lijkt me geen goed idee.'

'Nee, mij ook niet. Dat zou niet goed zijn. Ik kan me maar beter beperken tot mijn rol van liefhebbende grootmama en bemoeizuchtige schoonmoeder. Maar... ik heb een collega. Een goede vriendin, beter gezegd. Zij was mijn docent op Stanford. Ik weet zeker dat de psychiaters van het leger competent zijn, maar deze vrouw is de allerbeste op haar vakgebied.'

'Judith?'

'Ja?'

'Het gaat goed met me.'

Een stem vroeg: 'Mama?'

Judith draaide zich om. Het was Caroline, haar dochter en Joe's zus. De twee vrouwen leken veel op elkaar, je kon onmiddellijk zien dat ze moeder en dochter waren, met als enige verschil dat Judith altijd kracht en zelfvertrouwen uitstraalde en dat bij Caroline ontbrak.

'Hallo, Maya.'

'Hallo, Caroline.'

De twee kusten elkaar op de wang.

'Heather wacht op ons in de bibliotheek,' zei Caroline. 'Neil is er al.'

Judiths gezichtsuitdrukking werd ernstig. 'Goed, laten we dan maar gaan.'

Judith ging tussen Caroline en Maya staan, zodat ze haar allebei een arm konden geven. Zwijgend liepen ze de grote foyer door en langs de balzaal. Boven de open haard hing een groot geschilderd portret van Joseph T. Burkett senior. Judith bleef staan en keek ernaar.

'Joe leek heel erg op zijn vader,' zei Judith.

'Inderdaad,' zei Maya.

'Nog iets wat we gemeen hebben,' zei Judith met een vage glimlach. 'Onze smaak qua mannen.'

'Yep, groot, donker en knap,' zei Maya. 'Maar we zullen de enigen niet zijn, denk ik.'

Judiths glimlach brak door. 'Dat is waar.'

Caroline opende de dubbele deuren en ze gingen de bibliotheek binnen. Misschien kwam het omdat Maya net verklede kinderen had gezien, of omdat ze onlangs met Lily naar *Beauty and the Beast* had gekeken, maar de bibliotheek herinnerde haar sterk aan die van 'the Beast'. Het grote vertrek was twee verdiepingen hoog en alle wanden bestonden uit ingebouwde boekenkasten van donker eikenhout. Op de vloer lagen rijkversierde Perzische tapijten. Aan het plafond hing een kroonluchter. Aan beide kanten waren verrijdbare ladders op gietijzeren rails. Er stond een grote, antieke wereldbol die, als je hem openklapte, een kristallen karaf met cognac bevatte. Neil, Joe's nog levende broer, had al een glaasje genomen.

'Hallo, Maya.'

Nog meer zoenen, hoewel wat klunziger deze keer. Alles aan Neil was nogal klunzig. Hij had zo'n peervormig lichaam dat er klunzig bleef uitzien, al trok hij nog zo'n mooi en peperduur maatpak aan.

'Wil jij iets?'

Hij gebaarde naar de karaf.

'Nee, dank je,' zei Maya.

'Weet je het zeker?'

Judith grimaste en zei: 'Het is negen uur 's morgens, Neil.'

'Maar ergens op de wereld is het vijf uur 's middags. Zeggen ze dat niet altijd?' Hij lachte. Niemand lachte mee. 'Bovendien gebeurt het niet elke dag dat ze het testament van je broer voorlezen.'

Judith wendde haar blik af. Neil was het kind van de familie, de jongste van de vier kinderen. Joe was de oudste geweest, een jaar later gevolgd door Andrew, die zijn leven 'op zee had gelaten', zoals de familie het altijd formuleerde, en daarna waren Caroline en Neil gekomen. Vreemd genoeg was het Neil die nu aan het hoofd van het familie-imperium stond. Joseph senior, niet iemand voor sentimenten als het op geld aankwam, had hem verkozen boven de oudere kinderen.

Joe had er zijn schouders over opgehaald. 'Neil is een bikkelharde zakenman,' had Joe haar ooit verteld. 'Daar hield pa van, bikkelhard zakendoen.'

'Zullen we gaan zitten?' stelde Caroline voor.

Maya keek naar de stoelen – leren fauteuils – en dacht terug aan haar droom. Even zag ze Joe weer, in zijn smoking, met zijn benen over elkaar geslagen, de vouw van zijn broek kaarsrecht, terwijl hij de andere kant op keek, onbereikbaar.

'Waar is Heather?' vroeg Judith.

'Hier.'

Ze draaiden zich allemaal om naar de deuropening. Heather Howell was de afgelopen tien jaar de advocaat van de familie geweest. Daarvoor had Heathers vader, Charles Howell III, voor de Burketts gewerkt, en daarvoor haar grootvader, Charles Howell II.

Over de eerste Charles Howell werd nooit gesproken.

'Goed dan,' zei Judith. 'Zullen we beginnen?'

Het bijzondere van Judith was het gemak waarmee ze van de warme moederfiguur overschakelde naar de professionele psychiater, of, zoals nu, naar het deftige hoofd van de familie, compleet met een licht Brits accent.

Ze namen in de fauteuils plaats, maar Heather Howell bleef staan. Judith keek vragend naar haar op. 'Is er een probleem?'

'Ik ben bang van wel.'

Heather was zo'n advocaat die zelfvertrouwen en competentie uitstraalde. Je wilde dolgraag dat zij aan jouw kant stond. De eerste keer dat Maya haar had ontmoet was meteen na Joe's huwelijksaanzoek geweest. Heather had haar meegenomen naar deze zelfde bibliotheek en de overeenkomst van de huwelijkse voorwaarden met een klap voor haar neergelegd. Op een toon die no-nonsense maar niet onvriendelijk was had ze tegen Maya gezegd: 'Teken dit document. Over de inhoud valt niet te onderhandelen.'

Nu, voor het eerst, zag Heather Howell eruit alsof ze zich met iets geen raad wist, of zich in elk geval buiten haar comfortzone bevond.

'Heather?' zei Judith.

Heather Howell keek haar aan.

'Wat is er aan de hand?'

'Ik vrees dat we het voorlezen van het testament even zullen moeten uitstellen.'

Judith keek Caroline aan. Geen reactie. Ze keek op naar Maya. Maya stond daar en zei niets. Judith wendde zich weer tot Heather. 'Zou je ons willen uitleggen waarom?'

'Er zijn bepaalde procedures die we moeten volgen.'

'Wat voor procedures?'

'Niets om je zorgen over te maken, Judith.'

Dat antwoord beviel Judith niet. 'Zie ik eruit alsof ik als een klein kind behandeld wil worden?'

'Nee.'

'Vertel op, waarom kunnen we Joe's testament niet voorlezen?'

'Het is niet zo dat ik het niet kan voorlezen,' zei Heather, die haar woorden zorgvuldig afwoog.

'Maar?'

'Maar het zal nog even moeten wachten.'

‘En dan vraag ik weer: waarom?’

‘Een administratief detail, meer niet,’ zei Heather.

‘Wat voor detail?’

‘We, eh... we hebben geen officiële overlijdensakte.’

Stilte.

‘Hij is al bijna twee weken dood,’ zei Judith. ‘We hebben hem begraven.’

In een gesloten kist, herinnerde Maya zich opeens.

Dat was niet Maya’s besluit geweest. Ze had dit aan Joe’s familie overgelaten. Het had haar niet uitgemaakt. Dood was dood. Als een of ander ritueel hun pijn zou verzachten, dan mocht dat van haar. Een gesloten kist had ook een logische keuze geleken. Joe was door zijn hoofd geschoten. De make-upafdeling van een begrafenisonderneming kon nog zo goed zijn, dat zou natuurlijk altijd te zien blijven.

‘Heather?’ vroeg Judith weer.

‘Ja, natuurlijk. Ik weet het, ik bedoel, ik ben op de begrafenis geweest. Maar de bekrachtiging van een testament vereist een overlijdensakte, een of ander bewijs. Dit is een bijzonder geval. Ik laat door een van mijn medewerkers nakijken wat de wet hierover zegt. Omdat Joe is... eh... vermoord, hebben we de bevestiging van de officiële autoriteiten binnen het politiedepartement nodig. Ik heb zonet te horen gekregen dat dat nog wat tijd gaat kosten.’

‘Hoe lang?’ vroeg Judith.

‘Dat kan ik nu niet zeggen, maar nu we ermee bezig zijn hopelijk niet langer dan een of twee dagen.’

Voor het eerst liet Neil zich horen. ‘Hoezo “bewijs”? Moeten we bewijzen dat Joe dood is?’

Heather Howell begon opgelaten aan haar trouwring te draaien. ‘Ik heb op dit moment alle feiten nog niet, maar voordat we overgaan tot bekrachtiging van het testament, moet deze blunder – zullen we het zo noemen? – eerst worden rechtgezet. Ik heb mijn beste mensen erop gezet. Jullie horen zo snel mogelijk van me.'

Iedereen was sprakeloos van verbazing en Heather Howell maakte van de gelegenheid gebruik om zich om te draaien en snel de bibliotheek uit te lopen.

12

'Het heeft niks te betekenen,' zei Judith terwijl ze met Maya naar de foyer liep.

Maya zei niets.

'Zo zijn advocaten nu eenmaal. Alles moet tot in de puntjes geregeld zijn, deels om jou te beschermen, maar vooral om meer uren te kunnen schrijven.' Ze probeerde een glimlach, maar die verdween algauw weer. 'Ik ben ervan overtuigd dat het om een of andere administratieve onbenulligheid gaat...' Haar stem stierf weg, alsof ze opeens besefte dat ze het over Joe had en geen juridisch detail.

'Twee zoons,' zei Judith met holle stem.

'Ik vind het zo erg voor je.'

'Het zou niet mogen: een moeder die twee zoons moet begraven.'

Maya pakte haar hand vast. 'Nee,' zei ze. 'Het zou niet mogen.'

'Net zomin als een jonge vrouw die haar zus en haar man moet begraven.'

De dood achtervolgt je, Maya...

Misschien werd Judith ook door de dood achtervolgd.

Judith bleef haar hand nog even vasthouden en liet die toen los. 'Hou contact, Maya. Alsjeblieft.'

'Natuurlijk.'

Ze liepen naar buiten, het heldere zonlicht in. Judiths zwarte limousine stond voor de deur te wachten. Haar chauffeur hield het portier voor haar open.

'Breng Lily de volgende keer mee.'

'Zal ik doen.'

'En los het op met Isabella.'

'Hoe eerder ik haar vind,' zei Maya, 'hoe sneller we dit misverstand de wereld uit kunnen helpen.'

'Ik zal kijken wat ik kan doen.'

Judith nam achter in de limousine plaats. De chauffeur sloot het portier. Maya bleef staan tot de limousine aan het eind van de oprijlaan uit het zicht verdween.

Toen ze bij haar auto kwam, stond Caroline daar op haar te wachten.

'Heb je tijd om even te praten?' vroeg Caroline.

Eigenlijk niet, dacht Maya. Ze wilde weg. Ze had dingen te doen. Twee dingen, om precies te zijn. Eerst wilde ze nog een keer naar de personeelswoninkjes om te zien of ze Isabella kon verrassen. Als dat niet lukte, had ze nog een ander plan om te weten te komen waar haar nanny uithing. En daarna moest ze naar Leather & Lace om uit te zoeken wat het mogelijke verband kon zijn tussen deze 'herenclub' en haar vermoorde zus.

Caroline legde haar hand op Maya's arm. 'Alsjeblieft?'

'Oké, goed dan.'

'Maar niet hier.' Caroline keek schichtig om zich heen en zei: 'Laten we een eindje gaan lopen.'

Maya onderdrukte een zucht. Caroline liep de oprijlaan op. Haar hondje, Lazlo, een havanezer, volgde haar op de voet. Lazlo liep los, maar ach, als je een landgoed had zo groot als dit, was er weinig gevaar te duchten, al rende hij nog zo ver weg. Maya vroeg zich af hoe het moest zijn om hier op te groeien, op deze plek met zo veel overdaad, schoonheid en rust, waar alles, het gras, de bomen, het glooiende landschap, waar je ook keek, van jou was.

Caroline sloeg rechts af. Maya en Lazlo volgden.

'Mijn vader heeft dat voor Joe en Andrew laten aanleggen.' Caroline knikte glimlachend naar het voetbalveld. 'De tennisbaan was mijn domein. Ik vond tennissen leuk en ik trainde veel. Mijn vader haalde de beste tennisprof van Port Washington hiernaartoe om me privéles te geven. Maar ik hield niet met hart en ziel van tennissen, begrijp je wat ik bedoel? Je kunt trainen zo veel je wilt, en ik had best wel wat talent. In het voorbereidingsjaar voor de universiteit was ik de beste singlespeler. Maar om het volgende niveau te bereiken, moest je echt bezeten zijn. Dat fake je niet.'

Maya knikte omdat ze niet wist wat ze anders moest doen. Lazlo liep met zijn tong uit zijn bek. Caroline wilde ergens naartoe. Maya kon haar niet overhaasten. Ze moest geduld hebben.

'Maar Joe en Andrew... Zij híélden echt van voetbal. Ze deden niets liever. En ze waren allebei steengoed. Joe was een echte spits, zoals je ongetwijfeld weet. Andrew was de doelman. Ontelbare uren hebben ze samen op dit veld doorgebracht... Joe die zijn vrije trappen trainde en Andrew die ze uit zijn doel probeerde te houden. Hoe ver zou je zeggen dat dat doel van het huis is, bijna een halve kilometer?'

'Ja, zoiets.'

'Je kon hun gelach in huis horen; het kwam door de open ramen naar binnen zweven. Dan zat mijn moeder in de salon en luisterde ernaar, met een brede glimlach op haar gezicht.'

Caroline glimlachte nu ook. Het was de glimlach van haar moeder, maar toch ook weer niet, op de een of andere manier lang niet zo magnetisch en krachtig als die van Judith.

'Wat weet je van mijn broer Andrew?'

'Niet zo veel,' zei Maya.

'Had Joe het nooit over hem?'

Natuurlijk wel. Joe had haar het grote geheim over de dood van zijn broer verteld, maar Maya was niet van plan dat met Caroline of met wie ook te delen.

Iedereen denkt dat mijn broer van die boot is gevallen...

Joe en zij waren op dat moment in een resort op de Turks- en Caicoseilanden en hadden naakt op bed gelegen. Ze lagen allebei op hun rug en staarden naar het plafond. Joe's ogen glansden in het maanlicht. Het raam stond open en het briesje vanaf zee deed haar huid tintelen. Maya had Joe's hand vastgepakt.

De waarheid is dat Andrew is gesprongen...

Maya zei: 'Nee, hij praatte niet vaak over hem.'

'Te pijnlijk, denk ik. Ze waren zo close.' Caroline stopte met lopen. 'Begrijp me niet verkeerd, Maya, Joe en Andrew hielden allebei zielsveel van me. En Neil... tja, Neil was het irritante kleine broertje dat ze min of meer tolereerden. Maar het was altijd Joe en Andrew... zij samen. Ze waren samen bezig aan hun voorbereiding voor de universiteit toen Andrew omkwam, wist je dat?'

Maya knikte.

'De Franklin Biddle Academy bij Philadelphia. Ze woonden in hetzelfde studentenhuis en speelden in hetzelfde voetbalteam. Wij hadden hier dit gigantische huis, maar Joe en Andrew deelden liever een kamer in een studentenhuis.'

Andrew heeft zelfmoord gepleegd, Maya. Hij leed zo veel pijn en ik heb dat nooit opgemerkt...

'Maya?'

Ze keek Caroline aan.

'Wat vind jij van wat er vandaag gebeurde? Met dat... uitstel?'

'Dat weet ik niet.'

'Heb je er geen theorie over?'

'Jullie advocaat deed het voorkomen alsof het een bureaucratische blunder was.'

'En jij gelooft dat?'

Maya haalde haar schouders op. 'Ik heb in het leger gezeten. Bureaucratische blunders zijn daar praktisch de norm.'

Caroline keek naar de grond.

‘Wat is er?’ vroeg Maya.

‘Heb je hem gezien?’

‘Wie?’

‘Joe,’ zei Caroline.

Maya voelde haar hele lichaam verstijven. ‘Waar heb je het over?’

‘Zijn stoffelijk overschot,’ zei Caroline zacht. ‘Voor de begrafenis. Heb je Joe’s stoffelijk overschot gezien?’

Maya schudde langzaam haar hoofd. ‘Nee.’

Caroline keek naar haar op. ‘Vond je dat niet vreemd?’

‘Het was een gesloten kist.’

‘Had jij daarvoor gekozen?’

‘Nee.’

‘Wie dan?’

‘Je moeder, neem ik aan.’

Caroline knikte, alsof dat een redelijke veronderstelling was. ‘Ik heb gevraagd of ik hem mocht zien.’

Tot zover de rust en vrede... de stilte van de omgeving begon nu verstikkend te werken. Maya probeerde regelmatig te blijven ademen. Er was altijd iets geweest met stiltes, alle stiltes, wat haar zowel geruststelde als beangstigde.

‘Jij hebt in je leven al de nodige doden gezien, is het niet, Maya?’

‘Ik begrijp niet waar je naartoe wilt.’

‘Als soldaten sneuvelen, waarom is het dan zo belangrijk dat jullie de stoffelijke overschotten naar huis terugbrengen?’

Caroline begon haar nu te ergeren. ‘Omdat we niemand op het slagveld achterlaten.’

‘Ja, dat heb ik gehoord. Maar waarom? Ik weet dat je nu zult zeggen: om de doden de laatste eer te bewijzen, maar ik denk dat er meer achter zit. De soldaat is dood. Jullie kunnen niks meer voor hem doen... of voor haar, ik wil niet seksistisch zijn. Jullie brengen het stoffelijk overschot terug naar huis, niet voor de dode maar voor de familie, waar of niet? Voor de nabestaanden thuis, die de overledene willen zien. Zij hebben behoefte aan het stoffelijk overschot. Om het te kunnen accepteren.'

Maya was niet in de stemming om dieper op dit onderwerp in te gaan. 'Waar wil je naartoe?'

'Ik wilde Joe niet alleen zien, ik móést hem zien. Dat was nodig om het echt te maken. Zolang ik het stoffelijk overschot niet had gezien, kon ik het niet bevatten. Dan was het alsof...'

'Alsof wat?'

'Alsof het misschien niet was gebeurd. Alsof hij misschien nog in leven was. Dan ga je over ze dromen.'

'Je droomt ook over de doden.'

'Ja, dat weet ik. Maar als je het niet afgesloten hebt, is het anders. Toen de zee Andrew tot zich had genomen...'

Weer die stompzinnige formulering.

'... heb ik zijn stoffelijk overschot ook nooit gezien.'

Dat verbaasde Maya. 'Wacht eens, waarom niet? Ze hadden het lijk toch geborgen?'

'Dat zeiden ze.'

'Maar jij gelooft dat niet?'

Caroline haalde haar schouders op. 'Ik was nog jong. Ze hebben me het stoffelijk overschot nooit laten zien. Ook een gesloten kist. Ik kreeg visioenen, Maya. Ik droomde over hem. Dat doe ik nog steeds. Tot de dag van vandaag. Dan droom ik dat Andrew niet dood is, dat ik wakker word en hem daar in het doel zie staan, terwijl hij lachend probeert de ballen eruit te houden. O, ik weet best dat hij hier niet is. Ik weet dat hij is omgekomen bij een ongeluk, maar tegelijkertijd weet ik het ook níét. Begrijp je? Ik heb Andrews dood nooit kunnen accepteren. Soms denk ik dat hij de val van het schip op de een of andere manier heeft overleefd, dat hij zich zwemmend heeft gered en ergens op een eiland woont, dat ik hem op een dag zal terugzien en alles weer goed komt. Maar als ik zijn stoffelijk overschot had mogen zien...'

Maya verroerde zich niet.

'Dus ik wist dit. Ik wist dat ik deze keer niet dezelfde fout mocht maken. Daarom heb ik gevraagd of ik Joe's stoffelijk overschot mocht zien. Ik heb het ze gesmeekt. Het kon me niet schelen dat hij er zwaar beschadigd uitzag. Op een bepaalde manier zou dat me zelfs hebben geholpen. Ik moest het doen, om te kunnen accepteren dat hij er echt niet meer was, begrijp je?'

'Maar je hebt hem niet gezien?'

Caroline schudde haar hoofd. 'Ze vonden het niet goed.'

'Wie vond het niet goed?'

Ze staarde naar het voetbaldoel. 'Twee van mijn broers. Allebei zo jong gestorven. Het kan gewoon pech zijn. Dat komt voor. Maar in beide gevallen heb ik geen stoffelijk overschot gezien. Heb je gehoord wat Heather zei? Niemand wil Joe officieel dood verklaren. Mijn beide broers. Het lijkt wel of...' Ze draaide zich om en keek Maya recht in de ogen. 'Ze kunnen allebei nog in leven zijn.'

Maya verroerde zich nog steeds niet. 'Dat zijn ze niet.'

'Ik weet dat het belachelijk klinkt...'

'Ja, dat klopt.'

'Jij hebt ruzie met Isabella gehad, hè? Dat heeft ze ons verteld. Ze zei dat je doorgedraaid was en dat je schreeuwde dat je Joe had gezien. Waarom heb je dat gedaan? Wat bedoelde je daarmee?'

'Caroline, luister naar me. Joe is dood.'

'Hoe kun je daar zo zeker van zijn?'

'Ik was erbij toen het gebeurde.'

'Maar je hebt hem niet zien sterven, of wel soms? Het was donker. En je was weggerend voordat het derde schot werd gelost.'

'Luister naar me, Caroline. De politie is erbij geweest. Ze hebben de moord onderzocht. Voordat ik vluchtte heb ik gezien dat hij door twee kogels was geraakt en niet meer is opgestaan. De politie heeft zelfs twee verdachten gearresteerd. Hoe verklaar je dat dan?'

Caroline schudde haar hoofd.

'Wat is er?'

'Je gelooft me nooit.'

'Dat weet je niet.'

'Goed dan,' zei Caroline. 'De inspecteur die het onderzoek leidt. Hij heet Roger Kierce.'

'Dat klopt.'

Stilte.

'Caroline, wat wil je zeggen?'

'Ik weet dat het vergezocht klinkt...'

Maya had haar wel door elkaar willen schudden.

'Wij hebben een privébankrekening. Op de details ga ik niet in. Die zijn niet belangrijk. Het enige wat je hoeft te weten is dat betalingen niet te traceren zijn. Begrijp je wat ik bedoel?'

'Dat denk ik wel. Wacht, heet die bank WTC?'

'Nee.'

'Is die niet in Houston?'

'Nee, die is offshore. Waarom begin je over Houston?'

'Laat maar. Ga door. Jullie hebben een privérekening bij een offshore bank.'

Caroline bleef haar langer aankijken dan nodig was. 'Ik heb de transacties van de laatste tijd doorgenomen.'

Maya knikte en keek erbij alsof ze Caroline wilde aanmoedigen om door te gaan.

'De meeste overschrijvingen zijn gedaan naar genummerde rekeningen of buitenlandse holdings, je weet wel, van de ene naar de andere, totdat ze niet meer getraceerd kunnen worden. Nogmaals, ik ga niet in op de details. Maar er stond ook een naam tussen. Er zijn diverse betalingen aan Roger Kierce gedaan.'

Maya incasseerde de dreun zonder met haar ogen te knipperen. 'Weet je dat zeker?'

'Dat is wat ik ben tegengekomen.'

'Laat zien.'

'Wat?'

'Jij kunt online inloggen op die rekening,' zei Maya. 'Dus laat het me zien.'

Caroline typte het wachtwoord in. Ze kreeg weer dezelfde reactie: FOUT: TOEGANG GEWEIGERD, nu al voor de derde keer.

'Ik begrijp er niks van,' zei Caroline. Ze zat bij de computer in de bibliotheek. 'Maya?'

Maya stond achter haar en staarde naar het scherm. Laat je niet gek maken, zei ze tegen zichzelf. Denk erover na. Maar over deze nieuwe ontwikkeling viel weinig na te denken. Ze ging in gedachten de mogelijkheden na en hield er uiteindelijk twee over. Of Caroline speelde een spelletje met haar, of iemand had het wachtwoord veranderd zodat Caroline geen toegang meer had tot de bankgegevens.

'Wat heb je precies gezien?' vroeg Maya.

'Wat ik zei. Overschrijvingen naar Roger Kierce.'

'Hoeveel?'

'Dat weet ik niet meer precies. Drie, geloof ik.'

'Wat waren de bedragen?'

'Negenduizend dollar per keer.'

Negenduizend. Dat klonk aannemelijk. Bedragen onder de tienduizend werden niet gerapporteerd.

'Wat weet je nog meer?'

'Hoe bedoel je?'

'Wanneer is de eerste betaling gedaan?'

'Dat weet ik niet meer.'

'Voor of na de moord op Joe?'

Caroline bracht haar vinger naar haar lippen en dacht na. 'Ik kan het niet bewijzen, maar...'

Maya wachtte.

'Maar ik ben er redelijk zeker van dat de eerste betaling voor de moord op Joe is gedaan.'

Maya kon het op twee manieren aanpakken.

De eerste lag voor de hand. Confronteer Judith hiermee. Confronteer Neil ermee. Zeg wat je weet en eis een verklaring. Maar de directe benadering bracht ook een paar problemen met zich mee. Om te beginnen een logistiek probleem, want geen van de twee was op dit moment thuis. Trouwens, wat hoopte ze met de directe benadering te bereiken? Als ze iets voor haar te verbergen hadden, zouden ze dat dan toegeven? En zelfs als ze Judith of Neil op de een of andere manier zo ver kreeg dat ze de bankrekening mocht bekijken, zouden ze de afschriften dan niet allang hebben gewist of op een andere manier hebben weggewerkt?

Om wat precies te verdoezelen?

Wat was er volgens Maya zelf aan de hand? Waarom zou de familie Burkett geld betalen aan de politieman die de moord op Joe onderzocht? Sloeg dat ergens op? Als ze ervan uitging dat Caroline het goed had onthouden en de eerste betaling voor de moord op Joe was gedaan, hoe konden ze dan weten dat hij de rechercheur zou zijn die de zaak zou onderzoeken? Nee, dat was absoluut onmogelijk. Caroline was ook niet helemaal zeker van de datum van de eerste betaling geweest. Het was aannemelijker – met 'aannemelijker' in de zin van 'een fractie geloofwaardiger' dan compleet onzinnig – dat de betalingen pas na de moord waren gedaan.

Maar met welk doel?

Ze moest een paar stappen vooruitdenken. Dat was de juiste aanpak. Maar toen ze dat deed, alvorens Judith of Neil rechtstreeks te confronteren met de betalingen, aangenomen dat zij degenen waren die erachter zaten, kon ze niets bedenken wat haar ook maar enig voordeel zou opleveren. Het enige wat ze ermee zou bereiken, was dat ze zich blootgaf, zonder er waardevolle informatie voor terug te krijgen.

Wees geduldig. Verzamel eerst meer informatie. Daarna, als het nodig was, kon ze de confrontatie aangaan. Er werd gezegd dat advocaten alleen vragen stellen waarop ze het antwoord al weten. Iets soortgelijks gold voor goede soldaten, die pas in de aanval gingen als ze goed hadden ingeschat wat de vermoedelijke reactie op die aanval zou zijn.

Ze had al vóór deze ontwikkeling een plan voor zichzelf gemaakt: Isabella opsporen en haar dwingen te praten. En uitzoeken waarom Claire met haar geheime telefoon naar Leather & Lace had gebeld.

Hou je aan je plan. Begin met Isabella's huis.

Hector deed open.

'Isabella is er niet.'

'Mevrouw Burkett vindt dat Isabella en ik moeten praten.'

'Ze is het land uit,' zei Hector.

Kletskoek. 'Tot wanneer?'

'Ze belt u wel. Laat ons verder met rust, alstublieft.'

Hij deed de deur voor haar neus dicht. Maya had dit verwacht. Toen ze terugliep naar haar auto, kwam ze langs Hectors pick-up en zonder zichtbaar in te houden zakte ze een stukje door haar knieën en plakte het magnetische gps-zendertje onder zijn bumper.

Het land uit, mijn reet.

Het zendertje werkte doodsimpel: je downloadde de app, opende de plattegrond en je kon precies zien waar de pick-up op dat moment was en waar hij was geweest. Het was niet zo moeilijk geweest om er een te kopen. In het winkelcentrum waren twee winkels die ze verkochten. Maya geloofde geen seconde dat Isabella het land uit was.

En Hector, durfde Maya te wedden, zou haar uiteindelijk bij zijn zus brengen.

13

Er zullen mensen zijn die denken dat een club als Leather & Lace pas 's avonds laat opengaat. Die hebben het mis. Gelegen in de schaduw van het MetLife Stadium, het thuis van zowel de New York Giants als de Jets, opende Leather & Lace al om elf uur 's morgens zijn deuren om zijn clientèle een 'luxe lunchbuffet' aan te bieden. Maya was eerder in stripclubs geweest, meestal wanneer ze met verlof waren. De jongens gingen ernaartoe om stoom af te blazen en Maya was een paar keer met ze meegegaan. Het was duidelijk dat ze niet tot de doelgroep behoorde, maar het had haar verbaasd met hoeveel egards ze was ontvangen. Alle paaldanseressen hadden met haar geflirt. Maya had daar een theorie over – dat de danseressen eerder anti-man dan lesbisch waren – maar had die voor zichzelf gehouden.

Voor de deur van Leather & Lace stond de stereotiepe uitsmijter: een spierbonk van een meter negentig, waarschijnlijk honderdvijftig kilo, geen nek, gemillimeterd haar en een zwart overhemd zo strak dat de bloedsomloop van zijn hele bovenlichaam gevaar liep.

'Wel wel wel, wat hebben we daar?' zei hij, alsof iemand hem een gratis drankje aanbood. 'Wat kan ik voor je doen, juffie?'

Mijn god. 'Ik wil de manager spreken.'

Hij kneep zijn ogen tot spleetjes, bekeek haar van top tot teen

– vleeskeuring – en knikte. 'Heb je referenties bij je?'

'Ik zou graag de manager willen spreken, zei ik.'

De uitsmijter bekeek haar nog eens goed, deed dat een derde keer en zei: 'Je bent een beetje oud voor dit werk.' Maar toen knikte hij weer en beloonde haar met zijn breedste glimlach. 'Maar als ik het voor het zeggen had: je ziet er verdomd lekker uit.'

'Dank je,' zei Maya. 'Dat betekent veel voor me, uit jouw mond.'

'Ik meen het. Je bent een kanjer. Lekker strak lijf.'

'Ik kan mijn geluk niet op. De manager?'

Twee minuten later liep Maya langs het verrassend uitgebreide buffet. Veel klanten waren er nog niet. De mannen zaten met gebogen hoofd aan hun tafeltjes. Op het podium dansten twee vrouwen met het enthousiasme van scholieren die het volgende uur een wiskundeproefwerk hadden. Als ze kalmerende middelen hadden geslikt, hadden ze er niet verveelder uitgezien. Vergeet wie je bent, scheen de moraal te zijn, en dat was Maya's echte bezwaar tegen clubs als deze. Erotiek, in welke vorm ook, was in geen velden of wegen te bekennen.

De manager droeg een korte yogabroek en een mouwloos T-shirt. 'Zeg maar Billy,' zei hij tegen haar. De muren van zijn kantoor waren in fris avocadogroen geschilderd. Op zijn bureau stonden beeldschermen waarop de kleedkamer en de diverse podia te zien waren. De hoge camerahoek deed Maya denken aan de beelden van Lily bij Growin' Up.

'Laat me je om te beginnen zeggen dat je er verdomd lekker uitziet, oké? Je ziet er verdomd lekker uit.'

'Dat hoor ik steeds,' zei Maya.

'En je hebt dat atletische, dat licht gespierde. Heel populair tegenwoordig. Net als die griet in *The Hunger Games*. Hoe heet ze ook alweer?'

'Jennifer Lawrence.'

'Nee, nee, niet de actrice... de personage. Want zie je, waar wij ons hier mee bezighouden, is pure fantasie, dus we willen dat jij...' Billy knipte met zijn vingers. 'Katniss. Zo heette ze. Dat lekkere ding in dat leren pakje, met haar pijl-en-boog en alles. Katniss Huppeldepup. Maar...' Zijn ogen werden groot. 'O, man, wat ben ik toch briljant. In plaats van Katniss noemen we jou Katnip. Goed hè?'

Achter hen zei een vrouwenstem: 'Ze komt hier niet voor werk, Billy.'

Maya draaide zich om en zag een vrouw met een bril. Ze was een jaar of vijfendertig en ging gekleed in een klassiek mantelpakje, dat hier opviel als een sigaret in een health club.

'Hoezo niet?' vroeg Billy.

'Ze is het type niet.'

'Hè, kom op, Lulu, dat is niet eerlijk,' zei Billy. 'Je bent bevooroordeeld.'

Lulu glimlachte naar Maya. 'Voor een nachtclubmanager is hij erg ruimdenkend.' En tegen Billy: 'Ik handel dit wel af.'

Billy liep het kantoor uit. Lulu ging bij het bureau staan en keek naar de beeldschermen. Ze pakte de muis en maakte een rondje langs alle beveiligingscamera's.

'Wat kan ik voor je doen?' vroeg Lulu.

Het had geen zin om eromheen te draaien. 'Mijn zus heeft een aantal keren hiernaartoe gebeld. Ik probeer erachter te komen waarom.'

'We nemen telefonisch tafelreserveringen aan. Misschien is dat het geweest.'

'Nee, dat denk ik niet.'

Lulu haalde haar schouders op. 'Dan weet ik het ook niet. Er bellen zo veel mensen.'

'Ze heette Claire Walker. Zegt die naam je iets?'

'Dat maakt niet uit. Al was het zo, dan zou ik het je niet vertellen. Je weet wat voor soort zaak dit is. We hechten veel waarde aan onze discretie.'

'Fijn om te horen dat jullie nog ergens waarde aan hechten.'

'Ben je nu niet een tikje bevooroordeeld, mevrouw...'

'Maya. Maya Stern. En mijn zus is vermoord.'

Stilte.

'Ze had een geheime telefoon.' Maya haalde het toestel tevoorschijn en tikte de gesprekkengeschiedenis aan. 'De enige gesprekken die ze heeft gevoerd of ontvangen zijn van hier.'

Lulu nam niet de moeite om naar het schermpje te kijken. 'Gecondoleerd met het verlies van je zus.'

'Dank je.'

'Maar ik kan je verder niet helpen.'

'Ik kan met dit toestel naar de politie stappen. Ik bedoel, een vrouw houdt er een tweede, geheime telefoon op na. Ze belt alleen met deze club. Vervolgens wordt ze vermoord. Denk je niet dat het hier binnenkort wemelt van de politie?'

'Nee,' zei Lulu, 'dat denk ik niet. Maar zelfs als dat gebeurt, hebben we niks te verbergen. Hoe weet je trouwens zo zeker dat die telefoon van je zus was?'

'Wat?'

'Waar heb je dat ding gevonden? Bij haar thuis? Wonen daar meer mensen? Misschien is hij van iemand anders. Was ze getrouwd? Had ze een vriend? Misschien is dat toestel van hem.'

'Nee.'

'Weet je dat zeker? Voor honderd procent? Want, geloof het of niet, mannen hebben de neiging te ontkennen dat ze hier komen. En zelfs als je kunt bewijzen dat die telefoon inderdaad van je zus was, onze telefoon wordt door talloze mensen gebruikt: danseressen, barkeepers, bediening, keukenpersoneel, schoonmakers, afwassers... zelfs door klanten. Hoe lang is het geleden dat je zus werd vermoord?'

'Vier maanden.'

'We wissen de beelden van de beveiligingscamera's elke twee weken. Ook om redenen van discretie. We willen niet dat er iemand met een gerechtelijk bevel komt om ze te checken om te zien of haar man erop staat, of zoiets. Dus zelfs als je de beelden zou willen bekijken...'

'Het is duidelijk,' zei Maya.

Lulu glimlachte quasimeelevend. 'Het spijt me dat we je niet van dienst kunnen zijn.'

'Ja, je bent er kapot van, zie ik.'

'Als je me nu wilt excuseren.'

Maya deed een stap naar haar toe. 'Laten we de wettelijke insteek even vergeten. Je weet dat ik er niet op uit ben om jullie op een of andere misstap te pakken. Ik doe een beroep op je menselijkheid. Mijn zus is vermoord. De politie heeft de hoop al min of meer opgegeven dat ze de zaak zal oplossen. De enige nieuwe aanwijzing is deze telefoon. Daarom vraag ik je, als mens, help me, alsjeblieft.'

Maar Lulu liep al naar de deur. 'Nogmaals, ik vind het heel erg van je zus, maar ik kan je niet helpen.'

Maya stuitte op een muur van zonlicht toen ze de club uit kwam. Binnen was het altijd nacht in tenten als deze, maar in het gewone leven was het amper twaalf uur 's middags. De zon beukte met beide vuisten op haar neer. Ze knipperde met haar ogen en schermde ze af met haar hand, wankelend als een Dracula die het daglicht in werd gesleept.

'Niet aangenomen?' vroeg de uitsmijter.

'Nee.'

'Jammer.'

'Ja.'

Maar wat nu?

Ze kon doen waarmee ze gedreigd had en de telefoon naar de politie brengen. En dat hield natuurlijk in dat hij bij Kierce terechtkwam. Vertrouwde Maya hem? Goeie vraag. Of hij pakte om de een of andere reden smeergeld aan, of Caroline loog. Of Caroline vergiste zich. Of... Het maakte niet uit. Ze vertrouwde Caroline ook niet. En Kierce evenmin.

Wie vertrouwde ze eigenlijk wel?

Ze kon het op dit moment niet riskeren om mensen in vertrouwen te nemen, maar als er iemand was die nog zou geloven dat ze de waarheid vertelde, was het Shane. Wat natuurlijk inhield dat ze op haar tellen moest passen. Shane was haar vriend, maar hij was ook iemand die dwars door haar heen keek. Ze had hem al dingen laten doen die hem niet bevielen. Ze zou hem vanavond op de schietclub zien. Misschien kon ze daar met hem praten, alhoewel, nu ze erover nadacht was dat misschien niet zo'n goed idee. Ook hij begon haar steeds meer vragen te stellen...

Ho, niet doordraven.

Maya was het parkeerterrein op gelopen, met haar ogen nog half dichtgeknepen vanwege de felle zon, toen ze hem zag. Eerst hechtte ze er weinig waarde aan. Want ze zag hem in de verte, en op straat reden er genoeg rond.

Genoeg rode Buick Verano's.

Deze stond aan de uiterste rand van het parkeerterrein, half verscholen tussen het hek en een Cadillac Escalade, een grote SUV. Ze keek om naar de ingang van de club. De spierbonk stond naar haar kontje te gluren. Wat een verrassing. Ze zwaaide naar hem en liep door naar de rode auto.

Ze wilde zien of het kentekennummer klopte.

Boven op het hek zag Maya nog een paar beveiligingscamera's. Nou en? Zat er op dit moment iemand naar haar te kijken, en zo ja, was dat dan erg? Ze had een plan. Tijdens een van haar zeldzame slimme momenten van de afgelopen weken had ze, om niet weer onvoorbereid op pad te gaan, niet één maar twee gps-zendertjes in het winkelcentrum gekocht. Het eerste was natuurlijk voor Hectors pick-up geweest.

Het tweede zat in haar tas en was gebruiksklaar.

Het plan was simpel en voor de hand liggend. Eén: check het kentekennummer en kijk of het de juiste auto is. Twee: loop langs de rode Buick en plak het zendertje onder de bumper.

Het tweede deel zou een probleempje kunnen opleveren. De auto stond in de hoek, bij het hek, dus als ze er quasiachteloos langs liep en iemand zag dat, zou het er nogal raar uitzien. Aan de andere kant was het stil op het parkeerterrein. Er werden wel wat auto's geparkeerd, helemaal aan de andere kant, en hoewel de bestuurders geen reden hadden om zich te schamen voor het feit dat ze hier kwamen, was het nu ook weer niet zo dat ze zich daarvoor van trots op de borst klopten.

De kentekenplaat kwam in beeld en ja, het was dezelfde auto.

WTC Limited. Een holdingmaatschappij, misschien de eigenaar van Leather & Lace?

'De verkeerde kant.'

Het was de uitsmijter. Ze draaide zich om. Hij kwam recht op haar aflopen. Ze dwong haar mond in een glimlach.

'Sorry?'

'Dit is het parkeerterrein voor het personeel.'

'O,' zei Maya. 'Is dat zo? Sorry, hoor. Ik ben soms zo'n sufkop.' Ze probeerde een bijpassende sufkoppenlach. 'Dan heb ik hem verkeerd geparkeerd. Of misschien wilde ik die baan zo graag...'

'Nee, niet waar.'

'Sorry?'

Hij wees met zijn dikke vinger achter zich. 'Jouw auto staat daar. Aan de andere kant.'

'O, echt? Jeetje, wat kan ik toch een warhoofd zijn.'

Ze verroerde zich niet. Hij ook niet.

'We laten niemand toe op het parkeerterrein van het personeel,' zei hij. 'Dat is het beleid van de club. Want zie je, sommige klanten gaan hier staan wachten tot de danseressen naar hun auto komen.

Begrijp je wat ik bedoel? Of ze proberen het kentekennummer op te vragen en bellen ze dan op. Soms moeten we de meisjes naar hun auto begeleiden om ze tegen louche figuren te beschermen, snap je?'

'Ja, maar ik ben geen louche figuur.'

'Nee, madame, dat ben je absoluut niet.'

Ze verroerde zich niet. Hij ook niet.

'Kom,' zei hij. 'Ik breng je naar je auto.'

Aan de overkant van de straat, honderd meter verderop, was zo'n reusachtige megastore. Maya reed het parkeerterrein op en koos een plek waar ze het parkeerterrein voor personeel van Leather & Lace goed kon zien. In de hoop dat er uiteindelijk iemand in de rode Buick Verano zou stappen en zij hem dan kon volgen.

En dan?

Eén ding tegelijk.

Maar hoe zat het dan met een paar stappen vooruitdenken als je een plan maakte?

Dat wist ze niet. Goed voorbereid zijn was allemaal leuk en aardig, maar er bestond ook nog zoiets als improvisatie. Haar volgende stap zou afhangen van waar de rode Buick naartoe reed. Werd de auto bijvoorbeeld op de oprit van een woonhuis geparkeerd, dan zou ze kunnen uitzoeken wie daar woonde.

De clientèle van de club, die uitsluitend uit mannen bestond, vormde wat kleding betreft een gevarieerd stel. Ze zag werkmensen in spijkerbroek en met laarzen. Ze zag mannen in pak. Mannen met cargobroeken en T-shirts. En zelfs een groepje mannen in golfkleding, die eruitzagen alsof ze zo van de golfbaan kwamen. Hé, misschien was het eten er wel heel goed, wie weet?

Er ging een uur voorbij. Vier auto's reden het parkeerterrein voor personeel af en drie andere auto's werden er geparkeerd. Maar de rode Buick Verano stond nog steeds achteraan bij het hek.

Maya had ruim de tijd om alle recente ontwikkelingen op een rij te zetten, maar het bracht haar niet verder. Ze had in dit geval niets aan tijd. Ze had informatie nodig.

De rode Buick was geleased door een bedrijf dat WTC Limited heette. Hadden de Burketts daar iets mee van doen? Caroline had het gehad over betalingen van en naar offshore rekeningen en anonieme bedrijven. Zou WTC Limited zoiets kunnen zijn? Had Claire de bestuurder van de rode Buick gekend? Of Joe?

Maya en Joe hadden diverse gezamenlijke bankrekeningen gehad. Ze logde erop in met haar telefoonapp en bekeek de afschrijvingen. Was Joe in Leather & Lace geweest? Als dat zo was, dan kon ze daar niets over vinden. Trouwens, zou Joe zo stom zijn geweest? Zou een tent als Leather & Lace geen rekening houden met argwanende echtgenotes die de creditcardafschrijvingen van hun man checkten en, gezien Lulu's voorliefde voor discretie, daarvoor een andere naam gebruiken?

Die van WTC Limited, bijvoorbeeld?

Met hernieuwde hoop ging ze op zoek naar afschrijvingen van WTC Limited. Niets te vinden. De club lag in Carlstadt, New Jersey. Ze begon opnieuw en zocht nu op plaatsnaam. Ook niets.

Twee plekken van de rode Buick werd een auto geparkeerd. Het portier ging open en er stapte een paaldanseres uit. Ja, Maya kon zien wat voor werk ze deed. Lang blond haar, een afgeknipte spijkerbroek die slechts de helft van haar billen bedekte en siliconentieten die zo hoog waren gelift dat ze bijna boven haar schouders uitstaken... Je hoefde geen nachtclubexpert te zijn om te zien dat deze vrouw óf paaldanseres óf de vleesgeworden droom van een jongen van zestien was.

Toen de welgevormde paaldanseres door de zijdeur naar binnen ging, kwam er door dezelfde deur een man naar buiten. Hij had een Yankees-pet op, met de klep ver omlaag getrokken, en droeg een zonnebril. Hij liep met gebogen hoofd en iets opgetrokken schouders, zoals mensen doen als ze in de massa willen opgaan. Maya ging rechtop zitten. De man had zo'n doorgegroeide stoppelbaard die bijgelovige sportmensen vaak laten staan als ze met een of ander toernooi meedoen.

Ze kon hem niet goed zien, maar toch had hij iets bekends...

Maya startte de auto. Met gebogen hoofd en haastige passen liep de man door naar de rode Buick Verano en stapte in.

Dit was hem dus.

Hem volgen zou riskant zijn. Ze kon beter meteen de confrontatie met hem aangaan. Hij zou misschien merken dat hij werd gevolgd. Misschien zou ze hem kwijtraken. Misschien was het beter om alle subtiliteit te laten varen, het parkeerterrein van Leather & Lace weer op te rijden, hem de weg te versperren en een verklaring van hem te eisen. Maar ook deze aanpak kon problemen opleveren. Ze hadden daar beveiliging, en waarschijnlijk een royale hoeveelheid. De uitsmijter zou zeker ingrijpen. En waarschijnlijk nog meer mensen. Stripclubs waren het gewend om op te treden bij incidenten. Shanes werk bij de Militaire Politie onderschreef wat de uitsmijter haar had verteld. Mannen bleven wel vaker na sluitingstijd bij nachtclubs rondhangen in de hoop een van de danseressen – van wie ze oprecht geloofden dat ze meer in hen dan in hun portefeuille geïnteresseerd waren – aan de haak te kunnen slaan, wat natuurlijk nooit gebeurde. Mannen die het op alle mogelijke manieren aan zelfvertrouwen ontbrak, schenen zichzelf toch wijs te maken dat ze voor deze vrouwen onweerstaanbaar waren.

Maar goed, er zou dus beveiliging zijn. Ze kon beter wachten tot hij alleen was, nietwaar?

De rode Buick reed achteruit de parkeerplek af en zette koers naar de uitgang. Maya was er klaar voor. Maar zodra ze had ingevoegd op Paterson Plank Road sloeg de twijfel toe. Waarom? Verbeeldde ze het zich of aarzelde de rode Buick, alsof hij haar al had opgemerkt? Ze kon het zich bijna niet voorstellen. Ze reed ruim drie auto's achter hem.

Toch, toen ze twee minuten hadden gereden, kwam Maya tot de conclusie dat hem volgen niet de juiste aanpak was.

Ze had hier niet eerder aan gedacht, maar nu ze haar plan in praktijk bracht, begon ze de zwakke punten ervan te zien. Probleem één: hij wist hoe haar auto eruitzag. Hij had haar al diverse keren gevolgd. Eén blik in zijn achteruitkijkspiegel en hij zou weten hoe laat het was.

Probleem twee: Lulu of Billy of de uitsmijter of iemand anders kon hem verteld hebben dat ze in de club was geweest, en het lag voor de hand dat iemand dat had gedaan. Dus meneer Buick zou op zijn qui-vive zijn. Of sterker nog, misschien had hij haar al gezien.

Probleem drie: afhankelijk van hoe lang hij Maya al volgde, meneer Buick kon bij Maya hetzelfde hebben gedaan wat zij bij Hector had gedaan... een gps-zendertje onder haar bumper plakken. Misschien wist hij al dat ze bij Leather & Lace op bezoek kwam zodra ze het parkeerterrein op was gereden.

Wat er nu gebeurde, kon zo gepland zijn. Misschien werd ze in een val gelokt.

Ze kon hem laten gaan, een beter plan bedenken en dan nog eens teruggaan naar Leather & Lace. O nee, mooi niet. Dit passieve gedoe had lang genoeg geduurd. Ze wilde antwoorden op haar vragen horen, en als dat inhield dat ze haar voorzichtigheid moest laten varen en meer risico's liep, dan moest dat maar.

Ze bevonden zich in het industriegebied van de stad, een kilometer of vijf van de snelweg. Als de Buick die bereikte, had ze geen kans meer. Maya voelde in haar tas. Het pistool lag voor het grijpen. Het stoplicht sprong op rood. De Buick remde en stopte, stond vooraan in de rechterbaan. Maya gaf gas, stuurde naar links en daarna weer naar rechts. Ze wist dat ze snel moest zijn. Ze reed de Buick voorbij en stuurde meteen weer naar rechts, zodat ze hem de weg blokkeerde.

Ze was de auto al uit, hield het pistool laag en uit het zicht. Ja, ze nam een reusachtig risico, maar ze wist wat ze deed. Als hij opeens achteruitreed en probeerde ervandoor te gaan, zou ze de banden lek schieten. Zou iemand dan de politie bellen? Waarschijnlijk wel. Maar ze was bereid dat risico te nemen. Het slechtst denkbare scenario: de politie zou haar arresteren. Maar dan zou ze zeggen dat haar man was vermoord en dat deze gast haar sindsdien achtervolgde. Misschien zou ze een beetje de hysterische weduwe moeten uithangen, maar ze achtte de kans klein dat ze vervolgd zou worden.

Binnen twee seconden was Maya bij de Buick. Door het licht dat in de voorruit weerkaatste kon ze de bestuurder niet zien, maar dat zou zo niet blijven. Even overwoog ze naar de bestuurderskant te gaan en hem door het zijraampje met het pistool te bedreigen, maar uiteindelijk koos ze voor het portier aan de passagierskant. Misschien was het niet op slot en kon ze snel instappen. En als het wel op slot zat, kon ze hem door dat zijraampje bedreigen.

Ze greep de portierhendel vast en trok.

Het portier ging open.

Maya stapte snel in en richtte het pistool op de man met de Yankees-pet.

De man draaide zich om en glimlachte naar haar. ‘Hallo, Maya.’

Ze was compleet verbijsterd.

De man zette de pet af en zei: ‘Leuk je eindelijk in het echt te ontmoeten.’

Ze wilde de trekker overhalen. Ze had van dit moment gedroomd... dat ze hem vond, de trekker overhaalde en zijn hoofd van zijn romp schoot. Dat was haar eerste gedachte, simpel, instinctief en primitief: dood de vijand.

Maar als ze dat deed, zonder na te denken over de wettelijke en morele aspecten van die daad, dan zouden de antwoorden met hem verdwijnen. En ze wilde nu juist, meer dan ooit, de waarheid horen. Want de man die haar in de rode Buick had gevolgd, de man die in het geheim met Claire had gebeld in de weken voor haar dood, was niemand anders dan Corey the Whistle.

14

'Waarom achtervolg je me?'

Corey glimlachte nog steeds. 'Doe dat pistool weg, Maya.'

Op de foto's die er van Corey Rudzinski bestonden, had hij er altijd goedgekleed, gladgeschoren en verzorgd uitgezien. Het halfslachtige baardje, de honkbalpet en de vormloze spijkerbroek hadden haar op het verkeerde been gezet. Maya staarde hem aan, met het pistool nog steeds op zijn hoofd gericht. Achter hen werd geclaxonneerd.

'We houden het verkeer op,' zei Corey. 'Zet je auto aan de kant, dan kunnen we praten.'

'Ik wil weten...'

'En dat zal ik je ook vertellen. Maar zet eerst je auto aan de kant.'

Meer auto's claxonneerden.

Maya boog zich naar voren en trok zijn sleutels uit het contactslot. Ze mocht hem niet laten ontsnappen. 'Waag het niet ervandoor te gaan.'

'Dat ben ik niet van plan, Maya.'

Ze stapte uit, parkeerde haar auto in de berm, stapte weer in de Buick en gaf hem de sleutels terug.

'Je zult wel verbaasd zijn,' zei Corey.

Een understatement. Maya was compleet verbijsterd. Als een bokser die ruggelings op het canvas lag had ze tijd nodig om te herstellen, de acht tellen om overeind te komen en weer in de vechthouding te gaan staan. Verklaringen voor hoe dit mogelijk was dienden zich aan, maar ze konden ook weer stuk voor stuk naar de prullenmand worden verwezen.

Ze begreep er echt niets van.

Ze begon met de voor de hand liggende vraag. 'Waar ken je mijn zus van?'

Zijn glimlach verdween toen ze dat vroeg, maakte plaats voor een oprecht bedroefde gezichtsuitdrukking, en algauw begreep Maya waarom. Ze had 'ken' gezegd... de tegenwoordige tijd gebruikt. Corey Rudzinski had Claire inderdaad gekend. En hij had, kon Maya zien, om haar gegeven.

Hij draaide zijn hoofd om en keek recht vooruit. 'Laten we een stukje gaan rijden,' zei hij.

'Ik heb liever dat je mijn vraag beantwoordt.'

'Ik kan hier niet blijven staan. Veel te zichtbaar. Dat kunnen zij ook niet voorkomen.'

'Zij?'

Hij zei niets, reed terug naar Leather & Lace en parkeerde op dezelfde plek. Er draaiden nog twee auto's het parkeerterrein op. Hadden die zonet ook achter hen gereden? Maya vermoedde van wel.

Naast de deur van de personeelsingang zat een cijferpaneeltje. Corey toetste een code in. Maya keek toe en sloeg de code op in haar geheugen. 'Doe geen moeite,' zei hij. 'Iemand moet binnen op de knop drukken.'

'Je typt een code in en je wordt binnen bekeken?'

'Dat klopt.'

'Klinkt als dubbelop. Of als paranoia.'

'Ja, dat zal best.'

Het was donker in de gang en het stonk er naar zweetsokken. Ze liepen de club door. Een Disney-liedje, 'A Whole New World', schalde uit de speakers. De paaldanseres droeg een prinses Jasmine-kostuum uit *Aladdin*. Maya fronste haar wenkbrauwen. Verkleedpartijtjes waren blijkbaar niet alleen voorbehouden aan kinderdagverblijven.

Hij ging haar voor door een kralengordijn en ze kwamen in een privévertrek. Alles was in groen en okergeel geschilderd, alsof het decor door een cheerleader van Midwest was geïnspireerd.

'Je weet dat ik hier eerder ben geweest,' zei Maya. 'Dat ik met Lulu heb gesproken.'

'Ja.'

Ze paste de puzzelstukjes in elkaar. 'Dus je hebt me ook zien weggaan. Je hebt gezien dat ik naar je auto liep. Dus je wist dat ik je zou volgen.'

Hij zei niets.

'En die twee auto's die achter ons het parkeerterrein op reden? Horen die bij jou?'

'Dubbelop, Maya. Paranoia. Ga zitten.'

'Hierop?' Maya keek bedenkelijk. 'Hoe vaak wordt de bekleding schoongemaakt?'

'Vaak genoeg. Ga zitten.'

Ze gingen allebei zitten.

'Je moet begrijpen wat ik eigenlijk doe,' begon hij.

'Ik weet wat je doet.'

'O ja?'

'Ja. Jij denkt dat geheimen slecht zijn, dus je maakt ze openbaar, ongeacht de gevolgen.'

'Je zit er niet eens zo ver naast.'

'Dan kunnen we dat deel overslaan. Waar kende je mijn zus van?'

'Ze nam contact met me op,' zei Corey.

'Wanneer?'

Corey aarzelde. 'Ik ben geen radicaal. Geen anarchist. Zoiets is het niet.'

Het kon Maya geen barst schelen wat zijn beweegredenen waren. Ze wilde weten wat zijn connectie met Claire was geweest en waarom hij haar had achtervolgd. Maar ze wilde hem ook niet onnodig uitdagen, of zijn openhartigheid in de kiem smoren. Dus hield ze haar mond.

'Je had gelijk over de geheimen. Ik ben begonnen als hacker. Ik brak voor de lol in in computers. Daarna in de computers van grote bedrijven en overheden. Het was niet meer dan een spel. Maar algauw stuitte ik op geheimen. Ik zag op welk niveau de gewone burger werd bedonderd.' Hij riep zichzelf tot de orde. 'Maar dit is niet wat je wilt horen, hè?'

'Nee, niet echt.'

'Oké. Trouwens, hacken doen we allang niet meer. We geven klokkenluiders de ruimte om de waarheid te vertellen. Dat is alles. Want mensen kunnen zich gewoon niet beheersen zodra het over macht en geld gaat. Zo zijn ze nu eenmaal. We verdraaien de waarheid zodat die bij onze belangen aansluit. Dus mensen die in sigarettenfabrieken werken zijn heus niet allemaal even slecht. Ze kunnen er alleen niet voor kiezen om iets anders te gaan doen, omdat het niet bij hun belangen aansluit. Wij mensen zijn erg goed in zelfrechtvaardiging.'

Tot zover de speech die hij niet zou houden.

Een serveerster met een topje niet breder dan een hoofdband kwam de kamer binnen. 'Iets drinken?' vroeg ze.

'Maya?' vroeg Corey.

'Nee, dank je.'

'Doe mij maar een sodawater met limoen.'

De serveerster liep de kamer uit. Corey keek Maya weer aan.

'De mensen denken dat wij overheden en grote bedrijven willen beschadigen. Maar in werkelijkheid wil ik juist het tegenovergestelde. Ik wil ze sterker maken door ze te dwingen het juiste te doen. Als onze overheid en het bedrijfsleven gebaseerd zijn op leugens, wil ik dat ze zich baseren op de waarheid. Dus zonder geheimen. Geen geheimen meer, in geen enkele sector. Als een miljardair iemand van de overheid geld toeschuift om een bepaald olieveld in handen te krijgen, moeten de mensen dat weten. In jouw geval, als de overheid in een oorlog burgers laat doden...'

'De overheid laat ons geen burgers doden.'

'Ik weet het, ik weet het, "onvoorziene schade" wordt het genoemd. Mooie, verhullende term, vind je niet? Maar wat het ook is, per ongeluk of met opzet, wij, de burgers, horen het te weten. Misschien willen we die oorlog dan wel alsnog voeren. Maar we horen het te weten. Zakenmensen liegen en bedriegen. Sporthelden liegen en bedriegen. Overheden liegen en bedriegen. En wij halen onze schouders op. Stel je nu eens een wereld voor waarin dat niet gebeurt. Een wereld waarin we van alles op de hoogte zijn in plaats van afhankelijk te zijn van de grillen van allerlei autoriteiten. Een wereld waarin leugens en geheimen tot het verleden behoren.'

'Komen er ook eenhoorns en elfjes voor in die wereld?' vroeg Maya.

Hij glimlachte. 'Vind je me naïef?'

'Corey... Mag ik je Corey noemen?'

'Natuurlijk.'

'Waar kende je mijn zus van?'

'Dat zei ik net. Ze had contact met me gezocht.'

'Wanneer?'

'Een paar maanden voor haar dood. Ze had een e-mail naar mijn website gestuurd. Die is uiteindelijk bij mij terechtgekomen.'

'Wat stond erin?'

'In de e-mail? Dat ze me wilde spreken.'

'Waarover?'

'Wat denk je, Maya? Over jou.'

De serveerster kwam weer binnen. 'Twee soda's met limoen.' Ze knipoogde naar Maya. 'Ik weet wel dat je niks besteld hebt, schat, maar misschien krijg je straks nog dorst.'

Ze zette de flesjes neer, glimlachte breed naar Maya en verdween weer achter het kralengordijn.

'Je gaat me toch niet vertellen dat het Claire was die de beelden van die oorlogsmissie heeft gelekt...'

'Nee.'

'... want het is absoluut uitgesloten dat zij er de hand op heeft kunnen leggen...'

'Nee, Maya, dat beweer ik niet. Ze zocht contact met me nadát ik de beelden openbaar had gemaakt.'

Dat klonk aannemelijker, maar het verklaarde nog niets. 'Wat schreef ze?'

'Dat is de reden dat ik heb geprobeerd je onze filosofie uit te leggen. Over klokkenluiders. Over geloofwaardigheid en vrijheid.'

'Ik kan je niet volgen.'

'Claire mailde me omdat ze bang was dat ik de rest van de tape openbaar zou maken.'

Stilte.

'Je weet wat ik bedoel, hè, Maya?'

'Ja.'

'Had je het aan Claire verteld?'

'Ik vertelde haar alles. Wíj vertelden elkaar altijd alles. Tenminste, dat dacht ik.'

Corey glimlachte naar haar. 'Ze wilde je in bescherming nemen. Ze heeft me gevraagd het geluid niet openbaar te maken.'

'En dat heb je toegezegd.'

'Ja.'

'Alleen omdat Claire het je vroeg.'

Hij nam een slok uit zijn flesje. 'Ik ken iemand. Een groep mensen, beter gezegd. Ze denken dat ze net zo zijn als wij. Maar dat is niet zo. Zij maken ook geheimen openbaar, maar op individuele schaal.

Ontrouw, steroïdengebruikers, wraakporno, dat soort dingen. Persoonlijke ontmaskeringen. Als je anoniem iets onethisch op internet doet, krijg je deze groep op je dak. Zoals vorig jaar, toen die hackers die overspelsite lam legden.'

'En jij bent het daar niet mee eens?'

'Nee.'

'Waarom niet? Bevrijden zíj de wereld dan niet van geheimen?'

'Grappig,' zei hij.

'Wat?'

'Je zus zei precies hetzelfde tegen me. Ik wil niet zeggen dat we hypocriet zijn, maar we hebben allemaal onze voorkeuren en maken onze eigen keuzes, waar of niet? Daar ontkomen we niet aan. Ik heb het geluid van jouw tape niet openbaar gemaakt, inderdaad... daar had ik mijn eigen, egoïstische redenen voor. Ik was van plan dat later te doen. Om de impact van de onthulling zo groot mogelijk te maken. Om meer bezoekers op mijn site te krijgen. Meer aandacht voor de zaak die ik nastreef.'

'Waarom heb je dat dan niet gedaan?'

'Door je zus. Zij had me gevraagd het niet te doen.'

'En dat was genoeg?'

'Ze was heel overtuigend. Jij, Maya, was slechts een pion, legde ze me uit. Je was door een corrupt systeem gedwongen die pion te zijn. Enerzijds wilde ik het geluid openbaar maken, want de waarheid zou je bevrijden. Maar die zou je ook onherstelbaar beschadigen. Claire overtuigde me ervan dat als ik dat deed, ik geen haar beter was dan mijn soortgenoten die goedkope bedriegertjes aan de schandpaal nagelen.'

Maya begon een beetje moe te worden van al die omtrekkende bewegingen. 'Je vond het belangrijker het fenomeen oorlog te beschadigen dan om mij te beschadigen.'

'Ja.'

'Dus je hebt de mensen jouw versie van het gebeuren gegeven. Zodat ze de pest aan de overheid zouden krijgen. Als ze het geluid erbij hadden gehoord, zouden ze míj de schuld hebben gegeven.'

'Ja, zo ongeveer wel.'

De waarheid vervangen door jouw versie ervan, dacht Maya. Diep vanbinnen zijn we allemaal hetzelfde. Maar ze had geen tijd of zin om daar nu op in te gaan.

'Dus mijn zus zocht contact met jou,' zei Maya, 'om mij in bescherming te nemen.'

'Ja.'

Maya knikte. Dat klonk aannemelijk. Op een trieste, afschuwelijke manier. Ze werd overvallen door schuldgevoel. 'En toen?'

'Ze overtuigde me van de juistheid van haar argument.' Er verscheen een half glimlachje om zijn mond. 'En toen heb ik haar overtuigd van de juistheid van míjn argument.'

'Dat begrijp ik niet.'

'Claire werkte voor een groot, corrupt advocatenkantoor. Ze had toegang tot een schatkist vol geheimen.'

Er viel weer een stukje op zijn plaats. 'Heb je haar zover gekregen dat ze informatie naar jou ging lekken?'

'Ze begreep de juistheid daarvan.'

Maya moest opeens aan iets denken.

'Wat is er?' vroeg Corey.

'Was dat de deal?' vroeg Maya. 'Claire hielp jou met het ondermijnen van Burkett Enterprises als jij het geluid niet openbaar maakte?'

'Zo bot zou ik het niet willen formuleren.'

Maar zo bot was het misschien wel.

'Dus,' zei Maya, en ze voelde het antwoord al aankomen, 'jij liet Claire het vuile werk voor je doen. En dat heeft haar het leven gekost.'

Zijn gezicht betrok. 'Niet alleen Claire,' zei Corey.

'Hoe bedoel je?'

'Ze werkte samen met Joe.'

Maya moest dat even laten bezinken voordat ze haar hoofd schudde. 'Het is absoluut uitgesloten dat Joe zich tegen zijn eigen familie zou keren.'

'Je zus dacht daar blijkbaar anders over.'

Maya sloot haar ogen.

'Denk na. Claire duikt in Burkett Enterprises. Ze wordt vermoord. Vervolgens duikt Joe erin...'

Het verband, bedacht Maya. Iedereen was op zoek naar het verband.

Corey dacht dat hij wist wat het was.

Maar hij had het mis.

'Joe heeft me benaderd nadat je zus was vermoord.'

'Wat zei hij?'

'Hij wilde me ontmoeten.'

'En?'

'Dat kon ik niet doen. Ik moest buiten beeld blijven. Je hebt het vast wel in de krant gelezen. De Deense regering wilde me laten arresteren voor een of ander verzonnen vergrijp. Ik heb tegen Joe gezegd dat ik een veilige manier zou bedenken om met elkaar te communiceren, maar hij wilde me per se persoonlijk ontmoeten. Ik denk dat hij me wilde helpen. En ik denk dat hij een geheim had ontdekt dat hem het leven heeft gekost.'

'En wat zouden Claire en Joe onderzocht hebben?'

'Financiële delicten.'

'Kun je wat specifieker zijn?'

'Ken je het gezegde dat er achter elk groot fortuin een misdaad schuilgaat? Nou, dat is waar. O, er zullen vast wel uitzonderingen zijn, maar als je onder de schil van elk groot bedrijf kijkt, vind je wel iemand die is omgekocht of die de concurrentie heeft geïntimideerd.'

'En in dit geval?'

'De familie Burkett heeft een lang verleden van het omkopen van politici, zowel in de VS als in het buitenland. Herinner je je de zaak van het farmaceutische bedrijf Ranbaxy?'

'Vaag,' zei Maya. 'Het had iets met nepmedicijnen te maken, geloof ik.'

'Ja, dat komt dicht genoeg in de buurt. De Burketts hebben iets soortgelijks gedaan in Azië, met EAC, een van hun farmaceutische holdings. Er zijn mensen overleden omdat de medicijnen niet aan de specificaties voldoen, maar tot nu toe zijn de Burketts erin geslaagd zich te verschuilen achter claims die alle schuld als plaatselijke incompetentie afdoen. Kortom, ze stellen dat ze van niks weten, dat er legitiem en grondig is getest en dat soort dingen. Allemaal gelogen. Ze hebben de gegevens gemanipuleerd, daar zijn we absoluut zeker van.'

'Maar je kon het niet bewijzen,' zei Maya.

'Nee. We hadden iemand nodig binnen het bedrijf, iemand die bij de informatie kon komen.'

'En daar heb je Claire voor gebruikt.'

'Niemand heeft haar gedwongen, Maya.'

'Nee, je hebt haar verleid met mooie verhaaltjes.'

'Beledig de intelligentie van je zus niet. Ze wist wat de risico's waren. Ze durfde het aan. Ik heb haar niet gedwongen. Ze wilde het juiste doen. Juist jij zou dat moeten begrijpen... Dat ze haar leven heeft gegeven in de strijd tegen onrechtvaardigheid.'

'Niet doen,' zei Maya.

'Wat?'

Ze had er een bloedhekel aan wanneer mensen vergelijkingen met soldaten en oorlog maakten. Op de een of andere manier klonk het altijd belerend en stompzinnig. Maar nogmaals, daar was het nu niet het moment voor.

'Dus jouw theorie is dat iemand van Joe's familie Claire heeft vermoord, en daarna Joe, om te voorkomen dat het uitkwam?'

'Hoezo, denk je dat ze daarboven staan?'

Maya dacht hierover na. 'Misschien niet wat betreft Claire,' zei ze, 'maar ze zouden nooit iemand van hun eigen clan ombrengen.'

'Daar kun je gelijk in hebben.' Hij wreef met zijn hand over zijn wang en wendde zijn blik af. Vanuit de club hoorde Maya het liedje 'Be Our Guest' uit *Beauty and the Beast*, waarin een nieuwe betekenis werd gegeven aan de tekstregel '*put our service to the test*'.

'Maar ik denk,' vervolgde Corey, 'dat Claire iets anders heeft gevonden. Iets wat veel groter is dan manipulatie met testgegevens van medicijnen.'

'Zoals?'

Hij haalde zijn schouders op. 'Dat weet ik niet. Lulu vertelde me dat je haar geheime telefoon hebt gevonden.'

'Ja.'

'Ik zal niet proberen je uit te leggen hoe onze communicatie werkte, hoe de telefoontjes werden omgeleid via duistere gebieden van het internet voordat ze uiteindelijk bij mij terechtkwamen. Maar toch... We hadden afgesproken dat we radiostilte zouden houden. We zouden alleen contact opnemen als zij het sluitende bewijs in handen had, of in noodsituaties.'

Maya boog zich naar voren. 'Maar Claire nam wel contact met je op.'

'Ja. Drie dagen voor haar dood.'

'Wat zei ze?'

'Dat ze iets had gevonden.'

'Iets anders dan gerotzooi met medicijnen?'

Corey knikte. 'Iets wat mogelijk veel groter was,' zei hij. 'Ze zei dat ze alles nog niet compleet had, maar dat ze me het eerste deel van het bewijs wilde sturen.' Hij stopte met praten en bleef met zijn lichtblauwe ogen voor zich uit staren. 'Dat was de laatste keer dat ik haar heb gesproken.'

'Heeft ze je dat eerste bewijs toegestuurd?'

Hij knikte. 'Daarom ben jij hier.'

'Wat?'

Maar ze wist het natuurlijk al. Hij had al die tijd geweten waar ze was... Dat ze in de club was geweest, dat ze Lulu had gesproken en dat ze hem had gevolgd. Dit was niet zomaar een ontmoeting met Corey Rudzinski. Alles was zorgvuldig gepland geweest.

'Nu je hier bent,' zei hij, 'kan ik je laten zien wat Claire had gevonden.'

'Hij heet Tom Douglass. Met dubbel s.'

Corey gaf haar een computerprint. Ze zaten nog steeds in de privékamer achter in de stripclub. Het was een prima plek voor een clandestiene ontmoeting. Niemand schonk ook maar enige aandacht aan hen, en de anderen wensten hun aandacht evenmin.

'Zegt die naam je iets?' vroeg Corey.

'Zou dat moeten?'

Corey haalde zijn schouders op. 'Het is maar een vraag.'

'Nee, nooit van gehoord,' zei Maya. 'Wie is het?'

Volgens de print had 'Tom Douglass Security' maandelijkse betalingen van negenduizend dollar ontvangen. Het viel Maya meteen op dat het hetzelfde bedrag was als de geheime betalingen die Roger Kierce had ontvangen.

Toeval?

'Tom Douglass werkte als privédetective in Livingston, New Jersey. Een eenmansbedrijfje. Hij deed voornamelijk echtscheidingen en achtergrondonderzoeken. Hij is drie jaar geleden met pensioen gegaan, maar de betalingen zijn sindsdien doorgegaan.'

'Misschien is het gewoon legaal. Een privédetective die aan het afbouwen is. Hij heeft er een punt achter gezet, maar heeft zijn beste klant behouden.'

'Dat zou kunnen. Maar je zus dacht blijkbaar dat er meer aan de hand was.'

'Wat dan?'

Corey haalde zijn schouders op.
'Heb je dat dan niet aan haar gevraagd?'
'Je begrijpt niet hoe wij werken.'
'Nou, volgens mij begrijp ik dat heel goed. Toen Claire was vermoord, heb je toen contact met de politie gehad?'
'Nee.'
'Of ze op de een of andere manier laten weten waar ze onderzoek naar deed?'
'Dat heb ik je verteld. Ik moest buiten beeld blijven toen ze stierf.'
'Ze is niet "gestorven",' zei Maya. 'Ze is op brute wijze vermoord.'
'Dat weet ik. Geloof me, dat besef ik heel goed.'
'Maar niet goed genoeg om ze te helpen de dader te vinden.'
'Onze bronnen hebben recht op strikte vertrouwelijkheid.'
'Maar je bron werd vermoord.'
'Dat verandert niks aan onze verplichtingen jegens haar.'
'Grappig, hoor,' zei Maya.
'Wat?'
'Je geeft zo hoog op over een wereld zonder geheimen. Maar zelf vind je het geen probleem om ze te creëren en ze te laten voortbestaan. Is dat je utopie van "alles in de openbaarheid"?'
'Dat is niet eerlijk, Maya. We weten niet eens of de moord op Claire wel iets met ons te maken had.'
'Natuurlijk wel. Je hebt het stilgehouden omdat je bang was dat als bekend zou worden dat een van je bronnen was vermoord, het jou in een kwaad daglicht zou stellen. Je was bang dat iemand haar naam had gelekt en dat dát haar het leven heeft gekost. Je was bang – en waarschijnlijk ben je dat nog steeds – dat het lek misschien binnen je eigen organisatie zat.'
'Dat was niet zo,' zei Corey.
'Hoe weet je dat?'
'Jij noemde ons paranoïde, met onze dubbele beveiliging. Ik was de enige die het wist van Claire. We hanteren scherpe voorzorgs-

maatregelen. Het is absoluut uitgesloten dat iemand van mijn organisatie haar naam heeft gelekt.'

'Maar dat zal het publiek misschien niet geloven, en dat weet je.'

Hij bracht zijn hand naar zijn gezicht. 'Ze kunnen het anders interpreteren, dat is waar.'

'En dan geven ze jou de schuld.'

'Onze vijanden kunnen het tegen ons gebruiken. Onze andere klokkenluiders kunnen zich bedreigd gaan voelen.'

Maya schudde haar hoofd. 'Je ziet het nog steeds niet in, hè?'

'Wat?'

'Dat je het bestaan van geheimen rechtvaardigt. Je doet precies hetzelfde als alle overheden en bedrijven die je veroordeelt.'

'Dat is niet waar.'

'Natuurlijk wel. Het instituut moet beschermd worden, ten koste van alles. Jouw contact met mijn zus heeft haar het leven gekost. En nu laat je de daders vrij rondlopen om je eigen organisatie te beschermen.'

Er begon iets te gloeien achter zijn ogen. 'Maya?'

'Ja?'

'Ik hoef geen lesje moraalleer van jou.'

Goed, die had ze verdiend. Maya had hem geschoffeerd, misschien wel iets te veel. Dat had ze niet moeten doen. Hij moest haar blijven vertrouwen. 'Maar waarom maken de Burketts geld over naar Tom Douglass?'

'We hebben geen idee. Een paar maanden geleden hebben we Douglass' computer gehackt en alles bekeken, ook zijn browsergeschiedenis en zijn zoekopdrachten. Nergens iets te vinden. Dus wat hij ook doet, het blijft buiten de boeken. Er ver buiten.'

'Heb je het hem gevraagd?'

'Ja, maar hij wil ons niet te woord staan, en als de politie het hem vraagt, beroept hij zich op het advocaat-cliëntprincipe. Al zijn juridische zaken worden trouwens gedaan door het advocatenkantoor van de familie. Howell & Lamy.'

Waar Heather Howell werkte.

'Hoe kunnen we dan meer te weten komen?' vroeg Maya.

'Wij hebben een poging gedaan en kwamen niet verder,' zei Corey. 'Dus eigenlijk hoopte ik dat jij het nog eens wilt proberen.'

15

Anders dan in films had het kantoor van Tom Douglass Investigations geen deur van melkglas met zijn naam erop geschilderd. Het bevond zich in een kleurloos, bakstenen gebouw aan Northfield Avenue in Livingston, New Jersey. In de gang rook het naar een tandartspraktijk, wat scheen te kloppen met de namenlijst en de titels die ze beneden in de hal had gezien. Maya klopte op de massief houten deur. Geen reactie. Ze probeerde de deurknop. Op slot.

Aan het eind van de gang, bij de receptiebalie, zag ze een man in operatiekleding van een ziekenhuis staan. Hij stond haar op te nemen met de subtiliteit van een sloophamer. Ze beantwoordde zijn glimlach, wees naar de deur en haalde haar schouders op.

De man kwam naar haar toe. 'Mooie tanden heb je,' zei hij.

'Goh, nou, bedankt.' Maya deed alsof ze dolblij was met het compliment en bleef glimlachen. 'Weet u wanneer meneer Douglass terugkomt?'

'Moet hij iemand voor je schaduwen, kindje?'

Kindje. 'Zoiets. Het is vertrouwelijk.' Ze beet op haar onderlip om aan te geven dat het een serieuze zaak was, en misschien ook een beetje om te flirten. 'Hebt u hem vandaag gezien?'

'Ik heb Tom al weken niet gezien. Lijkt me leuk. Vrij nemen wanneer je wilt.'

Maya bedankte hem en liep naar de uitgang. De man riep haar iets na. Ze keek niet om en versnelde haar pas. Corey had haar ook het huisadres van Tom Douglass gegeven. Een ritje van amper vijf minuten. Ze besloot het daar te proberen.

Douglass' huis was van hout, in de populaire Cape Cod-stijl, blauw met paarse accenten. Bloembakken vol kleurige, bloeiende planten. Raamluiken in diverse, vrolijke kleuren. Het was allemaal een beetje te veel van het goede, maar toch werkte het. Maya parkeerde langs de stoeprand en liep de oprit op. Naast de garage stond een trailer met een vissersboot.

Maya klopte op de deur. Een vrouw van ongeveer vijfenvijftig in een zwart joggingpak deed open.

De vrouw kneep haar ogen tot spleetjes. 'Kan ik wat voor je doen?'

'Hallo,' zei Maya, en ze deed haar best opgewekt te klinken. 'Ik ben op zoek naar Tom Douglass.'

De vrouw – Maya nam aan dat ze mevrouw Douglass was – bleef haar aankijken. 'Hij is er niet.'

'Weet u wanneer hij terugkomt?'

'Dat kan wel even duren.'

'Mijn naam is Maya Stern.'

'Ja,' zei de vrouw. 'Ik herken je van het tv-nieuws. Wat wil je van mijn man?'

Goeie vraag. 'Mag ik binnenkomen?'

Mevrouw Douglass deed een stap achteruit om haar binnen te laten. Maya had eigenlijk niet willen vragen of ze binnen mocht komen. Ze probeerde alleen tijd te rekken om te bedenken hoe ze dit moest aanpakken.

Mevrouw Douglass ging haar voor naar de woonkamer. Het thema van de inrichting was nautisch. En niet zo weinig ook. Opgezette vissen hingen aan nylon draden aan het plafond. De betimmerde wanden waren gedecoreerd met ouderwetse zeehengels, visnetten, een antiek stuurwiel en een paar reddingsvesten. Op alle familiefoto's was ook zee te zien. Maya zag een foto met twee zoons, die inmiddels volwassen moesten zijn. Dit gezin van vier hield er blijkbaar van om samen te gaan vissen. Maya was nooit een liefhebber van vissen geweest, maar het was haar in de loop der jaren wel opgevallen dat de breedste en meest spontane glimlachen op foto's meestal waren van mensen die net een vis hadden gevangen.

Mevrouw Douglass sloeg haar armen over elkaar en wachtte af.

De beste benadering, bedacht Maya snel, was de directe.

'Uw man heeft lange tijd voor de familie Burkett gewerkt.'

Mevrouw Douglass' gezicht bleef uitdrukkingsloos.

'Ik wilde hem vragen wat voor werk dat was.'

'Juist,' zei mevrouw Douglass.

'Wist u daarvan, dat hij voor de Burketts werkte?'

'Jij bent zelf een Burkett, is het niet, Maya?'

De vraag overviel Maya een beetje. 'Ik denk het wel, maar aangetrouwd.'

'Dat dacht ik ook. En ik heb in het nieuws gezien dat je man is vermoord.'

'Ja.'

'Dat vind ik heel erg voor je.' En na een korte stilte: 'Denk je dat Tom iets van de moord weet?'

Weer werd Maya uit haar evenwicht gebracht door de directheid van de vraag. 'Dat weet ik niet.'

'Maar daarvoor ben je hier?'

'Ja, voor een deel.'

Mevrouw Douglass knikte. 'Het spijt me, maar ik weet niks.'

'Ik zou Tom graag willen spreken.'

'Hij is er niet.'

'Waar is hij?'

'Weg.'

Ze ging Maya voor naar de deur.

'Mijn zus is ook vermoord,' zei Maya.

Mevrouw Douglass ging langzamer lopen.

'Ze heette Claire Walker. Zegt die naam u iets?'

'Zou dat moeten?'

'Kort voordat ze werd vermoord had ze ontdekt dat de Burketts geheime betalingen aan uw man deden.'

'Geheime betalingen? Ik weet niet wat je wilt insinueren, maar ik denk dat je beter kunt gaan.'

'Wat voor werk doet Tom voor ze?'

'Ik zou het echt niet weten.'

'Ik heb jullie belastingaangiftes van de afgelopen vijf jaar.'

Nu was het mevrouw Douglass' beurt om verrast te zijn. 'Je hebt... wat?'

'Meer dan de helft van Toms jaarinkomen is afkomstig van de Burketts. Het gaat om aanzienlijke bedragen.'

'Nou en? Tom werkt hard.'

'Waaraan?'

'Dat weet ik niet. En als ik het wist, zou ik het zeker niet vertellen.'

'Er was iets met die betalingen wat volgens mijn zus niet klopte. En een paar dagen nadat ze ze had ontdekt, heeft iemand haar gemarteld en door het hoofd geschoten.'

Haar mond vormde een volmaakt ronde o. 'En jij denkt dat Tom daar iets mee te maken heeft gehad?'

'Dat zeg ik niet.'

'Mijn man is een goed mens. Hij heeft in het leger gezeten, net als jij.' Ze draaide zich om en knikte naar de wand. Onder een plaquette met de woorden SEMPER PARATUS stonden twee gekruiste zilveren ankers, het ereteken voor heldhaftige marineofficieren. Maya had er een paar gekend. Het was een onderscheiding om trots op te zijn. 'Tom heeft bijna twintig jaar als straatagent gewerkt. Hij is met vervroegd pensioen gegaan toen hij tijdens zijn dienst gewond was geraakt. Daarna is hij zijn eigen bureautje begonnen en hij heeft altijd keihard gewerkt.'

'Maar wat deed hij voor de Burketts?'

'Ik heb je gezegd dat ik dat niet weet.'

'Of u wilt het niet zeggen?'

'Ook dat niet.'

'Maar wat het ook was, het was ze blijkbaar bijna tienduizend dollar per maand waard, en dat was al zo sinds... wanneer?'

'Ik heb geen idee.'

'Weet u niet wanneer hij voor de Burketts is gaan werken?'

'Wat hij deed was vertrouwelijk.'

'Heeft hij nooit met u over de Burketts gepraat?'

'Nee, nooit,' zei ze, maar voor het eerst kwam er een deukje in het pantser van mevrouw Douglass.

'Waar is hij, mevrouw Douglass?'

'Weg. En verder weet ik niks.' Ze zwaaide de voordeur open. 'Ik zal hem zeggen dat je geweest bent.'

16

De meeste mensen hebben een verkeerd, verouderd beeld van hoe een schietclub annex wapenhandel eruitziet. Ze denken dan aan opgezette dieren en berenpelzen aan de wanden, rekken vol kriskras neergezette karabijnen en achter de counter een obstinate eigenaar ofwel gekleed als Elmer J. Fudd uit de jaren dertig, of in een strak, mouwloos wit T-shirt en met een kromme haak als hand.

Zo was het allang niet meer.

Maya, Shane en hun krijgsmakkers waren lid van een eigentijdse schietclub die RTSP heette, wat stond voor *Right to Self-Protect*, of wat door sommigen werd verbasterd tot *Right to Shoot People*. Dat stoffig kun je vergeten... alles hier blonk je tegemoet. Het altijd attente personeel ging gekleed in nette zwarte polo's en kakibroeken. De handwapens lagen in de vitrines uitgestald alsof het kostbare sieraden waren. Er waren in totaal twintig schietbanen, tien van vijfentwintig meter en tien van vijftien meter. Een digitale simulator leverde de levensgrote beelden die aan een computergame deden denken. Stel je voor: een theater waar een gijzeling gaande is, een overval door een straatbende, een kidnapping, een wildwestscène, zelfs een invasie van zombies... alles kon tot leven worden gebracht en kwam als doelwit recht op je af. Je 'schoot' met lasers die net zo veel wogen als een gewoon handwapen.

Maya kwam hier vooral om op papieren doelwitten te schieten en om haar vrienden te zien, van wie ze de meesten uit het leger kende. Deze schietclub, die met 'comfort en stijl' adverteerde, voldeed uitstekend aan dat doel. Sommige mensen worden lid van een tennisclub, ze gaan golfen of wagen zich aan het bridgespel. Op dezelfde manier was Maya erelid van de Guntry Club. Als ex-militair kregen zij en haar vrienden vijftig procent korting op alles.

De Guntry Club aan Route 10, met zijn donkere, betimmerde wanden en dikke vloerbedekking, deed Maya nog het meest denken aan een uitgeklede versie van de bibliotheek van de Burketts, of aan een van de betere steakrestaurants. In het midden stond een pooltafel. Er waren zitjes met leren fauteuils. Aan drie wanden hingen grote flatscreen-tv's. De vierde wand bood plaats aan de tekst van het Tweede Amendement, in grote cursieve letters. Er was een rookkamer, er stonden kaarttafeltjes en er was gratis wifi.

Rick, de eigenaar van de club, die ook gekleed ging in een zwarte polo en een kakibroek, droeg altijd een holster met een pistool aan zijn broekriem. Hij begroette Maya met een bedroefde glimlach en stootte zijn vuist zachtjes tegen die van haar. 'Goed je weer te zien, Maya. De jongens en ik, toen we het nieuws hoorden...'

Maya knikte. 'Nog bedankt voor de bloemen.'

'We wilden iets doen, begrijp je?'

'Dat stel ik op prijs.'

Rick kuchte in zijn vuist. 'Ik weet dat het nu niet het moment ervoor is, maar als je werk zoekt met meer flexibele uren...'

Rick had haar al vaker een baan als instructeur aangeboden. Vrouwen waren de snelst groeiende groep als het om het kopen van wapens en het lidmaatschap van een schietclub ging. Vrouwen wilde ook het liefst een vrouwelijke instructeur, en daar waren er niet veel van.

'Ik zal het in gedachten houden,' zei Maya.

'Graag. De jongens zijn boven.'

Ze waren met z'n vijven die avond, Shane en Maya meegerekend. De overige drie gingen bij de simulators schieten en Maya en Shane kozen de vijfentwintigmeterbaan. Maya vond een zenachtige rust in schieten. Er zat iets in het langzaam uitademen voordat je de trekker overhaalde, de focus en de stilte voordat je de bijna welkome terugslag voelde, wat haar ontspande en geruststelde.

Toen ze klaar waren, gingen ze terug naar de viproom. Daar was Maya de enige vrouw. Je zou denken dat er in een club als deze sprake van seksisme zou zijn, maar hier telde alleen hoe goed je schoot. Bovendien hadden Maya's militaire achtergrond en haar heldendaden haar tot een soort plaatselijke beroemdheid gemaakt. Sommige mannen keken tegen haar op. Andere waren een beetje jaloers op haar. Het kon Maya allemaal niets schelen. In tegenstelling tot wat je in de kranten las gedroegen de meeste militairen zich heel respectvol tegen vrouwen. In haar geval, wanneer ze zich tot haar aangetrokken voelden, leken ze die gevoelens om te zetten in een soort broederlijke kameraadschap.

Maya's blik ging naar de tekst van het Tweede Amendement op de wand.

Aangezien een goed gereguleerde militie nodig is voor de veiligheid van een vrije staat, zal geen inbreuk worden gemaakt op het recht van het volk om wapens te bezitten en te dragen.

Nogal houterig geformuleerd, op z'n zachtst gezegd. Maya had geleerd er nooit over in discussie te gaan, noch met tegenstanders, noch met voorstanders. Haar vader, een duidelijk tegenstander van wapens, had wel eens tegen haar gezegd: 'Jij wilt zo graag met wapens lopen zwaaien? Tot welke "goed gereguleerde militie" behoor je eigenlijk?', terwijl voorstanders dit altijd pareerden met: 'Welk deel van "zal geen inbreuk worden gemaakt" is je niet duidelijk?' De formulering was ook multi-interpretabel gebleken, want je kon erin zien wat jou het best uitkwam. Hield je van wapens, dan gaf je er de ene betekenis aan. Hield je er niet van, dan dacht je iets anders.

Shane gaf Maya een blikje cola. Alcohol was hier niet toegestaan, want zelfs de minst rationele geest wist dat wapens en drank niet goed samengingen. Ze zaten met z'n vijven in de fauteuils en het gesprek werd geopend. Dat begon altijd met de prestaties van het plaatselijke sportteam, maar meestal kreeg het algauw een diepgaander karakter. Dit was voor Maya het beste moment van de avond. Ze was een van hen, of misschien zelfs wel iets meer dan dat. De jongens waren altijd benieuwd naar het vrouwelijke perspectief, want – tjonge, wat een verrassing – oorlog zette je relatie thuis op zijn kop. Het wordt als te gemakkelijk gezien wanneer een soldaat zegt dat thuis niemand begrijpt wat hij heeft doorgemaakt, maar het is wel waar. Als je thuiskomt nadat je in een of andere hel hebt gevochten, zie je de dingen anders. Soms zijn dat de voor de hand liggende dingen, maar veel vaker zijn het alleen texturen, geluiden en geuren. Dingen die belangrijk waren, zijn dat niet meer, en onbelangrijke dingen worden opeens belangrijk. Relaties en huwelijken zijn sowieso al moeilijk, maar als je er een oorlog aan toevoegt, worden minuscule sneetjes al snel gapende wonden. Niemand ziet wat jij ziet – in je hoofd – behalve je krijgsmakkers. Het lijkt op zo'n film waarin alleen de held de spoken ziet en alle anderen denken dat hij gek is.

In deze viproom zagen ze de spoken alle vijf.

Shane, die vrijgezel was en emotioneel wat terughoudend, was niet zo goed in openhartige gesprekken. Hij stond op, liep naar een fauteuil in de hoek, haalde het nieuwe boek van Anna Quindlen tevoorschijn en begon te lezen. Shane was een echte lezer – hoewel kinderen voorlezen hem belabberd afging, had Maya gemerkt – en hij kon overal lezen, zelfs in hun helikopter, waar het geklapwiek van de rotorbladen zo hard klonk dat het geluid in hun hoofd leek te zitten.

Na een tijdje ging Maya bij hem zitten. De tv boven hun hoofd vertoonde het derde kwart van de wedstrijd tussen de New York Knicks en de Brooklyn Nets. Shane legde zijn boek weg toen ze ging zitten. Hij legde zijn lange benen op het leren bankje en zei: 'Hè, hè.'

'Wat?'

'Je bent eindelijk klaar om me bij te praten, neem ik aan.'

Dat was ze niet. Ze wilde hem er niet mee lastigvallen. Ze had altijd de neiging gehad hem in bescherming te nemen.

Maar dat zou Shane niet accepteren, en het zou oneerlijk of misschien wel schadelijk zijn als ze hem helemaal niets vertelde. Even overwoog ze hem over haar persoonlijke ontmoeting met Corey Rudzinski te vertellen, maar ze had geen idee hoe hij daarop zou reageren. Boos, hoogstwaarschijnlijk. Bovendien was Corey aan het eind van hun gesprek heel duidelijk tegen haar geweest.

Geen geheime telefoons. We hebben alleen contact als het echt niet anders kan. Als je me nodig hebt, bel je de club en vraag je naar Lulu. Heb ik jou nodig, dan belt de club jou en wordt de verbinding meteen verbroken. Dat is voor jou het teken om naar de club te komen. Maar, Maya, als ik ook maar een sprankje argwaan krijg, ben ik vertrokken. Waarschijnlijk voorgoed. Dus geen woord erover, tegen niemand.

Geen woord erover... dat leek op dit moment de beste optie. Als ze haar relatie met Corey verknoeide, zou ze hem waarschijnlijk nooit meer zien. Dat risico kon ze niet nemen.

Maar ze kon wel een andere weg bewandelen.

Shane keek haar aan en wachtte. Dat kon hij de hele avond volhouden.

'Wat weet je van Roger Kierce?' vroeg Maya.

'Die inspecteur Moordzaken die Joe's zaak onderzoekt?'

Maya knikte.

'Niet zo veel. Hij heeft een gedegen reputatie, maar we komen niet dagelijks bij de NYPD over de vloer. Waarom vraag je dat?'

'Herinner je je Caroline, Joe's zus?'

'Ja.'

'Zij heeft me verteld dat de familie geldbedragen aan Kierce overmaakt.'

Shane trok een verbaasd gezicht. 'Hoe bedoel je, "geld aan hem overmaakt"?'

'Drie keer een bedrag van net onder de tienduizend dollar.'

'Waarvoor?'

Maya haalde haar schouders op. 'Dat weet ze niet.'

Ze gaf hem een samenvatting van wat Caroline haar had verteld, over de betalingen, over haar wachtwoord dat opeens niet meer werkte, en over haar eigen besluit om nog even te wachten voordat ze Neil of Judith hiermee confronteerde.

'Daar begrijp ik niks van,' zei Shane. 'Waarom zou Joe's familie Kierce in godsnaam willen omkopen?'

'Zeg jij het maar,' zei Maya.

Hij dacht er enige tijd over na. 'We weten allebei dat rijke mensen er soms vreemde ideeën op na houden, nietwaar?'

'Ja.'

'Maar zouden ze Kierce betalen in de hoop dat hij beter zijn best zal doen? Dat hij Joe's zaak boven aan de prioriteitenlijst zet? Die staat al bovenaan. Of denken de Burketts dat je politiemensen een fooi hoort te geven?'

'Ik heb geen idee,' zei Maya. 'Maar er is nog iets.'

'Vertel.'

'Caroline beweert dat de familie al geld aan Kierce betaalde voordat Joe werd vermoord.'

'Onzin.'

'Dat zei ze.'

'Dan heeft ze het mis. Dit slaat echt nergens op. Waarom zouden ze Kierce geld betalen voordat de moord was gepleegd?'

Weer zei Maya: 'Dat weet ik niet.'

'Het kan toch niet zo zijn dat ze voorzagen dat Joe zou worden vermoord en dat ze wilden dat Kierce het onderzoek zou doen?'

Shane schudde zijn hoofd. 'Je weet wat het meest voor de hand liggende antwoord is, hè?'

'Nee.'

'Dat Caroline een spelletje met je speelt.'

Daar had Maya zelf ook aan gedacht.

'Want kom op, dat hele theater van het online gaan waar jij bij bent en dan – jeetje – is haar wachtwoord ineens niet goed meer? Dat is wel erg toevallig, vind je niet?'

'Ja,' beaamde Maya.

'Dus ze heeft tegen je gelogen. Nee, wacht...'

'Wat is er?'

Shane draaide zich naar haar om. 'Caroline is zo iemand die amper nadenkt voordat ze iets zegt, toch?'

'Dat kun je wel zeggen.'

'Dus misschien heeft ze niet tegen je gelogen,' zei Shane, die zijn eigen theorie wel zag zitten, 'maar heeft ze het zich verbeeld. Pas de stukjes maar in elkaar. We hebben deze eersteklas kletskous. Haar broer is vermoord. Jullie zijn met z'n allen bijeen om het testament te bespreken. En vervolgens gaat dat niet door omdat iemand een of andere administratieve blunder heeft begaan.'

'Niet zomaar een blunder,' zei Maya. 'Er schijnt iets niet in orde te zijn met de overlijdensakte.'

'Nog beter. Dus ze staat stijf van de stress.'

Maya fronste haar wenkbrauwen. 'En daardoor verbeeldt ze zich dat ze betalingen aan een inspecteur Moordzaken heeft gezien?'

'Dat scenario is net zo geloofwaardig als alle andere.' Shane leunde achterover. 'Maya?'

Ze wist wat hij ging zeggen.

'Kun je hier alsjeblieft mee ophouden?' zei hij.

'Waarmee?'

Hij fronste zijn wenkbrauwen. 'Ik krijg altijd buikpijn als je tegen me liegt.'

'Ik lieg niet tegen je.'

'Misschien niet. Maar wat verzwijg je voor me?'

Waarschijnlijk te veel. Opnieuw overwoog ze hem meer te vertellen, maar opnieuw wilde ze hem er niet te veel bij betrekken. Ze zou hem over Claires geheime telefoon kunnen vertellen, maar dat zou hem naar Corey toe leiden. Die kant wilde ze nog niet op. Ze had hem ook nog niet verteld wat ze op de beelden van de nannycam had gezien, maar ook dat kon wachten. Het was beter om voorzichtig te zijn. Dingen konden altijd later nog gezegd worden, maar wat was gezegd, kon niet meer ongedaan worden gemaakt.

Shane boog zich naar haar toe, zodat niemand hem kon horen, en vroeg op fluistertoon: 'Waar had je die kogel vandaan?'

'Dat moet je verder laten rusten.'

'Ik ben ver buiten mijn boekje voor je gegaan.'

'En dat heeft een prijs, Shane?'

Dat stak hem, bracht hem abrupt tot zwijgen, zoals ze had verwacht. Ze bracht het gesprek terug op Caroline.

'Je zei net iets interessants over Caroline, dat ze stijf van de stress stond,' zei Maya.

Shane zweeg en wachtte.

'Ze had het niet alleen over Joe. Ze begon ook over haar andere broer.'

'Neil?'

Maya schudde haar hoofd. 'Andrew.'

Shane trok een gezicht. 'Wacht, de broer die van die boot is gevallen?'

'Hij is niet gevallen.'

'Hoe bedoel je?'

Eindelijk. Ze had eindelijk iets waarover ze hem in vertrouwen kon nemen. 'Joe was erbij. Ze waren samen op die boot.'

'Ja, en?'

'Joe heeft me verteld dat het geen ongeluk was. Hij zei dat Andrew zelfmoord heeft gepleegd.'

Shane liet zich achterovervallen in de fauteuil. 'Jezus.'

'Zeg dat wel.'

'Weet de familie dat?'

Maya haalde haar schouders op. 'Ik denk het niet. Iedereen zegt dat het een ongeluk was.'

'Maar Caroline zei gisteren iets anders?'

'Yep.'

'Maar waarom?' vroeg Shane. 'Het is bijna twintig jaar geleden dat Andrew Burkett omkwam, toch?'

'In zekere zin is het wel begrijpelijk,' zei Maya.

'Hoe bedoel je?'

'Twee broers. Van wie iedereen zei dat ze heel close met elkaar waren. Die allebei voortijdig en op tragische wijze om het leven komen.'

Shane knikte, begreep nu wat ze bedoelde. 'Reden te meer dat ze zich misschien dingen verbeeldt.'

'En ze heeft Joe's stoffelijk overschot nooit gezien.'

'Wat zeg je?'

'Caroline. Ze heeft Joe's stoffelijk overschot nooit gezien. Dat van Andrew evenmin. Dat wilde ze. Om te kunnen accepteren dat ze dood waren. Andrew komt om op zee. Maar ze heeft het lijk niet gezien. Joe wordt vermoord. Ze heeft zijn lijk ook niet gezien.'

'Ik begrijp het niet,' zei Shane. 'Waarom heeft ze Joe's lijk niet mogen zien?'

'Dat wilde de familie niet, zei ze. Maar laten we het nu eens vanuit haar standpunt bekijken. Twee dode broers. En geen lijken. Ze heeft geen van beiden in hun kist zien liggen.'

Hierna zwegen ze, maar Shane begreep nu waarom Maya dit belangrijk vond. Caroline had een gevoelige snaar geraakt toen ze Maya vertelde over haar behoefte om het stoffelijk overschot van haar broers te zien. Maya en Shane hadden het keer op keer meegemaakt toen ze in het Midden-Oosten waren. Als een soldaat omkwam in de strijd, konden de nabestaanden zijn dood pas accepteren als ze het concrete bewijs hadden gezien.

Het stoffelijk overschot.

Misschien had Caroline wel gelijk. Misschien was dat de oorsprong van de gewoonte dat soldaten altijd iedereen terug naar huis brachten, ook de doden.

Shane verbrak de stilte. 'Dus Caroline heeft moeite Joe's dood te accepteren.'

'Ze heeft moeite de dood van beide broers te accepteren,' zei Maya.

'En nu denkt ze dat de politieman die Joe's dood onderzoekt wordt betaald door de familie.'

De gedachte trof Maya zo hard dat ze bijna van haar stoel viel. 'O nee...'

'Wat is er?'

Maya slikte. Ze dacht terug, probeerde haar gedachten op een rij te zetten. De boot. Het stuurwiel. De vistrofeeën...

'*Semper paratus*,' zei ze.

'Wat?'

Maya keek Shane recht aan. 'Semper paratus.'

'Dat is Latijn,' zei Shane. '"Altijd paraat", betekent het.'

'Je kent het?'

De boot. De vistrofeeën. Het stuurwiel en de reddingsvesten. Maar vooral de gekruiste ankers. Maya was ervan uitgegaan dat ze naar de marine verwezen. Meestal was dat ook zo. Maar er was nog een instituut dat heldhaftige officieren met gekruiste ankers beloonde.

Shane knikte. '"Semper paratus" is het motto van de kustwacht.'

De kustwacht.

Het onderdeel van de Amerikaanse strijdkrachten dat de dienst uitmaakte in de internationale en territoriale wateren. De kustwacht kon de jurisdictie claimen wanneer er op open zee doden vielen.

'Maya?'

Ze keek hem aan. 'Je moet nog iets voor me doen, Shane.'

Shane zei niets.

'Je moet voor me uitzoeken wie de leiding had van het onderzoek naar de dood van Andrew Burkett,' zei ze. 'Ik wil weten of dat een officier van de kustwacht was die Tom Douglass heet.'

17

Lily naar bed brengen kostte doorgaans weinig moeite. Maya had de gruwelverhalen gehoord over kinderen die 's avonds niet naar bed wilden. Dat gold niet voor Lily. Bij haar was het alsof ze het wel genoeg vond voor die dag en maar al te graag bereid was er een punt achter te zetten. Ze ging zonder tegenstribbelen naar bed, legde haar hoofdje op het kussen en – poef! – weg was ze. Maar vanavond, toen Maya haar instopte, zei ze: 'Verhaaltje.'

Maya was bekaf, maar was dit niet een van de zegeningen van het moederschap? 'Natuurlijk, schat. Wat wil je horen?'

Lily wees naar haar Debi Gliori-boek. Maya begon het voor te lezen in de hoop dat haar stem hypnotiserend of desnoods zo saai klonk dat Lily's ogen gauw zouden dichtvallen. Maar vanavond had het voorlezen het tegenovergestelde effect, want het was Maya zelf die steeds wegzakte en Lily die haar aanstootte om haar wakker te houden. Maya slaagde erin het verhaal uit te lezen. Ze sloot het boek en wilde opstaan, maar Lily zei: 'Nog een keer.'

'Het is echt tijd om te gaan slapen, liefje.'

Lily begon te huilen. 'Ik ben bang.'

Maya wist dat je je kind op momenten als deze niet in je eigen bed moest laten slapen, maar wat al die opvoedkundige wijsneuzen vergeten is dat alle menselijke wezens, zelfs ouders van kinderen, soms uit pure vermoeidheid bereid zijn om water bij de wijn te doen. Dit kind had onlangs haar vader verloren. Goed, ze was te jong om dat te beseffen, maar ergens in haar onderbewustzijn moest een of ander primitief gevoel zitten dat er iets niet helemaal klopte.

Maya tilde Lily uit bed. 'Kom, je mag bij mij slapen.'

Ze droeg Lily naar de slaapkamer en legde haar voorzichtig aan Joe's kant van het bed. Ze legde een paar kussens aan de rand van het bed, als een geïmproviseerde buffer, en voor de zekerheid legde ze ook nog een stel kussens naast het bed op de vloer, voor het geval dat Lily er toch nog uit rolde. Maya legde het dekbed over haar heen en plooide de bovenrand voorzichtig om Lily's kin, en op dat moment werd ze getroffen door het geluksgevoel dat alle ouders kennen, wanneer je helemaal volstroomt met liefde voor je kind, wanneer je je daarover verbaast, je voelt dat er iets in je groeit en je wilt dat vasthouden. En toch, op hetzelfde moment, voel je ook iets anders, de bezorgdheid en de verlammende angst dat je dit wezentje misschien zult kwijtraken. Hoe, vraag je je af, zul je je ooit nog kunnen ontspannen, in de wetenschap dat de wereld zo onveilig is?

Lily sloot haar ogen en viel in slaap. Maya bleef naast haar liggen, verroerde zich niet, keek naar het kleine koppie van haar dochter en luisterde of haar ademhaling wel diep en regelmatig was. Zo bleef ze liggen totdat haar telefoon begon te piepen en een eind maakte aan de betovering.

Ze hoopte dat het Shane was, met de informatie over Tom Douglass, hoewel hij tegen haar had gezegd dat hij de volgende ochtend pas in zijn militaire gegevens kon duiken. Ze greep het toestel en zag de naam van haar nichtje Alexa op het schermpje. Heel even in paniek – ook Alexa was iemand die ze nooit zou willen missen – tikte Maya op het groene icoontje.

'Alles in orde met je?'

'Eh... ja,' zei Alexa. 'Waarom zou het dat niet zijn?'

'Zomaar.' Jeetje, ze moest snel tot zichzelf komen. 'Wat is er, kind? Heb je hulp nodig bij je huiswerk?'

'Ja ja, en denk je dat ik jou zou bellen als dat zo was?'

Maya lachte. 'Touché.'

'We hebben morgen sportdag.'

'Sorry?'

'Dat is dat stompzinnige gedoe hier in de stad waarbij alle klassen wedstrijden tegen elkaar spelen, ze zelfgemaakte rommel verkopen en er een springkussen en een optocht en al die dingen zijn. Ik bedoel, voor de kleintjes is het leuk.'

'Juist.'

'Ik weet dat je zei dat je het druk had, maar ik hoop toch dat jij en Lily kunnen komen.'

'O.'

'Papa en Daniel zijn er ook. Daniels wedstrijd is om tien uur, de mijne om elf uur. We kunnen Lily met ons meenemen, een ballonbeest voor haar halen – meneer Ronkowitz, mijn leraar Engels, maakt ze voor de kleintjes – en met haar op de draaimolen gaan. Dat lijkt me leuk. We missen haar.'

Maya keek naar Lily, die naast haar lag te slapen. Het geluksgevoel keerde in volle hevigheid terug.

'Tante Maya?'

Lily was hun kleine nichtje. Ze was dol op Alexa en Daniel. Maya wilde graag, vond het zelfs noodzakelijk, dat ze een rol in Lily's leven speelden. 'Ik ben blij dat Lily al slaapt,' zei ze tegen Alexa.

'Huh?'

'Als ik haar nu zou vertellen dat ze jullie morgen ziet, doet ze geen oog meer dicht.'

Alexa lachte. 'Geweldig. Dus ik zie jullie morgen? Het is op het grote plein.'

'Oké.'

'O, en voor de volledigheid... die stomme coach van me is er morgen ook.'

'Maak je geen zorgen. Ik weet zeker dat we het uitstekend met elkaar zullen kunnen vinden.'

'Welterusten, tante Maya.'
'Welterusten, Alexa.'

Ze had een slechte nacht.

De geluiden gingen al in de aanval toen Maya zich in het aangename gebied tussen waken en slapen bevond. Het wapengekletter, het geschreeuw, het geklapwiek van de rotorbladen en het geweervuur waren absoluut meedogenloos. Ze gunden haar geen moment rust en weigerden op te houden. Ze werden als maar luider en gingen gewoon door. Maya lag niet in haar bed. Ze was ook niet terug in het Midden-Oosten. Ze bevond zich in een soort tussenwereld, verloren en volstrekt machteloos. Alles om haar heen was donker en rumoerig, aanhoudende, niet te stoppen herrie, lawaai dat binnen in haar zat, als een wezentje dat in haar hoofd was gekropen en daar een hoop trammelant schopte.

Er was geen ontsnappen aan en rationeel nadenken was onmogelijk. Hier en nu, gisteren of morgen bestonden niet meer. Die zouden pas later terugkomen. Op dit moment was er niets anders dan het pijnlijke gekrijs dat haar hersenen uiteenreet. Maya bracht haar handen naar haar oren en drukte ze er zo hard op dat het wel leek alsof ze haar eigen schedel probeerde te pletten.

Zo erg was het.

Zo erg dat ze tot alles bereid was...

... o God, alsjeblieft...

... om er een eind aan te maken. Zo erg dat je overwoog een pistool te pakken om de geluiden tot zwijgen te brengen, als je tenminste wist waar je was, als je wist dat de la van het nachtkastje, waar je pistool in lag, vlak naast je was.

Maya wist niet of de aanval minuten of uren duurde. Er leek geen eind aan te komen. Tijd speelde geen rol meer als je door de geluiden werd belaagd. Het enige wat je kon doen was het uitzitten en wachten tot het ophield.

Maar op een zeker moment drong een nieuw geluid, een 'normaler' geluid, haar auditieve hel binnen. Het leek van ver weg te komen. Het duurde lang voordat het haar bereikte en ze het kon onderscheiden. Het moest zich door die muur van andere geluiden knokken, waar, besefte Maya nu, nog een geluid bij was gekomen: haar eigen geschreeuw.

De deurbel. Daarna een stem.

'Maya? Maya?'

Shane. Hij begon op de deur te bonzen.

'Maya?'

Ze opende haar ogen. De geluiden hielden niet abrupt op maar leken zich pesterig terug te trekken, als om haar eraan te herinneren dat ze zich misschien even koest zouden houden, maar dat ze altijd in de buurt zouden blijven, altijd bij haar. Maya moest weer denken aan de theorie dat geluid nooit helemaal wegsterft, dat je, als je in het bos bent, een kreet slaakt en de echo hoort, die echo alleen maar steeds zachter wordt, maar nooit helemaal verdwijnt. Met haar geluiden ging het net zo.

Ze verdwenen nooit helemaal.

Maya keek naar rechts, waar Lily had liggen slapen.

Maar ze lag er niet.

Maya's hart sprong in haar keel. 'Lily?'

Het bellen en het bonzen op de deur was opgehouden. Maya ging rechtop zitten. Ze zwaaide haar benen uit bed. Maar toen ze opstond, begon het haar te duizelen en moest ze weer gaan zitten.

'Lily?' riep ze weer.

Maya hoorde dat beneden de deur werd opengedaan.

'Maya?'

Het was Shane, die was binnengekomen. Ze had hem een sleutel gegeven voor noodsituaties.

'Ik ben boven.' Maya probeerde weer te gaan staan en deze keer lukte het. 'Lily? Ik kan Lily niet vinden.'

Het hele huis trilde toen Shane met twee treden tegelijk de trap op stormde.

'Lily!'

'Ik heb haar,' zei Shane.

Hij verscheen in de deuropening, met Lily op zijn arm. Opluchting stroomde warm door Maya's aderen.

'Ze stond boven aan de trap,' zei Shane.

Lily's gezichtje glom van de tranen. Maya haastte zich naar haar toe. Lily deinsde even achteruit en Maya besefte dat haar dochter waarschijnlijk wakker was geworden van het geschreeuw van haar moeder.

Maya bleef staan en dwong zichzelf te glimlachen. 'Het is alweer goed, liefje.'

Het kleine meisje drukte haar gezicht tegen Shanes schouder.

'Het spijt me, Lily. Mamma had een nachtmerrie.'

Lily sloeg haar armen om Shanes nek. Shane keek Maya aan en deed geen moeite zijn medelijden en bezorgdheid te verbergen. Maya's hart viel in duizend stukjes uiteen.

'Ik heb gebeld,' zei Shane. 'Maar toen je niet opendeed...'

Maya knikte.

'Hé,' zei Shane veel te opgewekt. Daar was hij niet goed in. Zelfs Lily hoorde dat het onecht was. 'Zullen we naar beneden gaan en lekker ontbijten? Wat zeggen jullie daarvan?'

Lily keek hem argwanend aan, maar ze herstelde zich snel. Kinderen konden dat goed. Ze waren belachelijk flexibel. Ze hadden het herstelvermogen van de allerbeste soldaten, bedacht Maya.

'O, en raad eens?' zei Maya tegen Lily.

Nu keek Lily haar moeder argwanend aan.

'We gaan vandaag naar de sportdag van Daniel en Alexa!'

Nu werden de ogen van het meisje groot van opwinding.

'Er zijn draaimolens en ballonnen...'

Maya bleef doorpraten over de attracties van de sportdag en binnen een paar minuten maakte de storm van de afgelopen nacht plaats voor de lichtgloed van de dageraad. Althans, voor Lily. Voor Maya hield de sluimerende angst, vooral omdat die haar kind ook had geraakt, nog veel te lang aan.

Wat had ze de afgelopen nacht gedaan?

Shane vroeg niet hoe ze zich voelde. Hij wist dat allang. Toen ze Lily aan de ontbijttafel hadden geïnstalleerd en een eindje van haar weg waren gelopen, vroeg Shane: 'Hoe erg was het?'

'Niks aan de hand.'

Shane wendde zijn blik af.

'Wat is er?'

'Liegen tegen mij schijnt je steeds gemakkelijker af te gaan.'

Hij had gelijk.

'Het was erg, heel erg,' zei ze. 'Ben je nu tevreden?'

Shane keek haar weer aan. Hij wilde haar in zijn armen nemen – dat kon ze zien – maar hij deed het niet. Jammer. Ze zou het best prettig hebben gevonden.

'Je moet met iemand gaan praten,' zei Shane. 'Wat dacht je van Wu?'

Wu was de psychiater van de Veteranendienst. 'Ik zal hem bellen.'

'Wanneer?'

'Als ik dit heb afgehandeld.'

'Als je wát hebt afgehandeld?'

Ze gaf geen antwoord.

'Het gaat niet meer alleen over jou, Maya.'

'Hoe bedoel je?'

Hij keek naar Lily en knikte.

'Die is onder de gordel, Shane.'

'Dat is dan jammer voor je. Je hebt een dochter die je in je eentje moet grootbrengen.'

'Dat kan ik wel aan.'

Maya keek hoe laat het was. Kwart over negen. Ze probeerde zich te herinneren wanneer dit voor het laatst was gebeurd, wanneer ze langer had geslapen dan tot 4.58 uur, maar het lukte haar niet. Ze dacht aan Lily. Wat was er vannacht gebeurd? Was haar dochter wakker geworden van het geschreeuw van haar moeder? Had Lily geprobeerd haar te wekken, of had ze liggen huilen van angst?

Wat voor een moeder was ze in godsnaam?

De dood achtervolgt je, Maya...

'Ik kan het wel aan,' zei ze weer. 'Maar eerst moet ik dit afhandelen.'

'En met "dit afhandelen" bedoel je uitzoeken wie Joe heeft vermoord?'

Ze gaf geen antwoord.

'Je had trouwens gelijk,' zei Shane.

'Met wat?'

'Daarom ben ik naar je toe gekomen. Ik moest voor je uitzoeken of Tom Douglass bij de Kustwacht had gezeten.'

'En?'

'Hij heeft er veertien jaar gediend. Daar heeft hij de smaak van de gezagshandhaving te pakken gekregen. En inderdaad, hij was de officier die de leiding had van het onderzoek naar de dood van Andrew Burkett.'

Boem. Dat klonk aannemelijk. En tegelijkertijd ook niet.

'Wat waren zijn bevindingen?'

'Dood door ongeluk. Volgens zijn eindrapport is Andrew Burkett 's nachts overboord gevallen en verdronken. Vermoedelijk was er alcohol in het spel.'

Ze bleven enige tijd zwijgend tegenover elkaar staan terwijl Maya het liet bezinken.

'Wat is er verdomme aan de hand, Maya?'

'Dat weet ik nog niet, maar ik ga het uitzoeken.'

'Hoe?'

Maya haalde haar mobiele telefoon tevoorschijn en belde Douglass thuis. Er werd niet opgenomen. Maya sprak een boodschap in: ‘Ik weet waarom de familie Burkett je geld betaalt. Bel me terug.’

Ze sprak haar mobiele nummer in en verbrak de verbinding.

‘Hoe ben je dat te weten gekomen over Douglass?’ vroeg Shane.

‘Dat is niet belangrijk.’

‘O nee?’

Shane stond op en begon te ijsberen. Je hoefde hem niet door en door te kennen, zoals Maya, om te weten dat dit geen goed teken was.

‘Wat is er?’ vroeg ze.

‘Ik heb inspecteur Kierce vanochtend gebeld.’

Maya kneep haar ogen dicht. ‘Waarom?’

‘Ach, dat weet ik niet precies. Misschien omdat het een pittige beschuldiging was die je gisteravond tegen hem uitte.’

‘Het was Caroline die die beschuldiging uitte.’

‘Ook goed. Ik wilde alleen peilen wat voor iemand hij was.’

‘En?’

‘Ik mag hem wel. Ik denk dat hij oké is. En dat Caroline uit haar nek kletst.’

‘Goed dan, laat het verder maar zitten.’

Shane maakte het irritante zoemende geluid wanneer je in een tv-quiz het verkeerde antwoord geeft.

‘Sorry, Maya, fout geantwoord.’

‘Hoe bedoel je?’

‘Kierce wilde geen informatie geven over het lopende onderzoek,’ zei Shane. ‘Zoals het een goeie smeris, een die zich aan de regels houdt en geen steekpenningen aanneemt, betaamt.’

De wending die het gesprek nam beviel Maya niet.

‘Maar,’ vervolgde Shane, en hij stak zijn vinger op, ‘hij vond het niet bezwaarlijk om me te vertellen over een bepaald incident dat onlangs in dit huis heeft plaatsgevonden.’

Maya keek naar Lily. ‘Hij heeft je over de nannycam verteld.’

‘In één keer goed.’

Shane wachtte op uitleg. Die gaf ze niet. Ze bleven tegenover elkaar staan en staarden elkaar te lang aan. Uiteindelijk verbrak Shane de stilte.

'Waarom heb je me dat niet verteld?' vroeg hij.

'Dat was ik van plan.'

'Maar?'

'Je denkt nu al dat ik labiel ben.'

Shane maakte het irritante zoemende geluid weer. 'Fout. Ik denk hooguit dat je misschien hulp nodig hebt...'

'Precies. Jij wilt dat ik Wu bel. Dus wat zou je denken als ik je vertel dat ik mijn vermoorde man op de nannycam heb gezien?'

'Dan zou ik naar je geluisterd hebben,' zei Shane. 'Ik zou het aanhoren en je helpen het tot de bodem uit te zoeken.'

Ze wist dat hij het meende. Shane pakte een stoel, zette die dicht bij haar neer en ging zitten.

'Vertel me wat er gebeurd is. Tot in de details.'

Het had geen zin om nog iets voor hem te verbergen. Dus vertelde ze Shane over de nannycam, over Isabella en de pepperspray, over Joe's verdwenen shirt en over haar bezoek aan de personeelshuisjes op het landgoed van de Burketts, waar Isabella woonde. Toen ze uitgepraat was zei Shane: 'Ik herinner me dat shirt. Als jij het je allemaal verbeeld hebt, waarom is het dan weg?'

'Wie zal het zeggen?'

Shane stond op en liep naar de trap.

'Wat ga je doen?'

'Naar boven, kijken of het in de kast hangt.'

Ze wilde protesteren, maar zo was Shane nu eenmaal, wist ze. Hij wilde alles met eigen ogen zien. Ze wachtte. Na een paar minuten kwam hij terug.

'Het is weg,' zei hij.

'Wat niks te betekenen hoeft te hebben,' voegde Maya eraan toe. 'Er kunnen allerlei redenen zijn waarom het niet in zijn kast hangt.'

Shane ging weer tegenover haar zitten en begon aan zijn onderlip te plukken. Er gingen vijf seconden voorbij. Daarna nog eens vijf. 'Laten we er eens over doorpraten.'

Maya wachtte af.

'Weet je nog wat generaal Dempsey zei toen hij onze basis bezocht?' vroeg Shane. 'Over voorspelbaarheid in het theater?'

Maya knikte. Generaal Martin Dempsey, de voorzitter van de Verenigde Chefs van Staven, had gezegd dat van alle menselijke gedragingen oorlog voeren het onvoorspelbaarst is. De enige bruikbare regel voor wat er in de strijd gebeurt, is dat je nooit weet wat er zal gebeuren. Dat je voortdurend voorbereid moet zijn op wat onmogelijk lijkt.

'Laten we die theorie er eens op loslaten,' zei Shane, 'en aannemen dat je Joe echt op de beelden van de nannycam hebt gezien.'

'Joe is dood, Shane.'

'Ja, dat weet ik. Maar laten we het toch eens stap voor stap doornemen. Alleen als probeersel.'

Ze hief haar ogen ten hemel om hem aan te sporen om door te gaan.

'Goed dan, je bekijkt de beelden van de nannycam op – wat? – je tv?'

'Op mijn laptop. Je stopt er een SD-geheugenkaartje in.'

'Juist, sorry. Een geheugenkaartje. Dat Isabella heeft meegenomen nadat ze je met pepperspray had bespoten.'

'Ja.'

'Oké, dus je stopt het kaartje in je laptop en je ziet Joe met Lily spelen op de bank. Laten we eerst het voor de hand liggende elimineren. Het ging hier niet om een oude opname, hè?'

'Nee.'

'Weet je dat zeker? Je zei dat Eileen je de nannycam pas na de begrafenis heeft gegeven. Maar is het niet mogelijk dat iemand al iets op het geheugenkaartje had gezet? Dat iemand de twee had gefilmd voordat Joe werd vermoord?'

'Nee. Lily droeg exact dezelfde kleertjes die ze die dag aan had gehad. De beelden waren ook vanuit de juiste hoek opgenomen, vanaf de plank van de boekenkast, recht op de bank gericht. Ze hebben de beelden getrukeerd, dat moet wel. Ze hebben Joe gefotoshopt of zoiets. Maar het waren geen oude opnames.'

'Oké, dan schrappen we die mogelijkheid.'

Dit begon steeds vreemder te worden. 'Welke mogelijkheid?'

'Dat het oude beelden waren. Maar laten we iets anders proberen.' Shane begon weer aan zijn lip te plukken. 'Laten we nu eens aannemen, alleen hypothetisch, dat het Joe was die je hebt gezien. Dat hij nog in leven is.' Shane stak zijn handen al op voordat ze iets had gezegd. 'Ja, ja, ik weet het, maar laat me even uitpraten, wil je?'

Maya onderdrukte een zucht en haalde haar schouders op alsof ze wilde zeggen: als jij dat per se wilt...

'Hoe zou jij het dan doen?' vroeg hij. 'Stel dat jij Joe bent en je wilt je eigen dood faken.'

'Mijn dood faken om vervolgens mijn eigen huis binnen te sluipen om met mijn kind te spelen? Ik heb echt geen idee, Shane. Vertel jij het me maar. Jij hebt blijkbaar een theorie.'

'Niet echt een theorie, maar...'

'Komen er zombies in voor?'

'Maya?'

'Ja?'

'Je wordt altijd sarcastisch als je je in de hoek gedreven voelt.'

Ze fronste haar wenkbrauwen. 'Goh, die psychologiecursus van je begint zijn vruchten af te werpen.'

'Ik begrijp niet waar je zo bang voor bent.'

'Ik ben bang dat ik mijn tijd verspil. Maar goed, Shane. Laat de zombies even zitten en vertel me je theorie. Hoe zou jij je eigen dood faken als je Joe was?'

Shane bleef maar aan zijn lip plukken. Maya was bang dat die zou gaan bloeden als hij er veel langer mee doorging.

'Ik zou het – hypothetisch – als volgt doen,' zei hij. 'Ik zou – hypothetisch – twee straatcriminelen in de arm nemen en ze – hypothetisch – pistolen met losse flodders geven.'

'Tjonge,' zei Maya.

'Laat me even uitpraten, maar ik zal dat "hypothetisch" weglaten, oké? Ik, als Joe, zou het goed voorbereiden. Ik zou bloedcapsules op mijn schouder en bovenlichaam plakken. Om het er echt uit te laten zien. Joe had die plek in het park gekozen, nietwaar? Hij wist hoe het licht daar was. Hij wist dat het er zo donker was dat jij niet goed kon zien wat er precies gebeurde. Denk daar maar eens over na. Trouwens, geloof jij dat die twee gasten daar zomaar opeens opdoken? Vond je dat niet vreemd?'

'Wacht, is dat het deel dat jij het vreemdst vindt?'

'De hele invalshoek van een beroving...' Shane schudde zijn hoofd. 'Daar heb ik nooit in geloofd.'

Maya zat op haar stoel en zei niets. Kierce had al bewezen dat de invalshoek van de beroving onzin was, toen de ballistische tests hadden aangetoond dat Joe en Claire met hetzelfde wapen waren omgebracht. Maar dat wist Shane nog niet.

'Stel dat het allemaal theater was,' zei Shane, die steeds meer in zijn surrealistische samenzweringstheorie begon te geloven. 'Stel dat die twee straatcriminelen waren betaald om een paar losse flodders op Joe af te vuren zodat het erop leek dat hij dood was.'

'Shane?'

'Ja?'

'Je begrijpt zelf toch wel hoe idioot dit klinkt?'

Hij bleef maar aan die onderlip plukken.

'De politie is erbij geweest, weet je nog, Shane? Er zijn mensen die het lijk hebben gezien.'

'Oké, laten we dat punt voor punt onder de loep nemen. Ten eerste, de mensen die het lijk hebben gezien. Dat zal best. Als jij de enige getuige was, dan zou het niet overtuigend genoeg zijn. Dus Joe ligt daar, bloedend uit de capsules, of wat ze ook hebben gebruikt. In het donker. Een paar mensen zien hem. Maar ze hebben hem de pols niet genomen, of wel soms?'

'Maya schudde haar hoofd. 'Dit meen je toch niet, hè?'

'Heb je problemen met mijn theorie?'

'Waar zal ik beginnen?' zei Maya. 'En de politie dan?'

Hij hield zijn handen op. 'Heb je me niet zelf verteld dat die geld betaald hebben gekregen?'

'Kierce, bedoel je? Je nieuwe vriend die je zo aardig vindt en die alles volgens het boekje doet?'

'Misschien heb ik hem verkeerd ingeschat. Het zal de eerste keer niet zijn. En misschien heeft Kierce het zo geregeld dat hij dienst had toen de moord werd gepleegd. Als alles gepland was, kan Joe hem verteld hebben waar en hoe laat het zou gebeuren. Zodat Kierce ervoor kon zorgen dat zijn naam op het dienstrooster stond. Of misschien, weet ik veel, hebben de Burketts de hoofdinspecteur of de commissaris ook wel omgekocht en hebben zij geregeld dat Kierce het eerst ter plekke was.'

'Je zou zo'n samenzweringsvideo voor YouTube moeten maken, Shane. Zo een waarin ze stellen dat 11 september een binnenlands complot was.'

'Ik schets alleen de mogelijkheden, Maya.'

'Dus als ik het goed begrijp,' zei Maya, 'zaten ze allemaal in het complot: de twee jongens die Kierce heeft gearresteerd, de agenten op de plaats delict... én de lijkschouwer. Want als Joe daar dood is afgevoerd, zou er een autopsie worden gedaan, waar of niet?'

'Wacht,' zei Shane.

'Wat is er?'

'Zei jij niet dat er een probleem met de overlijdensakte was?'

'Een of andere administratieve blunder. En hou op met aan je lip te trekken.'

Heel even verscheen er een glimlachje op Shanes gezicht. 'Wat ik zeg is niet waterdicht, dat geef ik toe. Ik kan Kierce vragen of ik de autopsiefoto's mag zien...'

'Wat hij je zal weigeren.'

'Ik kan heel volhardend zijn.'

'Doe dat maar niet. Trouwens, als ze al deze moeite hebben gedaan, zullen ze dan ook niet een paar autopsiefoto's in elkaar hebben geknutseld?'

'Goed punt.'

'Ik bedoelde het sarcastisch.' Maya schudde haar hoofd. 'Hij is dood, Shane. Joe is dood.'

'Of hij wil dat jij dat gelooft.'

Daar moest Maya even over nadenken. 'Of,' zei ze toen, 'iemand anders wil dat.'

18

De sportdag was zoiets als in een oude Amerikaanse film, waarin alles een beetje te leuk en te perfect is om echt te kunnen zijn. Er waren feesttenten en kraampjes en allerlei attracties. Overal hoorde je gelach en gejuich, de fluit van de scheidsrechter en muziek. Er stonden snackcars waar je hamburgers, hotdogs, ijsjes en taco's kon kopen. Vrijwel alles wat in het groen en wit van de stadskleuren uitgevoerd kon worden was er te koop: T-shirts, honkbalpetten, hoody's, polo's, sjaals, waterflessen, koffiemokken, sleutelhangers en klapstoeltjes. Zelfs het springkussen en de opblaasbare glijbanen waren groen met wit.

Elke klas had haar eigen activiteitenkraam. Bij de meisjes van groep zeven kon je afwasbare tatoeages laten aanbrengen. De jongens van groep acht hadden een voetbaldoel met een snelheidsradar, waarop je kon zien hoe hard je schoot. Bij de meisjes van groep zes kon je je gezicht laten schminken.

Daar vonden Maya en Lily hun nichtje Alexa.

Toen Alexa ze zag aankomen, liet ze haar paintbrush vallen, kwam de kraam uit en riep: 'Hé! Lily!'

Lily, die de hand van haar moeder had vastgehouden, liet die nu los. Ze begon te giechelen, sloeg haar handjes voor haar mond en begon te rillen van blijdschap en opwinding, zoals alleen kleine kinderen dat kunnen. Dat giechelen en rillen werd nog een fractie erger toen Lily haar nichtje door de mensenmassa op zich af zag komen. En het ging over in hoog, kraaiend gelach toen Alexa haar beetpakte en hoog de lucht in tilde.

Maya stond erbij en keek ernaar, en ze glimlachte.

'Lily! Tante Maya!'

Nu was het Daniel die naar ze toe kwam rennen. Eddie jogde achter zijn zoon aan en ook hij had een brede glimlach op zijn gezicht. Het hele gebeuren kwam Maya als onecht voor, als bijna obsceen in de persoonlijke chaos waarin ze zich bevond, maar dat gaf vandaag niet. De wereld bestond uit grenzen en hekken, en het enige wat Maya op dit moment wilde, was dat deze drie kinderen aan de goede kant ervan zouden blijven.

Daniel gaf zijn tante een vluchtige kus op haar wang en richtte zijn aandacht op Lily. Hij nam haar over van zijn zus en ook hij tilde haar hoog de lucht in. Het geluid van Lily's gelach, zo puur, onbevangen en onschuldig, zette Maya aan het denken. Wanneer, vroeg ze zich af, had ze Lily voor het laatst zo horen lachen?

'Mogen we met haar naar de attracties, tante Maya?' vroeg Alexa.

'We zullen goed op haar passen,' voegde Daniel eraan toe.

Eddie kwam naast Maya staan.

'Ja, natuurlijk,' zei Maya. 'Zal ik jullie geld geven?'

'We hebben zelf geld,' zei Daniel, en weg waren ze.

Maya glimlachte vluchtig naar Eddie. Haar voormalige zwager zag er vandaag beter uit, gladgeschoren en met een heldere blik in zijn ogen. Hij kuste haar op de wang. Ze rook geen drank. Maya's blik ging weer naar de drie weglopende kinderen. Lily liep tussen Daniel en Alexa in en had van beiden een hand vast.

'Het is een mooie dag,' zei Eddie.

Maya knikte. Dat was het inderdaad. De zon scheen alsof een regisseur hem daartoe opdracht had gegeven. Wat Maya hier zag was de Amerikaanse droom, die als een warme deken voor haar lag uitgespreid, maar wat zij vooral voelde was dat ze hier niet thuishoorde, dat alleen al haar aanwezigheid zo meteen als een donkere wolk voor de zon zou schuiven.

'Eddie?'

Hij hield zijn hand boven zijn ogen om ze tegen het felle licht te beschermen en draaide zich naar haar om.

'Claire had geen ander.'

De tranen schoten zo snel in zijn ogen dat hij zijn blik moest afwenden. Hij boog zich voorover en even was Maya bang dat hij hardop zou gaan snikken. Ze bracht haar hand omhoog, wilde die op zijn schouder leggen, maar ze bedacht zich en de hand viel weer langs haar lichaam.

'Weet je het zeker?' vroeg hij.

'Ja.'

'En die telefoon?'

'Weet je nog dat ik, eh... dat probleem had met die video van die oorlogsmissie, die ze op internet hebben gezet?'

'Ja, natuurlijk.'

'Er was meer dan alleen die video.'

'Hoe bedoel je?'

'Degene die hem op het net heeft gezet...'

'Corey the Whistle,' zei Eddie.

'Ja, hij. Hij heeft het geluid er niet bij gezet.'

Eddie keek haar verbaasd aan.

'Ik denk dat Claire hem dat uit zijn hoofd heeft gepraat.'

'Dat geluid,' zei Eddie. 'Zou dat het voor jou nog erger hebben gemaakt?'

'Ja.'

Eddie knikte, maar hij vroeg niet waarom. 'Claire was zo van streek toen ze van het schandaal hoorde. Wij allemaal. We maakten ons ernstige zorgen over je.'

'Claire is een stap verder gegaan.'

'Op welke manier?'

'Ze heeft contact gezocht met Corey. Ze heeft zich zelfs bij zijn organisatie aangesloten.'

Het had geen zin om Eddie te vertellen wat Claires ware motieven waarschijnlijk waren geweest. Misschien had ze wel een deal met Corey gesloten, dat zij hem zou helpen als hij Maya verder met rust zou laten. Of misschien had Corey, die heel overtuigend en charmant kon zijn, haar wel ingepeperd dat het moreel juist was als ze hem hielp de familie Burkett ten val te brengen. Uiteindelijk had het niet uitgemaakt wat het was.

'Claire was begonnen belastend materiaal over de Burketts boven water te halen,' zei ze. 'Om Coreys organisatie te helpen de familie ten val te brengen.'

'Denk je dat ze daarom is vermoord?'

Maya keek naar haar dochter in de verte. Alexa's hele groep had zich rondom Lily verzameld om haar te bewonderen. Om beurten brachten ze de groene en witte verf aan op haar gezichtje, en zelfs op grote afstand kon Maya voelen hoe Lily ervan genoot.

'Ja, dat denk ik.'

'Ik begrijp het niet,' zei Eddie. 'Waarom heeft Claire het me niet verteld?'

Maya bleef naar de kinderen kijken, speelde haar rol als zwijgende wachter. Ze voelde dat Eddie naar haar keek, maar ze bleef zwijgen. Claire had het hem niet verteld omdat ze hem niet in gevaar wilde brengen. En door Eddie er helemaal buiten te houden, had ze hoogstwaarschijnlijk zijn leven gered. Want Claire had van haar man gehouden. Ze had zielsveel van hem gehouden. Jean-Pierre was maar een bevlieging geweest, iets wat niets met de realiteit te maken had. Claire, de verliefde pragmaticus, had dat algauw ingezien, ook al deed Maya, zelf nog ongelukkig in de liefde, dat destijds niet. Claire had van Eddie gehouden. Ze had van Daniel en Alexa gehouden. Ze had van dit leven gehouden, met zijn sportdag en geschminkte gezichten onder de stralende zon.

'Herinner je je iets ongebruikelijks, Eddie? Iets wat hierbij zou kunnen aansluiten?'

'Wat ik je eerder heb verteld, dat ze steeds vaker moest overwerken. Ze maakte een afwezige indruk. Als ik haar dan vroeg wat eraan scheelde, wilde ze dat niet zeggen.' Zijn stem kreeg een zachtere klank. 'Ze zei dat ik me er geen zorgen over moest maken.'

De kinderen waren geschminkt en ze gingen op weg naar de draaimolen.

'Heeft ze het ooit over ene Tom Douglass gehad?'

Eddie dacht na. 'Nee. Wie is dat?'

'Een privédetective.'

'Wat had ze bij een privédetective te zoeken?'

'Ze wist dat hij door de Burketts werd betaald. Heb je haar wel eens iets over Andrew Burkett horen zeggen?'

Hij fronste zijn wenkbrauwen. 'Joe's broer, die is verdronken?'

'Ja.'

'Nee. Wat heeft die hiermee te maken?'

'Dat weet ik nog niet. Maar je moet iets voor me doen.'

'Zeg maar wat.'

'Bekijk alles nog eens opnieuw, met onbevangen blik. Kijk naar reisjes die ze heeft gemaakt, persoonlijke bestanden in haar computer, zoek naar plekken waar ze iets verstopt kan hebben. Alles wat je kunt bedenken. Ze probeerde de Burketts ten val te brengen. Ze had ontdekt dat ze Tom Douglass omkochten, en volgens mij was dat een opening die naar iets groters leidde.'

Eddie knikte. 'Oké, dat zal ik doen.'

Ze zwegen en zagen hoe Daniel Lily op het paard van de draaimolen tilde. Daniel bleef aan haar ene kant staan, Alexa aan de andere. Lily straalde van plezier.

'Moet je ze zien,' zei Eddie. 'Zo...'

Maya knikte, durfde niets te zeggen. Het was Eddie geweest die tegen haar zei dat de dood haar achtervolgde, maar zo simpel was het waarschijnlijk niet. Overal om haar heen zag ze kinderen en hun ouders, die lachten en speelden en genoten van deze ogenschijnlijk gewone dag. Ze deden het zonder angst of bezorgdheid, want ze waren het zich niet bewust. Iedereen lachte en speelde en voelde zich zo verdomde veilig. Ze wisten niet hoe kwetsbaar alles was. Oorlog was iets wat ver weg was, geloofden ze. Niet alleen in een ander werelddeel, maar in een heel andere wereld. Die kon hen niet raken.

Maar daar vergisten ze zich in.

Een van hen wás er al door geraakt, Claire, om precies te zijn, en dat was Maya te verwijten. Wat zij had gedaan in die gevechtshelikopter boven Al Qa'im, te midden van die geluiden die haar nooit met rust wilden laten, had een echo in gang gezet, een vibratie die uiteindelijk was geëindigd bij haar zus.

De waarheid was zo duidelijk en zo intens pijnlijk. Als Maya die fouten in haar helikopter niet had gemaakt, zou Claire nog in leven zijn. Dan zou ze hier naast haar staan en genieten van de schoonheid en het gelach van haar kinderen. Het was Maya's schuld dat dat niet zo was. Claire was hier niet, en ergens achter die gelukzalig lachende gezichten van Daniel en Alexa zat een droefheid die nooit meer ongedaan gemaakt kon worden.

Lily begon om zich heen te kijken. Ze zag haar moeder en zwaaide. Maya slikte en zwaaide terug. Daniel en Alexa zwaaiden ook en gebaarden Maya dat ze moest komen kijken.

'Maya?' zei Eddie.

Ze zei niets.

'Ga naar ze toe.'

Maya schudde haar hoofd.

'Je staat hier nu niet op wacht,' zei hij, waarmee hij dicht in de buurt van haar eigen gedachten kwam. 'Ga naar ze toe en maak plezier met je kind.'

Maar Eddie begreep het niet. Ze hoorde hier niet thuis. Ze was een buitenstaander, niet in haar element, hoewel dit, ironisch genoeg, de manier van leven was waarvoor ze altijd had gestreden en veel had geriskeerd om die te beschermen. Ja, dit. Hiervoor. Wat nu gebeurde. En toch kon ze de stap niet zetten en eraan meedoen. Misschien was dit de keus die je moest maken. Je kon eraan meedoen of je kon het beschermen, maar je kon niet allebei doen. Haar krijgsmakkers zouden het begrijpen. Sommigen zouden zichzelf zelfs dwingen die stap wel te zetten. Ze zouden glimlachend naar de draaimolen lopen en een gek T-shirt kopen, maar als je ze diep in de ogen keek, zou je zien dat ze het nooit helemaal konden loslaten en dat ze altijd om zich heen zouden blijven kijken om te zien of er gevaar dreigde.

Zou dat ooit overgaan?

Misschien wel. Maar nu nog niet. Dus bleef Maya staan waar ze stond en keek ze toe, als de zwijgende wachter.

'Ga jij maar,' zei Maya.

Eddie dacht er even over na. 'Nee, ik sta hier goed.'

Dus bleven ze staan en keken toe.

'Maya?'

Ze zei niets.

'Als je te weten komt wie Claire heeft vermoord, moet je het me vertellen.'

Eddie wilde degene zijn die zijn vrouw wreekte. Dat zou niet gebeuren. 'Oké,' zei ze.

'Beloofd?'

Wat maakte een extra leugentje nog uit? 'Beloofd.'

Haar mobiele telefoon zoemde. Ze keek op het schermpje. Tom Douglass' huistelefoon. Ze liep een paar meter weg en hield het toestel tegen haar oor.

'Hallo?'

'Ik heb je boodschap ontvangen,' zei mevrouw Douglass. 'Kom bij me langs, zo snel mogelijk.'

'Zullen wij Lily mee naar huis nemen?' vroeg Eddie. 'Dat vinden de kinderen zo leuk.'

Het zou alles inderdaad gemakkelijker maken. Als Maya zou proberen om Lily nu uit de festiviteiten los te rukken, zou ze zich de toorn van een... tja, van een kind van twee op de hals halen.

'Het gaat over die Tom Douglass,' zei ze, hoewel hij haar niets had gevraagd. 'Hij woont in Livingston. Meer dan een paar uur hoeft het niet te duren.'

Eddie keek bedenkelijk.

'Wat is er?'

'Livingston. Dat is afslag 15w op de Turnpike, toch?'

'Dat klopt. Hoezo?'

'De week voordat Claire werd vermoord,' zei hij, 'stond er op het afschrift van haar tolpasje dat ze die afslag een paar keer had genomen.'

'Deed ze dat normaliter niet?'

'Ik had de afschriften van haar tolpasje nooit eerder bekeken, maar nee, we gingen nooit zo ver van huis.'

'Wat dacht je er toen van?'

'Er is daar een chic winkelcentrum. Ik nam aan dat ze daarnaartoe ging.'

Of hij had niet echt willen controleren waar ze zoal naartoe reed, wat te begrijpen was. Daar was geen reden voor geweest. Maya haastte zich terug naar haar auto. Haar zus was vermoord omdat ze te dicht in de buurt van een geheim was gekomen. Daar was Maya zeker van. Dat geheim had iets van doen met Tom Douglass, en in het verlengde daarvan met Joe's broer Andrew. Hoe Andrew Burkett, die al minstens vijftien jaar dood was toen Maya en Joe elkaar leerden kennen, aan de moord op Claire was gelinkt, was haar nog steeds een raadsel.

Ze voegde in op de snelweg, zette de autoradio aan, zapte van zender naar zender maar vond niets wat haar beviel. Het had nu geen zin om in het wilde weg te speculeren. Haar dochter was in de veilige handen van Claires gezin.

Ze tikte de playlist van haar telefoon aan en zette die op de speakers voor wat afleiding. Lykke Li zong 'No Rest for the Wicked'. Over haar 'kerel', die ze had laten barsten, met de onvergetelijke tekstregel: 'I let my true love die.' Maya zong het refrein mee, dacht aan vroeger, en toen het liedje afgelopen was, tikte ze op het pijltje, speelde het opnieuw af en zong alles mee tot aan de legendarische eindregel: 'I had his heart, but I broke it every time.'

Joe had dit voor haar gedownload. Hun relatie was een krankzinnige wervelwind geweest, maar zo was het in Maya's rampzalige liefdesleven altijd gegaan. Amper achtenveertig uur nadat ze elkaar op dat liefdadigheidsdiner hadden ontmoet, had Joe voorgesteld om met het privévliegtuig van de familie Burkett naar de Turks- en Caicoseilanden te vliegen. Maya was bijna in zwijm gevallen en had onmiddellijk ja gezegd. Ze hadden het weekend in een villa in het Amanyara-resort doorgebracht.

Ze had verwacht dat deze nieuwe relatie het voor haar gebruikelijke patroon zou volgen: intens, bruisend, zwaar overdreven en maniakaal romantisch... na korte tijd gevolgd door een snelle breuk, en dan niets meer. Van alles tot niets. Van tot over haar oren verliefd tot vaarwel. Voor Maya was iedereen voor wie ze viel een soort Jean-Pierre geworden. Voor hooguit een week of drie.

Dus toen ze na week één wakker werd en tot de ontdekking kwam dat Joe een playlist voor haar telefoon had gemaakt, had ze elk liedje aandachtig beluisterd en gezocht naar verborgen betekenissen in de songteksten terwijl ze als een tiener op haar rug op bed lag en naar het plafond staarde. Ze vond zijn muzieksmaak geweldig. Maar de liedjes hadden haar niet alleen aangesproken, ze waren ook dwars door haar pantsers gedrongen, hadden haar verzwakt en haar rijp gemaakt, hoe seksistisch het misschien ook klinkt, voor wat ze van hem kon leren.

Toch wist Maya heel goed dat je daar twee mensen voor nodig had. Ze had zich kwetsbaar opgesteld en zich overgegeven aan Joe's liefde, aan drank, muziek, reizen en seks, maar zoals het met al haar liefdesrelaties was gegaan, was vanaf het eerste begin het eind al in zicht geweest. Daar had ze vrede mee. Het leger was haar leven. Trouwen, kinderen en sportdag waren onbekende fenomenen. Het lag voor de hand dat Joe uiteindelijk een mooie herinnering zou worden.

Al haar liefdes waren uiteindelijk slecht afgelopen. Maar de herinneringen hadden dat niet gedaan.

Alleen was Maya in dit geval in verwachting geraakt en had Joe, in haar totale verwarring van wat ze nu moest doen, haar overdonderd met zijn reactie daarop. Hij had haar zittend op één knie en met vioolmuziek op de achtergrond ten huwelijk gevraagd. Hij had beloofd dat hij haar gelukkig zou maken. Dat hij altijd van haar zou houden. Hij had haar verteld dat hij trots was op haar militaire carrière en gezworen dat hij alles zou doen om haar te helpen haar doel te bereiken. Ze zouden anders zijn dan anderen, had hij tegen haar gezegd, en zouden leven volgens hun eigen regels. De passie waarmee Joe dit had beloofd, was een soort oerkracht geweest. Zij had zich aan die kracht overgegeven en voordat ze het wist was kapitein Maya Stern een Burkett geworden.

Lykke Li stierf langzaam weg en werd gevolgd door 'White Blood' van Oh Wonder. Waarom, vroeg ze zich af, zat ze in hemelsnaam naar Joe's tearjerkers te luisteren? Het antwoord was simpel: omdat ze het prachtige liedjes vond. In het vacuüm waarin ze zich bevond, en als ze vergat hoe het allemaal was afgelopen, waren het nog steeds beeldschone liedjes die haar tot in het hart raakten, zelfs dit, met de hartverscheurende openingsregels:

'I'm ready to go, I'm ready to go,
Can't do it alone...'

Beeldschoon maar bullshit, dacht Maya toen ze Tom Douglass' boot naast de garage zag staan. Ze kon het wel alleen, en dat ging ze nu doen.

Voordat Maya kon aanbellen ging de voordeur al open. Mevrouw Douglass stond tegenover haar, met een strak, bleek gezicht. Ze keek naar links en naar rechts, duwde de hordeur open en zei: 'Kom binnen. Snel.'

Maya ging naar binnen. Mevrouw Douglass sloot beide deuren achter haar.

'Worden we in de gaten gehouden?' vroeg Maya.

'Dat weet ik niet.'

'Is uw man thuis?'

'Nee.'

Maya zei niets. De vrouw had haar teruggebeld omdat ze iets wilde. Dus zij mocht zeggen wat dat was.

'Ik heb je bericht ontvangen,' zei mevrouw Douglass.

Maya knikte halfslachtig.

'Je zei dat je wist wat voor werk mijn man voor de Burketts deed.'

Deze keer was het mevrouw Douglass die op een reactie wachtte. Maya hield het kort.

'Zo heb ik het niet gezegd.'

'O nee?'

'Ik heb gezegd dat ik wist waarom de Burketts uw man geld betaalden.'

'Ik zie het verschil niet.'

'Ik denk niet dat hij voor ze werkte,' zei Maya. 'Tenzij je smeergeld aanpakken als werk beschouwt.'

'Waar heb je het over?'

'Mevrouw Douglass, hou op met spelletjes spelen, alstublieft.'

Haar ogen werden groot. 'Dat doe ik niet. Vertel me alsjeblieft wat je te weten bent gekomen.'

Maya hoorde de wanhoop in de stem van de vrouw. Als ze loog, deed ze dat verdomd goed.

‘Wat deed uw man volgens u voor de Burketts?’ vroeg Maya.

‘Tom is privédetective,’ zei ze. ‘Ik ging ervan uit dat hij vertrouwelijk onderzoekswerk deed voor een rijke, machtige familie.’

‘Maar hij heeft u nooit verteld wat dat werk inhield?’

‘Dat zeg ik net. Zijn werk was vertrouwelijk.’

‘Ach, kom nou, mevrouw Douglass. Wou u me wijsmaken dat uw man, als hij van zijn werk thuiskwam, u nooit heeft verteld wat hij die dag had gedaan?’

Een traan ontsnapte uit haar ooghoek en rolde over haar wang. ‘Waar was Tom mee bezig?’ vroeg ze op fluistertoon. ‘Vertel het me, alsjeblieft.’

Maya vroeg zich weer af welke weg ze zou bewandelen, en opnieuw koos ze voor de kortste. ‘Uw man zat vroeger bij de Kustwacht. Toen hij daar diende, heeft hij onderzoek gedaan naar de dood van een jongeman, ene Andrew Burkett.’

‘Ja, dat weet ik. Zo heeft Tom de familie leren kennen. Ze waren heel tevreden over het werk dat hij toen heeft gedaan. Dus toen hij zijn eigen detectivebureautje begon, hebben ze hem vaker in de arm genomen.’

‘Dat denk ik niet,’ zei Maya. ‘Ik denk dat ze hem destijds hebben gevraagd om de dood van Andrew Burkett als een ongeluk af te doen.’

‘Waarom?’

‘Dat is wat ik aan uw man wil vragen.’

Mevrouw Douglass plofte op de bank neer alsof haar knieën het opeens begaven. ‘Maar ze hebben al die jaren betaald, en zo veel geld...’

‘Geld is geen probleem voor de Burketts.’

‘Maar zulke hoge bedragen? En al zo lang?’ Ze sloeg haar hand voor haar mond en haar vingers trilden. ‘Als het waar is wat jij beweert, en ik zeg niet dat dat zo is, moet het wel heel belangrijk geweest zijn.’

Maya hurkte voor haar neer. 'Waar is uw man, mevrouw Douglass?'
'Dat weet ik niet.'
Maya wachtte tot ze meer zou zeggen.
'Daarom heb ik je teruggebeld. Tom wordt al drie weken vermist.'

19

Mevrouw Douglass had de vermissing van haar man aan de politie gemeld, maar helaas, als een man van zevenenvijftig uit beeld verdwijnt en er wordt geen vuil spel vermoed, kan de politie weinig doen.

'Tom houdt van vissen,' zei ze. 'Soms blijft hij wel een paar weken weg. De politie wist dat. Ik heb ze gezegd dat hij nooit ging zonder het tegen mij te zeggen, maar...' Ze haalde hulpeloos haar schouders op. 'Ze hebben zijn naam in het systeem ingevoerd, wat dat ook betekent. Een van de rechercheurs zei dat ze eventueel een volledig onderzoek konden openen, maar dat ze een gerechtelijk bevel nodig hadden om zijn dossiers en bestanden te bekijken.'

Maya vertrok een paar minuten later. Ze had lang genoeg gewacht, vond ze, en belde haar schoonmoeder. Toen het toestel aan de andere kant drie keer was overgegaan, zei Judith met heel zachte stem: 'Ik heb nu een patiënt. Is alles in orde met jullie?'

'We moeten praten.'

Er volgde een merkwaardige stilte en Maya vroeg zich af of Judith zich bij haar patiënt had verontschuldigd en de spreekkamer uit was gegaan. 'Kom naar mijn praktijk. Schikt vijf uur je?'

'Afgesproken.'

Maya verbrak de verbinding en belde Eddie over het ophalen van Lily.

'Mag ze nog wat langer blijven?' zei hij. 'Ze vermaakt zich uitstekend met Alexa.'

'Weet je het zeker?'

'Als je Lily niet vaker laat langskomen, vrees ik dat ik ergens een kind van twee zal moeten inhuren.'

Maya glimlachte. 'Bedankt, Eddie.'

'Alles oké met je?'

'Ja, best. Dank je.'

'Doe niet wat zij heeft gedaan, Maya.'

'En dat is?'

'Liegen om me in bescherming te nemen.'

Goed punt, maar aan de andere kant, hoe zou de situatie zijn als Claire hem wel in vertrouwen had genomen?

Er stond een auto op haar oprit. Een bekende figuur zat op het bankje naast de achterdeur, te schrijven op een gele advocatenblocnote. Maya vroeg zich af hoe lang hij daar al zat. En wat belangrijker was: waarom hij juist nu langs was gekomen.

Was het Shane geweest... of was het gewoon toeval?

Ze stopte op de oprit en trok de handrem aan. Ricky Wu keek pas op toen Maya was uitgestapt. Hij drukte op het knopje van zijn pen en glimlachte naar haar. Maya beantwoordde zijn glimlach niet.

'Hallo, Maya.'

'Hallo, dr. Wu.'

Hij vond het niet prettig als hij 'dokter' werd genoemd. Hij was zo'n psychiater die bij zijn voornaam genoemd wilde worden. Maya's vader had haar wel eens laten luisteren naar een Steely Dan-nummer uit de jaren zeventig dat 'Doctor Wu' heet. Ze had zich altijd afgevraagd of dat de reden was dat hij licht ineenkromp als ze hem zo noemde.

'Ik heb je gebeld en een paar berichten ingesproken,' zei Wu.

'Ja, ik weet het.'

'Dus dacht ik dat ik zelf maar eens bij je langs moest gaan.'

‘Het is niet waar.’ Maya opende de deur met haar sleutel. Ze ging naar binnen. Wu volgde.

‘Het leek me gepast om je mijn condoleances aan te bieden.’

Ze maakte een geluid dat als *tsk-tsk-tsk* klonk. ‘Je verbaast me.’

‘Pardon?’

‘Ik had nooit gedacht dat je onze hernieuwde arts-patiëntrelatie met een leugen zou beginnen.’

Als Wu zich beledigd voelde, was dat aan zijn glimlach niet te zien. ‘Zullen we even gaan zitten?’

‘Ik blijf liever staan.’

‘Hoe voel je je, Maya?’

‘Best.’

Hij knikte. ‘Geen episodes meer?’

Shane, dus.

Wu zou er nooit in trappen als ze zei dat ze helemaal geen aanvallen meer had gehad. ‘Af en toe,’ zei Maya.

‘Wil je erover praten?’

‘Ik heb het onder controle.’

‘Je verbaast me.’

‘Hoezo?’

Wu trok zijn ene wenkbrauw op. ‘Ik had nooit gedacht dat jíj onze hernieuwde arts-patiëntrelatie met een leugen zou beginnen.’

Touché, dacht Maya.

Wu probeerde zijn vriendelijke, professionele glimlach. Maya stond op het punt hem af te wimpelen toen ze opeens, zonder waarschuwing, Lily’s doodsbange gezichtje van die ochtend voor zich zag. Ze werd verrast door de tranen die haar in de ogen schoten. Ze keerde Wu haar rug toe en dwong ze terug.

‘Maya?’

Ze slikte moeizaam. ‘Ik wil dat het ophoudt.’

Wu deed een stapje naar haar toe. ‘Wat is er gebeurd?’

‘Ik heb mijn kind bang gemaakt.’

Ze vertelde hem over de afgelopen nacht. Wu hoorde haar aan en onderbrak haar niet. Toen ze uitgepraat was, zei hij: 'Misschien kunnen we je medicatie veranderen. Met patiënten die aan soortgelijke symptomen lijden, boek ik de laatste tijd goede resultaten met Serzone.'

Maya vertrouwde haar stem nog niet en knikte alleen.

'Ik heb een paar doosjes in de auto liggen, als je ze wilt hebben.'

'Dank je.'

'Graag gedaan.' Hij deed nog een stapje naar haar toe. 'Mag ik een observatie doen?'

Ze fronste haar wenkbrauwen. 'Kan ik niet gewoon die medicijnen krijgen en dat je me verder met rust laat?'

'Sorry, Maya. Zo werkt het niet.'

'Dat vermoedde ik al. Oké, wat is je observatie?'

'Je hebt nooit eerder toegegeven dat je hulp nodig had.'

'Oké, prima observatie.'

'Dat was de observatie niet.'

'O.'

'Je hebt het uiteindelijk toegegeven,' zei hij, 'om je kind te beschermen. Voor jezelf zou je het niet gedaan hebben. Het moest voor Lily zijn.'

'Yep, nog een prima observatie,' zei ze.

'Je doet niet je best jezelf beter te maken. Je wilt alleen je kind beschermen.' Hij hield zijn hoofd schuin op die typische psychiatersmanier. 'Wanneer houd je ermee op om op die manier te denken?'

'Wanneer ik ophoud met denken dat ik mijn kind moet beschermen?' Maya haalde haar schouders op. 'Tja, wanneer doen ouders dat?'

'Touché,' zei Wu, en hij legde zijn handen plat op het aanrecht. 'Een ontwijkend antwoord, maar touché. Maar luister naar me. De laatste s van PTSS staat voor "syndroom". Voor een stoornis die zich niet laat negeren. Wil je veiligheid voor je kind? Dan zul je ermee moeten afrekenen.'

'Mee eens,' zei ze.

Wu glimlachte. 'Goh, dat ging gemakkelijk.'

'Ik zal je bellen om een afspraak te maken.'

'Waarom doen we het nu niet?'

'Ik heb niet veel tijd.'

'O, de eerste sessie hoeft niet lang te duren.'

Ze aarzelde even maar dacht: waarom niet? 'Het lijkt op wat ik hiervoor heb ervaren.'

'Maar intenser?'

'Ja.'

'Hoe vaak heb je deze episodes?'

'Zo blijf jij ze maar noemen, "episodes". Wat alleen een mooi woord is voor wat ze in werkelijkheid zijn, waar of niet? Het zijn hallucinaties.'

'Ik hou niet zo van die term. Die definitie is...'

Ze onderbrak hem. 'Mag ik je iets vragen?'

'Natuurlijk, Maya.'

Een spontane beslissing, maar ze durfde het wel aan. Nu hij hier toch was... 'Er is nog iets anders met me gebeurd. Iets wat met al deze dingen verband houdt.'

Wu keek haar aan en knikte. 'Vertel.'

'Een vriendin heeft me een nannycam cadeau gedaan,' begon ze.

Weer hoorde Wu haar aan zonder haar te onderbreken. Ze vertelde hem dat ze Joe op het beeldscherm van de laptop had gezien. Wu slaagde erin zijn gezicht in de plooi te houden.

'Interessant,' zei hij toen ze uitgepraat was. 'En dit gebeurde overdag, neem ik aan?'

'Ja.'

'Dus niet 's nachts,' zei hij, meer tegen zichzelf dan tegen haar. En daarna: 'Interessant.'

Ja, nu wist ze wel dat hij het interessant vond. 'Mijn vraag is,' zei Maya, 'heb ik het me verbeeld, of probeert iemand een spelletje met me te spelen?'

'Goeie vraag.' Ricky Wu ging zitten, sloeg zijn benen over elkaar en krabde zelfs aan zijn kin. 'Het brein is een ondoorgrondelijk ding, zoals je weet. In jouw situatie – PTSS, je zus vermoord, je man voor je eigen ogen vermoord, de druk van het feit dat je een alleenstaande ouder bent en dat je vrijwel alle therapieën negeert – is de meest logische conclusie dat het... Weet je, ook op dit punt bevalt de diagnose me niet. Maar ik denk dat de meeste deskundigen zouden zeggen dat je het je hebt verbeeld, of... jawel, dat het beeld van Joe op je laptop een hallucinatie was. De simpelste diagnose, die vaak de juiste is, is dat je hem zo graag wilde zien dat dat ook gebeurde.'

'De meeste deskundigen,' zei Maya.

'Sorry?'

'Je zei "de meeste deskundigen". Maar ik ben niet echt geïnteresseerd in de meeste deskundigen. Ik wil weten wat jij ervan denkt.'

Wu glimlachte. 'Ik voel me bijna gevleid.'

Maya zei niets.

'Je zou denken dat ik het met die diagnose eens zou zijn. Je bent me uit de weg gegaan. Dus je hebt het min of meer over jezelf afgeroepen. Je bent eerder met de therapie gestopt dan mij verstandig leek. Vervolgens zijn er nieuwe stressfactoren bij gekomen. Je mist hem. Je bent niet alleen je carrière kwijtgeraakt, die jou maakte tot wat je was, maar je bent ook in de rol van de alleenstaande ouder gedwongen.'

'Ricky?'

'Ja?'

'Kunnen we meteen doorgaan naar het "maar"?'

'Maar je lijdt niet aan hallucinaties. Je beleeft heel levendige flashbacks. Dat is gebruikelijk bij PTSS. Sommigen geloven dat die levendige flashbacks overeenkomen met, of misschien zelfs hetzelfde zijn als hallucinaties. Dan zou het gevaar zijn dat die hallucinaties zich tot een psychose kunnen ontwikkelen. Maar waar jij last van hebt, of het nu flashbacks of hallucinaties zijn, zijn altijd alleen geluiden geweest. 's Nachts, wanneer jij je episodes hebt, zie je de doden niet, toch?'

'Nee.'

'Je wordt niet achtervolgd door de gezichten. Van de drie mannen, de moeder...' Hij slikte. '... en het kind.'

Maya zei niets.

'Je hoort hun geschreeuw. Maar je ziet de gezichten niet.'

'Dus?'

'Ook dat is niet ongebruikelijk. Dertig tot veertig procent van de oorlogsveteranen met PTSS lijdt aan auditieve hallucinaties. In jouw geval beleef je uitsluitend auditieve hallucinaties. Ik beweer niet dat je Joe niet hebt...' Hij vormde aanhalingstekens met zijn vingers. '... "gezien".' Maar ik zeg wel dat het niet overeenkomt met je diagnose en evenmin met de stoornis. Ik kan niet akkoord gaan met de hypothese dat je je vanwege je PTSS hebt verbeeld dat je je man op een video zonder geluid hebt gezien.'

'Kortom,' zei Maya, 'jij gelooft niet dat ik het me heb verbeeld.'

'Nogmaals, wat jij hallucinaties noemt, Maya, zijn in feite flashbacks. Van dingen die echt hebben plaatsgevonden. Je ziet of hoort geen dingen die nooit zijn gebeurd.'

Ze leunde achterover.

'Hoe voel je je nu?' vroeg hij.

'Opgelucht, geloof ik.'

'Ik kan je geen zekerheid garanderen, uiteraard. Zit je 's nachts nog steeds in die helikopter?'

'Ja.'

'Vertel me wat je je daarvan herinnert.'

'Het is altijd hetzelfde, Ricky.'

'Je krijgt die noodoproep. Je maten zitten in de val.'

'Ik vlieg ernaartoe. Ik open het vuur.' Ze wilde door. 'We hebben dit al besproken.'

'Ja, dat klopt. Wat gebeurt er dan?'

'Wat wil je dat ik zeg?'

'Je stopt hier altijd. Er worden vijf mensen gedood. Burgers. Een daarvan was een moeder van twee...'

'Dat vind ik zo stom.'

'Wat?'

'Dat zeggen ze altijd. "Een moeder" in plaats van "een vrouw". Nogal seksistisch, vind je niet? Een burger is een burger. De mannen waren vaders. Dat hoor je nooit iemand zeggen. De vrouw was een moeder. Alsof dat het erger maakt dan een man en een vader.'

'Een detail,' zei hij.

'Wat?'

'Je maakt je boos over een detail omdat je de waarheid niet wilt inzien.'

'God, wat heb ik er de pest aan als je zo praat. Welke waarheid wil ik niet inzien?'

Hij keek haar aan met zijn empathische blik. Ze had een bloedhekel aan zijn empathische blik. 'Dat het een vergissing was, Maya. Dat is alles. Je moet het jezelf vergeven. Dit schuldgevoel achtervolgt je en jawel, soms uit dat zich in flashbacks in de vorm van geluiden.'

Ze sloeg haar armen over elkaar. 'Je stelt me teleur, dr. Wu.'

'Hoe dat zo?'

'Ik vind het te gemakkelijk, daarom. Ik voel me schuldig over de dood van die burgers, dus als ik het me mezelf niet meer verwijt, is alles weer goed.'

'Nee,' zei hij. 'Het is niet de allround oplossing voor je probleem. Maar het kan er wel voor zorgen dat je de nachten beter doorkomt.'

Hij begreep het niet, maar hij had de kakafonie van geluiden van de afgelopen nacht niet gehoord. Zou hij er anders over denken als dat zo was? Misschien wel, misschien niet.

Haar mobiele telefoon zoemde. Eén keer. Ze keek naar het schermpje.

'Ricky?'

'Ja?'

'Ik moet mijn kind gaan ophalen,' loog ze. 'Kan ik die nieuwe medicijnen nu van je krijgen?'

20

LEATHER & LACE had er op het schermpje gestaan.

Corey was er duidelijk over geweest. Als hij belde en meteen de verbinding verbrak, wilde hij haar spreken.

Toen ze het parkeerterrein op reed, boog de uitsmijter zich naar haar open raampje en zei: 'Fijn dat je toch bent aangenomen.'

Jeetje, ze hoopte dat hij wist hoe de vork in de steel zat en dat ze paaldanseres niet echt als een dekmantel voor haar zagen.

'Zet je auto op het parkeerterrein voor personeel en gebruik de personeelsingang.'

Maya deed wat hij zei. Toen ze uit de auto stapte, keken twee van haar 'collega's' haar glimlachend aan en zwaaiden naar haar. Maya, helemaal in haar rol, glimlachte en zwaaide terug. De personeelsingang zat op slot, dus Maya keek in de camera en wachtte. Ze hoorde de zoemer en de deur ging open. Ze werd opgewacht door een andere man, die haar met een kille blik opnam.

'Ben je gewapend?' vroeg de man.

'Ja.'

'Geef hier.'

'Nee,' zei Maya.

Het antwoord beviel hem niet, maar een stem achter hem zei: 'Het is oké.'

Lulu.

'Zelfde kamer als de vorige keer,' zei Lulu tegen haar. 'Hij wacht op je.'

'Aan het werk dan maar,' zei Maya in een vergeefse poging tot een grapje.

Lulu glimlachte en haalde haar schouders op.

Ze rook de cannabis al voordat ze de hoek om kwam en zag dat Corey net een joint had opgestoken. Hij inhaleerde diep, stond op en hield haar de joint voor.

'Nee, dank je,' zei ze. 'Je wilde me spreken?'

Corey hield de rook nog even in zijn longen en knikte. Toen blies hij de rook uit en zei: 'Ga zitten.'

Opnieuw keek ze argwanend naar de bekleding van de bank.

'Niemand gebruikt deze kamer,' zei hij. 'Alleen ik.'

'Moet dat me geruststellen?'

Ze had op z'n minst een half glimlachje verwacht, maar hij stond abrupt op en begon zichtbaar gespannen door de kamer te ijsberen. Maya ging zitten, in de hoop dat het hem weer enigszins tot rust zou brengen.

'Heb je Tom Douglass opgezocht?' vroeg hij.

'In zekere zin.'

'Wat bedoel je daarmee?'

'Ik heb zijn vrouw gesproken. Tom Douglass wordt al drie weken vermist.'

Dat maakte een eind aan het ijsberen. 'Waar is hij?'

'Hij wordt "vermist", Corey. Is dat te ingewikkeld voor je?'

'Jezus.' Hij nam nog een trek van de joint. 'Ben je te weten gekomen waarom de Burketts hem betalen?'

'Voor een deel.' Ze wist nog steeds niet of ze hem kon vertrouwen, maar had ze in deze situatie veel keus? 'Tom Douglass heeft vroeger bij de Kustwacht gediend.'

'Ja, en?'

'Hij was degene die het dodelijke ongeluk van Andrew Burkett heeft onderzocht.'

'Waar heb je het in hemelsnaam over?'

Ze gaf hem een opsomming van wat ze te weten was gekomen en wat Joe haar had verteld over Andrews dood annex zelfmoord. Corey bleef maar knikken, maakte een opgejaagde indruk, en Maya vroeg zich af wanneer de hasj zou gaan werken.

'Laten we alles eerst eens op een rij zetten,' zei Corey, die weer was begonnen met ijsberen. 'Je zus begint onderzoek te doen. Ze stuit op die betalingen van de Burketts aan Tom Douglas. Dan, *boem*, wordt ze vermoord. Daarna, *boem*, wordt jouw man vermoord. En vervolgens, *boem*, raakt Tom Douglass vermist. Klopt dat ongeveer?'

Niet helemaal. De volgorde was niet Claire, Joe en Tom. Die was Claire, Tom en Joe. Maar ze nam niet de moeite hem te corrigeren.

'Er is nog iets anders waarmee we rekening moeten houden,' zei Maya.

'Vertel.'

'Je vermoordt niet iemand om de zelfmoord van je zoon stil te houden. Misschien koop je mensen om. Maar je vermoordt ze niet.'

Corey knikte. 'En als we ervan uitgaan dat het de Burketts waren die de betalingen hebben gedaan,' zei hij, nog steeds te nadrukkelijk knikkend, 'vermoord je zeker je eigen zoon niet.'

Zijn ogen waren rood geworden, zag Maya. Van de hasj of van emotie, een van de twee.

'Corey?'

'Ja.'

'Jullie hebben goeie bronnen. De bronnen en de middelen. Jullie moeten Tom Douglass' leven blootleggen.'

'Dat hebben we al gedaan.'

'Dat was een paar weken geleden, en toen heb je alleen gezocht naar aanwijzingen over wat voor werk hij deed. We hebben nu alle informatie nodig. De afschriften van zijn creditcard, geldopnames, wanneer hij zijn laatste banktransacties heeft gedaan, wat zijn gewoontes zijn, waar hij naartoe gegaan kan zijn... We moeten hem zien te vinden. Kun je dat?'

'Ja,' zei Corey. 'Dat kunnen we.'

Hij begon weer te ijsberen.

'Wat is er nog meer mis?' vroeg Maya.

'Ik denk dat ik weer uit beeld moet verdwijnen. Misschien voor heel lange tijd.'

'Waarom?'

Corey dempte zijn stem tot fluistertoon. 'Om iets wat je zei toen je hier de vorige keer was.'

'Waarover?'

Hij keek eerst naar links en daarna naar rechts. 'Er zijn hier voorzieningen om te ontsnappen,' zei hij. 'Geheime gangen.'

Maya wist niet wat ze daarvan moest denken. 'Oké.'

'Er zit zelfs een geheime ruimte achter die muur daar. Daar kan ik me verstoppen. En er is een onderaardse gang die bij de rivier uitkomt. Als het ooit zover komt dat de politie de club omsingelt of wat ook, kan ik ontsnappen. Je hebt geen idee van de voorzorgsmaatregelen die we hebben genomen.'

'Ik begrijp het. Maar ik begrijp niet waarom je uit beeld zou moeten verdwijnen.'

'Vanwege een lek!' riep Corey, en hij spuugde het laatste woord uit alsof hij er oprecht van walgde, wat, nam Maya aan, waarschijnlijk ook zo was. 'Jij was degene die erover begon, weet je nog? Je zei dat het mogelijk was dat iemand binnen mijn organisatie Claires naam had gelekt. Ik heb daar goed over nagedacht. Stel dat iemand... Ik bedoel, stel dat we minder waterdicht zijn dan ik dacht. Heb je enig idee hoeveel vuile was van hoeveel mensen er dan buiten kan komen te hangen? En hoeveel van die mensen daar onherstelbare schade door kunnen oplopen?'

Jeetje, Maya moest hem echt kalmeren. 'Ik geloof niet dat er een lek was, Corey.'

'Hoezo niet?'

'Vanwege Joe.'

'Ik kan je niet volgen.'

'Claire is vermoord. Joe is vermoord. Je zei de vorige keer dat het mogelijk was dat Joe haar heeft geholpen. Dus daar heb je je lek. Claire heeft het aan Joe verteld. Misschien heeft ze het ook aan iemand anders verteld, of Joe heeft dat gedaan, of ze hebben het voor zichzelf verprutst toen ze hun onderzoek deden.'

Het kon haar niet schelen of het waar was of niet. Ze kon zich gewoon niet veroorloven dat hij weer onderdook.

'Ik weet het niet,' zei Corey. 'Maar ik voel me niet veilig meer.'

Maya stond op en legde haar handen op zijn schouders. 'Ik heb je hulp nodig, Corey.'

Hij weigerde haar aan te kijken. 'Misschien had je gelijk. Misschien moeten we naar de politie stappen. Zoals jij zei. Ik geef ze alle informatie die ik heb. Anoniem. Dan kunnen zij het uitzoeken.'

'Nee,' zei Maya.

'Ik dacht dat je dat wilde.'

'Nu niet meer.'

'Waarom niet?'

'Je kunt dat niet doen zonder jezelf en je organisatie bloot te geven.'

Hij fronste zijn wenkbrauwen en keek haar aan. 'Maak jij je zorgen om mijn organisatie?'

'Niet in het minst,' zei Maya. 'Maar je vergooit onze kansen als je dat doet. Dan sla je op de vlucht. Ik heb je nodig. Wij kunnen dit beter dan de politie.'

Ze stopte met praten.

'Er is meer,' zei hij. 'Wat is dat?'

'Ik vertrouw ze niet.'

'De politie?'

Ze knikte.

'En mij vertrouw je wel?'

'Mijn zus vertrouwde je.'

'En dat heeft haar het leven gekost,' zei Corey.

'Ja, dat klopt. Maar dat kun je jezelf niet blijven verwijten. Als jij geen klokkenluider van Claire had gemaakt, ja, dan zou ze hoogstwaarschijnlijk nog in leven zijn. Maar als ik die helikoptermissie met die burgerslachtoffers niet had gedaan, zou jij die tape niet openbaar hebben gemaakt en had je Claire nooit ontmoet. Sterker nog, als ik een ander beroep had gekozen, zou Claire op dit moment thuis zijn en met haar twee kinderen spelen in plaats van in haar graf weg te rotten. Zo kunnen we nog wel even doorgaan, Corey. Maar daar schieten we weinig mee op, denk je ook niet?'

Corey deed een stap achteruit en nam een lange haal van zijn joint. Toen hij weer tot spreken in staat was zei hij: 'Ik weet niet wat ik moet doen.'

'Blijf hier. Neem Tom Douglass onder de loep. Help me dit af te ronden.'

'En dan moet ik zeker op jou vertrouwen?'

'Nee, dat hoef je niet,' zei ze. 'Vergeet je niet iets?'

Nu begreep hij het. 'Omdat ik nog steeds iets van je heb.'

Maya nam niet de moeite daarop in te gaan. Corey keek haar aan. Ze wist dat hij haar wilde vragen naar het geluid van de tape. Maar zij wilde hem er ook iets over vragen.

'Waarom heb je het geluid niet openbaar gemaakt?' vroeg ze.

'Dat heb ik je verteld.'

'Je hebt gezegd dat mijn zus je dat uit het hoofd heeft gepraat.'

'Dat klopt.'

'Maar ik weet niet of ik dat wel geloof. Het duurde een tijdje voordat ze contact met je had gelegd. Het verhaal veroorzaakte een hoop ophef, maar die was op dat moment al bijna overgewaaid. Je had de voorpagina's weer kunnen halen.'

'Denk je dat dat het enige is waar ik op uit ben?'

Opnieuw nam Maya niet de moeite erop in te gaan.

'Goed, ik geef het toe, zonder krantenkoppen wordt de waarheid niet openbaar. Zonder krantenkoppen kunnen we niet nog meer klokkenluiders inlijven.'

Ze hoefde die speech niet nog een keer te horen. 'Reden te meer om het geluid openbaar te maken, Corey. Waarom heb je dat niet gedaan?'

Hij liep naar de bank en ging zitten. 'Omdat ik ook een mens ben.'

Maya ging naast hem zitten.

Corey liet zijn hoofd enige tijd in zijn handen rusten en haalde een paar keer diep adem. Toen hij weer opkeek, was de blik in zijn ogen helderder geworden, kalmer en minder angstig. 'Omdat ik wist dat jij ermee moest leven, Maya. Met wat je had gedaan. En soms is die straf al zwaar genoeg.'

Ze zei niets.

'Hoe heb je dat gedaan, Maya? Ermee leven?'

Als Corey een eerlijk antwoord op die vraag wilde, kon hij lang wachten.

Ze zaten enige tijd zwijgend naast elkaar en het rumoer van de club leek van heel ver weg te komen. Meer zou ze vandaag niet te weten komen, concludeerde Maya. Bovendien was het tijd om naar Judiths praktijk te gaan.

Maya stond op en liep naar de deur. 'Kijk wat je over Tom Douglass te weten kunt komen.'

21

Judiths praktijk was op de begane grond van een appartementengebouw in de Upper East Side van Manhattan, op één blok afstand van Central Park. Maya had geen idee wat voor soort patiënten Judith tegenwoordig behandelde. Judith was volledig bevoegd psychiater, afgestudeerd aan Stanford University, en docent Klinische Psychiatrie aan Weill Cornell Medicine, hoewel ze nooit colleges gaf. Dat iemand die maar een paar uur per week werkte die twee posities kon handhaven, was alleen een raadsel voor degenen die de macht van de naam Burkett en hun grote donaties aan goede doelen niet kenden.

Want geloof het of niet: geld is macht en maakt vrijwel alles mogelijk.

Judith werkte onder haar meisjesnaam Velle. Of ze dit deed om eventuele vooroordelen tegenover de naam Burkett uit de weg te gaan of omdat vrouwen dit nu eenmaal graag deden, daar kon iedereen alleen maar naar raden. Maya liep langs de portier en vond de deur van Judiths praktijk. Judith deelde haar werkruimte met twee andere psychiaters. De drie namen – Judith Vell, Angela Warner en Mary McLeod – stonden op de deur, alle drie met een hele reeks hoofdletters erachter.

Maya draaide de knop om en opende de deur. De wachtkamer was leeg en klein: een tweezitter en een gewone bank. De kunst aan de wanden was neutraal genoeg om in een goedkoop motel langs de snelweg dienst te kunnen doen. De wanden en de vloerbedekking waren beige. Op de deur aan de andere kant van de wachtkamer hing een bordje met de tekst: IN SESSIE - NEEMT U PLAATS, ALSTUBLIEFT.

Een receptioniste was er niet. Maya vermoedde dat er hier vooral patiënten 'van niveau' kwamen, dus hoe minder mensen dat zagen, hoe beter. Een van die patiënten zou nu in sessie zijn. Na afloop zou de patiënt via een tweede deur in de spreekkamer het pand verlaten. Vervolgens zou de patiënt in de wachtkamer, of in dit geval Maya, de spreekkamer worden binnengelaten. Dus ze zouden elkaar niet zien.

Dit verlangen naar privacy en discretie was natuurlijk begrijpelijk – Maya wilde ook niet dat iedereen het wist van haar 'stoornis' – maar waarschijnlijk was het ook schadelijk. Artsen bleven maar benadrukken dat een geestesziekte hetzelfde was als een lichamelijke ziekte. Tegen een zwaar depressieve patiënt zeggen dat hij zich niet zo moest aanstellen en wat vaker naar buiten moest gaan, was net zo zinloos als tegen iemand met twee gebroken benen zeggen dat hij naar de andere kant van de kamer moest rennen. In theorie zat er wel iets in, maar in de praktijk werd het stigma op die manier in stand gehouden.

Misschien, als ze het wat genuanceerder bekeek, kwam het omdat je een geestesziekte kon verbergen. Als Maya twee gebroken benen kon verbergen en op de een of andere manier toch kon lopen, zou ze dat misschien wel doen. Wie zou het zeggen? Maar op dit moment had ze andere dingen aan haar hoofd, en ze zou zich later wel met haar therapie bezighouden. De antwoorden op haar vragen bevonden zich hier, zo verleidelijk dichtbij. Niemand zou in veiligheid zijn totdat ze de waarheid boven tafel had en de schuldigen waren gestraft.

Met twee gebroken benen zou ze daar niet toe in staat zijn. Maar met haar PTSS kon ze dat wel degelijk.

Maya keek op haar horloge. Nog vijf minuten en het uur was

voorbij. Ze probeerde wat te lezen in de oersaaie tijdschriften die er lagen, maar er drong geen woord tot haar door. Ze haalde haar telefoon tevoorschijn en deed een spelletje waarin je woorden van vier letters moest maken, maar haar concentratie liet het afweten. Ze stond op en liep naar de deur. Ze drukte nog net niet haar oor ertegenaan om mee te luisteren, maar ze stond er zo dichtbij dat ze binnen het gedempte gemompel van twee vrouwenstemmen hoorde. De tijd verstreek tergend langzaam, maar uiteindelijk hoorde ze dat de binnendeur werd geopend. Dat moest de patiënt zijn die vertrok.

Maya haastte zich terug naar de bank, ging zitten, pakte een tijdschrift en sloeg haar benen over elkaar. Mevrouw Achteloos. De deur van de spreekkamer ging open en Maya zag een glimlachende vrouw die ze op een jaar of zestig schatte.

'Maya Stern?'

'Ja.'

'Kom je mee?'

Er was dus wel een receptioniste, dacht Maya. Die werkte alleen vanuit de spreekkamer. Maya volgde de vrouw naar binnen, in de verwachting Judith daar aan te treffen, zittend achter een bureau of in een stoel naast een leren bank, of iets anders wat je bij een psychiater zou verwachten. Maar Judith was er niet. Maya wendde zich tot de receptioniste, maar die reikte haar de hand.

'Ik ben Mary.'

Nu begreep Maya het. Ze keek naar de diploma's aan de muur. 'Mary McLeod?'

'Ja. Ik ben een collega van Judith. Ze hoopte dat wij even met elkaar konden praten.'

Volgens een van de diploma's aan de muur had zowel Judith als zij aan de medische faculteit van Stanford gestudeerd. Maya zag dat Judith haar studie aan USC was begonnen. Mary had haar doctoraal aan Rice University gedaan en haar coassistentschappen aan UCLA.

'Waar is Judith?'

'Dat weet ik niet. We werken allebei parttime. We maken samen gebruik van deze praktijk.'

Maya deed geen moeite haar ergernis te verbergen. 'Ja, ik zag je naam op de deur staan.'

'Waarom ga je niet even zitten, Maya?'

'Waarom ga jij niet een eind fietsen, Mary?'

Als Mary McLeod geschokt was door Maya's grofheid, was dat aan haar gezicht niet te zien. 'Ik denk dat ik je kan helpen.'

'Je kunt me helpen door te zeggen waar Judith is.'

'Dat zei ik net. Dat weet ik niet.'

'Dan ga ik maar weer eens.'

'Mijn zoon Jack heeft in twee oorlogen gediend. Eerst in Irak en daarna in Afghanistan.'

Maya kon er niets aan doen, maar nu aarzelde ze.

'Jack mist het. Dat is het deel waarover nooit wordt gepraat, hè? Het heeft hem veranderd. Hij vond het vreselijk en toch wil hij terug. Voor een deel uit schuldgevoel. Voor hem voelt het alsof hij zijn vrienden daar in de steek heeft gelaten. En voor een ander deel is het iets wat hij niet onder woorden kan brengen.'

'Mary?'

'Ja?'

'Lieg je nu tegen me, over je zoon in het leger?'

'Dat zou ik nooit doen.'

'O nee? Je hebt me zonet al voorgelogen. Judith en jij hebben me voorgelogen om me hiernaartoe te lokken. Jij hebt me voorgelogen om me deze spreekkamer in te krijgen. Dus misschien lieg je nu ook wel om me aan het praten te krijgen.'

Mary McLeod strekte zich en bleef kaarsrecht voor haar staan. 'Ik lieg niet over mijn zoon.'

'Misschien niet,' zei Maya. 'Maar zowel jij als Judith zou toch moeten weten dat je zonder vertrouwen geen arts-patiëntrelatie kunt opbouwen. Die trukendoos van jou van zonet heeft dat vertrouwen voorgoed beschadigd.'

'Wat een onzin.'

'Wat noem jij onzin?'

'Dat je zonder vertrouwen geen arts-patiëntrelatie kunt opbouwen.'

'Meen je dat?'

'Stel dat iemand die je dierbaar is – je zus, bijvoorbeeld – alle symptomen van een ernstige ziekte vertoont...'

'O nee, dat wil ik niet horen.'

'Waarom niet, Maya? Waar ben je bang voor? Stel dat die ziekte alleen genezen kan worden als je haar in de spreekkamer van een arts weet te krijgen. En dat die arts en jij een trucje hebben bedacht om haar naar die arts te lokken...'

'Dat is niet hetzelfde.'

'Ja, Maya, dat is het wel. Dat is precies hetzelfde. Jij wilt dat niet geloven, maar het is echt zo. Je hebt hulp nodig, net als die zieke patiënt.'

Dit was tijdverspilling. Maya vroeg zich af of Mary McLeod in het complot zat of dat ze oprecht was... en dat het Judith was geweest die haar oude collega had gemanipuleerd en voorgelogen. Maar het maakte niet uit.

'Ik moet Judith spreken,' zei Maya.

'Sorry, Maya. Op dat punt kan ik je niet helpen.'

Maya liep naar de deur. 'Jij kunt me helemaal niet helpen.'

Ze konden de pot op.

Maya klikte het nummer op haar telefoon aan toen ze weer in de auto zat. Judith antwoordde nadat haar toestel twee keer was overgegaan.

'Ik hoor dat het niet zo goed is gegaan met mijn collega.'

'Waar ben je, Judith?'

'Op Farnwood.'

'Blijf daar, ik kom naar je toe,' zei Maya.

'Goed. Ik wacht op je.'

Ze reed het landgoed op door de dienstingang, in de hoop dat ze Isabella ergens zag rondlopen, maar het complex van huisjes maakte een verlaten indruk. Misschien kon ze inbreken in Isabella's huisje en er rondkijken, zoeken naar een aanwijzing die haar vertelde waar Isabella nu was, maar dat was riskant en bovendien had ze er geen tijd voor. Judith wist uit ervaring hoe lang de rit van New York naar Farnwood duurde.

De butler deed open. Maya was vergeten hoe hij heette. Het was geen Jeeves of Carson. Het was een vrij gewone naam, Bobby of Tim of zoiets. Ondanks zijn gewone naam en zijn status van bediende keek hij haar met opgetrokken neus aan.

'Ik kom voor Judith,' zei Maya zonder omwegen.

'Mevrouw verwacht u,' zei hij met een gemaakt Engels kostschoolaccent. 'Ze is in de salon.'

Zo noemen rijke mensen hun woonkamer, 'de salon'. Judith was gekleed in een zwart broekpak en droeg een parelsnoer dat bijna tot haar middel reikte. Ze droeg zilveren ringen aan haar oren en had haar haar stijlvol achterovergekamd. Ze had een kristallen glas in haar hand en zag eruit alsof ze voor de cover van een tijdschrift poseerde.

'Hallo, Maya.'

Geen tijd voor plichtplegingen. 'Vertel me over Tom Douglass.'

De blik in Judiths ogen werd scherper. 'Wie?'

'Tom Douglass.'

'Die naam zegt me niks.'

'Denk eens goed na.'

Dat deed Judith. Of ze deed alsof. Na een paar seconden haalde ze theatraal haar schouders op.

'Hij werkte bij de Kustwacht. Hij heeft de verdrinkingsdood van je zoon onderzocht.'

Het glas viel uit Judiths hand en spatte uiteen op de parketvloer.

Maya sprong niet achteruit. Judith ook niet. Ze bleven roerloos tegenover elkaar staan totdat de glasscherven tot stilstand waren gekomen.

Judiths stem klonk sissend toen ze vroeg: 'Waar heb je het in hemelsnaam over?'

Als dit toneelspel was...

'Tom Douglass is tegenwoordig privédetective,' zei Maya. 'Jouw familie betaalt hem al jarenlang bijna tienduizend dollar per maand. Ik zou graag willen weten waarom.'

Judith wankelde licht, als een bokser die gebruikmaakt van zijn acht tellen rust. De vraag had haar overvallen, dat was duidelijk. Of haar reactie voortkwam uit het feit dat ze het niet had geweten van de betalingen, of dat ze niet had verwacht dat Maya erachter zou komen, was echter minder duidelijk.

'Waarom zou ik die Tom... Hoe zei je dat zijn achternaam was?'

'Douglass. Met dubbel s. En vertel jij me maar waarom.'

'Ik heb geen idee. Andrew is omgekomen bij een tragisch ongeluk.'

'Nee,' zei Maya. 'Zo is hij niet omgekomen. Maar dat wist jij al, nietwaar?'

Alle kleur trok weg uit Judiths gezicht. Haar pijn werd nu zo duidelijk zichtbaar dat Maya bijna haar blik moest afwenden. Vol in de aanval gaan was misschien goed, maar wat de waarheid uiteindelijk ook was, ze hadden het hier wel over de dood van Judiths kind. Haar pijn was echt en schokkend om te zien.

'Ik heb geen idee waar je het over hebt,' zei Judith.

'Hoe is het dan gebeurd?'

'Wat?'

'Hoe is Andrew precies van die boot gevallen?'

'Dat meen je toch niet, hè? Waarom begin je daar nu opeens over, na al die jaren? Je hebt hem niet eens gekend.'

'Het is belangrijk.' Maya deed een stap naar haar vroegere schoonmoeder toe. 'Hoe is hij omgekomen, Judith?'

Judith bleef haar recht aankijken, maar praten kostte haar meer moeite. 'Andrew was nog zo jong,' zei ze terwijl ze haar best deed om normaal te klinken. 'Er was een party op dat jacht. Hij had te veel gedronken. De zee ging flink tekeer. Hij was alleen aan dek en is over de reling gevallen.'

'Nee.'

'Wat?' Judiths stem klonk opeens messcherp.

Even dacht Maya dat Judith haar zou aanvliegen. Maar het moment ging voorbij. Judith boog haar hoofd en toen ze weer iets zei, klonk haar stem zacht en bijna smekend.

'Maya?'

'Ja?'

'Vertel me wat jij weet over Andrews dood.'

Werd Maya hier in de maling genomen? Het was moeilijk te zeggen. Judith zag er aangeslagen uit. Wist ze er echt niets van?

'Andrew heeft zelfmoord gepleegd.'

Judith deed heel erg haar best om niet ineen te krimpen. Ze schudde kort haar hoofd, één keer. 'Dat is niet waar.'

Maya gaf haar de tijd om de ontkenningsfase te doorlopen.

Toen ze dat blijkbaar had gedaan vroeg Judith: 'Wie heeft je dat verteld?'

'Joe.'

Weer schudde Judith haar hoofd.

'Waarom hebben jullie Tom Douglass geld betaald?' vroeg Maya weer.

In de oorlog noemden ze het de duizendmeterblik, de lege, apathische, ongerichte blik van de soldaat die gewoon te veel heeft gezien. Judiths blik zag er ongeveer zo uit.

'Hij was nog maar een jongen,' mompelde Judith, en hoewel Maya de enige andere persoon in de kamer was, had Judith het niet tegen haar. 'Hij was nog geen achttien...'

Maya deed een stap naar haar toe. 'Wist je het echt niet?'

Judith keek geschrokken op. 'Waar ben je eigenlijk op uit?'

'De waarheid.'

'Welke waarheid? Vanwaar je interesse hiervoor? Ik begrijp niet waarom je dit allemaal boven water haalt.'

'Ik heb het niet boven water gehaald. Joe heeft het me verteld.'

'Joe heeft jou verteld dat Andrew zelfmoord heeft gepleegd?'

'Ja.'

'In vertrouwen?'

'Ja.'

'En toch, na die jaren, voel jij je verplicht zijn vertrouwen te beschamen en het aan mij te vertellen?' Judith sloot haar ogen.

'Het was niet de bedoeling je pijn te doen.'

'Nee,' zei Judith, en ze grinnikte verbitterd, 'dat heb ik in de gaten.'

'Het enige wat ik wil weten is waarom jij de officier van de Kustwacht die Andrews dood onderzocht al dat geld hebt betaald.'

'Waarom wil je dat weten?'

'Dat is een lang verhaal.'

Judiths gegrinnik was pijnlijker om aan te horen dan welk gesnik ook. 'Nou, ik heb de tijd, Maya.'

'Mijn zus had het ontdekt.'

Judith fronste haar wenkbrauwen. 'Wat? Van die zogenaamde betalingen?'

'Ja.'

Stilte.

'En toen werd Claire vermoord,' zei Maya. 'En daarna werd Joe vermoord.'

Judith trok haar ene wenkbrauw op. 'Wil je zeggen dat er een verband is? Tussen die moorden op Claire en Joe?'

Dus Kierce had het haar niet verteld. 'Ze zijn met hetzelfde wapen vermoord.'

Maya's woorden kwamen aan als een dreun, en Judith deinsde wankelend achteruit. 'Dat kan niet.'

'Waarom niet?'

Judith sloot haar ogen, sprak haar innerlijke kracht aan en opende ze weer. 'Doe nou even rustig aan en vertel me wat er precies aan de hand is, Maya.'

'Dat is heel simpel. Jij betaalt geld aan Tom Douglass. Ik wil weten waarom.'

'Volgens mij,' zei Judith, 'weet je dat al.'

Judiths plotselinge ommekeer in toegeeflijkheid bracht haar uit evenwicht. 'De zelfmoord?'

Judith forceerde een glimlach.

'Wilde je zijn zelfmoord stilhouden?'

Judith zei niets.

'Waarom?' vroeg Maya.

'Burketts plegen geen zelfmoord, Maya.'

Sloeg dat ergens op? Nee, natuurlijk niet. Ontging haar iets? Tijd om van koers te veranderen en Judith uit evenwicht te brengen. 'En waarom betaalde je geld aan Roger Kierce?'

'Wie?' Judith trok een gezicht. 'O, wacht. Die politie-inspecteur?'

'Ja.'

'Waarom zouden we hem in hemelsnaam geld betalen?'

We. 'Zeg jij het me maar.'

'Ik kan je verzekeren dat ik geen idee heb. Is dit ook iets wat je zus zogenaamd heeft ontdekt?'

'Nee,' zei Maya. 'Dat heeft Caroline me verteld.'

Er verscheen weer een half glimlachje om Judiths mond. 'En jij gelooft haar?'

'Waarom zou ze erover liegen?'

'Caroline liegt niet. Maar ze... kan soms wat in de war zijn.'

'Interessant, Judith.'

'Wat?'

'Je betaalt twee mannen geld. En allebei die mannen deden onderzoek naar de dood van je zoons.'

Judith schudde haar hoofd. 'Wat een onzin, dit hele verhaal van je.'

'Gelukkig kunnen we dit gemakkelijk oplossen,' zei Maya. 'Laten we het Caroline vragen.'

'Caroline is er nu niet.'

'Dan bellen we haar. We leven in de eenentwintigste eeuw. Iedereen heeft een mobiele telefoon. Hier...' Maya hield haar eigen toestel op. 'Ik heb hier haar nummer.'

'Daar zullen we niet veel mee opschieten.'

'Hoezo niet?'

'Laten we zeggen,' zei Judith, en ze ging langzamer praten, 'dat Caroline op dit moment niet gestoord kan worden.'

Maya liet haar hand met de telefoon weer zakken.

'Ze... Caroline voelt zich niet goed. Dat heeft ze wel vaker. Ze heeft behoefte aan rust.'

'Heb je haar in een gekkenhuis gestopt?'

Maya had het woord expres gebruikt, om een reactie uit te lokken. Dat lukte. Judith kromp zichtbaar ineen.

'Dat is een heel botte manier om het te formuleren,' zei Judith. 'Juist jij zou op dit punt wat meer empathie mogen tonen.'

'Hoezo "juist jij"? O, vanwege mijn PTSS, bedoel je?'

Judith vond het niet nodig die vraag te beantwoorden.

'En aan wat voor trauma lijdt Caroline?'

'Niet alle trauma's worden op het slagveld opgelopen, Maya.'

'Nee, dat weet ik. Je kunt het ook oplopen als je twee broers hebt die voortijdig en op tragische wijze om het leven komen.'

'Precies. En zulke trauma's kunnen de geest danig in de war brengen.'

'Danig in de war,' herhaalde Maya. 'Bedoel je dat Caroline denkt dat haar broers nog in leven zijn, bijvoorbeeld?'

Maya had verwacht dat haar opmerking weer als een dreun zou aankomen, maar deze keer leek Judith erop voorbereid te zijn. 'De geest is tot veel in staat,' zei Judith. 'Soms wil de geest iets zo graag dat hij waandenkbeelden gaat vormen. Samenzweringstheorieën, paranoia, visioenen... Hoe wanhopiger je bent, hoe ontvankelijker je ervoor wordt. Caroline is onvolwassen. Dat is de schuld van haar vader. Hij heeft haar altijd in de watten gelegd en beschermd. Hij heeft haar nooit met weerstand in aanraking laten komen, of haar voor zichzelf laten opkomen. Dus toen de sterke mannen – haar steun – uit haar leven begonnen weg te vallen, heeft Caroline dat nooit kunnen accepteren.'

'Waarom hebben jullie haar Joe's stoffelijk overschot dan niet laten zien?'

'Heeft ze dat tegen je gezegd?' Judith schudde haar hoofd. 'Geen van ons heeft Joe's stoffelijk overschot gezien.'

'Waarom niet?'

'Juist jij zou moeten weten waarom niet. Mijn zoon is vermoord. Hij is in zijn gezicht geschoten, dat weet je toch? Waarom zouden we dat willen zien?'

Maya dacht hierover na en merkte weer dat ze het niet helemaal geloofde. 'En Andrew? Toen ze hem uit zee hadden gehaald?'

'Wat is daarmee?'

'Heb je zíjn stoffelijk overschot gezien?'

'Waarom vraag je dat? Mijn god, je gelooft toch niet dat we...'

'Vertel me gewoon of je hem hebt gezien of niet.'

Judith slikte moeizaam. 'Andrews lijk had meer dan vierentwintig uur in zee gelegen. Mijn man heeft hem geïdentificeerd, maar... dat heeft hem veel moeite gekost. De vissen hadden hem aangevreten. Waarom zou ik dat...' Ze stopte met praten en er kwam een scherpere blik in haar ogen. 'Waar ben je eigenlijk op uit, Maya?' vroeg ze op fluistertoon.

Maya keek haar alleen maar aan. 'Waarom heb je Tom Douglass geld betaald?'

Ze nam de tijd om na te denken voordat ze antwoord gaf. 'Laten we er even van uitgaan dat het waar was wat Joe jou over Andrews dood heeft verteld.'

Maya wachtte op meer.

'Laten we zeggen dat Andrew inderdaad zelfmoord heeft gepleegd. Ik was zijn moeder. Ik had het niet zien aankomen. Ik heb Andrew tijdens zijn leven niet kunnen helpen. Maar misschien kan ik hem nu nog helpen. Kun je dat begrijpen?'

Maya bleef haar aankijken. 'Ja,' zei ze.

Maar ze begreep het niet.

'Wat er met Andrew is gebeurd, wat het ook was waar hij destijds aan leed, heeft niks met het heden te maken. Het heeft niks met Joe of je zus te maken.'

Maya geloofde er geen woord van. 'En de betalingen aan Roger Kierce?'

'Dat heb ik je al verteld. Het is gewoon niet waar dat we hem hebben betaald. Dat heeft Caroline verzonnen.'

Er viel hier verder niets meer te halen. Niet nu, in elk geval. Maya moest dieper graven, meer informatie verzamelen. Er ontbraken nog te veel stukjes van de puzzel.

'Ik kan maar beter gaan.'

'Maya?'

Ze wachtte.

'Caroline is misschien niet de enige die behoefte heeft aan rust. Ze is niet de enige die zo graag wil dat het anders was gelopen, dat ze dingen ziet die er niet zijn.'

Maya knikte. 'Heel subtiel, Judith.'

'Ik zou graag willen dat je je door Mary of mij liet helpen.'

'Ik voel me prima.'

'Nee, dat doe je niet. Dat weet je net zo goed als ik. We weten allebei wat de waarheid is, nietwaar?'

'En welke waarheid is dat, Judith?'

‘Dat mijn twee jongens al genoeg is aangedaan,’ zei Judith, en haar stem had opeens een scherp randje. ‘Bega niet de fout ze nog meer aan te doen.’

22

Lily was in de voortuin en speelde een soort tikkertje met haar oom Eddie toen Maya de straat in kwam rijden. Maya minderde vaart en parkeerde langs de stoeprand. Ze bleef enige tijd naar de twee zitten kijken. Toen kwam Alexa ook de tuin in rennen, sloot zich aan bij het spel en zij en haar vader deden alsof ze Lily niet te pakken konden krijgen. Als ze haar bijna hadden, struikelden ze zogenaamd en rolden door het gras, en zelfs vanaf die afstand, met de raampjes van de auto dicht, kon Maya het uitgelaten gelach van haar dochter horen.

Het was een cliché om het te zeggen, maar bestond er een mooier geluid dan het onbevangen gelach van een kind? Het contrast tussen de geluiden – dit geluid, dat ze maar zo zelden hoorde, en de geluiden die haar 's nachts meedogenloos achtervolgden – ontging haar niet, maar het had geen zin om er te lang bij stil te blijven staan. Ze zette de auto weer in de versnelling, dwong zichzelf te glimlachen en reed voor Claire en Eddies huis langs.

Maya gaf een tik op de claxon en zwaaide. Eddie draaide zich om, met zijn gezicht blozend van inspanning, en stak zijn hand naar haar op. Alexa bleef ook staan. Lily was daar niet blij mee – dat Eddie en Alexa ophielden met spelen – en ze bleef tegen hun benen tikken in de hoop dat ze haar weer achterna zouden komen.

Alexa kwam naar haar tante toe en omhelsde haar. Eddie kuste haar op de wang. Lily sloeg haar armen over elkaar en stak haar onderlip naar voren.

'Ik wil hier blijven!' riep Lily.

'We kunnen thuis ook tikkertje doen,' zei Maya tegen haar.

Dat idee stond Lily helemaal niet aan, wat geen verrassing was.

Eddie legde zijn hand op Maya's arm. 'Heb je even? Ik wil je iets laten zien.' Hij wendde zich tot zijn dochter. 'Alexa, wil jij nog een paar minuten op Lily passen?'

'Ja, hoor.'

Dat bracht weer een glimlach op Lily's gezicht. Maya hoorde de twee alweer lachen toen ze met Eddie naar binnen ging.

'Ik heb de afschriften van Claires tolpasje bekeken,' zei hij. 'Zo te zien is ze binnen een week twee keer naar die Douglass toe geweest.'

'Dat verbaast me niet,' zei Maya.

'Dat vermoedde ik al. Maar waar ze daarna naartoe is gegaan, verbaast je misschien wel.' Hij had de gegevens geprint. Hij gaf haar de blaadjes en wees naar de eerste regel, die hij met geel had gemarkeerd.

'Een week voor de moord,' vervolgde Eddie, 'rijdt Claire naar Livingston. Zie je de tijdsaanduiding?'

Maya knikte. 8.46 uur.

'Als je daaronder kijkt, zie je dat ze om 9.33 uur de Parkway neemt in plaats van de Turnpike. Zie je het staan?'

'Ja.'

'Ze is niet teruggereden naar huis,' zei Eddie, 'maar doorgereden naar het zuiden. Bij afslag 129 is ze van de Parkway teruggegaan naar de New Jersey Turnpike, en die heeft ze verlaten bij afslag 6.'

Het stond onder aan de bladzijde. Afslag 6, wist Maya, was de Pennsylvania Turnpike.

'En daarna?' vroeg ze.

'Het volgende blaadje. De Interstate 476 naar het zuiden.'

'Richting Philadelphia,' zei Maya.

'Of in elk geval de omgeving van Philadelphia,' zei Eddie.

Maya gaf hem de blaadjes terug. 'Kan Claire een reden hebben gehad om die dag naar Philadelphia te rijden?'

'Ik kan er geen een bedenken.'

Maya nam niet de moeite om hem te vragen of Claire misschien op bezoek was gegaan bij vrienden, of dat ze was gaan shoppen of ineens naar Independence Hall had gewild. Het was haar allang duidelijk dat Claire niet daarvoor naar het zuiden was gereden. Claire had even daarvoor met Tom Douglass gesproken. Hij had haar iets verteld. En datgene had haar naar Philadelphia gevoerd.

Maya sloot haar ogen.

'Doet dit bij jou een belletje rinkelen?' vroeg Eddie.

Maya had geen keus, dus loog ze voor de zoveelste keer tegen Eddie. 'Nee,' zei ze. 'Geen enkel belletje.'

Er rinkelde wel degelijk een belletje, hoewel in de verte.

Caroline had haar verteld dat toen Andrew omkwam, hij en Joe nog op school zaten. Op een kostschool, om precies te zijn. Een hoog aangeschreven oudgeldkostschool die de Franklin Biddle Academy heette.

Gelegen net buiten Philadelphia.

Ze reed naar huis toen Eileen belde. 'Weet je nog dat we op woensdag altijd chinees haalden en samen aten?'

'Natuurlijk.'

'Ik wilde die traditie weer opstarten. Ben je thuis?'

'Bijna.'

'Geweldig,' zei Eileen net iets te enthousiast. 'Ik breng je favoriete maaltje mee.'

'Is er iets mis?'

'Ik zie je over twintig minuten.'

Er maalden te veel mogelijkheden door Maya's hoofd. Eerst moest ze daar een eind aan maken. Alles even loslaten en teruggaan naar de basis. Weet wat je weet. De meeste mensen simplificeerden het principe van Ockhams scheermes wel heel erg door te stellen dat het simpelste antwoord meestal het juiste was. Maar wat de franciscaner monnik Willem van Ockham echt bedoelde, was dat je dingen niet moeilijker moest maken dan ze waren, dat je geen ingewikkelde theorieën op elkaar moest stapelen als er al een antwoord voorhanden was. Hou het simpel. Scheer het overbodige weg.

Andrew was dood. Claire was dood. Joe was dood.

Maar ze kon al het andere wat ze te weten was gekomen toch niet zomaar van tafel vegen, of wel soms? Moest ze negeren wat ze met eigen ogen had gezien, of moest ze het meest voor de hand liggende antwoord accepteren? En wat was dat antwoord eigenlijk?

Nou, het was in elk geval geen leuk antwoord.

Maar, zei ze tegen zichzelf, laten we het bij wijze van oefening toch eens proberen te ontleden. Wees zo objectief mogelijk. Stel jezelf de vraag: was de persoon die de video van de nannycam had gezien te vertrouwen, of werd deze zo geplaagd door stress, verdriet en trauma's dat haar observatie in twijfel getrokken moest worden?

Wees objectief, Maya.

Het was logisch dat we op onze eigen ogen vertrouwden, nietwaar? Dat deden we allemaal. Wij waren niet gek. Het was altijd de ander die gek was. Zo dachten mensen nu eenmaal. We begrijpen ons eigen perspectief te goed.

Stap dan buiten dat perspectief.

De oorlog. Niemand begreep wat oorlog met je doet. Niemand begreep haar waarheid. Ze dachten allemaal dat ze gebukt ging onder schuldgevoel omdat zij die burgers had gedood. Dat klonk niet onredelijk. Zij zagen het immers vanuit hún perspectief. Je voelt je schuldig, luidde de theorie, en dat manifesteert zich in pijnlijke flashbacks. Je gaat in therapie. Je slikt medicijnen. Je wordt omringd door de dood. Nee, correctie: de dood doet meer met je.

De dood achtervolgt je, Maya...

Was iemand die werd omringd door de dood en die aan haar dierbaarste naasten had toegegeven dat ze in elk geval voor een deel werd gedreven door schuldgevoel... Kon je op het oordeel van zo iemand vertrouwen? Wanneer je alle extra details en complicaties even vergat, was dit dan iemand die op een geloofwaardige manier rationele feiten en de waarheid boven water kon krijgen?

Objectief gezien niet.

Maar objectiviteit kon de boom in, toch?

Conclusie: ze werd door iemand enorm besodemieterd.

Judith had heel vaag gedaan over waar Caroline was. Maya pakte haar telefoon en belde haar schoonzus. Ze werd doorgeschakeld naar de voicemail. Dat verbaasde haar niet. Na de pieptoon zei Maya: 'Caroline, ik wil heel graag weten of alles in orde is met je. Bel me zodra je dit bericht hoort, alsjeblieft.'

Eileens auto stond al op de oprit toen ze thuiskwam. Maya parkeerde erachter. Lily was in haar stoeltje op de achterbank in slaap gevallen. Maya stapte uit en wilde net het achterportier opendoen toen Eileen zei: 'Laat haar nog even slapen. We moeten praten.'

Maya draaide zich om en keek haar vriendin aan. Eileen had gehuild.

'Wat is er aan de hand?'

'Ik denk dat ik vreselijk in de fout ben gegaan,' zei ze. 'Met die nannycam.'

Eileen begon te beven.

'Dat geeft niet,' zei Maya. 'Weet je wat? Ik breng Lily binnen en dan kunnen we...'

'Nee!' zei Eileen. 'We moeten hier praten.'

Maya keek haar vragend aan.

'Het is misschien niet veilig om binnen te praten,' zei Eileen zachtjes. 'Het is mogelijk dat er iemand meeluistert.'

Maya keek door het zijraampje van de auto naar Lily. Ze sliep nog.

'Wat is er gebeurd?' vroeg Maya.

'Robby.' Eileens gewelddadige ex.

'Wat is er met Robby?'

'Jij wilde me niet vertellen wat er met jouw nannycam aan de hand was, weet je nog?'

'Ja. En?'

'Je kwam naar me toe. Je was boos, van streek. Je verdacht me zelfs van iets. Ik moest bewijzen dat ik die cam had gekocht.'

'Ja, dat weet ik nog,' zei Maya. 'Maar wat heeft dat met Robby te maken?'

'Hij is weer opgedoken,' zei Eileen, en de tranen stroomden over haar wangen. 'Hij heeft me bespioneerd.'

'Ho, wacht even, Eileen.'

'Ik heb deze per e-mail ontvangen.' Ze haalde een stel foto's uit haar tas en gaf ze aan Maya. 'De afzender was een anoniem e-mailadres, natuurlijk. Niet te traceren. Maar ik weet genoeg. Het is Robby.'

Maya nam de foto's door. Ze waren in Eileens huis genomen. De eerste drie in de tussenkamer. Op twee ervan stonden haar kinderen, Kyle en Missy, die op de bank aan het spelen waren. Op de derde stond Eileen, bezweet, met een glas ijswater in haar hand en alleen een sportbeha aan.

'Ik was net thuisgekomen van fitness,' zei Eileen bij wijze van uitleg. 'Er was niemand. Dus ik heb mijn T-shirt uitgetrokken en in de wasmand gegooid.'

Maya voelde de paniek in zich opwellen, maar ze wist haar stem onder controle te houden. 'De beeldhoek,' zei ze terwijl ze de diverse foto's nog eens bekeek. 'Zijn deze foto's... met je nannycam gemaakt?'

'Ja.'

Maya voelde haar maag samentrekken.

'Bekijk de laatste.'

Het was een foto van Eileen op de bank, met een man die Maya nog niet eerder had gezien. Eileen en de man kusten elkaar.

'Dat is Benjamin Barouche. Ik heb hem op Match.com leren kennen. Het was ons derde afspraakje. Ik had hem thuis uitgenodigd. De kinderen lagen boven te slapen. Ik heb er geen seconde aan gedacht. Tot vanmiddag, toen ik deze foto's in mijn mail kreeg.'

Waarom had Maya hier niet eerder aan gedacht?

'Dus iemand heeft je nannycams gehackt?'

'Niet iemand. Robby. Het moet Robby geweest zijn.'

'Goed dan. Robby heeft je nannycams gehackt.'

Eileen begon weer te huilen. 'Ik heb er nooit rekening mee gehouden dat ze met internet verbonden konden zijn, begrijp je? Ik bedoel, omdat ze een eigen geheugenkaartje hebben. Ik heb er gewoon niet aan gedacht. Maar zo ongebruikelijk is het ook weer niet. Camera's hacken, bedoel ik. Ze doen het met FaceTime en Skype-cams en... Ik had voorzorgsmaatregelen moeten nemen. Maar ik wist het niet.' Ze stopte even met praten om de tranen van haar wangen te vegen. 'Het spijt me zo, Maya.'

'Het geeft niet.'

'Ik weet niet wat er met jouw nannycam is gebeurd,' zei Eileen. 'En als je het niet wilt zeggen is dat prima. Maar ik dacht dat dit het misschien zou kunnen verklaren. Dat iemand misschien jouw camera had gehackt, zodat ze jou en Lily konden zien.'

Maya probeerde deze nieuwe informatie een plaats te geven. Maar ze kon op dit moment niet bedenken wat dit nieuws voor haar betekende, of hoe het in haar situatie paste. Kon het zo zijn dat iemand Joe ergens anders had gefilmd en dat de beelden naar haar cam waren gestuurd? En als dat zo was, maakte het dan enig verschil? Want wat zij had gezien, was in haar kamer opgenomen met haar bank in beeld.

Maar werd ze misschien bespioneerd?

'Maya?'

'Ik heb dit soort e-mails niet ontvangen,' zei Maya. 'Niemand heeft mij foto's gestuurd.'

Eileen keek haar aan. 'Wat was het dan? Wat is er met jouw cam gebeurd?'

'Ik heb Joe gezien,' zei Maya.

23

Maya bracht Lily naar boven en stopte haar in bed. Ze overwoog de achterkant van de nannycam open te maken om te zien of de wifi aanstond, maar besloot het niet te doen, om degene die haar mogelijk bespioneerde niet te laten weten dat zij ervan wist.

Haar bespioneerde. Jezus. Over paranoïde gesproken.

Eileen en zij aten hun Chinese afhaalmaaltijd in de eetkamer, ver weg van het allesziende oog van de nannycam. Maya vertelde haar over wat ze op de video had gezien, over Isabella... maar daarna stopte ze met praten omdat ze zichzelf nogal dom vond.

Feit: het was Eileen geweest die de nannycam in haar huis had gebracht.

Maya probeerde dit te negeren, maar de argwaan bleef maar zachtjes in haar oor fluisteren. Ze kon proberen die het zwijgen op te leggen, maar helemaal weg ging hij niet.

'Wat ga je nu doen?' vroeg ze. 'Met Robby?'

'Ik heb prints van de foto's aan mijn advocaat gegeven. Hij zei dat we niks kunnen doen zolang we geen bewijs hebben. Ik heb beide cams gecheckt om te kijken of de wifi uitstaat. En ik heb een bedrijf gebeld dat komt kijken of mijn netwerk wel goed beveiligd is.'

Dat laatste klonk als een goed idee.

Een half uur later, toen ze Eileen naar haar auto had gebracht, belde ze Shane. ‘Wil je nog iets voor me doen?’

‘Je kunt het niet horen,’ zei Shane, ‘maar ik slaak een theatrale zucht.’

‘Kan er iemand naar mijn huis komen om het op afluisterapparatuur te controleren?’

Ze vertelde hem over Eileen en de gehackte nannycam.

‘Weet je of de jouwe is gehackt?’ vroeg Shane.

‘Nee. Maar ken je iemand die me uit de brand kan helpen?’

‘Ja. Maar ik zal eerlijk tegen je zijn, het klinkt wel wat...’

‘Paranoïde?’ vulde ze voor hem aan.

‘Ja, een beetje wel.’

‘Ben jij degene die dr. Wu heeft gebeld?’

‘Maya?’

‘Ja?’

‘Het gaat niet goed met je.’

Ze zei niets.

‘Maya?’

‘Ik weet het,’ zei ze.

‘Het is helemaal niet erg als je hulp nodig hebt.’

‘Ik moet eerst dit afhandelen.’

‘En wat is dat precies?’

‘Alsjeblieft, Shane.’

Het bleef even stil. Toen zei hij: ‘Ik zucht weer.’

‘Theatraal?’

‘Bestaat er een betere manier? Ik kom morgenochtend langs met een paar jongens om je huis binnenstebuiten te keren.’ Hij schraapte zijn keel. ‘Draag je je wapen bij je, Maya?’

‘Wat denk je?’

‘Retorische vraag,’ zei hij. ‘Ik zie je morgen.’

Shane hing op. Maya was nog niet klaar voor weer een nacht vol gruwelijke flashbacks. In plaats daarvan richtte ze haar aandacht op Claires trip naar Philadelphia.

Lily sliep nog. Maya wist dat ze haar eigenlijk wakker zou moeten maken om haar kleertjes van de afgelopen dag uit te trekken, haar in bad te doen en een schone pyjama aan te trekken. 'Goede' moeders zouden erop staan dat dat gebeurde, en even meende Maya hun afkeurende blikken te kunnen voelen. Maar die moeders liepen thuis niet rond met een pistool en hielden zich niet bezig met moord, of wel soms? Die waren zich er niet van bewust dat ze misschien wel naast een met bloed doordrenkte wereld als de hare woonden, als buren, en dat, terwijl zij zich bekommerden om kunst en cultuur, naschoolse activiteiten, karateles en bijscholingscursussen, hun buurvrouw tot aan haar kruin in de moord en doodslag zat.

Werd ze door iemand bespioneerd?

Als dat zo was, kon ze daar nu niet veel aan doen. Er waren andere, belangrijker dingen die om haar aandacht vroegen, dus zette ze de paranoia uit haar hoofd en pakte haar laptop. Als ze inderdaad werd bespioneerd – en dat kon ze nog steeds niet geloven – zouden ze haar wifi ook gehackt kunnen hebben. Dus voor de zekerheid, ook al voelde ze zich enigszins belachelijk, gebruikte ze een VPN – virtueel privénetwerk – en ging met een andere naam en een nieuw wachtwoord het net op.

Dat zou toch voldoende moeten zijn. Alhoewel, je wist maar nooit.

Zodra ze online was, deed ze een zoekopdracht op naam van Andrew Burkett. Zoals te verwachten was, waren er meer Andrew Burketts... een docent aan een universiteit, een autodealer en een laatstejaars student. Ze verfijnde de zoekopdracht met een paar sleutelwoorden om terug te gaan in de tijd. Nu vond ze een paar items over Andrews dood. Een grote plaatselijke krant kopte het als volgt:

JONGE BURKETT-TELG VALT VAN JACHT EN VERDRINKT

De woorden die eruit sprongen: 'jacht' in plaats van 'boot' en, natuurlijk, 'telg'. Bij Joe hadden ze dat woord ook gebruikt. 'Telg'... de rijken hadden zelfs een eigen woord voor hun nageslacht. Ze scrolde door het krantenartikel. Niemand wist waar precies in de Atlantische Oceaan Andrew overboord was gevallen, maar het familiejacht, de Lucky Girl, had zich die nacht bevonden op een punt ergens tussen de haven van Savannah, Georgia, waar het was vertrokken, en de haven van Hamilton, op Bermuda, de bestemming. Dat besloeg een aanzienlijk stuk van de oceaan.

Volgens de nieuwsberichten was Andrew Burkett op 24 oktober om één uur 's nachts voor het laatst op het bovendek van de Lucky Girl gezien, nadat hij de hele avond had gefeest met 'familieleden en studiegenoten'. Hij was om zes uur 's morgens als vermist gemeld. Joe had haar verteld dat er drie leden van het voetbalteam van de Franklin Biddle Academy aan boord waren geweest, en zijn zus Caroline. Geen van beide ouders was erbij geweest. Judith en Joseph Burkett, en de jonge Neil, waren al in het luxueuze hotel op Bermuda. Het feestende gezelschap was verzorgd door een vrij groot team van personeel, en hé, een van de namen die werden vermeld was die van Rosa Mendez, Isabella's moeder, die zich 'vooral met de jonge Caroline had beziggehouden'.

Maya las de relevante stukken nog eens door en dacht er enige tijd over na voordat ze verderging.

Andrews lijk was een dag nadat hij als vermist was gemeld uit zee gehaald. Als doodsoorzaak, in latere artikelen, was verdrinking opgegeven. Geen woord over vuil spel of zelfmoord.

Oké, wat nu?

Maya typte Andrews naam nog eens in, met de woorden 'Franklin Biddle Academy' erachter. Ze kreeg de website van de kostschool, met een link naar de online community van de oud-leerlingen van de school. Maya klikte die aan en kreeg een menu met studiejaren. Ze deed wat hoofdrekenwerk, vond het jaar waarin Andrew eindexamen zou hebben gedaan en klikte op het jaartal. Ze kreeg een lijst van evenementen, een reünie die was gepland en, natuurlijk, een link om geld te doneren voor het onderhoud van het academiegebouw.

Onder aan de pagina stond een link met de tekst: IN MEMORIAM.

Toen Maya erop klikte, verschenen er twee foto's van studenten op het beeldscherm. Ze zagen er allebei nog zo verdomde jong uit, en ze moest meteen denken aan de jonge gasten met wie ze in het leger had gediend en die waren omgekomen. Opnieuw dacht Maya aan die twee heel verschillende werelden, die naast elkaar bestonden en die door een flinterdunne grens of een simpel prikkeldraadhekje van elkaar werden gescheiden. De jongeman op de rechterfoto was Andrew Burkett. Maya besefte dat ze in de afgelopen jaren nooit echt de tijd had genomen om haar bijna-zwager goed te bekijken. Joe was niet iemand geweest die overal in huis oude familiefoto's ophing, en het portret van Andrew dat in een van de salons op Farnwood hing, had Maya ook nooit aandachtig bekeken. Op deze foto leek Andrew niet erg op zijn veel knappere broer Joe. Andrew neigde meer naar zijn moeder. Maya bleef naar het jonge gezicht staren alsof er een aanwijzing in verborgen kon zitten, alsof de Andrew Burkett op de foto op het beeldscherm elk moment tot leven kon komen en haar de waarheid zou vertellen.

Wat natuurlijk niet gebeurde.

Ik ga het voor je uitzoeken, Andrew. Ook jou zal ik wreken.

Maya's blik ging naar de andere foto op het beeldscherm. De naam onder de foto luidde Theo Mora. Theo had een Latijns-Amerikaans uiterlijk, of misschien leek dat maar zo door zijn gebruinde huid. Hij glimlachte op de foto, maar het was de opgelaten, gedwongen glimlach van, nou ja... van de kostschooljongen die voor zijn schoolfoto poseert. Zijn haar zag eruit alsof het zorgvuldig in model was gekamd maar alweer bezig was zich daaruit te bevrijden. Net als Andrew droeg hij een blazer en een schooldas, maar in tegenstelling tot de volmaakte windsorknoop van Andrew zag die van Theo eruit alsof hij een lasso om zijn nek had.

Boven aan de pagina stond: TE VROEG HEENGEGAAN MAAR VOOR ALTIJD IN ONS HART. Meer informatie werd er niet gegeven. Maya googelde Theo Mora. Het kostte enige moeite, maar uiteindelijk vond ze een overlijdensadvertentie in een Philadelphiaanse krant. Geen artikelen. Verder helemaal niets. Alleen die advertentie. De datum van overlijden was 12 september, amper zes weken voordat Andrew van dat jacht was gekukeld. Theo Mora was toen zeventien geweest, net zo oud als Andrew.

Zou dat toeval zijn?

Maya las de advertentie nog een keer. Een doodsoorzaak werd niet vermeld. Ze probeerde een nieuwe zoekopdracht met beide namen: Andrew Burkett en Theo Mora. Ze kreeg twee links naar de Franklin Biddle Academy. De ene was van het In Memoriam, waar ze net was geweest. Ze klikte de andere link aan en kwam terecht op de afdeling Sport. Ze vond een archief van de sporten die op de school werden beoefend, ging naar 'Voetbal' en klikte het jaartal aan.

Kijk nu eens, Andrew en Theo Mora hadden in hetzelfde voetbalteam gezeten.

Twee laatstejaars van dezelfde kostschool, die in hetzelfde voetbalteam zaten en die in nog geen twee maanden tijd om het leven waren gekomen, kon dat toeval zijn?

Ja, dat kon.

Maar als je de betalingen aan Tom Douglass eraan toevoegde, plus het feit dat Claire naar Philadelphia was gereden, plus het feit dat Tom Douglass nu werd vermist en dat Claire was gemarteld en vermoord...

Nee, dat kon geen toeval zijn.

Ze bekeek de overige namen. Joe, als derdejaars, had ook in het team gezeten. Hij was de aanvoerder geweest. Jezus, dat waren wel veel doden voor één schoolvoetbalteam.

Ze klikte op een andere link en zag een foto van het team. De ene helft zat gehurkt, de andere stond erachter. Ze zagen er stuk voor stuk jong, gezond en trots uit. Maya's blik zocht meteen naar Joe en vond hem in het midden van de staande rij, wat ze niet verrassend vond. Hij had toen al die schalkse glimlach. Ze bleef enige tijd naar hem kijken: zo verdomde knap en zelfverzekerd, al helemaal klaar om de wereld te veroveren en te weten dat hij daar zeker in zou slagen, en onwillekeurig dacht ze aan het lot dat hem uiteindelijk had getroffen.

Op de teamfoto stond Andrew naast zijn broer, bijna letterlijk in Joe's schaduw. Theo Mora zat op de voorste rij, steunend op één knie, als tweede van rechts. Hij had dezelfde opgelaten, gedwongen glimlach om zijn mond. Maya bekeek de andere gezichten, in de hoop dat een ervan haar bekend zou voorkomen. Dat was niet zo. Maar drie van deze andere jongens waren die nacht op het jacht geweest. Had ze een van hen wel eens eerder ontmoet? Ze dacht het niet.

Ze ging terug naar de namenlijst en printte die. Ze kon ze morgenochtend googelen en dan...

Ja, en dan?

Ze bellen of e-mailen. Ze vragen of ze destijds op dat jacht waren geweest. Kijken of ze iets wisten over wat er met Andrew was gebeurd, of, wat nu relevanter was, hoe Theo Mora aan zijn eind was gekomen.

Ze bleef nog een tijdje doorzoeken maar vond verder niets. Zonder het te willen vroeg ze zich af of Claire iets soortgelijks had gedaan. Waarschijnlijk niet. Het lag meer voor de hand dat ze iets van Tom Douglass te horen had gekregen, iets over deze verdomde kostschool, en dat Claire, met haar 'meteen eropaf'-mentaliteit, naar de Franklin Biddle Academy was gereden om haar vragen te stellen.

Had dat haar het leven gekost?

Er was maar één manier om daarachter te komen. Maya zou morgen naar Philadelphia rijden.

24

Het werd weer een vreselijke nacht vol flashbacks.

Zelfs terwijl ze die beleefde en de geluiden als granaatscherven door haar hoofd ricocheerden, probeerde Maya zich ertegen te verzetten en vast te stellen of Wu gelijk had, of het alleen flashbacks waren, of dat ze dingen hoorde die ze nooit eerder had gehoord. Hallucinaties. Maar elke keer wanneer ze in de buurt van een antwoord op haar vragen kwam, ging het, zoals tijdens elke nachtelijke reis door dromenland, in rook op en werd het ongrijpbaar. De pijn van de geluiden nam steeds verder toe, zodat er voor Maya niets anders op zat dan te wachten tot het ochtend was.

Ze werd doodmoe wakker en besefte dat het zondag was. Op zondag zou er op de Franklin Biddle Academy niemand zijn die haar vragen kon beantwoorden. Kinderdagverblijf Growin' Up was op zondag ook dicht. Misschien was dat maar goed ook. Als soldaat maak je gebruik van de stille momenten. Als je je rust kunt pakken, doe je dat. Wanneer je de kans krijgt, geef je je lichaam en geest de tijd zich te herstellen.

Al deze narigheid kon best een dagje wachten, nietwaar?

Maya zou een dag vrij nemen van alle dood en verderf, jazeker, en de hele zondag aan haar dochter spenderen.

Mooi voornemen, nietwaar?

Maar om acht uur stond Shane voor de deur, met twee van zijn mannen, die na een kort hoofdknikje meteen aan de slag gingen en het hele huis onderzochten op afluisterapparatuur en camera's. Toen ze beneden klaar waren en aan de bovenverdieping begonnen, pakte Shane in de speelkamer de nannycam van de plank en haalde de achterkant eraf.

'De wifi staat uit,' zei Shane.

'En dat houdt in?'

'Dat houdt in dat niemand je hiermee kan bespioneren, hoewel dat technisch gezien wel mogelijk is.'

'Oké.'

'Tenzij er een of ander achterdeurtje in is aangebracht, natuurlijk. Maar dat betwijfel ik. Of dat er iemand in huis is geweest die de wifi uit heeft gezet omdat ze wisten dat wij zouden komen.'

'Dat lijkt me sterk,' zei Maya.

Shane haalde zijn schouders op. 'Jij bent degene die zegt dat ze bespioneerd wordt. Dus laten we het meteen goed doen, oké?'

'Oké.'

'Vraag één: wie heeft er, afgezien van jou, een sleutel van dit huis?'

'Jij.'

'Juist. Maar ik heb mezelf ondervraagd en blijk onschuldig te zijn.'

'Erg leuk.'

'Dank je. Wie nog meer?'

'Niemand.' Toen herinnerde ze het zich. 'Verdomme.'

'Wat?'

Ze keek hem aan. 'Isabella heeft er een.'

'En haar vertrouwen we niet meer, hè?'

'Voor geen centimeter.'

'Acht je het echt mogelijk dat ze terug is gekomen om iets met die nannycam te doen?' vroeg Shane.

'Dat lijkt me onwaarschijnlijk.'

'Misschien moet je een paar camera's in huis laten installeren,' zei hij. 'Of op z'n minst nieuwe sloten op de deuren laten zetten.'

'Zal ik doen.'

'Dus jij hebt een sleutel, ik heb er een en Isabella heeft er een.' Shane zette zijn handen in zijn zij en slaakte een diepe zucht. 'Niet meteen boos worden.'

'Hoezo?'

'Wat is er met Joe's sleutel gebeurd?'

'Joe's sleutel?'

'Ja.'

'Dat weet ik niet.'

'Had hij die bij zich toen hij, eh...'

'Werd vermoord?' vulde Maya voor hem aan. 'Ja, natuurlijk had hij die bij zich. Tenminste, daar ga ik van uit. Hij had zijn huissleutel altijd bij zich. Zoals iedereen in de vrije wereld.'

'Heb je zijn spullen teruggekregen?'

'Nee. Ik denk dat de politie die nog heeft.'

Shane knikte. 'Goed dan.'

'Goed dan wat?'

'Wat je wilt. Ik weet verder niks te zeggen, Maya. Het is allemaal zo verdomde bizar. Ik begrijp er niks van, daarom stel ik vragen in de hoop dat het me wat duidelijker wordt. Je vertrouwt me toch?'

'Absoluut.'

'En toch,' zei Shane, 'wil je me niet vertellen wat er precies aan de hand is.'

'Ik héb je verteld wat er aan de hand is.'

Shane draaide zich om, bekeek zichzelf in de spiegel en kneep zijn ogen tot spleetjes.

'Wat doe je?' vroeg ze.

'Kijken of ik er echt zo dom uitzie.' Hij draaide zich weer naar haar om. 'Waarom vroeg je mij naar die gast van de Kustwacht? Wat heeft Andrew Burkett, die op kostschool zat toen hij omkwam, hier in hemelsnaam mee te maken?'

Ze aarzelde.

'Maya?'

'Dat weet ik nog niet,' zei ze. 'Maar het is mogelijk dat er een verband bestaat.'

'Tussen wat en wat? Wou je zeggen dat Andrews dood op die boot iets te maken heeft met de moord op Joe in Central Park?'

'Ik zeg dat ik dat nog niet weet.'

'Wat gaat je volgende stap dan worden?' vroeg Shane.

'Vandaag?'

'Ja.'

De tranen schoten bijna in haar ogen, maar ze wist ze binnen te houden. 'Niks, Shane. Oké? Vandaag doe ik helemaal niks. Het is zondag. Ik ben blij dat jullie zijn gekomen om mijn huis te onderzoeken, maar als jullie klaar zijn, dan zou ik graag willen dat jullie weer weggaan, zodat ik op deze prachtige najaarszondag mijn dochter kan meenemen voor een klassieke, doodgewone, desnoods clichématige moeder-en-dochterdag.'

'Echt?'

'Ja, Shane. Echt.'

Shane glimlachte. 'Cool.'

'Yep.'

'Waar gaan jullie naartoe?'

'Chester.'

'Appels plukken.'

Maya knikte.

'Mijn ouders namen me daar vroeger mee naartoe,' zei Shane, met een aparte klank in zijn stem.

'Heb je zin om mee te gaan?'

'Nee,' zei hij, maar zijn stem klonk vriendelijker dan ooit. 'En je hebt gelijk. Het is zondag. We maken het hier snel af en dan zijn we weg. Ga jij Lily maar aankleden.'

Ze rondden hun onderzoek af, vonden niets en na een kus op haar wang was Shane vertrokken. Maya installeerde Lily in haar stoeltje op de achterbank en ze gingen op weg. Moeder en dochter deden alles wat Maya zich had voorgenomen. Ze maakten een ritje met de paard-en-wagen. Ze gingen naar de kinderboerderij, waar ze de geiten voerden. Ze plukten appels, aten een ijsje en vonden een clown die Lily betoverde met zijn ballonbeesten. Overal waar ze keek zag ze mensen die de hele week hard hadden gewerkt en die deze kostbare dag gebruikten om met elkaar te lachen, elkaar aan te raken, te klagen en te ruziën. Maya bekeek ze allemaal eens goed. Ze probeerde dit moment vast te houden, zich over te geven aan de vreugde van deze mooie najaarsdag met haar dochter, maar toch voelde het allemaal zo vluchtig en ongrijpbaar, alsof ze vanaf de zijlijn toekeek en er zelf geen deel van uitmaakte. Zij was gewend dit soort momenten te beschermen in plaats van ze zelf te ervaren. De uren vlogen voorbij, de dag kwam ten einde en Maya had geen idee wat ze ervan moest denken.

Zondagnacht was weer net zo erg. Ze probeerde het nieuwe medicijn, maar de geesten lieten zich er niet door afschrikken. Sterker nog, het volume van de geluiden leek alleen maar toe te nemen, wat ze ook slikte.

Toen ze happend naar adem wakker werd, ging haar hand onmiddellijk naar haar telefoon om Wu te bellen. Maar toen ze op het groene knopje moest drukken, deed ze dat niet. Even overwoog ze Mary McLeod, Judiths collega, te bellen, maar ook daar zag ze van af.

Nog even doorzetten, Maya. Je mag zo weer opstaan.

Ze kleedde zich aan, bracht Lily naar Growin' Up en belde naar haar werk om te zeggen dat het vandaag niet zou lukken.

'Dat kun je me niet aandoen, Maya,' zei Karena Simpson, haar baas, die ook piloot in het leger was geweest. 'Ik heb hier een bedrijf. We kunnen niet zo kort van tevoren lessen afzeggen.'

'Het spijt me.'

'Hoor eens, ik weet dat je een moeilijke tijd doormaakt...'

'Ja, dat klopt, Karena,' onderbrak Maya haar. 'En ik denk dat ik te snel weer ben gaan werken. Het spijt me dat ik je in een lastige positie breng, maar ik denk dat ik meer tijd nodig heb.'

Voor een deel gelogen, voor een deel waar. Ze hield er niet van haar zwakten te tonen, maar in dit geval was het noodzakelijk. Trouwens, Maya wist nu al dat ze daar niet meer zou gaan werken. Nooit meer.

Twee uur later arriveerde ze in Bryn Mawr, Pennsylvania, en reed ze langs keurig getrimde heggen tot ze de stenen plaquette met de woorden FRANKLIN BIDDLE ACADEMY zag. De plaquette was smaakvol en klein, en tussen al dat groen zag je die gemakkelijk over het hoofd. Wat natuurlijk ook de bedoeling was. Toen ze langs het gazon naar het parkeerterrein voor bezoekers reed, ademde alles geld, macht en privileges. Zelfs de campus zag er aristocratisch uit. Je rook meer groene dollarbiljetten dan herfstbladeren.

Met geld koop je ruimte. En de hekken die je eromheen zet. Met geld koop je een zekere mate van afzondering. Met minder geld kocht je een plek in de stad. Met meer geld een plek in een rustige buitenwijk. En met heel veel geld kocht je een plek als deze. We proberen ons allemaal op onze eigen manier in een beschermende cocon te verschuilen.

Het hoofdgebouw was een landhuis in Main Line-stijl, dat de naam Windsor House droeg. Maya had besloten niet van tevoren te bellen om een afspraak te maken. Ze had op de website uitgezocht wie de rector was en gedacht dat ze hem beter gewoon kon verrassen. Als hij er niet was, had ze pech gehad. Dan was er vast wel iemand anders die haar te woord wilde staan. Was hij er wel, dan zou hij haar zeker ontvangen. Hij was tenslotte de rector van een kostschool, niet de grote baas van heel Pennsylvania. Bovendien was er nog steeds een Burkett-studentenhuis op de campus. Haar achternaam zou de meeste deuren wel voor haar openen.

De vrouw achter de receptiebalie sprak met gedempte stem. 'Kan ik iets voor u doen?'

'Mijn naam is Maya Burkett en ik kom voor de rector. Sorry, maar ik heb geen afspraak.'

'Neemt u plaats, alstublieft.'

Lang hoefde ze niet te wachten. Maya was op de website te weten gekomen dat de rector van de afgelopen drieëntwintig jaar eerst student en daarna docent aan de kostschool was geweest. Hij heette Neville Lockwood IV, en met zo'n naam had ze een zeker uiterlijk verwacht: een blotebillengezicht, aristocratische gelaatstrekken en blond haar met een wijkende haarlijn. De man die haar nu tegemoetkwam had dat allemaal, plus een stalen brilletje met verende pootjes, een tweedjasje en – jawel – een vlinderdas.

Hij nam haar beide handen in de zijne.

'O, mevrouw Burkett,' zei Neville Lockwood met dat bijzondere accent dat meer met klasse dan met geografische afkomst te maken had, 'wij hier op Franklin Biddle vinden het allemaal zo erg van uw verlies.'

'Dank u.'

Hij ging haar voor naar zijn kantoor. 'Uw man is altijd een van onze meest geliefde studenten geweest.'

'Heel vriendelijk van u dat u dat zegt.'

Er was een grote open haard met grijsbruine boomstammen in zijn kantoor. Tegen de zijwand stond een antieke klok. Lockwood nam plaats achter zijn kersenhouten bureau en maakte een uitnodigend gebaar naar de pluchen fauteuil ertegenover. Haar stoel was net iets lager dan de zijne, en Maya nam aan dat dat geen toeval was.

'We hebben zeker de helft van alle bekers in Windsor Sports Hall aan hem te danken. Hij is nog steeds de topscorer van onze voetbalclub. We dachten... Wel, we overwegen iets ter nagedachtenis van hem te doen in het studentenhuis. Hij had het daar zo naar zijn zin.'

Neville Lockwood keek haar aan met een bijna vaderlijke glimlach. Maya glimlachte terug. Zijn opmerking over Joe's sportprestaties zou een aanzet kunnen zijn van een verzoek om een nieuwe donatie – Maya was niet goed in het signaleren van dat soort dingen – maar ze was niet van plan erop in te gaan.

'Hebt u mijn zus toevallig ook gekend?'

De vraag verraste hem. 'Uw zus?'

'Ja. Claire Walker.'

Daar moest hij even over nadenken. 'De naam komt me bekend voor...'

Maya had eigenlijk willen zeggen dat Claire hem vier of vijf maanden geleden had opgezocht en kort daarna was vermoord, maar dat zou hem waarschijnlijk zo aan het schrikken maken dat hij daarna niets meer zou zeggen. 'Laat maar, het is niet belangrijk. Ik wilde u een paar dingen vragen over de tijd dat wijlen mijn man hier op school zat.'

Hij legde zijn handen gevouwen op zijn bureau en wachtte.

Ze moest hem niet te hard aanpakken. 'Zoals u weet, rector Lockwood...'

'Alstublieft, noemt u me Neville.'

'Neville.' Ze glimlachte. 'Zoals u weet is deze kostschool voor de familie Burkett zowel een bron van vreugde en trots... als van verdriet geweest.'

Hij keek haar met een gepast sombere blik aan. 'Dan hebt u het over de broer van uw man, neem ik aan?'

'Dat klopt.'

Neville schudde zijn hoofd. 'Een afschuwelijke zaak. Ik weet dat hun vader een paar jaar geleden is overleden, maar mijn god, arme Judith. Om nu nog een zoon te verliezen.'

'Ja,' zei Maya, en ze nam de tijd. 'En ik weet niet precies hoe ik het moet zeggen, maar nu Joe dood is, betekent dat in relatie met deze school dat er drie spelers van hetzelfde voetbalteam voortijdig zijn overleden.'

De kleur begon weg te trekken uit Neville Lockwoods gezicht.

'Dan heb ik het over de dood van Theo Mora,' zei Maya. 'Herinnert u zich die tragische gebeurtenis?'

Neville Lockwood vond zijn stem terug. 'Uw zus.'

'Wat is er met mijn zus?'

'Ze was hiernaartoe gekomen om naar Theo te informeren. Daarom kwam haar naam me bekend voor. Ik was er toen niet, maar ik hoorde er later van.'

De bevestiging. Maya zat op het goede spoor.

'Hoe is Theo gestorven?' vroeg ze.

Neville Lockwood keek langs haar heen. 'Ik zou u nu kunnen verzoeken om weg te gaan, mevrouw Burkett. Ik zou kunnen zeggen dat de school strikte regels hanteert als het om privacy gaat, en dat het tegen het beleid van de school is om daar welke informatie dan ook over te verstrekken.'

Maya schudde haar hoofd. 'Maar dat zou onverstandig zijn.'

'Waarom zegt u dat?'

'Omdat ik,' zei Maya, 'als u mijn vragen niet wilt beantwoorden, autoriteiten zou moeten inschakelen die minder discreet zijn.'

'O ja?' Er verscheen een half glimlachje om zijn mond. 'En dat zou mij bang moeten maken? Vertelt u me eens, is dit de scène waarin de boze bovenmeester liegt om de reputatie van zijn elite-instituut te beschermen?'

Maya wachtte.

'Nou, zo zit ik niet in elkaar, kapitein Stern. Ja, ik ken uw echte naam. Ik weet alles van u. En net zoals in het leger houden we er hier een heilige erecode op na. Het verbaast me dat Joe dat nooit aan u heeft verteld. Maar ons quakerverleden vraagt ook om consensus en openheid. We doen hier niet aan dingen verbergen. Hoe meer men weet, geloven wij, hoe meer men wordt beschermd door de waarheid.'

'Mooi,' zei Maya. 'In dat geval: hoe is Theo Mora gestorven?'

'Wat ik echter wel van u vraag, is dat u de privacy van de familie respecteert.'

'Dat zal ik doen.'

Hij zuchtte. 'Theo Mora is gestorven aan alcoholvergiftiging.'

'Heeft hij zich doodgedronken?'

'Dat soort dingen gebeurt, helaas. Niet vaak. Voor zover ik weet is het de enige keer in de geschiedenis van de school dat het is voorgekomen. Maar op een avond begon Theo opeens heel veel te drinken. Hij stond niet bekend als een drinker of feestvierder of zoiets. Maar zo gaat het meestal. Je weet niet wat je doet en je overdrijft het. Als Theo bijtijds was gevonden, had hij misschien nog gered kunnen worden, maar hij was de keldertrap af gestruikeld. De conciërge heeft hem de volgende ochtend gevonden. Theo was toen al dood.'

Maya wist niet precies wat ze hiervan moest denken.

Neville Lockwood legde zijn handen plat op zijn bureau en boog zich naar voren. 'Maar kunt u me vertellen waarom uw zus en u daar nu pas naar komen vragen?'

Maya gaf geen antwoord op de vraag. 'Hebt u zich ooit afgevraagd,' begon ze, 'hoe het mogelijk is dat twee leerlingen van dezelfde school en hetzelfde voetbalteam zo kort na elkaar om het leven zijn gekomen?'

'Ja,' zei Neville Lockwood. 'Dat heb ik me zeer zeker afgevraagd, en meer dan eens.'

'Hebt u ooit rekening gehouden met de mogelijkheid,' vervolgde Maya, 'dat er een verband tussen Theo's en Andrews dood bestaat?'

Hij leunde achterover in zijn stoel en zette zijn vingertoppen tegen elkaar. 'Laat ik het anders zeggen,' zei hij. 'Ik heb geen moment geloofd dat er géén verband tussen hun beider dood bestaat.'

Dat was niet het antwoord dat Maya had verwacht.

'Kunt u dat uitleggen?' vroeg ze.

'Ik was docent wiskunde. Ik gaf les in statistiek en kansberekening. Bewijstheorieën, axioma's en dat soort dingen. Dus ik ben goed thuis in vergelijkingen en formules. Zo werkt mijn geest. De kans dat twee leerlingen van dezelfde kleine kostschool binnen enkele maanden tijd omkomen is al uiterst klein. De kans dat die twee jongens in dezelfde klas zitten, is nog kleiner. En als die twee jongens dan ook nog in hetzelfde voetbalteam zitten, nou, dan kun je toeval wel uitsluiten.' Hij glimlachte vaag en stak zijn vinger op, alsof hij weer voor de klas stond. 'Maar als je hieraan nog een laatste factor toevoegt, wordt de mogelijkheid van toeval gereduceerd tot vrijwel nul.'

'Welke laatste factor?' vroeg Maya.

'Dat Theo en Andrew kamergenoten waren.'

Het bleef even stil in het kantoor.

'De kans dat twee zeventienjarige kamergenoten van een kleine kostschool voortijdig overlijden zonder dat er sprake is van een verband... Ik moet u bekennen dat ik daar absoluut niet in geloof.'

In de verte hoorde Maya het geluid van kerkklokken. En van deuren die werden geopend en gesloten. Het gelach van jonge jongens.

'Toen Andrew Burkett was verdronken,' vervolgde Neville Lockwood, 'is er hier een rechercheur geweest. Iemand van de Kustwacht, die dergelijke sterfgevallen onderzoekt.'

'Heette die rechercheur Tom Douglass?'

'Dat zou kunnen. Ik kan het me niet herinneren. Maar hij is hier in dit kantoor geweest. Hij zat in de stoel waar u nu zit. Ook hij vroeg me naar een mogelijk verband.'

Maya slikte. 'En toen hebt u gezegd dat u daar ook aan hebt gedacht.'

'Ja.'

'Kunt u me vertellen hoe dat verband van u eruitzag?'

'Theo's dood had een enorme schok in onze gemeenschap veroorzaakt. Hoe het is gebeurd, heeft nooit in de kranten gestaan. De familie wilde het zo. Maar hoe geschokt we allemaal ook waren, Andrew Burkett was Theo's beste vriend geweest. Hij was er kapot van. Ik neem aan dat u Joe pas lang na Andrews dood hebt leren kennen, dat u Andrew zelf niet hebt gekend, klopt dat?'

'Ja.'

'Ze verschilden veel van elkaar, de twee broers. Andrew was veel gevoeliger dan Joe. Een lieve jongen, in feite. Zijn voetbalcoach zei wel eens dat juist dat in zijn nadeel was op het voetbalveld. Hij hoefde niet per se als overwinnaar uit de strijd te komen, zoals Joe. Hij miste de agressie, de harde competitiedrang, het killerinstinct dat je nodig hebt op het slagveld.'

Weer viel het Maya op dat er ten onrechte oorlogsmetaforen werden gebruikt om sportprestaties te beschrijven.

'Er was mogelijk nog meer aan de hand met Andrew,' vervolgde Neville Lockwood. 'Ik kan daar helaas niet meer over prijsgeven, maar het enige wat van belang is voor dit gesprek is dat Andrew het heel moeilijk had met de dood van Theo. Na Theo's dood hebben we de school een week gesloten. We hadden mensen laten komen om de jongens geestelijke bijstand te verlenen, maar de meeste jongens zijn naar huis gegaan om daar – hoe zeg je dat? – te herstellen.'

'En Andrew en Joe?' vroeg Maya.

'Ook zij zijn naar huis gegaan. Ik herinner me dat uw schoonmoeder onmiddellijk Andrews oude nanny hiernaartoe heeft gestuurd om ze op te halen. Hoe dan ook, na die week zijn alle jongens weer naar school teruggekomen, ook wijlen uw man. Alle jongens... behalve één.'

'Andrew.'

'Ja.'

'Wanneer kwam hij terug?'

Neville Lockwood schudde zijn hoofd. 'Andrew Burkett is helemaal niet meer teruggekomen. Zijn moeder vond het beter dat hij de rest van het semester thuisbleef. Het leven op de campus werd weer enigszins normaal. Zo gaan die dingen. Dankzij Joe draaide het voetbalteam een geweldig seizoen. Ze wonnen de competitie en werden kampioen schoolteams van Pennsylvania. En na afloop heeft Joe een paar spelers van het team uitgenodigd op het jacht van de familie om het te vieren...'

'Weet u welke jongens dat waren?'

'Niet precies meer. Christopher Swain was erbij, dat weet ik zeker. Hij was reserveaanvoerder naast Joe. Wie de anderen waren, kan ik me niet herinneren. Hoe dan ook, u vroeg wat het verband zou kunnen zijn. Ik denk dat het voor de hand ligt, maar mijn theorie is de volgende. We hebben een gevoelige jongen wiens beste vriend op tragische wijze om het leven komt. Hij is gedwongen de school te verlaten en kampt mogelijk met depressies. Misschien is het wel zo, in theorie, dat hij antidepressiva slikt, of andere medicijnen die de stemming beïnvloeden. Vervolgens vaart hij mee op een jacht met mensen die hem aan de tragische dood van zijn vriend herinneren, én aan het leven op de campus, waar hij zo veel van hield en dat hij zo mist. Er wordt aan boord van het jacht een wild feest gehouden. De jongen drinkt te veel, wat mogelijk slecht combineert met de medicijnen die hij slikt. Hij bevindt zich op een boot, op open zee. Hij gaat naar het bovendek en tuurt naar de horizon. Hij heeft enorm veel verdriet.'

Neville Lockwood stopte met praten.

'U denkt dat Andrew zelfmoord heeft gepleegd,' zei Maya.

'Dat kan. Nogmaals, het is een theorie. Of misschien stond hij door de combinatie van alcohol en medicijnen zo onvast op zijn benen dat hij over de reling is gevallen. In beide gevallen blijft de conclusie – het bewijs, zo u wilt – hetzelfde: dat Theo's dood direct tot Andrews dood heeft geleid. Dus is de meest waarschijnlijke hypothese dat de twee sterfgevallen met elkaar in verband staan.'

Maya zat in haar stoel en zei niets.

'Maar nu ik u mijn theorie heb verteld,' vervolgde Neville, 'wilt u me hopelijk vertellen waarom die nu nog relevant zou zijn.'

'Nog één vraag, als dat mag.'

Hij knikte.

'Als twee doden in hetzelfde voetbalteam u al als onwaarschijnlijk voorkomen, hoe verklaart u dan drie doden?'

‘Drie? Ik kan u niet volgen.’

‘Ik heb het over Joe.’

Hij fronste zijn wenkbrauwen. ‘Maar Joe is pas zeventien jaar later vermoord.’

‘Maar toch. U bent van de kansberekening. Hoe groot is de kans dat zijn dood er níét op de een of andere manier mee in verband staat?’

‘Wilt u zeggen dat de moord op uw man gerelateerd is aan de dood van Theo en Andrew?’

‘Volgens mij,’ zei Maya, ‘hebt u die vraag zojuist al beantwoord.’

25

Meer zou ze hier niet te weten komen.

Een paar minuten later bracht Neville Lockwood haar naar haar auto. Maya stapte in en bleef enige tijd achter het stuur zitten. In de verte zag ze het aandenken aan Franklin Biddle, een vijfentwintig meter hoge anglicaanse klokkentoren. Juist op dat moment hoorde ze de vier tonen van de Westminster-klokken. Maya keek op haar horloge. Ze werden om het kwartier geluid, blijkbaar.

Ze haalde haar telefoon tevoorschijn en begon weer te googelen. Theo Mora's ouders heetten Javier en Raisa. Ze begon met de telefoongids, om te zien of ze misschien in de buurt woonden. Ze vond een Raisa Mora binnen de stadsgrenzen van Philadelphia. Het was het proberen waard.

Toen ging haar telefoon over. De naam LEATHER & LACE verscheen op het schermpje. Ze bracht de telefoon naar haar oor, maar natuurlijk had degene die haar belde, wie het ook was, de verbinding al verbroken. Het signaal dat Corey haar wilde spreken. Nou, ze bevond zich meer dan twee uur rijden van de club, en bovendien had ze meer te doen. Corey moest maar even wachten.

De rijtjeshuizen in Raisa Mora's straat hadden betere tijden gekend. Maya vond het huisnummer en liep de gebarsten betonnen treden naar de voordeur op. Ze drukte op de bel en wachtte op voetstappen, maar ze hoorde niets. Op straat, langs de stoeprand, lagen kapotte drankflessen. Twee deuren verderop wierp een man met een openhangend flanellen hemd en een wit T-shirt haar een tandeloze glimlach toe.

Hier waren de Westminster-klokken opeens heel ver weg.

Maya trok de hordeur open. De scharnieren knarsten. Ze klopte hard op de houten deur.

'Wie is daar?' riep een stem in het huis.

'Mijn naam is Maya Stern.'

'Wat wilt u?'

'Bent u Raisa Mora?'

'Wat wilt u van me?'

'Ik wil u iets vragen over uw zoon Theo.'

De deur zwaaide open. Raisa Mora droeg een serveerstersuniform in een lichte mosterdtint. Haar mascara was doorgelopen. Haar haar, opgestoken in een knotje, was meer grijs dan zwart. Ze liep op kousenvoeten, en Maya stelde zich voor dat ze net was thuisgekomen van een veel te lange werkdag en meteen haar schoenen uit had geschopt.

'Wie bent u?'

'Mijn naam is Maya Stern...' Ze bedacht zich en voegde eraan toe: 'Burkett.'

Die laatste naam trok de aandacht. 'U bent Joe's vrouw.'

'Ja.'

'U bent die soldaat, hè?'

'Dat was ik,' zei Maya. 'Zou ik even mogen binnenkomen?'

Raisa sloeg haar armen over elkaar en leunde tegen de deurpost. 'Maar wat wilt u van me?'

'Ik wil u een paar dingen vragen over de dood van uw zoon Theo.'

'Maar waarom?'

'Alstublieft, mevrouw Mora, u hebt natuurlijk het recht om me dat te vragen, maar ik heb nu geen tijd om het allemaal uit te leggen.

Maar laat ik het zo zeggen: ik betwijfel of we het fijne wel weten over hoe uw zoon om het leven is gekomen.'

Raisa bleef haar enkele seconden aanstaren. 'Uw man is onlangs vermoord. Dat heb ik in de krant gelezen.'

'Ja, dat klopt.'

'Ze hebben twee verdachten gearresteerd. Ook dat heb ik gelezen.'

'Die zijn onschuldig,' zei Maya.

'Ik begrijp er niks van.' De muur waarachter ze zich had verscholen viel niet om, maar er kwamen wel een paar barstjes in. 'Denkt u dat de moord op uw man iets met mijn Theo te maken heeft?'

'Dat weet ik nog niet,' zei Maya op zo vriendelijk mogelijke toon. 'Maar het kan toch geen kwaad om een paar vragen te beantwoorden?'

Raisa's armen bleven over elkaar geslagen. 'Wat wilt u weten?'

'Alles.'

'Kom dan maar binnen. Ik moet echt even gaan zitten.'

De twee vrouwen zaten samen op de bank, die ook betere tijden had gekend, net als, zo te zien, al het andere in het huis. Raisa gaf Maya een familiefoto in een lijstje. De grijstinten waren verbleekt door ouderdom of te veel zonlicht, of wellicht door allebei. Er stonden vijf mensen op de foto. Maya herkende Theo, en de twee kleinere jongens waren waarschijnlijk zijn broertjes. Achter de drie jongens stonden Raisa, die er niet zo veel jonger maar wel een stuk gelukkiger uitzag, en een zwaargebouwde man met een dikke, zwarte snor en een brede glimlach.

'Dat is Javier,' zei Raisa, en ze wees op de man. 'Theo's vader. Hij is twee jaar na Theo's dood overleden. Aan kanker. Tenminste, dat zeiden ze. Maar...'

Javier had een gulle lach, zo een die je van de foto voelt komen en waarvan je je afvraagt hoe die zal klinken als de man hardop zou lachen. Raisa pakte de foto weer van haar aan en zette hem zorgvuldig terug op de plank.

'Javier was vanuit Mexico hiernaartoe gekomen. Ik woonde destijds in San Antonio, was nog maar een meisje en straatarm. We leerden elkaar kennen en... Ach, u wilt dit allemaal niet horen.'

'Nee, nee, ga door.'

'Het maakt ook niet uit,' zei Raisa. 'We kwamen uiteindelijk in Philadelphia terecht omdat Javiers neef hem een baan in de groenverzorging had bezorgd. U weet wel, grasmaaien bij rijke mensen. Dat soort dingen. Maar Javier...' Ze stopte met praten, glimlachte om een herinnering. 'Javier was slim en ambitieus. En hij was goed met mensen. Iedereen mocht Javier. Hij had dat in zich. Begrijpt u wat ik bedoel? Sommige mensen stralen dat uit. Ze trekken mensen naar zich toe. Mijn Javier was zo iemand.'

Maya knikte naar de foto. 'Dat kan ik aan hem zien.'

'Ja, hè?' Haar glimlach vervaagde. 'Maar goed, Javier werkte veel voor families in de Main Line, onder andere ook voor de familie Lockwood.'

'Rector Lockwood?'

'Nee, zijn neef, om precies te zijn. Een of andere steenrijke financier. Hij woonde voornamelijk in New York, maar hij had hier ook een optrekje. Echt zo'n aristocraat, met zijn blonde haar en zijn wijkende kin, maar hij was ook een vriendelijk mens. Hij mocht Javier graag. Ze praatten veel met elkaar. En op een dag had Javier hem over Theo verteld.' Meteen was de pijn weer op haar gezicht te zien. 'Hij was zo'n bijzondere jongen, mijn Theo. Zo intelligent. Geweldig goed in sport. Hij had het allemaal, zoals ze dat zeggen. Zoals alle ouders wilden we dat hij een beter leven zou krijgen dan wij. Javier wilde dat hij naar een betere school zou gaan. Nu bleek dat de Franklin Biddle Academy een paar studiebeurzen beschikbaar stelde, financiële hulp voor minder draagkrachtige leerlingen, al was het alleen maar om te kunnen zeggen dat ze...' Ze stak haar handen op en vormde aanhalingstekens met haar vingers. '... "sociaal" waren. En die Lockwood wilde Javier wel helpen. Dus hij gaat met zijn neef de rector praten en voordat we het wisten... Bent u op die school geweest?'

'Ja.'

'Bespottelijk chic, vond u niet?'

'Ja, zeg dat wel.'

'Maar Javier was zo blij dat Theo ernaartoe mocht. Ik... ik maakte me zorgen om Theo. Want hoe handhaaf je je op een dergelijke school, als je hiervandaan komt? Het is zoiets als – hoe zeg je dat? – die diepzeeduikers die te snel boven water komen? Caissonziekte. Zoiets was het voor mij. Maar ik heb mijn mond gehouden. Ik was niet gek. Ik begreep heus wel wat een prachtkans dit voor Theo was. Dat begrijpt u wel, hè?'

'Ja, natuurlijk.'

'Toen, op een ochtend, Javier was al naar zijn werk...' Raisa Mora vouwde haar handen alsof ze ging bidden, en Maya voelde aan wat er ging komen. 'Ik had avonddienst gehad, dus ik was thuis. Er wordt gebeld.' Haar blik dwaalde af naar de deur. 'Ze bellen je niet. Ze komen naar je huis, u weet wel, alsof Theo in het leger zat, of zoiets. Ik doe open en rector Lockwood staat voor de deur, met nog iemand van de school, ik weet niet meer hoe hij heette. Maar ze staan daar, ik zie die twee gezichten en dan zou je denken dat ik het al zou weten, nietwaar? Ik zie ze daar staan, met die bedroefde gezichten en die neergeslagen blik, en dan zou je toch denken dat ik begreep dat er iets afschuwelijks was gebeurd, dat ik "Nee, nee!" zou roepen en in elkaar zou zakken. Maar zo ging het dus niet. Ik keek ze glimlachend aan, zei: "Goh, wat een leuke verrassing," en ik heb ze binnengelaten. Ik heb ze zelfs gevraagd of ze koffie of iets anders wilden, en toen...' Ze glimlachte wrang. 'Zal ik u eens iets ergs vertellen?'

Volgens Maya had ze dat net gedaan – wat kon er nog erger zijn dan dit? – maar ze knikte.

'Ik hoorde later dat ze alles wat ze tegen me zeiden op tape hebben opgenomen. Op advies van hun advocaat. Terwijl zij me vertelden dat het lijk van mijn jongen door de conciërge in de kelder was gevonden, liep er een bandje mee. Ik begreep niet waar ze het over hadden. "De conciërge?" vroeg ik. Ze zeiden hoe hij heette, alsof dat iets uitmaakte. Theo had te veel gedronken, zeiden ze. Alcoholvergiftiging. Ik zei: "Theo drinkt niet," en ze knikten alsof ze begrepen wat ik bedoelde, dat het altijd de jongens waren die niet wisten wat ze deden, die zich vol drank goten en daaraan overleden. Ze zeiden dat iemand meestal wel gered kon worden als er zoiets was gebeurd, maar Theo was van de trap gevallen en naar de hoek van de kelder gekropen. Niemand had hem gezien, tot de volgende ochtend, en toen was het te laat.'

Het was hetzelfde, bijna woordelijk, als Neville Lockwood haar had verteld.

Waardoor het ingestudeerd klonk.

'Is er autopsie op hem verricht?' vroeg Maya.

'Ja. Javier en ik hebben de lijkschouwer zelf gesproken. Aardige vrouw. We zaten in haar kantoor en ze vertelde ons dat hij aan alcoholvergiftiging was overleden. Ik geloof dat veel jongens die avond dronken zijn geworden. Een of ander feestje dat uit de hand was gelopen. Maar Javier weigerde het te geloven.'

'Wat dacht hij dat er was gebeurd?'

'Dat wist hij niet precies. Hij dacht dat iemand Theo misschien onder druk had gezet, of had gedwongen. U weet wel, de nieuweling op school, een arme jongen, dus de rijke jongens zetten hem onder druk en dwingen hem te veel te drinken. Hij wilde het tot op de bodem uitgezocht hebben.'

'En u?'

'Ik zag het nut er niet van in,' zei ze met een moedeloos schouderophalen. 'Want zelfs als het waar was, kregen we er Theo niet mee terug. Bovendien gebeurt het overal, waar of niet? Kinderen die in deze buurt opgroeien worden op allerlei manieren op de proef gesteld. Dus wat heeft het voor zin? Bovendien... Ik weet dat het niet goed is, maar we moesten ook rekening houden met het geld.'

Maya begreep wat ze bedoelde. 'Had de school u geld aangeboden?'

'Ziet u die twee andere jongens op de foto?' Ze veegde een traan uit haar ooghoek en zette haar borst op. 'Dat is Melvin. Hij is nu docent op Stanford. Amper dertig jaar oud en docent aan een universiteit. En Johnny, de jongste, zit op de medische faculteit van Johns Hopkins. De school heeft ervoor gezorgd dat onze jongens nooit voor hun opleiding hoeven te betalen. Ze hebben Javier en mij ook een geldbedrag gegeven. Maar dat hebben we op een spaarrekening voor de jongens gezet.'

'Mevrouw Mora, herinnert u zich Theo's kamergenoot op Franklin Biddle?'

'Bedoelt u Andrew Burkett?'

'Ja.'

'Zou hij nu niet uw zwager zijn geweest? De arme jongen.'

'Dus u weet wie hij is?'

'Ja, natuurlijk. Ze waren allemaal op Theo's begrafenis. Al die knappe, deftige jongens met hun blauwe blazers, hun schooldas en hun golvende blonde haar. Allemaal exact hetzelfde gekleed en keurig in de rij om ons hun condoleances aan te bieden, als rijkeluisrobotjes. Maar Andrew was anders.'

'Op welke manier?'

'Hij was zo verdrietig. Ik bedoel écht verdrietig. Niet zoals die andere jongens, die het koeltjes afhandelden alsof het ze opgedragen was.'

'Waren ze close? Andrew en Theo?'

'Ja, dat denk ik wel. Theo zei altijd dat Andrew zijn beste vriend was. Toen Andrew kort daarna van die boot viel... ik bedoel, ik heb gelezen dat het een ongeluk was. Maar dat wilde er bij mij niet in. Die arme jongen had zijn beste vriend verloren en amper twee maanden later valt hij van een boot?' Ze trok haar ene wenkbrauw op en keek Maya aan. 'Het was geen ongeluk, hè?'

Maya zei: 'Nee, volgens mij niet.'

'Javier vermoedde dat al. We zijn naar Andrews begrafenis geweest, wist u dat?'

'Nee.'

'Ik weet nog dat ik tegen Javier zei: "Andrew was echt kapot van verdriet van Theo's dood." Ik vroeg me oprecht af of hij van verdriet was gestorven, begrijpt u wat ik bedoel? Dat hij zo veel verdriet had dat hij uiteindelijk van die boot is gesprongen?'

Maya knikte.

'Maar Javier geloofde dat niet.'

Raisa keek naar haar gevouwen handen. 'Javier zei: "Verdriet doet dat niet met een mens. Schuldgevoel wel."'

Er viel een stilte.

'Want ziet u, Javier kon het niet aan wat er was gebeurd. Hij zei dat de schikking bloedgeld was. Ik zag dat anders. Zoals ik al zei was het best mogelijk dat die rijke jongens Theo een beetje hadden gepusht, maar ik denk dat Javier vooral zo boos was omdat hij het zichzelf verweet. Hij was degene die Theo had aangespoord om naar een school te gaan waar hij eigenlijk niet thuishoorde. En, moge God me vergeven, ik verweet het hem ook. Ik heb geprobeerd het te verbergen, maar ik denk dat Javier het altijd in mijn ogen heeft gezien. Ook toen hij ziek werd en ik hem verzorgde. Ook toen hij op zijn bed lag, mijn hand vastpakte en stierf. Zelfs toen zag Javier het in mijn ogen... en dat was het laatste wat hij ooit heeft gezien.'

Ze deed haar hoofd achterover en veegde een traan weg met haar wijsvinger.

'Dus misschien had Javier wel gelijk. Misschien is Andrew Burkett niet van verdriet gestorven. Misschien was het schuldgevoel.'

Ze zaten enige tijd zwijgend op de bank. Maya draaide zich naar haar toe en pakte Raisa's hand vast. Dat was niets voor haar. Zo'n gebaar maakte Maya zelden. Toch voelde het goed.

Na een tijdje zei Raisa: 'Uw man is een paar weken geleden vermoord.'

'Ja.'

'En nu bent u hier.'

Maya knikte.

'Dat is geen toeval, hè?

'Nee,' zei Maya, 'dat is geen toeval.'

'Wie heeft mijn jongen gedood, mevrouw Burkett? Wie heeft mijn Theo vermoord?'

Maya zei tegen Raisa Mora dat ze die vraag niet kon beantwoorden.

Maar ze begon te vermoeden dat ze het misschien wel wist.

26

Toen Maya weer in de auto zat, bleef ze een tijdje door de voorruit naar buiten staren. Het liefst had ze haar hoofd op het stuur gelegd om een potje te huilen. Maar daar had ze geen tijd voor. Ze checkte haar telefoon. Nog twee telefoontjes van Leather & Lace. Ze hadden haar wel heel dringend nodig. Maya besloot het protocol te negeren. Ze belde het nummer terug en vroeg naar Lulu.

'Wat kan ik voor je doen?' vroeg Lulu.

'Hou op met dat geheimzinnige gedoe. Ik zit in Philadelphia.'

'Een van onze beste meisjes heeft zich ziek gemeld, dus we hebben vanavond een werkplek voor je. Als je die wilt, moet je je zo snel mogelijk melden.'

Maya deed haar best niet met haar ogen te rollen. 'Oké, ik kom eraan.'

Met haar telefoon googelde ze Christopher Swain, de reserveaanvoerder van het voetbalteam, die die avond op het jacht was geweest. Hij werkte in Manhattan, voor een bedrijf met de verrassende naam Swain Real Estate. De familie Swain had talloze kantoren in alle vijf de wijken van New York. Geweldig. Weer zo'n superrijke bij wie ze langs moest. Ze vond zijn e-mailadres op de website van oud-leerlingen van Franklin Biddle en stuurde hem een kort bericht.

Mijn naam is Maya Burkett. Joe Burkett was mijn man. Ik moet je dringend spreken. Neem alsjeblieft zo snel mogelijk contact met me op.

Ze sloot het bericht af met haar contactgegevens.

Twee uur later reed ze het parkeerterrein voor personeel van Leather & Lace op. Ze wilde net uitstappen toen het portier aan de passagierskant werd geopend, Corey instapte en meteen onder het dashboard dook.

'Rijden,' fluisterde hij.

Maya aarzelde geen moment. Ze zette de auto in zijn achteruit en was binnen een paar seconden het parkeerterrein weer af.

'Wat is er mis?' vroeg ze toen ze de weg op draaide.

'We gaan een eindje rijden.'

'Waarnaartoe?'

Hij gaf haar een adres in Livingston, aan Route 10.

'Livingston,' zei Maya. 'Dus het heeft iets met Tom Douglass te maken, mag ik aannemen?'

Corey bleef achteromkijken.

'We worden niet gevolgd,' zei ze.

'Weet je het zeker?'

'Ja.'

'Ik moest daar weg. Ze mogen het niet weten.'

Maya vroeg niet waarom niet. Dat was haar zorg niet. 'Waar gaan we naartoe?'

'Ik heb Tom Douglass' e-mail gehackt.'

'Jij zelf?'

Vanuit haar ooghoek zag ze hem glimlachen. 'Je denkt waarschijnlijk dat ik massa's personeel heb.'

'Ik weet dat je veel... "Volgers" lijkt me niet het goede woord. "Fans", kunnen we beter zeggen.'

'Totdat ze weer iets nieuws vinden. Ik kan niet op ze vertrouwen.

Voor die mensen ben ik gewoon een hype. Het kan morgen weer iemand anders zijn. Mensen zijn zo vluchtig. Herinner je je Kony 2012? Dus ja, het meeste werk doe ik zelf.'

Maya probeerde terug te komen op het eerdere gespreksonderwerp. 'Dus je hebt Tom Douglass' e-mails gelezen?'

'Ja. Hij gebruikt nog steeds AOL, geloof het of niet. Die gast loopt echt twintig jaar achter. Hij doet trouwens weinig met e-mail. Hij heeft al bijna een maand niks verstuurd of ontvangen.'

Maya zwenkte naar rechts en reed de snelweg op. 'Zo lang wordt hij ongeveer vermist, zei zijn vrouw.'

'Precies. Maar eerder vandaag kreeg Douglass een e-mail van ene Julian Rubinstein over een openstaande rekening. Uit de tekst begreep ik dat Douglass een opslagruimte bij hem huurt, achter een stripshop in Livingston.'

'Een stripshop voor auto's?'

'Dat denk ik, ja.'

'Vreemde plek voor een opslag,' zei ze.

'Ik heb geen automatische betalingen per creditcard gevonden, geen overeenkomst, helemaal niks op schrift. Dus hij betaalde die gast contant.'

Om het buiten de boeken te houden, dacht Maya.

'Dus ik denk dat Douglass zijn laatste huur niet heeft betaald,' zei Corey. 'En dat Julian Rubinstein hem een mailtje heeft gestuurd om hem daaraan te herinneren. De toon was heel vriendelijk, hoor. "Hé Tom, lang niet gezien. Hoor eens, je loopt achter." Zoiets was het.'

Maya's handen klemden zich vaster om het stuur. Dit klonk als iets wat belangrijk kon zijn. 'Hoe wil je het aanpakken?'

Corey tilde de sporttas op die hij bij zich had. 'Bivakmutsen, zaklantaarns en een betonschaar.'

'We zouden ook gewoon aan zijn vrouw kunnen vragen of we er mogen kijken.'

'Als ze er sleutels van heeft,' zei hij. 'Of stel dat ze nee zegt.'

Daar had hij een punt.

'Er is nog iets anders, Maya.'

De toon waarop hij het zei beviel haar niet.

'Ik heb niet tegen je gelogen, maar ik moest zeker weten of ik je kon vertrouwen. Dat begrijp je wel, hè?'

'Huh,' zei Maya.

Ze remde voor een rood stoplicht, keek hem van opzij aan en wachtte.

'Ik heb je niet alles verteld.'

'Vertel het me nu dan,' zei ze.

'Je zus.'

'Wat was er met mijn zus?'

'Ze had me meer materiaal over EAC Pharmaceuticals gestuurd dan ik je heb verteld.'

Maya knikte. 'Ja, dat vermoedde ik al.'

'Hoezo?'

Ze vond het op haar beurt niet nodig om hem alles te vertellen. 'Je wist dat de Burketts iets onwettigs deden, maar je had geen specifieke informatie. Tenminste, dat zei je. Daarna begon je opeens over EAC Pharmaceuticals, waardoor ik wist dat ze je meer gegeven moest hebben.'

'Oké. Maar zie je, wat zij ons had gegeven, was niet genoeg. We konden wel lekken wat we hadden, maar als we dat deden, nou, dan zouden zij de tijd krijgen om de rest onder het tapijt te vegen. Het was gewoon te vroeg in het onderzoek om het al openbaar te maken. We hadden meer nodig.'

'Dus Claire bleef verder zoeken.'

'Ja.'

'En toen kwam ze uit bij Tom Douglass.'

'Precies. Alleen zei Claire erbij dat hij niks met EAC Pharmaceuticals te maken had. Ze was iets anders op het spoor, iets groters.'

Het licht sprong op groen. Maya gaf rustig gas en reed door. 'Maar toen Claire was vermoord, had je toch op z'n minst openbaar kunnen maken wat ze voor je had gevonden?'

'Maar dat zeg ik net, het was niet genoeg. Maar wat nog belangrijker was, ik wilde weten hoe het met de Tom Douglass-connectie zat. Claire leek die belangrijker te vinden dan de nepmedicijnen van EAC. Dus als ik openbaar maakte wat ik op dat moment wist, was ik bang dat zij alles snel in de doofpot zouden stoppen. Ik wilde er meer over weten.'

'Dus toen Claire dood was,' zei Maya, 'heb je mij aan het graven gezet.'

Hij sprak haar niet tegen.

'Je bent me er een, Corey.'

'Ik kan soms wat manipulatief zijn, geef ik toe.'

'Dat is een net woord voor wat je bent.'

'Het is voor een goede zaak.'

'Ja, ja. Maar waarom vertel je het me nu wel?'

'Omdat er iemand is gestorven aan die nepmedicijnen. Een jongetje van drie in India. Hij had koorts door een infectie. Ze begonnen hem te behandelen met de EAC-versie van amoxicilline. Dat had geen effect. Tegen de tijd dat de arts van antibiotica veranderde, was het te laat. Het jongetje raakte in coma en stierf.'

'Wat vreselijk,' zei Maya. 'Hoe ben je dat te weten gekomen?'

'Van iemand in het ziekenhuis. Een arts, die anoniem wil blijven, maar die klokkenluider wil worden. Hij beschikt over gedetailleerde informatie, heeft geluids- en video-opnames gemaakt en heeft zelfs een paar weefselmonsters achterovergedrukt. Maar ook dat, opgeteld bij wat Claire me heeft verteld... Het is nog steeds niet genoeg, Maya. De Burketts zullen de schuld afschuiven op het Indiase management van het farmaciebedrijf. Ze zullen zich verschuilen achter dure advocaten die weten hoe ze een rookgordijn moeten optrekken. Misschien lopen ze wat schade op. Misschien kost het ze een paar miljoen, of een paar honderd miljoen, maar...'

'Jij denkt dat ze Tom Douglass als hun grootste bedreiging zien.'

'Ja, dat denk ik.' Ze hoorde een lichte trilling in zijn stem. 'Claire dacht dat ook.'

'Jij geniet hiervan, hè?' zei Maya.

'Heb jij nooit genoten van de strijd?'

Ze gaf geen antwoord.

'Dat betekent niet dat ik het niet serieus neem. Maar inderdaad, ik vind dit opwindend.'

Maya gaf richting aan en sloeg rechts af. 'Voelde je dat ook toen je mijn helikoptervideo kreeg? Opwinding?'

'Als ik heel eerlijk ben? Ja.'

Ze zwegen enige tijd. Maya reed door. Corey draaide aan de knop van de autoradio. Na ongeveer een half uur nam ze de afslag naar de Eisenhower Parkway. Volgens de gps waren ze minder dan een kilometer van hun doel verwijderd.

'Maya?'

'Ja?'

'Je bent nog steeds bevriend met veel van je maten uit het leger. Met Shane Tessier, onder anderen.'

'Heb je mij ook doorgelicht?'

'Tot op zekere hoogte.'

'Waar wil je naartoe, Corey?'

'Weet iemand van je vrienden wat er op het geluidsspoor van die helikoptervideo staat? Ik bedoel...'

'Ik weet wat je bedoelt,' zei ze op scherpe toon. En daarna: 'Nee.'

Hij wilde er nog iets over vragen, maar Maya snoerde hem de mond door te zeggen: 'We zijn er.'

Ze sloeg links af en zodra ze de onverharde weg op reed, begon ze onmiddellijk te zoeken naar beveiligingscamera's. Nergens een te zien. Ze stopte op honderd meter afstand van JR's Body Shop.

Corey gaf haar een bivakmuts. Ze schudde haar hoofd. 'Zonder muts vallen we minder op. Het is donker. We zijn gewoon een stel dat na sluitingstijd hun auto komt ophalen.'

'Ik moet extra voorzichtig zijn,' zei Corey.

'Dat weet ik.'

'Niemand mag me zien.'

'Met je baardje en je pet op herkent niemand je. Pak die betonschaar en kijk omlaag.'

Hij aarzelde.

'Of wacht hier, dan doe ik het.'

Ze opende het portier en stapte uit. Corey vond het maar niks, maar hij pakte de betonschaar en kwam haar achterna. Ze zeiden niets tijdens het lopen. Het was inmiddels helemaal donker, maar Maya knipte de zaklantaarn niet aan. Ze bleef om zich heen kijken. Geen camera's. Geen andere beveiliging. Zelfs geen huizen.

'Interessant,' zei Maya.

'Wat?'

'Dat Tom Douglass juist deze plek heeft gekozen voor een opslag.'

'Hoezo?'

'Er is een CubeSmart-verhuur verderop aan deze weg. En een Public Storage. Allebei heel toegankelijk en met bewakingscamera's en zo. Maar Tom Douglass wilde dat blijkbaar niet.'

'Misschien omdat hij van de oude stempel is.'

'Dat zou kunnen,' zei Maya. 'Of hij wil echt niet dat iemand ervan weet. Als je erover nadenkt... Jij hebt de afschriften van zijn creditcards gezien. Als hij een normale opslagfaciliteit had gehuurd, was je de betalingen, per cheque of creditcard, op zijn afschriften tegengekomen. Blijkbaar wilde hij dat niet.'

De betonnen buitenwanden van JR's Body Shop waren in een warme, eigele tint geschilderd. De twee grote garagedeuren waren dicht. Maya kon de hangsloten al van een afstand zien. Het gras was lang niet gemaaid, áls het ooit werd gemaaid. Verroeste delen van auto's lagen over het terrein verspreid. Maya en Corey liepen door naar de achterkant, waar ze stuitten op een soort autokerkhof. Maya zag een gedeukte Oldsmobile Cutlass Ciera uit de jaren negentig, die ooit wit was geweest, dezelfde auto die haar vader vroeger had gehad, en haar gedachten gingen terug naar de dag dat hij die had gekocht. Pa die de straat in kwam rijden en zij die in de voortuin stonden te wachten. Pa die een tik op de claxon gaf, met een scheve glimlach op zijn gezicht, ma die voorin instapte en Claire en zij die op de achterbank doken. Het was geen blitse auto, verre van dat, maar pa was er dolblij mee geweest, en nu Maya deze Oldsmobile zag, vroeg ze zich zonder het te willen af, hoe stompzinnig het misschien ook was, of dit niet dezelfde auto was die haar vader destijds zo gelukkig had gemaakt, en besefte ze dat elke auto op deze schroothoop ooit gloednieuw en glimmend had rondgereden, de inzittenden vol hoop, verwachting en opwinding, om uiteindelijk in stukken te eindigen op dit kerkhof aan de Route 10.

'Alles oké met je?' vroeg Corey.

Zonder iets te zeggen liep ze door. Ze knipte haar zaklantaarn aan. Het terrein had een oppervlakte van tachtig tot honderd vierkante meter en helemaal achteraan, bij de rechterhoek, deels aan het zicht onttrokken door een oude Chevy-bus, zag Maya twee schuurtjes, van het soort dat je bij Home Depot of Lowe's kunt kopen om je tuingereedschappen in te bewaren.

Ze wees ze aan met het licht van haar zaklantaarn. Corey keek en knikte. Zwijgend liepen ze door, waarbij ze hun voeten hoog optilden vanwege de wieldoppen, motoronderdelen en autoportieren die ze op hun pad tegenkwamen.

De schuurtjes waren maar klein, hooguit anderhalve meter hoog en een meter breed. Maya vermoedde dat ze van watervast board waren gemaakt, of van een of andere soort weerbestendig plastic. Het waren van die dingen die je zelf in minder dan een uur in elkaar kon zetten. Op beide schuurtjes zat een hangslot.

Ze liepen door, maar toen ze de schuurtjes tot een meter of tien waren genaderd, bleven Maya en Corey staan omdat ze allebei, op precies hetzelfde moment, de stank hadden geroken.

Corey keek Maya met een van afschuw vertrokken gezicht aan. Maya knikte alleen maar.

'O nee,' zei Corey.

Corey wilde zich meteen omdraaien en wegrennen.

'Niet doen,' zei Maya.

Corey bleef staan.

'Als we nu op de vlucht slaan, vestigen we alleen maar de aandacht op onszelf,' zei ze.

'We weten niet eens wat het is dat zo stinkt. Misschien is het wel een dood beest.'

'Misschien.'

'Maar in elk geval gaan we nu weg.'

'Nee, jij gaat weg, Corey.'

'Wat?'

'Ik blijf hier. Ik ga de deur openmaken. Ik kan wel tegen de stank. Jij niet. Dat merk ik nu al. Bovendien word je gezocht. Dus ga maar gauw. Ik zal tegen niemand zeggen dat je hier bent geweest.'

'Wat ga je dan zeggen?'

'Maak je daar maar geen zorgen over. Ga nu maar.'

'Maar ik wil weten wat je hebt gevonden.'

Maya begon genoeg te krijgen van zijn besluiteloosheid. 'Dan moet je nog even blijven.'

De betonschaar ging door het slot als een mes door de warme boter. De deur vloog open en er viel een menselijke arm naar buiten.

'O mijn god,' zei Corey.

Hij deinsde achteruit en begon te kokhalzen. Maya bleef staan waar ze stond.

De rest van het lijk zakte langzaam naar buiten. Maya zag dat het in slechte staat verkeerde. Delen van het gezicht begonnen al te ontbinden, maar als ze afging op de foto's die ze had gezien, en op de lichaamslengte en het grijze haar, moest het Tom Douglass zijn. Ze deed een stap naar het lijk toe.

'Wat ga je doen?'

Ze nam niet de moeite om antwoord te geven. Het was niet zo dat lijken haar niets meer deden nadat ze er al zo veel had gezien. Maar ze maakten haar niet meer zo erg aan het schrikken als vroeger. Ze keek achter het lijk in het schuurtje. Niets te zien.

Corey begon weer te kokhalzen.

'Ga nou,' zei ze.

'Hoezo?'

'Als je hier overgeeft, vindt de politie je braaksel. Smeer hem. Nu meteen. Loop terug naar de snelweg, bel Lulu of laat je door iemand anders ophalen.'

'Ik vind het geen prettig idee om jou hier alleen achter te laten.'

'Ik ben niet in gevaar. Jij wel.'

Hij keek naar links. Hij keek naar rechts. 'Weet je het zeker?'

'Ja. Wegwezen.'

Ze liep naar het andere schuurtje, knipte het slot door en keek naar binnen.

Ook leeg.

Toen ze omkeek was Corey al weggelopen, zigzagde hij op wankele benen langs het schroot naar de weg. Ze wachtte tot hij uit het zicht was verdwenen. Maya keek op haar horloge. Ze veegde haar vingerafdrukken van de betonschaar en verstopte die in de Oldsmobile. Zelfs als ze hem vonden zou dat niets bewijzen. Voor de zekerheid wachtte ze nog eens twintig minuten.

Toen belde ze het alarmnummer van de politie.

27

Maya had een verhaal bedacht en daar bleef ze bij.

'Ik had een tip gekregen, die me hiernaartoe bracht. Toen ik hier aankwam, was het slot al geforceerd. Er hing een arm naar buiten. Ik heb de deur nog wat verder geopend. Daarna heb ik meteen het alarmnummer gebeld.'

De politie vroeg wat voor tip dat was. Een anonieme, zei Maya. Ze vroegen waar haar interesse in deze zaak op berustte. Ze koos op dit punt voor de waarheid, want die zouden ze toch wel te horen krijgen van Tom Douglass' weduwe. Haar zus Claire, die was vermoord, had Tom Douglass niet lang voor haar dood gesproken, en Maya wilde weten waarover dat ging.

De vragen bleven in allerlei versies op haar afgevuurd worden. Ze zei dat ze iemand moest regelen om haar kind bij het dagverblijf op te halen. Dat mocht van de politie. Ze belde Eddie en legde de situatie in het kort uit.

'Alles oké met je?' vroeg Eddie.

'Ja.'

'Dit moet met Claires dood te maken hebben, hè?'

'Ja.'

'Ik zal Lily meteen gaan halen.'

Maya belde Growin' Up via Skype en legde, omringd door de diverse politiemensen, uit dat Lily's oom Eddie haar vandaag zou komen ophalen. Maar juf Kitty was niet van plan dat zomaar te accepteren. Maya moest zich in allerlei bochten wringen en er moesten nog een paar telefoontjes gepleegd worden voordat ze er helemaal van overtuigd was dat alles voor honderd procent in orde was. Maya was eigenlijk wel blij met deze overdreven voorzorgsmaatregelen.

Na nog twee uur lang vragen van de politie beantwoorden had Maya er schoon genoeg van. 'Gaan jullie me arresteren?'

De leider van het onderzoek was een rechercheur van bureau Essex County, waar ze haar mee naartoe hadden genomen. Hij had een enorme helm van krullend haar en lange, opkrullende wimpers, en zei: 'We kunnen u arresteren voor het onbevoegd betreden van het terrein.'

'Doe dat dan,' zei Maya, en ze hield hem haar handen voor, met de polsen tegen elkaar. 'Ik moet nu echt naar huis, naar mijn dochter.'

'U bent een verdachte in deze zaak.'

'O, en waar word ik precies van verdacht?'

'Wat dacht u? Van moord, natuurlijk.'

'Op grond waarvan?'

'Waarom bent u vanavond naar die sloperij gegaan?'

'Dat heb ik al verteld.'

'De echtgenote van het slachtoffer had u verteld dat hij werd vermist, is dat juist?'

'Ja.'

'Vervolgens krijgt u een tip van een mysterieuze bron dat u in dit schuurtje moet gaan kijken.'

'Dat is juist.'

'Wie was die mysterieuze bron?'

'Die was anoniem.'

'Telefonisch?' vroeg de rechercheur.

'Ja.'

'Vast of mobiel?'

'Vast.'

'We zullen uw telefoongegevens checken.'

'Doe dat. Maar tot het zover is... het is al laat.' Ze wilde opstaan van haar stoel. 'Dus als dit alles is voor vanavond...'

'Wacht.'

Maya herkende de stem en vloekte binnensmonds.

Inspecteur Roger Kierce van de NYPD kwam binnen, met zijn gebruikelijke holbewonersloopje, waarbij zijn bovenarmen bijna horizontaal op zijn brede bovenlichaam stonden.

'Wie ben jij?' vroeg de rechercheur.

Kierce liet hem zijn penning zien en zei hoe hij heette. 'Ik doe het onderzoek naar de moord op Joe Burkett, mevrouw Sterns echtgenoot. Hebben jullie al een doodsoorzaak van dit slachtoffer?'

De rechercheur keek argwanend naar Maya en daarna weer naar Kierce. 'Misschien kunnen we dat beter onder vier ogen bespreken?'

'Een doorgesneden keel, zo te zien,' zei Maya. Beide politiemannen keken haar aan. 'Hé, ik moet nu echt naar huis. Ik probeer jullie tijd te besparen.'

Kierce trok een gezicht en wendde zich weer tot de rechercheur.

'We hebben een vleeswond dwars over de keel geconstateerd,' zei de rechercheur, 'maar meer weten we nog niet. De lijkschouwer zal ons morgenochtend uitsluitsel geven.'

Kierce pakte de stoel naast die van Maya, draaide hem met de leuning naar voren en ging er met veel vertoon op zitten. Maya observeerde hem en dacht aan wat Caroline had gezegd over het smeergeld dat Kierce van de Burketts zou krijgen. Was het waar? Ze betwijfelde dat, maar waar of niet, dit leek haar niet het juiste moment om hem ernaar te vragen.

'Ik zou mijn advocaat nu kunnen bellen,' zei Maya. 'We weten alle drie dat jullie niet genoeg hebben om me hier vast te houden.'

'We stellen uw medewerking in deze kwestie zeer op prijs,' zei Kierce zonder ook maar een sprankje oprechtheid. 'Maar voordat u gaat... Kijk, misschien hebben we alles wel verkeerd beoordeeld.'

Hij wachtte tot ze zou happen.

'Wat hebben "we" precies verkeerd beoordeeld, inspecteur?'

Kierce legde zijn handen op de rugleuning van de stoel. 'Nou, u blijft wel over de lijken struikelen, is het niet?'

Eddies woorden: *De dood achtervolgt je, Maya...*

'Eerst uw man. Nu die privédetective.'

Hij glimlachte naar haar.

'Probeert u iets te insinueren, inspecteur Kierce?'

'Ik zeg het alleen maar. U bent met uw man in het park en hij komt om het leven. Dan gaat u naar die sloperij om daar god weet wat te doen en Tom Douglass is dood. Wat is de gemeenschappelijke factor in deze twee dingen?'

'Laat me raden,' zei Maya. 'Ik?'

Kierce haalde zijn schouders op. 'U kunt niet ontkennen dat het opvalt.'

'Nee, dat kan ik niet. Dus wat is uw conclusie, inspecteur? Dat ik ze allebei heb vermoord?'

Kierce haalde zijn schouders weer op. 'Zegt u het me maar.'

Maya stak haar handen op alsof ze zich overgaf. 'Ah, u hebt me in de tang. Te oordelen naar de staat van het lijk heb ik Tom Douglass al weken geleden vermoord. Vervolgens heb ik zijn lijk in dat schuurtje gepropt, ben ik om een of andere duistere reden naar zijn vrouw gegaan om naar hem te informeren en tot slot – help eens mee, inspecteur – ben ik naar die sloperij gegaan om zelf het lijk te ontdekken en me als verdachte aan de politie aan te bieden?'

Kierce zat op zijn stoel en zei niets.

'En het verband tussen mij en de dood van mijn man is natuurlijk ook overduidelijk. Want ik ben zo stom om op plaatsen delict rond te hangen aangezien dat de beste manier is om te bewijzen dat je onschuldig bent, is dat het? O, en in het geval van Joe is het me zelfs gelukt – want wauw, wat ben ik goed – om de revolver te bemachtigen die is gebruikt om mijn zus te vermoorden, ook al was ik niet eens in de vs toen dat gebeurde, en heb ik die gebruikt om hem te vermoorden. Zit het zo in elkaar, inspecteur Kierce? Of ben ik iets vergeten?'

Kierce zei nog steeds niets.

'Want als u probeert te bewijzen dat ik die twee... Of wacht, heb ik mijn zus ook niet vermoord? O, nee, u hebt me al verteld dat ik dat niet gedaan kan hebben omdat u weet dat ik toen ons land diende in het Midden-Oosten. Maar als u dit allemaal probeert te bewijzen, misschien moeten we uw relatie met de familie Burkett dan ook eens onder de loep nemen.'

Opeens was Kierce weer een en al aandacht. 'Waar heb je het over?'

'Laat maar zitten.' Maya stond op en liep naar de deur. 'Hoor eens, als jullie je tijd willen verspillen, ga gerust je gang. Ik ga mijn dochter ophalen.'

Ze hadden haar auto in beslag genomen.

'Hebben jullie daar een gerechtelijk bevel voor?' vroeg Maya.

De rechercheur met het krullende haar liet het haar zien.

'Dat is snel,' zei ze.

De rechercheur haalde zijn schouders op.

Kierce zei: 'Ik breng je wel thuis.'

'Nee, bedankt.'

Maya belde een taxi met haar smartphone. Die arriveerde tien minuten later. Zodra ze thuis was stapte ze over in de andere auto, die van Joe, en reed naar het huis van Claire en Eddie.

Eddie deed al open voordat ze bij de deur was. 'En?'

Ze bleef buiten staan en vertelde hem wat er die avond was gebeurd. Als ze langs Eddie heen keek, kon ze Alexa met Lily zien spelen. Het waren zulke geweldige kinderen, Alexa en Daniel, bedacht Maya. En als je geweldige kinderen had, moest je bijna wel goede ouders geweest zijn. Was dat allemaal alleen aan Claire te danken? Wie zou Maya uiteindelijk het meest vertrouwen als het om het grootbrengen van haar dochter ging?

'Eddie?'

'Ja?'

'Ik heb iets voor je verzwegen.'

Hij keek haar aan.

'Philadelphia betekende wel iets voor me. Andrew Burkett zat daar vroeger op school.' Ze gaf Eddie een samenvatting van het verband dat ze had ontdekt. Ze overwoog nog een stap verder te gaan en hem te vertellen dat ze Joe op de beelden van de nannycam had gezien, maar ze had niet het idee dat dat iets bijdroeg aan het gesprek van dit moment.

'Dus,' zei Eddie toen ze uitgepraat was, 'we hebben drie moorden.' Hij bedoelde Claire, Joe en de pas ontdekte Tom Douglass. 'En de enige connectie, voor zover ik kan zien, is Andrew Burkett.'

'Ja,' zei Maya.

'Dan is het duidelijk, nietwaar, Maya? Er moet iets op dat jacht gebeurd zijn. Iets wat zo erg was dat het nu, al die jaren later, nog steeds slachtoffers maakt.'

Maya knikte.

'Wie was er toen nog meer bij?' vroeg Eddie. 'Wie was er die avond nog meer op dat jacht?'

Ze dacht aan de e-mail die ze aan Christopher Swain had gestuurd. Tot nu toe had ze geen reactie gehad. 'Alleen wat familie en vrienden.'

'Wie van de Burketts waren aan boord?' vroeg Eddie.

'Andrew, Joe en Caroline.'

Eddie wreef over zijn kin. 'Twee van de drie zijn dood.'

'Ja.'

'Dus dan blijft...'

'Caroline was nog maar een kind. Hoe had ze dat moeten doen?' Maya keek weer naar binnen. Zo te zien begon Lily slaap te krijgen. 'Het is al laat, Eddie.'

'Ja, oké.'

'En we moeten je op de afhaallijst van Lily's kinderdagverblijf zetten,' zei Maya. 'Ze staan niet toe dat jij haar weer meeneemt voordat we dat persoonlijk hebben gedaan.'

'Ja, dat zei juf Kitty ook al. We moeten er samen naartoe om een foto te laten maken en mijn legitimatie te laten zien en zo.'

'Misschien kunnen we dat morgen doen, als je tijd hebt.'

Eddie keek om naar Lily, die met slaperige oogjes handjeklap zat te spelen met Alexa. 'Dat zal wel lukken.'

'Dank je, Eddie.'

Ze brachten Maya en Lily met z'n drieën – Eddie, Alexa, en Daniel kwam ook mee – naar de auto. Lily probeerde nog wel even te protesteren, maar ze was te moe om er de gebruikelijke overtuiging in te leggen. Tegen de tijd dat Maya haar in haar stoeltje had geïnstalleerd, waren haar ogen al dichtgevallen.

Tijdens de rit naar huis probeerde Maya de dood van zich af te schudden, maar dat was natuurlijk gemakkelijker gezegd dan gedaan. Eddie had gelijk. Wat er nu gebeurde, moest voortkomen uit wat er zeventien jaar geleden op dat jacht had plaatsgevonden. Dat was natuurlijk bizar, maar het was wel waar. Ze verlangde weer naar de eenvoud van Ockhams scheermes, maar misschien had ze in dit geval meer baat hij de wat pragmatischer aanpak van sir Arthur Conan Doyle en zijn personage Sherlock Holmes: 'Als je al het onmogelijke elimineert, zou wat overblijft, hoewel nog onbewezen, de waarheid moeten zijn.'

Ze zeggen dat je het verleden niet kunt begraven. Dat was waarschijnlijk waar, maar wat er eigenlijk werd bedoeld, was dat trauma blijft natrillen en echoën, of op de een of andere manier blijft voortbestaan. Het verschilde niet zo veel van wat Maya nog steeds ervoer. Het trauma van die helikopteraanval echode en trilde ook nog steeds na, al was het alleen maar in Maya zelf.

Dus ze moest terug in de tijd. Wat was het allereerste trauma, dat de rest in gang had gezet?

Sommigen zouden zeggen dat het die nachtelijke gebeurtenis op dat jacht moest zijn, maar daar was het niet begonnen.

Waar dan wel?

Ga zo ver mogelijk terug. Daar zijn de antwoorden meestal te vinden. En in dit geval kwam Maya dan uit bij de Franklin Biddle Academy en de dood van Theo Mora.

Het huis voelde opvallend leeg en eenzaam toen Maya het binnenging. Normaliter vond ze dat juist prettig, maar vanavond niet. Lily was nog steeds groggy, meer in slaap dan wakker, ook toen Maya haar in bad deed en verschoonde. Maya had stiekem gehoopt dat Lily wakker zou worden, zodat ze nog even samen op de bank konden zitten, maar dat gebeurde niet. Lily's ogen bleven dichtvallen. Maya bracht haar naar bed en stopte haar in.

'Hé, liefje, wil je nog een verhaaltje?'

Maya hoorde de gretigheid in haar eigen stem, maar Lily reageerde niet.

Ze bleef naast het bedje staan en keek naar haar dochter. Even voelde ze zich heel normaal en genoot ze ervan. Ze wilde hier blijven, in deze kamer, dicht bij haar dochter. Of het de zwijgende wachter in haar was, of de moeder die bang was om alleen te zijn, kon ze nu niet zeggen. Maakte het iets uit? Ze pakte een stoel en zette die naast de kast bij de slaapkamerdeur. Ze ging erop zitten en bleef lange tijd naar Lily staren. Er kwamen allerlei emoties in haar los, die als golven op het strand spoelden. Ze probeerde ze niet tegen te houden of er een betekenis aan te hechten. Ze liet ze gewoon hun gang gaan, zonder ze te storen.

Er daalde een merkwaardig vredig gevoel op haar neer.

Ze had geen reden om al naar bed te gaan. De geluiden zouden weer tot leven komen als ze dat deed. Maya wist dat. Dus die mochten zich nog een tijdje stilhouden. Ze wilde hier gewoon blijven zitten en naar Lily kijken. Was dat niet veel vrediger en rustgevender dan in die nachtmerrieachtige tredmolen in haar hoofd stappen?

Maya wist niet precies hoeveel tijd er verstreek. Een uur, of misschien wel twee uur. Ze vond het vreselijk om de kamer uit te gaan, al was het maar voor even, maar ze moest een blocnote en een pen gaan halen. Ze deed het zo snel als ze kon, opeens bang om haar dochter ook maar een minuut uit het oog te verliezen. Toen ze terugkwam in Lily's kamer, ging ze op dezelfde stoel bij de deur zitten en begon ze de brieven te schrijven. De pen voelde vreemd onwennig in haar hand. Ze schreef zelden nog met een pen. Wie wel? Je typte al je communicatie op een laptop en klikte op een icoontje om die te versturen.

Maar vanavond niet. Niet hiervoor.

Ze was net klaar met schrijven toen haar mobiele telefoon trilde. Ze keek op het schermpje en nam het gesprek meteen aan toen ze zag dat het Joe's zus Caroline was.

'Caroline?'

De stem aan de andere kant fluisterde: 'Ik heb hem gezien, Maya.'

Maya kreeg het opeens heel koud.

'Hij is terug. Ik weet niet hoe het kan. Hij zei dat hij je gauw zou zien.'

'Caroline, waar ben je?'

'Dat kan ik niet zeggen. Zeg tegen niemand dat ik je heb gebeld. Alsjeblieft.'

'Caroline...'

Maar de verbinding was al verbroken. Maya belde het nummer terug. Ze werd meteen doorgeschakeld naar de voicemail. Het leek zinloos om een bericht in te spreken.

Haal diep adem. In en uit. Strek en ontspan...

Ze raakte niet in paniek. Dat weigerde ze botweg. Ze leunde achterover, probeerde een rationele verklaring voor het telefoontje te bedenken en misschien, voor het eerst sinds lange tijd, begon haar iets duidelijk te worden.

Maar die duidelijkheid duurde niet lang.

Maya hoorde een auto op de oprit.

Carolines stem gonsde weer door haar hoofd. *Hij zei dat hij je gauw zou zien...*

Ze stond op en haastte zich naar het raam, in de verwachting...

Ja, van wat eigenlijk?

Er waren twee auto's op haar oprit gestopt. Roger Kierce stapte uit zijn ongemarkeerde dienstwagen. De rechercheur met het krullende haar stapte uit een patrouillewagen van Essex County.

Maya draaide zich om van het raam. Ze keek nog één keer naar haar dochter voordat ze de kamer uit en de trap af liep. Vermoeidheid begon haar parten te spelen, maar Maya knokte zich erdoorheen. Het eind was in zicht. Misschien nog heel in de verte. Maar het begon in zicht te komen.

Ze wilde niet dat Lily wakker zou worden, dus opende ze de deur al voordat ze konden aanbellen.

'Wat is er aan de hand?' vroeg ze, op ongeduldiger toon dan ze van plan was geweest.

'We hebben iets gevonden,' zei Kierce.

'Wat?'

'U zult met ons mee moeten komen.'

28

Juf Kitty bleef opgewekt glimlachen, zelfs toen ze Kierce' dienstauto van Maya's eerste bezoek herkende. Voordat Maya iets kon zeggen, stak juf Kitty haar hand op.

'Je hoeft het niet uit te leggen.'

'Dank je.'

Zoals algauw gewoon was geworden, liep Lily zonder enige aarzeling met juf Kitty mee. Juf Kitty opende de deur van de gele kamer en deed het licht aan. De zon brak onmiddellijk door op Lily's gezicht. Na een vluchtige blik achterom naar haar moeder liep Lily de kamer in.

'Het is zo'n heerlijk kind,' zei juf Kitty.

'Dank je.'

Maya liet haar auto op het parkeerterrein van Growin' Up staan en stapte in bij Kierce. Tijdens de rit probeerde hij een gesprek met haar te beginnen, maar daar had Maya geen zin in. In stilte reden ze naar Newark. Na een half uur werd Maya naar een verhoorkamer van het plaatselijke politiebureau gebracht. Op de tafel, op een ministatiefje, stond een videocamera. De rechercheur met de krullenbol richtte de lens op haar en zette het apparaat aan. Hij vroeg of ze bereid was hun vragen te beantwoorden. Ze knikte. Hij vroeg of ze een formulier wilde tekenen waarmee dat werd bevestigd. Ze zette haar handtekening.

Kierce had grote handen met heel veel haar erop. Hij legde ze plat op tafel probeerde bemoedigend naar haar te glimlachen. Maya glimlachte niet terug.

'Vindt u het erg als we bij het begin beginnen?' vroeg hij.

'Ja.'

'Pardon?'

'U zei dat u nieuwe informatie had,' zei Maya.

'Dat klopt.'

'Waarom beginnen we daar dan niet mee?'

'Werk nu even mee, wilt u?'

Maya zei niets.

'Toen uw man was doodgeschoten, hebt u twee mannen geïdentificeerd van wie u beweerde dat ze probeerden u en uw man te beroven.'

'Dat heb ik "beweerd"?'

'Het is maar een woord, mevrouw Burkett. Vindt u het erg als ik u "mevrouw Burkett" noem?'

'Nee. Maar wat is de vraag?'

'We hebben twee mannen gevonden die aan uw signalement voldeden. Emilio Rodrigo en Fred Katen. We hebben u gevraagd ze te identificeren, wat u naar beste kunnen hebt gedaan, maar volgens uw verklaring droegen ze bivakmutsen. Zoals u weet konden we ze niet vasthouden, hoewel we de ene, Rodrigo, kunnen vervolgen wegens verboden wapenbezit.'

'Oké.'

'Voordat uw man werd vermoord, kende u Emilio Rodrigo of Fred Katen toen al?'

Wauw. Ging het deze kant op? 'Nee.'

'Dus u had geen van beiden ooit eerder ontmoet?'

Ze keek naar de rechercheur met de krullenbol. Van zijn gezicht was niets af te lezen. Haar blik ging weer naar Kierce. 'Nee, nooit.'

'Dat weet u zeker?'

'Ja.'

'Want een van de theorieën is dat het geen beroving was, mevrouw Burkett. Een van de mogelijke theorieën is dat u deze twee de opdracht hebt gegeven om uw man te vermoorden.'

Maya keek weer naar de krullenbol en daarna weer naar Kierce.

'U weet dat dat niet waar is, inspecteur Kierce.'

'O ja? Hoe weet ik dat dan?'

'Om twee redenen. Ten eerste: als Emilio Rodrigo en Fred Katen in opdracht van mij werkten, zou ik ze toch niet voor de politie identificeren, of wel soms?'

'Misschien wilde u ze uit de weg hebben.'

'Nogal riskant, van mij uit gezien, denkt u ook niet? Als ik het goed heb begrepen, was mijn signalement het enige spoor dat naar deze twee mannen leidde. Als ik niks had gezegd, zou u ze nooit hebben gevonden. Dus waarom zou ik dat hebben gedaan? Zou het voor mij niet veel beter zijn geweest als ik gewoon mijn mond had gehouden?'

Daar had hij geen antwoord op.

'En,' vervolgde ze, 'als u om de een of andere onbegrijpelijke reden denkt dat ze in opdracht van mij handelden en ik ze wilde verlinken, zou ik dan gezegd hebben dat ze bivakmutsen droegen? Zou ik dan niet een beter signalement hebben gegeven zodat jullie ze konden arresteren?'

Kierce wilde iets zeggen, maar Maya, in navolging van juf Kitty, stak haar hand op om hem de mond te snoeren.

'En voordat u met een of ander kulverhaal komt, ik weet heus wel dat ik niet daarom hiernaartoe ben gehaald. Hoe ik dat weet? Nou, ten eerste zijn we hier in Newark, en niet in New York. We bevinden ons in de jurisdictie van meneer Krullenbol hier... sorry, maar u hebt me nog niet verteld hoe u heet.'

'Rechercheur Demetrius Mavrogenous van de politie van Essex County.'

'Geweldig. Mag ik het op "meneer Krullenbol" houden? Maar kunnen we ophouden met onze tijd te verspillen? Als dit over de moord op Joe ging, zouden we nu in bureau Central Park zitten, inspecteur Kierce. Maar nee, we zijn in Newark, Essex County, dat valt onder de jurisdictie van Livingston, New Jersey, waar toevallig gisteravond het lijk van Tom Douglass is gevonden.'

'Inderdaad, gevonden, door u,' zei Kierce, in een poging weer wat vat op het gesprek te krijgen.

'Maar dat wisten we al, nietwaar? Dat is niet de nieuwe informatie waar u het over had.'

Ze stopte met praten en wachtte af.

'Nee,' zei Kierce uiteindelijk. 'Dat is juist.'

'Mooi. En ik sta niet onder arrest, is het wel?'

'Nee.'

'Hou dan op met die spelletjes, inspecteur. Vertel me wat jullie hebben gevonden en wat blijkbaar de reden is dat ik hier vanochtend ben.'

Kierce keek naar de rechercheur, die even aarzelde en naar hem knikte.

'Kijk naar het scherm rechts van u, alstublieft.'

Er hing een grote flatscreen aan de muur. De rechercheur pakte de afstandsbediening, drukte op een knop en startte een video. Die was afkomstig van een CCTV-beveiligingscamera van een benzinestation. Er was één pomp in beeld, op de voorgrond, maar op de achtergrond zag ze de straat, en een kruispunt met stoplichten. Maya wist niet precies welk benzinestation het was, maar ze wist al redelijk zeker welke kant dit op zou gaan. Ze keek even opzij naar Kierce. Hij zat naar haar te kijken, om te zien hoe ze reageerde.

'Wacht,' zei de rechercheur. 'Dit is het.'

Hij drukte op de pauzeknop, zette het beeld stil en zoomde in. Maya zag haar auto in de rechterbaan voor het rode stoplicht staan. De camera zoomde verder in op het achterste deel van haar auto.

'We kunnen alleen de twee eerste letters zien, maar ze komen overeen met die van uw kentekennummer. Dus is de vraag: is dat uw auto, mevrouw Burkett?'

Ze had haar poot stijf kunnen houden en kunnen zeggen dat er waarschijnlijk tientallen BMW's met een nummerplaat met die twee letters waren, maar wat had het voor zin? 'Zo te zien wel.'

Kierce knikte naar de rechercheur. Die richtte de afstandsbediening op het scherm en langzaam werd er ingezoomd op het zijraampje aan de passagierskant. De ogen van beide politiemannen werden op haar gericht.

'Wie is de man op de passagiersstoel?' vroeg Kierce.

Er zat te veel spiegeling in het glas om veel meer te zien dan een honkbalpet met een vaag rondje eronder, maar het was onmiskenbaar een persoon.

Maya gaf geen antwoord.

'Mevrouw Burkett?'

Ze bleef zwijgen.

'U hebt ons verteld dat u gisteravond alleen was toen u het lijk van meneer Douglass vond, is dat niet zo?'

Maya keek weer naar het scherm. 'Ik zie niks wat dat tegenspreekt.'

'Het is duidelijk dat u niet alleen bent.'

'Het is ook duidelijk dat ik niet op de autosloperij ben waar ik het lijk heb gevonden.'

'Wilt u zeggen dat deze man...'

'Weten jullie zeker dat het een man is?'

'Sorry?'

'Ik zie een vlek met een honkbalpet. Vrouwen dragen ook honkbalpetten.'

'Wie is dit, mevrouw Burkett?'

Ze was niet van plan ze te vertellen dat het Corey Rudzinski was. Ze had toegestemd om mee te komen naar het bureau omdat ze wilde weten welke nieuwe informatie ze hadden. Dat wist ze nu. Dus vroeg ze weer: 'Sta ik onder arrest?'

'Nee.'

'Dan moet ik maar eens gaan, denk ik.'

Kierce grijnsde naar haar. De grijns beviel haar niet. 'Maya?' zei Kierce.

Tot zover 'mevrouw Burkett'.

'Dit is niet de reden waarom je hier bent.'

Maya bleef zitten waar ze zat.

'We hebben mevrouw Douglass, de weduwe, gesproken. Ze heeft ons verteld dat je bij haar langs bent geweest.'

'Dat is geen geheim. Dat heb ik jullie gisteravond al verteld.'

'Dat is waar. Mevrouw Douglass vertelde ons dat je naar haar toe was gekomen omdat je dacht dat je zus, Claire, met haar man had gesproken. Klopt dat?'

Maya zag geen reden om het te ontkennen. 'Ook dat heb ik jullie al verteld.'

Kierce hield zijn hoofd schuin. 'Hoe wist je dat je zus naar Tom Douglass toe was geweest?'

Daar had ze geen antwoord op. Het was duidelijk dat Kierce dat had verwacht.

'Had je toen ook een anonieme tip van je mysterieuze bron gekregen?'

Maya zei niets.

'Dus, als ik het goed begrijp, heeft een mysterieuze bron je verteld dat Claire contact had gezocht met Tom Douglass. En daarna heeft een mysterieuze bron je verteld dat je in dat schuurtje van Tom Douglass moest gaan kijken. Vertel mij eens, Maya, heb je die tips geverifieerd voordat je erop afging?'

'Hoe bedoelt u?'

'Had je bewijs dat jouw mysterieuze bron de waarheid sprak?'

Ze trok een gezicht. 'Nou, Claire ís bij Tom Douglass geweest.'

'Echt?'

Maya voelde een opkomende tinteling onder aan haar nek.

'En hoewel ik moet toegeven dat Tom Douglass inderdaad in dat schuurtje lag – dat was zeker een goede tip – kunnen we niet ontkennen dat je mysterieuze bron jou het vuile werk heeft laten doen, waar of niet?'

Kierce stond op en liep naar de flatscreen. 'En ik mag aannemen,' zei Kierce, en hij wees op de vlek met de honkbalpet, 'dat dit jouw mysterieuze bron is?'

Maya zei niets.

'Ik mag aannemen dat deze man – laten we, gewoon, voor de lol, aannemen dat het een man is, want ik meen gezichtshaar te zien – degene is die jou naar dat schuurtje heeft gestuurd?'

Maya vouwde haar handen en liet ze op tafel rusten. 'En als dat zo is?'

'Het is duidelijk dat hij in jouw auto zit, correct?'

'Nou en?'

'Nou...' Kierce kwam teruglopen, zette zijn beide vuisten op tafel en boog zich naar haar toe. 'We hebben bloed in de kofferbak van uw auto gevonden, mevrouw Burkett.'

Maya verroerde zich niet.

'Bloedgroep AB-positief. Dezelfde bloedgroep als die van Tom Douglass. Zou u ons willen vertellen hoe dat bloed daar terecht is gekomen?'

29

Ze hadden een bloedgroep, maar de uitslag van de DNA-test die moest bevestigen dat het bloed in de kofferbak van haar auto inderdaad van Tom Douglass was, moest nog binnenkomen. Tot het zover was, hadden ze niet genoeg om haar vast te houden.

Maar ze begonnen wel dicht in de buurt te komen. De tijd begon te dringen.

Kierce bood aan haar naar huis te brengen. Deze keer accepteerde ze het aanbod. Gedurende de eerste tien minuten van de rit zeiden ze geen van beiden iets. Uiteindelijk verbrak Kierce de stilte.

'Maya?'

Ze zat door de voorruit naar buiten te staren. Ze dacht aan Corey Rudzinski, de man met wie alles in zekere zin was begonnen. Het was Corey geweest die de video van de helikopteractie openbaar had gemaakt en daarmee Maya's leven op zijn kop had gezet. Ze kon natuurlijk nog verder teruggaan in de tijd, naar haar acties in de missie zelf, of haar besluit om in het leger te gaan. Maar wat echt de doorslag had gegeven en wat direct tot de dood van Claire en Joe had geleid, was het openbaar maken van die vervloekte video.

Had Corey the Whistle een spelletje met haar gespeeld?

Maya had zo graag gewild dat hij haar vertrouwde, dat ze misschien was vergeten dat het niet zo verstandig was om haar vertrouwen te schenken aan iemand die zijn best had gedaan om haar leven te verwoesten. Ze dacht terug aan wat hij haar erover had verteld. Corey had gezegd dat Claire naar hem toe was gekomen, dat zij contact met hem had gezocht via zijn website. Maya had dat geloofd. Maar was het ook waar? Daar moest ze eens goed over nadenken. Aan de ene kant klonk het best redelijk dat Claire hem had benaderd in een poging te voorkomen dat hij het geluid van de video openbaar maakte. Aan de andere kant klonk het net zo redelijk, of misschien wel redelijker, dat Corey Claire had benaderd, en dat hij het geluid van de video had gebruikt om haar zover te krijgen – of haar botweg te chanteren – dat zij hem informatie over de Burketts en EAC Pharmaceuticals toespeelde.

Had Corey Maya ook gemanipuleerd?

Was hij met die manipulatie zo ver gegaan dat hij haar liet opdraaien voor de moord op Tom Douglass?

'Maya?' zei Kierce weer.

'Wat is er?'

'Je hebt vanaf dag één tegen me gelogen.'

Nu is het genoeg geweest, besloot Maya. Het was tijd om de rollen om te draaien. 'Caroline Burkett zegt dat u wordt omgekocht door de familie Burkett.'

Er speelde iets om Kierce' mond wat voor een glimlach zou kunnen doorgaan. 'Dat liegt ze.'

'O ja?'

'Ja. Ik weet alleen niet of Caroline Burkett tegen jou heeft gelogen...' Hij keek haar even van opzij aan en richtte zijn aandacht weer op de weg. '... of dat jij nu tegen me liegt om de aandacht van jezelf af te leiden.'

'Er heerst weinig vertrouwen in deze auto, vindt u ook niet?'

'Dat klopt,' beaamde Kierce. 'Maar de tijd begint te dringen, Maya. Leugens verdwijnen nooit helemaal. Je kunt proberen ze te smoren, maar ze vinden altijd wel een manier om opnieuw ergens de kop op te steken.'

Maya knikte. 'Diepzinnig, Kierce.'

Daar moest hij om grinniken. 'Ja, een beetje te zwaar aangezet, hè?'

Ze stopten op de oprit van haar huis. Maya wilde het portier openen, maar het was vergrendeld. Ze keek om naar Kierce.

'Ik ga net zo lang door tot ik het antwoord gevonden heb,' zei hij. 'Ik hoop alleen dat het me niet bij jou brengt. Maar als dat zo is...'

Ze wachtte op de klik van de deurvergrendeling. Toen ze die hoorde, opende ze het portier en stapte uit zonder hem gedag te zeggen of te bedanken. Zodra ze binnen was, checkte ze of alle deuren op slot zaten voordat ze de donkere keldertrap af liep.

De kelder was zijn leven begonnen als een tamelijk luxueus 'mannenspeelhol', met drie flatscreen-tv's, een eikenhouten bar, rekken vol flessen wijn, een pooltafel en twee flipperkasten... totdat Joe had besloten er een speelparadijs voor Lily van te maken. Hij had de donkere lambriseringen van de muren gesloopt en alles helderwit geschilderd. Joe had een stel levensgrote afbeeldingen van personages uit *Winnie de Poeh* en *Madeline* gevonden en die op de muren geplakt. De eikenhouten bar stond er nog, maar Joe had beloofd die weg te halen. Het had Maya niet kunnen schelen of het ding bleef staan of niet. De ene kant van de kelder was gereserveerd voor zo'n levensgroot Step 2 Indoor Playhouse, dat Joe bij Toys"R"Us aan Route 17 had gekocht. Het zag eruit als een fort – 'mannelijk', had Joe beweerd – maar het had een kitchenette – 'vrouwelijk', had hij er bijna aan toegevoegd, maar toen had zijn overlevingsinstinct ingegrepen – een werkende deurbel en een raam met luiken.

Maya liep door naar de wapenkluis. Ze bukte zich, keek achterom naar de keldertrap, hoewel ze wist dat ze alleen in huis was, en drukte haar duim op het glaasje. Het beveiligingssysteem van de kluis kon tweeëndertig verschillende duim- en vingerafdrukken opslaan, maar alleen die van Joe en haarzelf zaten erin. Ze had overwogen Shanes afdruk ook op te slaan, mocht hij ooit een van haar wapens nodig hebben, of moest hij om de een of andere reden voor haar een wapen uit de kluis halen, maar het was er nog niet van gekomen.

De twee klikjes gaven aan dat haar afdruk was herkend en het slot sprong open. Maya draaide aan de knop en trok de zware, stalen deur naar zich toe.

Ze haalde de Glock 26 eruit en daarna, om zichzelf gerust te stellen, keek ze of alle andere wapens op hun plek lagen, om er helemaal zeker van te zijn dat er niemand beneden was geweest, de kluis had geopend en er een uit had gehaald.

Nee, ze geloofde niet dat Joe nog in leven was, maar na alles wat er was gebeurd zou ze wel gek zijn als ze die mogelijkheid geheel uitsloot.

Ze haalde de wapens er een voor een uit en hoewel ze het pas nog had gedaan, controleerde en reinigde ze ze stuk voor stuk. Dat deed ze altijd. Elke keer dat ze een van haar wapens aanraakte, voerde ze dit ritueel uit, want ze was ervan overtuigd dat deze bijna obsessieve zorg voor haar wapenarsenaal haar meer dan eens het leven had gered.

Of haar leven had verwoest.

Maya kneep haar ogen dicht. Het hele gebeuren had zo veel opties dat je er gek van werd. Was het allemaal begonnen op de campus van de Franklin Biddle Academy, of op dat jacht? Kon het daar, in het verleden, geëindigd zijn, of had haar oorlogsmissie boven Al Qa'im het op de een of andere manier opnieuw tot leven gebracht? Kon ze Corey verwijten dat hij de geesten van toen uit hun slaap had gewekt? Of Claire? Was die openbaar gemaakte video de oorzaak? Had Tom Douglass er iets mee te maken?

Of was het deze verdomde wapenkluis?

Maya wist het echt niet meer. Ze wist niet eens of het haar nog wel iets kon schelen.

De pistolen en revolvers die hier voor haar neus lagen en die ze aan Roger Kierce had laten zien, waren de wapens die allemaal keurig geregistreerd stonden in de staat New Jersey. Volkomen legaal. Maya's hand ging naar de achterwand van de kluis, vond de knop en drukte erop.

Een geheime ruimte.

Zonder het te willen dacht ze aan grootmama's hutkoffer in Claires huis, aan hoe het idee van een nepwandje en een geheime ruimte generaties geleden in Kiev was ontstaan en hier, als een soort familietraditie, was herhaald.

In deze ruimte bewaarde Maya nog twee wapens, allebei buiten New Jersey gekocht, niet illegaal maar ook niet geregistreerd, dus zonder sporen die naar haar leidden. Ze lagen er allebei, maar had ze iets anders verwacht? Dat de geest van Joe was teruggekomen om er een te stelen? Nou, geesten hadden geen vingerafdrukken, of wel soms? De geest van Joe kon de kluis niet eens openen, al zou hij het gewild hebben.

Jeetje, ze begon wel door te draaien.

Het gezoem van haar mobiele telefoon maakte haar aan het schrikken. Ze keek naar het nummer maar herkende het niet. Ze drukte op het groene knopje en zei: 'Hallo?'

'Spreek ik met Maya Burkett?'

Het was een mannenstem, met de soepele tongval van een radiopresentator, maar ze hoorde er ook een lichte trilling in.

'Ja, dat ben ik. Met wie spreek ik?'

'Mijn naam is Christopher Swain. Ik heb die e-mail van je ontvangen.'

Joe's reserveaanvoerder op de kostschool. 'O, ja, fijn dat u me terugbelt.'

Het bleef stil aan de andere kant van de lijn. Even was ze bang dat hij weer had opgehangen.

'Ik zou u graag een paar dingen willen vragen,' zei ze snel.

'Waarover?'

'Over mijn man Joe. En over zijn broer Andrew.'

Stilte.

'Meneer Swain?'

'Joe is nu dood. Klopt dat?'

'Ja.'

'Weet iemand dat je contact met me hebt gezocht?'

'Nee, niemand.'

'Echt niet?'

Maya's hand klemde zich vaster om haar toestel. 'Nee, echt niet.'

'Dan wil ik wel met je praten. Maar niet over de telefoon.'

'Zegt u maar waar ik naartoe moet komen.'

Hij gaf haar een adres in Connecticut.

'Over ongeveer twee uur kan ik er zijn,' zei ze.

'Zeg tegen niemand dat je hiernaartoe komt. En kom alleen, anders laten ze je niet binnen.'

Swain verbrak de verbinding.

Ze?

Maya controleerde of de Glock geladen was en sloot de deur van de kluis. Ze bevestigde een clipholster achter de tailleband van haar broek, zodat de Glock niet te zien was nu ze een stretchspijkerbroek en een zwarte blazer droeg. Het gaf haar een aangenaam gevoel om gewapend te zijn. Massa's mensen op deze wereld vonden dat je dit gevoel niet zou mogen hebben, dat het verkeerd was en aantoonde dat je gewelddadig was, of wat ze er ook nog meer van dachten, maar het gewicht van het wapen had zowel iets primitiefs als iets geruststellends. Dat bracht natuurlijk ook risico's met zich mee. Het kon je te zelfverzekerd maken. Je kon je erdoor in situaties begeven waar je beter niet in verzeild kon raken, want hé, je kon je er altijd wel schietend uit rèdden. Je begint jezelf als onkwetsbaar te beschouwen, raakt een beetje te vol van jezelf, wordt moediger dan je in feite bent... je wordt gewoon een beetje te macho.

Een wapen dragen gaf je allerlei mogelijkheden. En dat was niet altijd een goede zaak.

Maya gooide de digitale fotolijst met de webcam op de achterbank van de auto. Ze wilde het ding niet meer in huis hebben.

Ze toetste Christopher Swains adres in haar route-app, die haar liet weten dat de rit met de huidige verkeersdrukte één uur en zesendertig minuten zou duren. Onderweg zette ze Joe's playlist weer aan. Ook nu weer kon ze niet zeggen waarom. Het eerste nummer was 'Open' van Rhye, dat meteen stevig en verhit begon met de tekstregel 'I'm a fool for that shake in your thighs'. Maar een paar regels later, in de nagloeiende roes van het moment, voelde je de leegte tussen de twee geliefden alweer groter worden. 'I know you're faded, mmm, but stay, don't close your eyes.'

In het volgende nummer zong Lapsley op lieflijke, maar waarschuwende toon: 'It's been a long time coming, but I'm falling short.' Goh, was dat even toepasselijk.

Maya liet zich meevoeren door de muziek, zong luidkeels mee en sloeg met beide handen de maat mee op het stuur. In het dagelijkse leven, of in haar helikopter, in het Midden-Oosten of thuis, had ze zich altijd beheerst en zich ingehouden. Maar hier niet. Niet als ze verdomme alleen in de auto zat. Hier zong ze alle muziek en teksten uit volle borst mee.

Mooi wel.

Het laatste nummer, toen ze de stadsgrens van Darien passeerde, was een beeldschone song van Cocoon, die vreemd genoeg 'Sushi' heette, en ook nu weer trof de openingsregel haar als een klap in het gezicht. 'In the morning, I'll go to the graveyard, to make sure you're gone for good...'

Ze was op slag ontnuchterd.

Er waren van die dagen dat al die songteksten speciaal voor jou geschreven leken te zijn.

En op sommige van die dagen kwamen ze echt te dichtbij.

Ze sloeg af en kwam terecht op een smalle, stille weg. Aan beide kanten waren dichte bossen. Ze zag op de plattegrond van haar telefoon dat de weg doodliep en dat het adres helemaal aan het eind was. Er bestond geen twijfel over dat het hier om een afgelegen woonlocatie ging. Aan het begin van de oprijlaan was een neergelaten slagboom met een wachthuisje ernaast. Maya stopte voor de slagboom en de bewaker kwam naar buiten.

'Wat kan ik voor u doen?'

'Ik kom voor Christopher Swain.'

De bewaker ging naar binnen en belde met iemand. Na een tijdje hing hij op en kwam weer naast haar auto staan. 'Rij door naar het parkeerterrein voor bezoekers. Aan de rechterkant. Daar wordt u door iemand opgewacht.'

Bezoekers?

Toen ze de oprijlaan op reed, werd het haar duidelijk dat het hier niet om een gewoon woonhuis ging. Er hingen beveiligingscamera's aan de bomen. Aan het eind van de oprijlaan verschenen gebouwen van lichtgrijze leisteen in beeld. De atmosfeer, door de afgelegen locatie, de bouwstijl van de gebouwen en het vele groen, deed haar erg denken aan de Franklin Biddle Academy.

Op het parkeerterrein voor bezoekers stonden een stuk of tien auto's. Toen Maya de auto parkeerde, kwam er een andere bewaker aanrijden in een golfkarretje. Ze trok snel het pistool uit de holster – ze durfde te wedden dat ze door een metaaldetector zou moeten of zou worden gefouilleerd – en gooide het in het dashboardkastje.

De bewaker in het golfkarretje bekeek haar auto eens goed en nodigde haar met een handgebaar uit om naast hem te komen zitten. Maya deed wat hij vroeg.

'Mag ik uw legitimatie zien, alstublieft?'

Ze gaf hem haar rijbewijs. Hij maakte er met zijn telefoon een foto van en gaf het aan haar terug. 'Meneer Swain is in Brocklehurst Hall. Ik zal u ernaartoe brengen.'

Zodra ze reden zag Maya her en der mensen – de meesten van in de twintig, mannen en vrouwen, allemaal blank – die in dichte groepjes bijeen stonden of in paren over het terrein wandelden. Veel van deze mensen, te veel, rookten. De meesten droegen een spijkerbroek, gympies of sportschoenen, en een ruime variëteit aan sweatshirts en slobbertruien. Ze passeerden iets wat een campusplein zou kunnen zijn, alleen was er hier in het midden een grote fontein met een standbeeld van een vrouw die zo te zien de Heilige Maagd moest voorstellen.

Maya zei hardop wat ze zich afvroeg. 'Wat is dit voor een instelling?'

De bewaker wees naar het beeld van de Heilige Maagd. 'Geloof het of niet, maar tot het eind van de jaren zeventig was dit een klooster.'

Ze geloofde hem.

'Toen wemelde het hier van de nonnen.'

'Het is niet waar,' zei Maya, en ze moest haar best doen om niet te sarcastisch te klinken. Waar zou het anders van moeten wemelen? 'En wat is het nu?'

Hij fronste zijn wenkbrauwen. 'Weet u dat niet?'

'Nee.'

'Voor wie komt u?'

'Christopher Swain.'

'Het is niet aan mij om u meer te vertellen.'

'Ah, alsjeblieft.' Ze zei het op een toon die hem naar adem deed happen. 'Ik wil alleen maar weten waar ik ben.'

Hij zuchtte, deed of hij een moeilijke afweging maakte en zei: 'Dit is het Solemani Herstelcentrum.'

'Herstelcentrum,' herhaalde Maya. Een mooi woord voor 'afkickkliniek'. Dat verklaarde alles. De ironie – de rijken die zich een beeldschone, afgelegen locatie als deze toe-eigenden, een plek waar nonnen ooit hun gelofte van armoede hadden afgelegd, en moest je nu eens kijken. Weinig armoede. Misschien was het niet echt ironisch, maar het kwam in de buurt.

Het golfkarretje stopte bij een gebouw dat eruitzag als een groot, luxueus logement.

'Hier is het. U kunt daar naar binnen gaan.'

De deur werd elektrisch geopend door de volgende bewaker en ja hoor, ze moest door een metaaldetector. Aan de andere kant werd ze opgewacht door een vrouw die glimlachend haar hand uitstak.

'Hallo, mijn naam is Melissa Lee. Ik ben bewonersbegeleider hier op Solemani.'

Bewonersbegeleider. Ook zo'n titel waarmee je alle kanten op kon.

'Christopher heeft me gevraagd je naar de serre te brengen. Kom je mee?'

Melissa Lee's hakken tikten op de vloer en het geluid echode door de verlaten gang. Afgezien van die hakken was het kloosterachtig stil in het gebouw. Als je dat wist – en je moest het wel weten als je hier dagelijks werkte – waarom koos je dan schoenen die de stilte verstoorden? Vormden ze een deel van een uniform? Deed ze het expres? Waarom geen gympies of zoiets?

En waarom schonk Maya aandacht aan zo'n banaal detail?

Christopher Swain stond op en begroette haar licht nerveus, alsof dit hun eerste afspraakje was. Hij droeg een goed passend zwart pak, een wit overhemd en een smalle, zwarte das. Hij had zo'n stoppelbaard die er te zorgvuldig gecultiveerd uitzag om voor nonchalant te kunnen doorgaan. Hij had het haar van een skateboarder, blond met lichte plukjes. Hij zag er best goed uit, maar je kon zien dat hij er erg zijn best voor deed. Wat hem hier had gebracht, wat dat ook was, had zijn gezicht getekend. Wat hem duidelijk niet beviel. Hij zou er een dezer dagen waarschijnlijk botox of rimpelvuller in laten spuiten, hoewel Maya moest zeggen dat het zijn kostschoolvoorkomen best wat karakter gaf.

'Zal ik koffie of iets te drinken laten brengen?' vroeg Melissa Lee haar.

Maya schudde haar hoofd.

Melissa schonk haar een zuinig glimlachje en keek Swain aan. Met een bijna ontroerende bezorgdheid in haar stem vroeg ze: 'Weet je zeker dat ik jullie alleen moet laten, Christopher?'

'Ja, alsjeblieft.' Zijn stem klonk gespannen. 'Ik denk dat dit een belangrijke stap voor me is.'

Melissa knikte. 'Dat denk ik ook.'

'Dus we hebben behoefte aan privacy.'

'Ik begrijp het. Nou, ik ben in de buurt als je me nodig hebt. Je kunt me altijd roepen.'

Melissa schonk Maya nog een zuinig glimlachje, liep de serre uit en deed de deuren achter zich dicht.

'Wauw,' zei Swain toen ze alleen waren. 'Je bent echt bloedmooi.'

Maya wist niet hoe ze daarop moest reageren, dus zei ze niets.

Hij glimlachte en bekeek haar ongegeneerd van top tot teen. 'Je bent oogverblindend, en tegelijkertijd straal je dat onbereikbare uit. Alsof je overal boven staat.' Hij schudde zijn hoofd. 'Ik durf te wedden dat Joe als een blok voor je viel zodra hij je zag, waar of niet?'

Het was nu niet het moment om de feminist uit te hangen of zich beledigd te voelen. Ze moest hem laten praten. 'Daar kwam het wel op neer, denk ik.'

'Laat me raden. Joe sprak je aan met een openingszin die wel grappig maar ook nogal onbeholpen was. Dat klopt, hè?'

'Ja.'

'En hij had er succes mee, waar of niet?'

'Ja.'

'Goh, die Joe. Als er iemand charmant en charismatisch kon zijn, was hij het wel.' Swain schudde zijn hoofd weer en zijn glimlach begon te vervagen. 'Dus hij is echt dood? Joe, bedoel ik.'

'Ja.'

'Dat wist ik niet. We lezen geen nieuws hier. Dat is een van de regels. Geen sociale media, geen internet, helemaal geen buitenwereld. We mogen eens per dag onze e-mails bekijken. Zo kwam ik die van jou tegen. Toen ik die eenmaal had gelezen... Nou, mijn therapeut vond het goed dat ik ook het nieuwsbericht las. Ik moet zeggen dat ik geschokt was toen ik het las over Joe. Wil je niet gaan zitten?'

Het was duidelijk te zien dat de serre later aangebouwd was. Ze hadden geprobeerd de authentieke bouwstijl door te trekken, maar waren daar niet helemaal in geslaagd. Het had allemaal wat slordigs. Het dak was van glas en ze hadden ruimschoots gebruikgemaakt van namaakglas-in-lood. Er stonden wel planten, natuurlijk, maar minder dan je in een serre zou verwachten. In het midden stonden twee leren fauteuils tegenover elkaar. Maya ging in de ene zitten, Swain in de andere.

'Ik kan het bijna niet geloven dat hij dood is.'

Nee, dacht Maya. Dat hoorde ze de laatste tijd wel vaker.

'Jij was erbij, hè? Toen hij werd doodgeschoten?'

'Ja,' zei Maya.

'In de krant stond dat je ongedeerd bent ontsnapt.'

'Dat klopt.'

'Hoe?'

'Ik ben weggerend.'

Swain keek haar aan alsof hij dat niet helemaal geloofde. 'Het moet heel beangstigend voor je geweest zijn.'

Maya zei niets.

'Het werd in het nieuws beschreven als een uit de hand gelopen beroving.'

'Ja.'

'Maar we weten allebei dat dat niet waar is, hè, Maya?' Hij haalde zijn hand door zijn haar. 'Jij zou hier niet zijn als het om een ordinaire beroving ging.'

Zijn manier van doen begon Maya een beetje op de zenuwen te werken. 'Ik probeer alleen te weten te komen wat er allemaal gebeurd is,' zei ze.

'Het is echt bizar,' zei hij. 'Ik kan het nog steeds niet geloven.'

Hij had een merkwaardige glimlach op zijn gezicht.

'Wat?'

'Dat Joe dood is. Sorry dat ik daar zo op blijf hameren. Het is alleen zo dat... Ik denk niet dat ik het goed omschrijf als ik zeg dat hij zo "vol leven" was. Dat klinkt als een cliché, vind je niet? Maar laten we zeggen dat Joe een soort oerkracht was. Begrijp je wat ik bedoel? Hij was altijd zo sterk en ontzagwekkend, als een vuur dat alles verzengt en zich niet laat blussen. Je zou bijna zeggen – ja, ik weet dat het raar klinkt – dat hij iets onsterfelijks had...'

Maya ging verzitten in de fauteuil. 'Christopher?'

Hij zat naar buiten te staren.

'Jij was op dat jacht op die avond dat Andrew overboord is gevallen.'

Hij verroerde zich niet.

'Wat is er echt met zijn broer Andrew gebeurd?'

Swain slikte moeizaam. Er ontsnapte een traan uit zijn ooghoek, die langzaam over zijn wang gleed.

'Christopher?'

'Ik heb het niet gezien, Maya. Ik was op het benedendek gebleven.'

Er klonk kilte door in zijn stem.

'Maar je weet wel iets.'

Nog een traan.

'Vertel het me, alsjeblieft,' zei Maya. 'Is Andrew echt overboord gevallen?'

Zijn stem klonk als een steen die je in een waterput laat vallen. 'Dat weet ik niet. Maar ik denk het niet.'

'Wat is er dan gebeurd?'

'Ik denk...' zei Christopher Swain, voordat hij diep ademhaalde, een of andere innerlijke kracht aansprak en het nog eens probeerde. 'Ik denk dat Joe hem over de reling heeft geduwd.'

30

Swain klemde zijn beide handen om de armleuningen van de fauteuil. 'Het begon toen Theo Mora op de Franklin Biddle Academy kwam. Of misschien was dat het moment dat het me begon op te vallen.'

Ze hadden hun fauteuils naar elkaar toe geschoven tot hun knieën elkaar bijna raakten, alsof ze er behoefte aan hadden om lichamelijk dichter bij elkaar te zijn in deze ruimte, waar het steeds killer leek te worden.

'Je denkt waarschijnlijk aan het oude cliché over de rijken, die niet wilden dat hun elite-instituten werden bezoedeld door armere mensen. Je kunt het bijna voor je zien, nietwaar? De rijke jongens die zich als één man tegen Theo keerden, of probeerden hem weg te pesten. Maar zo was het niet.'

'Hoe ging het dan?' vroeg Maya.

'Theo was een aardige jongen met een groot gevoel voor humor. Hij beging niet de vergissing dat hij zich bescheiden of nederig tegenover ons opstelde. Hij paste gewoon goed bij de rest. We mochten hem allemaal graag. Hij verschilde trouwens helemaal niet zo veel van ons. Ik weet wel dat mensen ideeën hebben over rijke en arme jongens, over hoe dat eruit moet zien, maar kinderen – want in feite waren we nog maar kinderen, tenminste, zo dacht ik erover

– willen gewoon plezier maken en ergens bij horen.'

Hij streek met de rug van zijn hand langs zijn ogen.

'En het kon natuurlijk geen kwaad dat Theo een geweldige voetballer was. Niet gewoon goed, maar echt geweldig. Ik was dolenthousiast. We hadden dat jaar de kans om alles te winnen. Niet alleen de schoolcompetitie, die we ook wonnen, maar alle andere competities ook, inclusief de grote openbare toernooien. Zo goed was Theo. Hij kon vanuit elke positie scoren. En misschien was dat wel het probleem.'

'Hoezo?'

'Voor mij vormde hij geen bedreiging. Ik was middenvelder. Voor zijn kamergenoot en beste vriend Andrew ook niet. Die was keeper.'

Swain stopte met praten en keek Maya aan.

'Maar Joe was ook spits,' zei ze.

Swain knikte. 'Ik zeg niet dat hij zich openlijk vijandig tegen Theo gedroeg, maar... Ik kende Joe al vanaf de eerste klas. We waren samen opgegroeid. We waren altijd de aanvoerders van het voetbalteam geweest. Maar als je zo veel tijd met iemand doorbrengt, kun je iemand soms uit zijn rol zien vallen. Dan krijg je de ingehouden agressie te zien. Zijn woedeaanvallen. Toen we in groep acht zaten, heeft Joe een jongen het ziekenhuis in geslagen met een honkbalknuppel. Ik weet niet eens meer wat de aanleiding was. Maar wel dat we hem met z'n drieën van die arme knul af hebben moeten trekken. Joe had hem een schedelfractuur geslagen. Een jaar later was er Marion Barford, die Joe wel leuk vond, en die van plan was om met Tom Mendiburu naar het dansfeest te gaan. Twee dagen voor het feest brak er brand uit in het scheikundelokaal en is het Tom maar net gelukt om er levend uit te komen.'

Maya proefde de smaak van gal in haar mond en ze slikte. 'Heeft niemand dit destijds aangegeven?'

'Jij hebt Joe's vader niet gekend, hè?'

'Nee.'

'Een intimiderende man. Het gerucht ging dat hij zich met enkele ruige types inliet. Hoe dan ook, er werd zwijggeld betaald. Of de – hoe zal ik het zeggen? – minder verkwikkelijke vrienden van de familie kwamen bij je langs met het verzoek je mond over het gebeuren te houden. Bovendien was Joe best goed in die andere rol van hem. Hij liet nooit bewijs achter. We hadden het net al over hoe charmant hij was. Hij kon medeleven faken als geen ander. Hij kon zich moeiteloos verontschuldigen of nederig zijn... Hij was rijk en hij had macht, maar op zulke momenten, als hij zijn donkere kant toonde, kon hij dat heel goed verborgen houden. Zoals ik net al zei, ik kende hem van jongs af aan. En zelfs ik heb het maar een paar keer zien gebeuren. Maar áls het gebeurde...'

De tranen schoten hem weer in de ogen.

'Je vraagt je natuurlijk af wat ik in een instituut als dit doe.'

Dat was niet zo. Maya nam aan dat hij aan iets verslaafd was geweest en dat hij hier was om ervan af te komen. Wat zou het anders kunnen zijn? Ze wilde dat hij doorging met zijn verhaal, maar als hij behoefte aan dit zijspoor had, zou het verkeerd zijn om hem tegen te houden.

'Ik ben hier,' zei hij, 'vanwege Joe.'

Ze probeerde haar gezicht in de plooi te houden.

'Je, ik weet het, ik word verondersteld voor mezelf verantwoordelijk te zijn. Dat zeggen ze altijd. En ja, ik blijf van de ene verslaving in de andere vallen. Ik ben hier geweest voor drank, pillen, coke... noem maar op. Maar ik ben niet altijd zo geweest. Op school werd ik geplaagd omdat ik nooit meer dan één biertje wilde drinken. Maar ik vond het gewoon niet lekker. In mijn laatste jaar heb ik een keer marihuana gerookt. Ik werd er alleen maar misselijk van.'

'Christopher?'

'Ja.'

'Wat is er met Theo gebeurd?'

'Het moest een grap voorstellen. Tenminste, dat vertelde Joe ons.

Ik weet niet zeker of ik hem wel geloofde, maar... ik was zo'n slappeling. Correctie. Dat ben ik nog steeds. Joe was de leider. Ik was slechts een volgeling. Andrew ook. En ach, zo erg was het toch allemaal niet? Een beetje kattenkwaad. Het gebeurt voortdurend op scholen als Franklin Biddle. Dus die avond overvielen we Theo. Begrijp je wat ik bedoel? We slopen naar zijn kamer, Joe en ik – Andrew was er al – sprongen boven op hem en sleepten hem mee naar beneden.'

Hij tuurde nu in de verte, met zijn blik op oneindig en een merkwaardige glimlach om zijn mond. 'Zal ik je eens wat zeggen?'

'Nou?'

'Theo speelde mee. Alsof hij doorhad wat er gebeurde. Hij was het lijdend voorwerp en speelde zijn rol. Het hoorde er nu eenmaal bij. Zo cool was die jongen. Ik weet nog dat hij glimlachte, alsof het allemaal wel weer goed zou komen. Dus we brachten hem de trap af en zetten hem beneden op een stoel. Joe begon hem vast te binden. Wij hielpen hem. Iedereen lachte en Theo deed alsof hij zich verzette en om hulp riep. Ik trok de knoop die ik legde maar half aan, zodat Theo zich zou kunnen bevrijden als het nodig was. Joe zag het en trok hem alsnog strak aan. Toen Theo op de stoel was vastgebonden, haalde Joe ergens een trechter vandaan. Je weet wel, om drank in flessen te gieten? Hij stak het uiteinde in Theo's mond en ik weet nog goed dat ik de blik in Theo's ogen zag veranderen. Alsof hij besefte wat er ging gebeuren. Er waren nog twee jongens bij. Larry Raia en Neil Kornfeld. We stonden erbij te lachen toen Joe bier in de trechter begon te gieten. "Kloek, kloek, kloek," riepen we met z'n allen. Wat daarna gebeurde, was als een surrealistische droom. Of een nachtmerrie, kun je beter zeggen. Ik kon nog steeds niet geloven dat het allemaal echt gebeurde, maar op een zeker moment begon Joe sterkedrank in de trechter te gieten. Ik herinner me dat Andrew zei: "Wacht, Joe, zo is het genoeg..."'

Hij stopte met praten.

'En toen?' vroeg Maya, hoewel de afloop inmiddels wel duidelijk was.

'Opeens begonnen Theo's benen te schokken en om zich heen te trappen, alsof hij een zenuwaanval of zoiets kreeg.'

Christopher Swain begon te huilen. Maya wilde haar hand uitsteken en die op zijn schouder leggen. Tegelijkertijd wilde ze hem boven op zijn gezicht slaan. Dus verroerde ze zich niet en wachtte af.

'Tot gisteren heb ik dit verhaal nooit aan iemand verteld. Aan niemand. Maar na jouw e-mail... Mijn therapeut, zij kent er nu een deel van. En ze dacht dat het goed voor me zou zijn als ik met je praatte. Want, ik bedoel, het was die avond dat het fout is gegaan met me. Ik was zo ontzettend bang. Ik wist dat als ik iets zou zeggen, Joe me zou vermoorden. Niet alleen destijds, maar ook daarna. Zelfs nu nog. Ik heb nog steeds het gevoel...'

Maya wilde hem aan de praat houden. 'Dus toen hebben jullie het lijk naar de kelder gebracht?'

'Dat heeft Joe gedaan.'

'Maar jij was erbij, nietwaar?'

Swain knikte.

'En Joe kon hem niet alleen dragen, toch?'

Hij schudde zijn hoofd.

'Wie heeft Joe geholpen?'

'Andrew.' Hij keek naar haar op. 'Joe heeft Andrew gedwongen hem te helpen.'

'En toen is er iets in Andrew geknakt?'

'Dat weet ik niet. Misschien zou Andrew sowieso zijn geknakt. Andrew, ikzelf... we zijn daarna nooit meer de oude geworden.'

Javier Mora had gelijk gehad. Het was geen verdriet geweest. Het was schuldgevoel.

'Wat gebeurde er daarna?'

'Wat kon ik doen?'

Er waren genoeg dingen die hij had kunnen doen, maar Maya was hier niet om hem te veroordelen of hem te vergeven. Ze wilde informatie. Dat was alles.

'Ik moest het geheim houden, waar of niet? Dus ik heb het weggestopt. Ik heb geprobeerd het gewone leven weer op te pakken, maar dat lukte niet, want alles was veranderd. Mijn schoolresultaten holden achteruit. Ik kon me niet meer concentreren. Het was in die periode dat ik met drinken ben begonnen. Ja, ik weet dat het een zwak excuus is...'

'Christopher?'

'Ja?'

'Zes weken daarna waren jullie op dat jacht.'

Hij sloot zijn ogen.

'Wat is er aan boord van dat jacht gebeurd?'

'Wat denk je zelf, Maya? Kom op. Je weet nu wat er is gebeurd. Je kunt de stukjes in elkaar passen. Dus vertel jij het me maar.'

Maya boog zich naar hem toe. 'Oké. Jullie zijn met dat jacht op weg naar Bermuda. Er wordt flink gedronken. Vooral door jou. Voor het eerst sinds Theo's dood zijn jullie weer samen. Andrew is erbij. Hij is in therapie geweest, maar dat heeft hem weinig goed gedaan. Hij wordt verteerd door schuldgevoel. Dus hij neemt een besluit. Ik weet niet hoe dat precies is gegaan, Christopher, maar misschien kun jij het me vertellen. Had Andrew jullie gedreigd dat hij het openbaar zou maken?'

'Nee, het was geen dreigen wat hij deed,' zei Christopher. 'Hij vroeg ons of we het alsjeblieft wilden melden. Want hij deed geen oog meer dicht. Hij at niet meer. Mijn god, hij zag er beroerd uit. Hij zei dat we het met z'n allen moesten melden, want hij was bang dat hij het niet langer binnen kon houden. Ik was inmiddels zo dronken dat ik nauwelijks begreep waar hij het over had.'

'En toen?'

'Daarna ging Andrew naar buiten, naar het bovendek. Hij wilde niet langer bij ons zijn. Twee minuten later ging Joe hem achterna.'

Swain haalde zijn schouders op. 'Einde verhaal.'

'Je hebt dit nooit aan iemand verteld?'

'Nee, nooit.'

'En die andere twee jongens? Larry Raia en Neil Kornfeld...'

'Neil ging aan Yale studeren. Tot hij van gedachten veranderde en naar Stanford is gegaan. Larry is in Europa gaan studeren. In Parijs, geloof ik. We maakten ons laatste jaar af in een soort roes, en ik heb geen van beiden ooit teruggezien.'

'En jij hebt het geheim al die jaren met je meegedragen.'

Swain knikte.

'Maar waarom nu?' vroeg Maya. 'Waarom ben je nu wel bereid de waarheid te vertellen?'

'Je weet waarom.'

'Nee, dat weet ik niet.'

'Omdat Joe dood is,' zei hij. 'Omdat hij me nu niks meer kan doen.'

31

Christopher Swains laatste woorden echoden na in haar hoofd toen ze het parkeerterrein voor bezoekers op liep.

Omdat Joe dood is...

Wat haar uiteindelijk weer terugbracht bij de nannycam.

Het was tijd voor een grondige analyse. Er waren drie mogelijkheden die konden verklaren wat ze op de beelden van de nannycam had gezien.

Eén, de meest waarschijnlijke mogelijkheid: iemand had de beelden bewerkt met Photoshop of zo'n soort programma. Technisch gezien was het mogelijk. Ze had de beelden maar even gezien. Die bewerken was helemaal niet zo moeilijk.

Twee, bijna net zo waarschijnlijk als één: Maya had het zich verbeeld of gehallucineerd dat ze Joe had gezien, of haar geest had op een andere manier een spelletje met haar gespeeld en haar wijsgemaakt dat Joe nog in leven was. Eileen Finn stuurde haar wel eens video's van optische illusies, waarvan je denkt dat je iets ziet wat, als het camerastandpunt ook maar een fractie verandert, iets heel anders blijkt te zijn. Als je Maya's PTSS daarbij optelde, plus haar medicijngebruik, de moord op haar zus, haar schuldgevoel daarover, de avond in Central Park en alles wat daarop volgde... was het dan reëel om deze mogelijkheid helemaal uit te sluiten?

Drie, de minst waarschijnlijke: Joe leefde nog.

Als het antwoord twee was, dat het allemaal in haar hoofd zat, kon ze daar weinig aan doen. Dan moest ze haar onderzoek wel voortzetten, wilde ze de waarheid te weten komen, want hoewel die haar niet de beoogde bevrijding zou opleveren, zou die toch iets rechtzetten in de wereld. Maar als het antwoord één of drie was – Photoshop of Joe leefde nog – stond er één ding vast.

Dat er iemand een heel vuil spel met haar speelde.

En als het één of drie was, betekende dat vrijwel zeker ook nog iets anders: dat Isabella tegen haar had gelogen. Ze had Joe wel degelijk op de video van de nannycam gezien. De enige reden die Isabella kon hebben gehad om te doen alsof ze Joe niet had gezien, om Maya met pepperspray te bespuiten, het SD-kaartje te pikken en ergens onder te duiken, was een doodsimpele: ze zat ook in het complot.

Maya stapte in de auto, startte en zette de playlist weer aan. Image Dragons vertelden haar dat ze niet te dichtbij moest komen, en dat het binnen, waar haar demonen woonden, heel donker was.

Ze moesten eens weten.

Ze activeerde de app van het gps-zendertje dat ze onder Hectors pick-up had geplakt. Want ten eerste, aangenomen dat Isabella in het complot zat, was het onwaarschijnlijk dat ze alleen handelde, want daar was ze het type niet voor. Haar moeder, Rosa, die er op die avond op het jacht bij was geweest, moest er ook bij betrokken zijn. En haar broer Hector ook. Ten tweede – tjonge, wat dacht ze puntsgewijs vandaag – hoewel het best mogelijk was dat Isabella naar een of ander ver oord was gereisd om zich schuil te houden, geloofde Maya daar niets van. Ze had zich ergens in de buurt verscholen. Nu moest Maya haar alleen nog zien te vinden.

Ze haalde het pistool uit het dashboardkastje, checkte de gps-app en zag dat Hectors pick-up op dit moment bij de personeelswoningen op Farnwood geparkeerd stond. Maya klikte de geschiedenis aan en zag alle routes die de pick-up de afgelopen paar dagen had afgelegd. De enige route die niet in Hectors werkpatroon als tuinman leek te passen, was het adres van een flat in Paterson, New Jersey, die hij diverse keren had bezocht. Hij kon daar natuurlijk vrienden of een vriendin hebben, maar Maya vertrouwde het niet.

Dus wat nu?

Want zelfs al hield Isabella zich daar schuil, dan was het niet zo slim om er gewoon naartoe te rijden en op allerlei deuren te gaan bonzen. Ze moest eerst nadenken over hoe ze het zou aanpakken. Want nu kwam het erop aan. De meeste antwoorden had ze al. Ze moest eerst de overige zien te vinden, om er dan voor eens en voor altijd een punt achter te zetten.

Haar telefoon zoemde. Ze zag op het schermpje dat het Shane was.

'Hallo?'

'Wat heb je gedaan?'

De toon van zijn stem deed haar huiveren.

'Waar heb je het over?'

'Inspecteur Kierce.'

'Wat is er met hem?'

'Hij weet het, Maya.'

Ze zei niets. De denkbeeldige muren begonnen haar in te sluiten.

'Hij weet dat ik die kogel voor je heb laten checken.'

'Shane...'

'Claire en Joe zijn met hetzelfde wapen gedood, Maya. Hoe is dat verdomme mogelijk?'

'Shane, luister naar me. Je moet me vertrouwen, oké?'

'Dat zeg je steeds, "vertrouw me, vertrouw me". Het begint eentonig te worden.'

'Het zou niet nodig moeten zijn dat ik het zeg.' Het had geen zin, besefte ze. Het was uitgesloten dat ze het hem nu kon uitleggen. 'Hoor eens, ik moet ophangen.'

'Maya?'

Ze beëindigde het gesprek en sloot haar ogen.

Laat het los, zei ze tegen zichzelf.

Ze reed de verlaten weg op, afgeleid door Shanes telefoontje, door wat Christopher Swain haar had verteld en door alle emoties die door haar hoofd buitelden.

Misschien verklaarde dat wat er nu gebeurde.

Vanuit de tegengestelde richting kwam haar een busje tegemoet rijden. De weg, dwars door het bos, was niet zo breed, dus stuurde ze een beetje naar rechts om het busje te laten passeren. Maar toen het busje haar was genaderd, zwenkte het opeens naar links, zodat het recht op haar afkwam.

Maya ging boven op de rem staan om een botsing te voorkomen. Haar bovenlichaam werd naar voren geworpen en tegengehouden door haar autogordel terwijl ze in het primitieve deel van haar hersenen tot een besef kwam.

Ze werd aangevallen.

Het busje blokkeerde haar de weg, dus greep ze naar de versnellingshendel om de auto in de achteruit te zetten, maar op dat moment werd er op het zijraampje aan haar kant geklopt. Ze keek opzij en zag dat er een pistool op haar hoofd werd gericht. Tegelijkertijd zag ze vanuit haar ooghoek dat er achter het zijraampje aan de andere kant ook iemand opdoemde.

'Rustig maar.' De stem van de man achter het raampje was maar net te horen. 'We zullen je geen kwaad doen.'

Hoe was de man zo snel bij haar auto gekomen? Hij kon niet uit het busje zijn gestapt. Daar was niet genoeg tijd voor geweest. Ze hadden dit heel zorgvuldig gepland. Iemand had geweten dat ze naar het Solemani Herstelcentrum was geweest. Het was een stille weg. Vrijwel geen verkeer. Dus waarschijnlijk hadden de twee mannen zich aan weerskanten achter een boom verschuild. Het busje had de doorgang geblokkeerd en zij waren snel naar haar auto gekomen.

Maya verroerde zich niet en dacht aan de opties die haar restten.

'Stap uit de auto en kom met ons mee, alstublieft.'

Optie één: ram de versnelling in de achteruit en zet je voet op het gaspedaal.

Optie twee: trek je pistool uit de clipholster.

Beide opties kenden echter één bezwaar. Er werd een pistool op haar hoofd gericht. Misschien deed zijn maat aan de andere kant van de auto wel hetzelfde. Ze was Wyatt Earp niet en ze waren nu niet in de O.K. Corral. Als de man tot schieten bereid was, was ze kansloos als ze probeerde de versnellingshendel te pakken of haar pistool te trekken.

Dus bleef optie drie over: stap uit de auto...

Op dat moment zei de man met het pistool: 'Kom mee. Joe wacht op je.'

De zijdeur van het busje schoof langzaam open. Maya, nog in haar auto en met beide handen op het stuur, voelde haar hart tekeergaan in haar borstkas. De zijdeur van het busje was voor de helft geopend toen hij tot stilstand kwam. Maya tuurde naar de smalle opening, maar ze kon niet naar binnen kijken. Ze keek opzij naar de man met het pistool.

'Joe?' stamelde ze.

'Ja,' zei de man, en opeens had zijn stem een tedere klank. 'Kom. Je wilt hem toch zien?'

Voor het eerst keek ze naar het gezicht van de man. Daarna keek ze naar de man aan de andere kant van de auto. Hij had geen pistool in zijn hand.

Optie drie dan maar?

Maya begon te huilen.

'Mevrouw Burkett?'

Snikkend zei ze: 'Joe...'

'Ja.' De stem van de man klonk nu dwingender. 'Doe het portier van het slot, mevrouw Burkett.'

Nog steeds huilend ging Maya's hand naar de knop van de portiervergrendeling. Ze drukte die in en pakte de portierhendel vast. De man deed een stap achteruit toen het portier openzwaaide. Hij hield haar nog steeds onder schot. Maya stapte uit en viel bijna om. De man met het pistool wilde haar arm vastpakken, maar Maya, nog steeds in tranen, schudde haar hoofd en zei: 'Laat me.'

Ze strekte zich en liep aarzelend op het busje af. De man met het pistool greep niet in. Dat zei Maya voldoende.

De deur van het busje schoof verder open.

Vier mannen, telde Maya. De bestuurder van het busje, degene die de zijdeur opende en de twee mannen die bij haar auto hadden gestaan, de ene gewapend, de andere niet.

Toen ze het busje naderde, voelde ze dat al haar training en al die uren met de simulator op de schietbaan het commando van haar overnamen. Er kwam een merkwaardige rust over haar, een bijna zenachtige kalmte, alsof ze het oog van de orkaan in liep. Zo meteen zou het allemaal gebeuren, en hoe het ook afliep, of ze er levend uit tevoorschijn zou komen of niet, ze was erop voorbereid. Ze had haar lot niet in eigen hand – als je dat dacht, was je niet goed bij je hoofd – maar als je getraind en voorbereid bent, geeft dat je een geruststellend vertrouwen wanneer je in actie moet komen.

Nog steeds half wankelend draaide Maya haar hoofd iets opzij, een fractie maar, want wat ze nu zag was allesbeslissend. De man met het pistool had haar niet vastgegrepen toen ze uit de auto stapte. Dat was de reden dat ze zogenaamd emotioneel was geworden en in tranen was uitgebarsten. Om te zien hoe hij zou reageren. Hij was erin getrapt. Hij had haar laten gaan.

Hij had haar niet gefouilleerd.

Wat drie dingen betekende...

Ze keek om. De hand van de man met het pistool hing langs zijn zij. Hij had zich ontspannen. Hij zag haar niet langer als een directe bedreiging.

Eén: niemand had de man gewaarschuwd dat ze gewapend zou zijn...

Maya had de volgorde van haar acties al bepaald op het moment dat ze begon te huilen. Haar tranen dienden daarbij als extra wapen... ze hadden het effect dat haar belagers zich ontspanden en dat ze haar onderschatten, wat haar de tijd gaf, al voordat ze uit de auto stapte, om minutieus te plannen wat ze ging doen.

Twee: Joe zou hebben geweten dat ze gewapend zou zijn...

Haar hand ging al naar haar heup toen ze begon te rennen. Misschien een leuk feit voor mensen die dit nog niet weten. Accuraat schieten met een handwapen is verdraaid moeilijk. Met een handwapen op een bewegend doelwit schieten is nog veel moeilijker. Zesenzeventig procent van de keren dat getrainde politiemensen op een bewegend doelwit schieten, schieten ze er één tot drie meter naast. Voor burgers is dat percentage meer dan negentig procent.

Dus zorgde je er altijd voor dat je in beweging bleef.

Maya keek om naar de achterkant van het busje. Toen, zonder misstap of waarschuwing of ook maar de geringste aarzeling, stortte ze zich voorover in een soepele koprol, waarbij ze het wegdek nauwelijks raakte, terwijl ze de Glock uit de holster trok, weer overeind veerde en die op de man met het pistool richtte. De man had gezien wat ze deed en wilde reageren, maar hij was natuurlijk te laat.

Maya richtte op het midden van zijn borstkas.

In levensbedreigende situaties schiet je niet om iemand alleen te verwonden. Je richt je wapen op de borstkas, het grootste doelwit, wat je de grootste kans geeft om tenminste iets te raken mocht het doelwit zich bewegen, en je schiet niet één keer, maar je blijft vuren.

Dat was precies wat Maya deed.

De man sloeg tegen de grond.

Drie, de conclusie: Joe had deze mannen niet gestuurd.

Er gebeurden diverse dingen tegelijk.

Maya rolde door, bleef in beweging om geen statisch doelwit te zijn. Ze draaide zich om naar de tweede man, die nog steeds aan de passagierskant van haar auto stond. Ze bracht haar hand omhoog, was klaar om te vuren, maar de man dook weg achter haar auto.

Blijf in beweging, Maya...

Het portier van het busje sloeg dicht. De motor kwam brullend tot leven. Maya bevond zich inmiddels achter het busje, gebruikte het als schild voor het geval een van de andere mannen op haar wilde schieten. Maar ze kon hier niet blijven staan, dat was duidelijk. Het busje kon elk moment in beweging komen, waarschijnlijk achteruitrijden, hard, in een poging over haar heen te rijden.

Maya nam een instinctieve beslissing.

Vlucht.

De man met het pistool was uitgeschakeld. De twee in het busje waren in paniek. En de laatste man had ergens achter haar dekking gezocht.

In geval van twijfel kies je voor het eenvoudigste.

Met het busje als schild maakte Maya zich op voor de korte sprint naar het bos. Op dat moment schoot het busje achteruit en raakte haar bijna. Ze sprong opzij en nu uit het zicht van de man achter haar auto rende ze de laatste paar meter naar het bos.

Niet blijven staan...

De bomen stonden te dicht op elkaar om te kunnen zien wat er achter haar gebeurde, maar toen ze een kans zag, schoot ze achter een dikke boom en waagde een blik in de richting van de weg. De man die zich achter haar auto had verscholen was haar niet achternagekomen. In tegendeel, hij rende naar het busje, het portier aan de passagierskant ging open en hij dook naar binnen. Het busje maakte een driepuntsbocht en met slippende achterbanden schoot het de weg weer op.

Ze hadden de man die ze had neergeschoten aan de kant van de weg laten liggen.

Het hele gebeuren, vanaf het moment dat Maya haar koprol inzette tot nu, had nog geen tien seconden geduurd.

Maar wat nu?

Het kostte haar weinig tijd om een beslissing te nemen. Want ze had geen keus. Als ze het incident meldde en wachtte tot de politie kwam, zou ze zeker gearresteerd worden. Haar aanwezigheid in het park toen Joe werd vermoord, de vondst van Tom Douglass, de ballistische tests en nu weer een man die met haar eigen pistool was neergeschoten... probeer dat maar eens uit te leggen.

Ze haastte zich terug naar de weg. De neergeschoten man lag op zijn rug en met zijn benen gespreid.

Het was mogelijk dat hij deed alsof, maar Maya betwijfelde het. Desondanks hield ze het pistool op hem gericht toen ze hem naderde.

Het bleek niet nodig te zijn. Hij was dood.

Ze had hem doodgeschoten.

Geen tijd om daar lang bij stil te staan. Er kon elk moment een auto langskomen. Ze doorzocht snel zijn zakken en nam zijn portefeuille mee. Geen tijd om te kijken of er een identiteitsbewijs in zat. Ze overwoog even of ze zijn telefoon zou meenemen – haar eigen telefoon kon ze nu niet meer gebruiken – maar dat vond ze te riskant, om diverse redenen. Tot slot overwoog ze of ze zijn pistool moest meenemen, dat hij nog in zijn hand geklemd hield, maar als alles fout liep, was dat het enige concrete bewijs dat ze uit zelfverdediging had gehandeld.

Bovendien had ze haar eigen Glock nog.

In haar hoofd had ze al het rekenwerk gedaan. Het lijk van de man lag aan de kant van de weg. Het zou niet te veel moeite moeten kosten om hem een meter te verplaatsen en hem de berm in te rollen.

Nadat ze snel had gekeken of er geen auto's aankwamen, was dat precies wat Maya deed.

Het kostte haar zelfs minder kracht dan ze had gedacht, of misschien kwam dat door de adrenaline. Zijn levenloze lichaam rolde de berm in en kwam tot stilstand tegen een boom.

Maar nu lag hij tenminste niet meer in het zicht.

Uiteindelijk zou het lijk natuurlijk gevonden worden. Misschien al over een uur. Of binnen een dag. Maar het gaf Maya in elk geval genoeg tijd.

Ze liep terug naar haar auto en ging achter het stuur zitten. Haar telefoon ging als een idioot tekeer. Shane, die haar terugbelde. En Kierce begon zich blijkbaar ook af te vragen wat er verdomme aan de hand was. In de verte kwam een auto haar tegemoet. Maya bleef rustig. Ze startte en reed langzaam weg. Ze was gewoon iemand die op bezoek was geweest in het Solemani Herstelcentrum, meer niet. Als er hier ergens CCTV-camera's hingen, zouden ze op de beelden een busje zien dat met hoge snelheid voorbijreed, en een paar minuten later een normaal rijdende BMW, die een goede reden had om hier voorbij te rijden.

Diep ademhalen, Maya. In en uit. Strek en ontspan...

Vijf minuten later was ze weer op de snelweg.

Maya creëerde eerst wat afstand tussen zichzelf en het lijk.

Ze zette haar telefoon uit en kort daarna, omdat ze niet zeker wist of de telefoon nog steeds gevolgd kon worden, sloeg ze het toestel kapot op het stuur van de auto. Na vijftig kilometer reed ze het parkeerterrein van een CVS op. Ze keek in de portefeuille van de man die ze had doodgeschoten. Geen identiteitsbewijs, maar wel vierhonderd dollar in contanten. Perfect. Maya had weinig geld bij zich en ze wilde liever niet naar een pinautomaat.

Van het geld kocht ze drie prepaid telefoons en een honkbalpet. In de toiletten van de winkel bekeek ze zichzelf in de spiegel boven de wastafel. Wat een ramp. Ze waste haar gezicht en deed haar haar in een paardenstaart. Ze zette de pet op en kwam weer enigszins presentabel naar buiten.

Waar zouden haar drie belagers naartoe zijn gegaan?

Die vormden waarschijnlijk geen dreiging meer. Er was een kleine kans dat ze naar haar huis zouden rijden om haar daar op te wachten, maar dat leek erg riskant. Het lag voor de hand dat het busje was gestolen of gehuurd, of het had valse nummerplaten of zoiets, dus Maya vermoedde dat ze er voor vandaag een punt achter hadden gezet.

Bovendien was ze niet van plan om naar huis te gaan.

Ze belde Eddie. Na twee keer overgaan nam hij op. Ze zei waar hij naartoe moest komen. Hij zei dat hij dat onmiddellijk zou doen en ze was hem dankbaar dat hij verder geen vragen stelde. Ook dit was riskant, hoewel minimaal. Maar toch, toen ze kinderdagverblijf Growin' Up begon te naderen keek ze extra goed om zich heen. De ligging van Growin' Up was best interessant, merkte ze op, want die was te vergelijken met die van een legerbasis. Je kon het gebouw namelijk niet naderen, van geen enkele kant, zonder gezien te worden. Het was een beveiliging die uit meerdere lagen leek te bestaan. Goed, je kon er schietend naar binnen stormen, maar alle deuren hadden elektrische sloten, ook die van de kinderkamers, dus ze hadden altijd tijd om de autoriteiten te waarschuwen, en het politiebureau was op loopafstand.

Ze reed nog een laatste keer om het gebouw heen. Niets verdachts te zien.

Toen ze Eddies auto het parkeerterrein op zag draaien, reed ze hem achterna. De Glock zat in de holster achter haar broekband. Eddie parkeerde. Maya parkeerde naast hem en stapte uit. Ze opende het portier van Eddies auto en ging naast hem zitten.

'Wat is er aan de hand, Maya?'

'Je moet je bij Growin' Up legitimeren, zodat je Lily kunt afhalen.'

'Wat was dat voor raar telefoonnummer waarmee je me belde?'

'Eerst dit, oké?'

Eddie bleef haar even aankijken. 'Je weet wie Claire en Joe heeft vermoord, hè?'

'Ja.'

Hij wachtte. Toen zei hij: 'Maar je gaat het me niet vertellen.'

'Nu niet, nee.'

'Want?'

'Daar heb ik geen tijd voor. En omdat Claire je in bescherming wilde nemen.'

'Misschien wil ik niet meer beschermd worden.'

'Zo werkt het helaas niet.'

'O nee? Ik wil je helpen, oké?'

'Op dit moment,' zei ze, 'kun je me helpen door met me mee naar binnen te gaan.' Ze draaide zich opzij en pakte de portierhendel vast. Eddie slaakte een diepe zucht en deed hetzelfde. Zodra hij haar zijn rug had toegekeerd en overeind kwam om uit te stappen, propte Maya een envelop in zijn laptoptas en schoof die door tot aan de bodem. Daarna stapte zij ook uit.

Juf Kitty opende de deur met de zoemer en vertelde hoe de papieren ingevuld moesten worden. Terwijl er een identificatiefoto van Eddie werd gemaakt, liep Maya naar de deur van de gele kamer en keek door de ruit naar binnen. Toen ze Lily zag, maakte haar hart een sprongetje. Lily droeg een van Maya's oude shirts als schort, en haar handen zaten onder de verf. De glimlach op het gezicht van het meisje was breder dan ooit. Maya verroerde zich niet, voelde hoe een hand haar borstkas binnendrong en haar hart fijnkneep.

Juf Kitty kwam achter haar staan. 'Wil je naar binnen om haar gedag te zeggen?'

Maya schudde haar hoofd. 'Zijn we klaar?'

'Ja. Je zwager kan haar nu brengen en ophalen wanneer hij wil.'

'Ik hoef niet te bellen om toestemming te geven?'

'Nee. Dat wilde je toch?'

'Ja.'

'Nou, zo hebben we het gedaan.'

Maya knikte, met haar blik nog steeds op Lily gericht. Ze bleef nog even naar haar dochter kijken en draaide zich toen langzaam om. Ze keek juf Kitty aan en zei: 'Bedankt.'

'Voel je je wel goed?'

'Ja, niks aan de hand.' Ze keek langs juf Kitty naar Eddie. 'Kom, we moeten gaan.'

Buiten, op het parkeerterrein, vroeg Maya of ze Eddies telefoon even mocht gebruiken. Zonder te protesteren gaf hij het toestel aan haar. Ze ging naar de website van de gps-app en logde in met haar naam.

Hectors pick-up stond weer bij de flat in Paterson.

Mooi. Dus ze had de tijd om alles goed voor te bereiden. Ze overwoog Eddie te vragen of ze zijn telefoon bij zich mocht houden, maar iemand zou dat uiteindelijk te weten kunnen komen en haar via zijn telefoon kunnen traceren. Ze gaf het toestel aan hem terug.

'Dank je.'

'Ga je me nu vertellen wat er allemaal gaande is?'

Toen ze bij hun auto's kwamen zei Maya: 'Wacht even.' Ze opende de kofferbak van haar auto en haalde een schroevendraaier uit de gereedschapskist.

'Wat ga je doen?'

'Ik ruil onze nummerplaten om.'

Ze geloofde niet dat Kierce al een opsporingsbevel voor haar had uitgegeven, maar het kon geen kwaad om extra voorzichtig te zijn. Maya begon bij de voorbumper. Eddie haalde een muntje uit zijn broekzak, gebruikte het als schroevendraaier en begon aan de achterkant. Twee minuten later waren de platen omgewisseld.

Ze wilde teruglopen naar haar auto. Eddie verroerde zich niet en observeerde haar.

Maya bleef staan. Er waren zo veel dingen die ze hem wilde vertellen... over Claire, over Joe, over alles. Ze opende haar mond, maar ze besefte dat wat ze ook zei, het niet goed zou zijn. Vandaag niet. Niet nu.

'Ik hou van je, Eddie.'

Hij hield zijn hand boven zijn ogen om ze af te schermen voor de zon. 'Ik ook van jou, Maya.'

Ze stapte in haar auto en ging op weg naar Paterson.

32

Ze vond Hectors Dodge Ram op het parkeerterrein van een flat in Fulton Street in Paterson.

Maya parkeerde langs de stoeprand en liep het parkeerterrein op. Ze probeerde de portieren van de pick-up, in de hoop dat er een niet op slot zou zijn. Ze had geen geluk. Ze vroeg zich af wat ze nu moest doen. Het was onmogelijk te zeggen waar Hector zich in de flat bevond. Ze wist evenmin of Isabella bij hem zou zijn. Maar daar kon ze nu niets aan doen. Het doel dat ze had was heel simpel.

Ze zou Hector dwingen haar te vertellen waar Isabella was.

Dus stapte Maya weer in haar auto en wachtte. Ze hield de ingang van de flat goed in de gaten, maar af en toe ging haar blik naar Hectors pick-up, voor het geval dat hij er vanaf een andere kant naartoe liep. Er ging een half uur voorbij. Ze zou dolgraag willen dat ze nu toegang tot internet had, om te zien of Corey al info over EAC Pharmaceuticals op zijn website had gezet, wat ze wel verwachtte. Maar haar smartphone was kapot en met de drie prepaids die ze had gekocht kon ze alleen bellen en sms'en. Maar ze durfde te wedden dat Corey inmiddels in actie was gekomen. Dat zou ook die poging tot kidnapping verklaren. Corey had delen van het verhaal op zijn website gezet en nu probeerde iemand, vermoedelijk van de familie Burkett, de schade zo beperkt mogelijk te houden.

Hector kwam door de deuren van de flat naar buiten lopen.

Maya had de Glock al in haar hand. Hector richtte de infrarode sleutel op de pick-up en drukte op de knop. De koplampen lichtten op en het portier werd ontgrendeld. Hector had een bezorgde uitdrukking op zijn gezicht, maar hij was nu eenmaal niet iemand die er vaak blij of ontspannen uitzag.

Maya's plan was heel simpel. Ze zou Hector naar de pick-up volgen, hem van achteren besluipen, het pistool op zijn hoofd zetten en hem dwingen haar te vertellen waar Isabella was.

Niet bepaald een subtiele aanpak, maar daar had ze nu geen tijd voor.

Maar toen Maya naar de achterkant van de pick-up wilde sluipen, zag ze dat dit wellicht niet nodig was.

Want ook Isabella kwam het flatgebouw uit lopen.

Bingo.

Maya dook snel weg achter een auto. Maar wat nu? Moest ze wachten tot Hector was weggereden voordat ze in actie kwam? Of als ze Isabella het pistool op haar hoofd zette als Hector er nog was, hoe zou hij dan reageren? Niet bijzonder vriendelijk, nam ze aan. Hij had een mobiele telefoon. Hij kon om hulp vragen, het op een schreeuwen zetten, of op een andere manier roet in het eten gooien.

Nee, Maya moest wachten tot hij was weggereden.

Hector stapte in de pick-up. Maya maakte zich zo klein mogelijk en sloop langs de auto naar voren. Ze hield het pistool uit het zicht. Ze hoopte dat er niemand uit het raam stond te kijken, alhoewel, als dat zo was, zou ze hoogstens argwaan wekken, want er was nog niets gebeurd. Maya betwijfelde of ze meteen de politie zouden bellen, maar dat risico moest ze nemen.

Isabella liep vanaf de linkerkant haar beeldveld binnen.

Wacht, blijf nou staan.

Maya had gedacht dat Isabella alleen naar buiten was gekomen om haar broer uit te zwaaien of hem nog iets na te roepen. Maar dat had ze verkeerd ingeschat.

Isabella liep door naar de pick-up en stapte aan de passagierskant in.

Maya kon twee dingen doen. Eén: ze kon snel teruggaan naar haar auto en ze achternarijden. Maar als ze dat deed, liep ze de kans dat ze de pick-up uit het oog verloor en zonder haar smartphone kon ze die niet traceren.

Twee...

Nee, het was genoeg geweest.

Ze rende naar de pick-up, trok het achterportier open, stapte snel in en zette de loop van het pistool op Hectors achterhoofd.

'Handen op het stuur.' Ze richtte het pistool op Isabella, zei: 'Jij ook, Isabella. Handen op het dashboard,' en daarna weer op Hectors hoofd.

Beiden keken haar geschokt aan.

'Schiet op. Nu!'

Langzaam legden ze hun handen op de opgedragen plek. Maya dacht terug aan haar vorige confrontatie met Isabella en hoe ze haar toen had onderschat, dus ze boog zich tussen de rugleuningen door en greep Isabella's tas. Ze keek erin.

Ja hoor, haar mobiele telefoon en een busje pepperspray zaten erin.

Hectors telefoon stond in de bekerhouder. Maya griste hem eruit en deed hem in Isabella's tas. Vervolgens vroeg ze zich af of Hector misschien gewapend was. Met het pistool op zijn hoofd beklopte ze hem snel op de voor de hand liggende plekken. Niets. Ze trok de sleutel uit het contactslot en deed die ook in de tas. Ze liet de tas op de vloer voor de achterbank vallen en op dat moment zag ze iets wat haar abrupt tot stilstand bracht.

Het was de kleur die haar aandacht trok.

'Wat wil je van ons?' vroeg Isabella.

Achter de rugleuning van de bestuurdersstoel lag een stapeltje kleding op de vloer.

'Je kunt niet zomaar een pistool...'

'Hou je mond,' zei Maya. 'Nog één kik en ik schiet Hectors kop van zijn romp.'

Boven op het stapeltje lag een grijs sweatshirt. Ze schoof het opzij met haar voet. Toen ze zag wat eronder lag, haalde ze bijna van woede de trekker over, want daar lag het maar al te bekende mosgroene buttondown shirt.

'Vertel op,' zei Maya.

Isabella keek haar boos aan.

'Laatste kans.'

'Ik heb je niks te zeggen.'

Maya begon zelf te praten. 'Hector is ongeveer van Joe's lengte en bouw. Ik mag aannemen dat hij Joe's rol in je video heeft gespeeld? Jij hebt hem binnengelaten. Hij heeft gedaan of hij Joe was. Lily kent Hector. Naar hem zou ze wel glimlachen en bij hem op schoot kruipen. En daarna hebben jullie Joe's gezicht van de video van...' Die glimlach. De glimlach die ze op de video had gezien. 'Mijn god, hebben jullie die van onze trouwvideo gehaald?'

'We hebben je niks te zeggen,' zei Isabella weer. 'Je vermoordt ons heus niet.'

Genoeg. Maya greep het pistool anders vast en sloeg Hector met de stalen kolf hard op zijn neus. Het 'krak' van het brekende neusbeen was duidelijk hoorbaar. Hector schreeuwde het uit. Het bloed sijpelde tussen zijn vingers door.

'Misschien vermoord ik jullie niet,' zei Maya, 'maar de eerste kogel gaat in zijn schouder, de tweede in zijn elleboog en de derde in zijn knie. Dus vertel op.'

Isabella aarzelde.

Maya keerde het pistool weer om en sloeg Hector nog een keer, deze keer boven op zijn oor. Hij kreunde en viel opzij tegen het portier. Als vanzelf haalde Isabella haar handen van het dashboard en boog zich naar haar broer toe. Maya haalde opnieuw uit en raakte haar in het gezicht, met genoeg kracht om haar pijn te doen maar zonder ernstige schade aan te richten.

Desondanks bloedde Isabella nu ook.

Maya drukte de loop van het pistool tegen Hectors schouder en kromde haar vinger om de trekker.

'Wacht!' riep Isabella.

Maya verroerde zich niet.

'We hebben het gedaan omdat jij Joe hebt vermoord!'

Maya bleef het pistool tegen Hectors schouder drukken. 'Wie heeft je dat verteld?'

'Maakt dat iets uit?'

'Als jij gelooft dat ik mijn eigen man heb vermoord,' zei Maya, en ze knikte naar het pistool in haar hand, 'ben ik ook wel in staat om jouw broer gewoon dood te schieten, denk je ook niet?'

'Het was mijn moeder.'

Het was Hector die het zei.

'Zij zei dat jij Joe hebt vermoord. En dat we haar moesten helpen om het te bewijzen.'

'Hoe helpen?'

Hector ging rechtop zitten. 'Heb je hem dan niet vermoord?'

'Hoe helpen, Hector?'

'Zoals jij zei. Ik heb me als Joe verkleed. We hebben het laten filmen door jouw nannycam. Daarna ben ik met het geheugenkaartje naar Farnwood gereden. De familie had een PhotoShop-prof ingehuurd om de beelden te bewerken. Een uur later ben ik teruggereden naar je huis en Isabella heeft het kaartje teruggedaan in de fotolijst.'

'Wacht,' zei Maya. 'Hoe wisten jullie dat er een nannycam in die lijst zat?'

Isabella maakte een minachtend snuivend geluid. 'De dag na de begrafenis staat er opeens een gloednieuwe digitale fotolijst met je foto's er al in op de boekenplank? Doe me een lol. Je bent de enige moeder die ik ken die geen enkele foto van haar kind in haar huis ophangt. Je hangt haar tekeningen niet eens op. En dan staat er opeens die fotolijst... denk je dat ik achterlijk ben?'

Maya bedacht hoe ijverig Isabella er steeds op de beelden van de nannycam had uitgezien... een en al glimlach en aandacht voor Lily. 'En toen heb je je moeder over die fotolijst verteld?'

Isabella vond het niet nodig die vraag te beantwoorden.

'En het was zeker haar idee dat jij me met pepperspray onder vuur nam?'

'Ik wist niet hoe je zou reageren als je de beelden had gezien. Ik moest dat geheugenkaartje eruit halen en meenemen. Zodat jij de beelden aan niemand anders kon laten zien.'

Ze hadden haar willen isoleren.

'En toen je ze aan mij liet zien,' vervolgde Isabella, 'moest ik doen alsof ik ze niet zag.'

'Waarom?'

'Waarom denk je?'

Maar het antwoord lag voor de hand. 'Het was de bedoeling dat ik in de war raakte en aan mezelf ging twijfelen...'

Maya's stem stierf weg. Ze staarde nu langs ze heen, door de voorruit van de pick-up naar buiten. Isabella en Hector keken haar aan en draaiden toen hun hoofd om om te zien wat haar aandacht had getrokken.

Want daar, recht voor de neus van Hectors pick-up, stond Shane.

'Als jullie proberen te ontsnappen,' zei Maya tegen Hector en Isabella, 'open ik onmiddellijk het vuur op jullie, is dat duidelijk?'

Ze opende het achterportier, stapte uit en boog zich weer naar binnen om Isabella's tas te pakken. Shane stond nog steeds voor de pick-up en verroerde zich niet. Zijn ogen waren rood.

'Wat ben je aan het doen?' vroeg Shane.

'Ze hebben me in de val gelokt,' zei Maya.

'Hoezo?'

'Hector had zich als Joe verkleed. Daarna hebben ze met PhotoShop Joe's gezicht van een oude video erin gemonteerd.'

'Dus Joe is...'

'Dood. Ja. Hoe heb je me gevonden, Shane?'

'Gps.'

'Maar ik heb geen telefoon bij me.'

'Ik had zendertjes onder allebei je auto's geplakt,' zei Shane.

'Waarom?'

'Omdat je je niet rationeel gedroeg,' zei hij. 'Al voor dat gedoe met die nannycam niet. Het wordt tijd dat je dat inziet.'

Maya zei niets.

'Dus ja, ik was degene die dr. Wu heeft gebeld. Ik hoopte dat hij je kon ompraten om weer in therapie te gaan. En ja, ik heb die zendertjes onder je auto's geplakt, voor het geval dat je hulp nodig had. Toen Kierce me belde over die ballistische tests en jij mijn telefoontjes niet beantwoordde...'

Maya keek om naar de pick-up. De twee hadden zich niet verroerd.

Diep ademhalen...

'Ik moet je iets vertellen, Shane.'

'Over de ballistische test.'

Ze schudde haar hoofd.

Strek, ontspan...

'Over die dag boven Al Qa'im.'

Shane keek haar verbaasd aan. 'Wat is daarmee?'

Ze opende haar mond en sloot hem weer.

'Maya?'

'We hadden al zo veel mannen verloren. Goeie jongens. Ik kon het niet laten gebeuren dat we er nog meer zouden verliezen.'

De tranen sprongen haar in de ogen.

'Dat weet ik,' zei Shane. 'Dat was onze missie.'

'En toen signaleerden we die SUV. Tegelijkertijd hoorde ik onze jongens om hulp smeken, terwijl die SUV ze steeds dichter naderde. We kregen hem in het vizier. We meldden het. Maar we kregen nog geen toestemming om het vuur te openen.'

'Precies,' zei Shane. 'Ze wilden eerst bevestigd hebben dat de inzittenden geen burgers waren.'

Maya knikte.

'Dus moesten we wachten,' zei Shane.

'Terwijl onze jongens om hun leven smeekten.'

Shanes ene mondhoek begon te trillen. 'Het was afschuwelijk om daarnaar te moeten luisteren. Dat weet ik. Maar wat we hebben gedaan was het juiste. We hebben gewacht. We hebben ons aan het protocol gehouden. Het was onze schuld niet dat die burgers zijn omgekomen. Toen we uiteindelijk de bevestiging kregen...'

Maya schudde haar hoofd. 'Die hebben we nooit gekregen.'

Shanes mond viel open en hij keek haar aan.

'Ik heb jouw radiokanaal uitgezet.'

'Je... Je hebt wat?'

'Het JOC zei dat we moesten blijven wachten.'

Hij schudde zijn hoofd. 'Hoe bedoel je?'

'Ze wilden ons het groene licht niet geven. Zij dachten dat minstens één inzittende van de SUV een burger was, mogelijk een minderjarige. Ze meldden via de radio dat het fiftyfifty was dat de inzittenden van die SUV vijandelijk waren.'

Shane stond inmiddels naar adem te happen. 'Maar ik heb toch zelf gehoord...'

'Nee, Shane. Je hebt gehoord wat ik aan je doorgaf.'

Hij keek haar aan en zei niets.

'Jij denkt dat het geluid van die video schadelijk voor ons is omdat we te opgetogen klonken toen we het doelwit hadden vernietigd.

Maar dat is niet wat er op Coreys tape staat. Op die tape staat dat het JOC aan mij meldt dat er burgers in die SUV konden zitten.'

'En toch heb je die raket afgeschoten,' zei Shane.

'Ja.'

'Waarom?'

'Omdat die burgers me niet konden schelen,' zei Maya. 'Alleen onze jongens konden me schelen.'

'Jezus, Maya.'

'Ik heb er zelf voor gekozen. Ik verdomde het om nog meer van onze jongens op te offeren. Niet tijdens míjn dienst. Niet zolang ik er iets aan kon doen. En als er bij die actie burgers omkwamen, als er onvoorziene schade werd aangericht, dan moest dat maar. Het kon me niet meer schelen. Dat is de waarheid. En nu denk je misschien dat ik 's nachts die gruwelijke flashbacks heb omdat ik me schuldig voel over de dood van die burgers. Maar het is juist het tegenovergestelde, Shane. Ik heb die flashbacks omdat ik me níét schuldig voel. Het is niet de dood van die burgers die me achtervolgt. Wat mij achtervolgt, Shane, wat maar aan me blijft knagen, is de wetenschap dat als ik weer in die situatie zou zitten, ik precies hetzelfde zou doen.'

De tranen waren Shane in de ogen gesprongen.

'En je hoeft geen psychiater te zijn om te bedenken wat het effect hiervan is. Elke nacht word ik gedwongen opnieuw te beleven wat er is gebeurd, maar de afloop kan ik niet veranderen. Daarom zullen die flashbacks me nooit met rust laten, Shane. Elke nacht zit ik weer in die helikopter. Elke nacht probeer ik een manier te bedenken om het leven van die jongens te redden.'

'En elke nacht breng je die burgers weer om,' zei Shane. 'Jezus christus...'

Hij deed een stap naar haar toe en wilde haar in zijn armen nemen, maar ze schudde haar hoofd. Dat kon ze nu niet aan. Ze draaide zich om en keek naar de pick-up. Isabella en Hector hadden zich nog niet verroerd.

Het was tijd om te gaan.

'Wat heeft Kierce je verteld, Shane?'

'Dat Joe en Claire met hetzelfde wapen zijn gedood,' zei Shane. 'Dat wist jij al, hè? Dat had Kierce je verteld.'

Maya knikte.

'Maar je hebt het mij niet verteld, Maya.'

Ze zei niets.

'Je hebt me alles verteld, behalve de uitslag van die ballistische test.'

'Shane...'

'Ik ging ervan uit dat je op eigen houtje Claires moordenaar probeerde te vinden. Aan de politie had je niks. En ik ging ervan uit dat je iets op het spoor was.'

Maya bleef naar de pick-up kijken. Niet dat ze Hector en Isabella geen moment uit het oog wilde verliezen, maar omdat ze het moeilijk vond om Shane aan te kijken.

'Je had me die eerste kogel gegeven voordat Joe werd vermoord,' zei Shane. 'Je vroeg me of ik kon kijken of die afkomstig was uit hetzelfde wapen waarmee Claire was vermoord. Maar je wilde me niet vertellen waar je de kogel vandaan had. En nu blijkt dat ook Joe met dat wapen is vermoord. Hoe kan dat?'

'Er is maar één mogelijkheid,' zei Maya.

Shane schudde zijn hoofd, maar hij wist het antwoord al. Maya zocht zijn blik en bleef hem aankijken.

'Ik heb hem vermoord,' zei ze. 'Ik heb Joe vermoord.'

33

Maya had haar honkbalpet opgezet en ze zat achter het stuur van Hectors pick-up. Ze arriveerde op Farnwood via de personeelsingang en reed door naar het grote landhuis. Het was inmiddels donker. Er liepen nog wel mensen van de beveiliging rond, maar daar had ze weinig last van. Niemand hield de bekende Dodge Ram aan of viel haar lastig met vragen.

Shane was bij Hector en Isabella achtergebleven om te voorkomen dat ze iemand op Farnwood belden en te zeggen dat Maya eraan kwam. Maya gebruikte een van de prepaid telefoons om Leather & Lace te bellen en naar Lulu te vragen.

'Ik kan je niet meer helpen,' zei Lulu.

'Ik denk dat je dat wel kunt.'

Toen ze uitgepraat was en het gesprek had beëindigd, parkeerde ze de pick-up aan de zijkant van het huis. Alles was in duisternis gehuld. Ze sloop naar de achterkant en probeerde de keukendeur. Die was niet op slot. Het was stil in huis en ze zag niemand. Nergens brandde licht. Maya liep door naar de grote salon aan de voorkant. Ze bleef even bij de open haard staan, nam plaats in een fauteuil en wachtte. Er verstreek enige tijd. Haar ogen pasten zich aan aan het duister.

Ze zag het verleden aan zich voorbijflitsen, maar het was het eerste beeld, van toen ze de wapenkluis opende, dat alles had veranderd. Ze was in het Midden-Oosten geweest en voor het eerst sinds Claires dood thuisgekomen. Ze had Claires graf bezocht. Joe was met haar meegegaan. Hij had zich wat vreemd gedragen, maar daar had ze weinig aandacht aan besteed. Ze had zich wel dingen over hem afgevraagd, over hoe weinig ze eigenlijk samen waren geweest na hun stormachtige verliefdheidsperiode, door haar militaire dienst en zijn werk, maar ook daar had ze niet al te veel waarde aan gehecht.

Had ze destijds gedacht dat ze hem eigenlijk helemaal niet zo goed kende? Nee. Maar dat wist ze nu pas, nu ze erop terugkeek.

Het was het moment dat ze de wapenkluis opende dat alles had veranderd.

Maya was heel gedisciplineerd als het om haar wapens ging. Ze had ze altijd minutieus schoongehouden, dus toen ze haar twee Smith & Wesson 686's uit de kluis haalde, zag ze onmiddellijk dat er iets niet klopte.

De ene, die ze in de geheime ruimte bewaarde, was gebruikt.

Toen ze was thuisgekomen, had Joe nog geklaagd dat hij wapens verafschuwde, dat hij geen zin meer had om met haar mee te gaan naar de schietclub en dat hij het niet prettig vond dat ze haar wapens thuis bewaarde.

Kortom, hij had net iets te veel geklaagd.

Het vreemde was echter, nu ze erop terugkeek, dat hij, die zo'n hekel aan wapens had, wel had gewild dat zijn duimafdruk in het geheugen van de kluis werd opgeslagen. 'Alleen voor de zekerheid,' had Joe gezegd. 'Je weet nooit.'

Er zijn van die momenten die alles in het leven veranderen. Alsof ze ook hier met een optische illusie te maken had. Je ziet het ene, maar als je een stapje opzij doet, zie je iets heel anders. Zo voelde ze zich toen ze de revolver in haar hand had en zag dat die was schoongemaakt door iemand die niet wist hoe dat moest.

Het was alsof ze een dreun in haar maagstreek kreeg. Dit was verraad van het ergste soort. Ze had haar bed gedeeld met de vijand, en voelde zich dommer dan ooit. En toch had ze er ook de vreselijke, gruwelijke logica van ingezien.

Ze wist het.

Al had ze niets liever gedaan dan het ontkend, ze wist dat dit wapen, haar eigen revolver, een eind aan het leven van haar zus had gemaakt. Ze wist het al voordat ze naar de schietclub ging om er een kogel mee af te vuren en die aan Shane te geven. Ze wist het al voordat ze Shane had gevraagd die te vergelijken met de .38 die ze uit Claires schedel hadden gehaald.

Joe had Claire vermoord.

Toch bestond er nog steeds een kans dat ze het mis had. De kans dat een heel slimme moordenaar de kluis had weten te openen, de revolver had gebruikt en die later had teruggelegd. De kans dat Joe het helemaal niet had gedaan. Dat was de reden dat ze de twee Smith & Wessons had omgeruild, dat ze de niet in New Jersey geregistreerde revolver die Joe had gebruikt in het zicht had gelegd en de andere in de geheime ruimte had opgeborgen. Daarna had ze zich ervan overtuigd dat geen van de andere wapens geladen was.

Alleen de Smith & Wesson in de geheime ruimte.

Daarna was ze begonnen Joe's spullen te doorzoeken, waarbij ze expres sporen had achtergelaten, zodat hij kon zien wat ze had gedaan. Maya wilde dat hij wist dat ze hem doorhad. Om te zien hoe hij reageerde. Om hem zover te krijgen dat hij haar zou vertellen waarom hij Claire had vermoord.

Ja, Kierce had het bij het rechte eind gehad. Het was Maya geweest die Joe die avond had gebeld, niet andersom.

'Ik weet wat je hebt gedaan,' had ze tegen hem gezegd.

'Waar heb je het over?'

'Ik heb het bewijs.'

Ze had tegen hem gezegd dat hij naar die plek in Central Park moest komen. Zij was er eerder dan hij en ze had alvast de omgeving verkend. Ze had twee straatcriminelen zien lopen in de buurt van de Bethesda-fontein. Ze zou later te horen krijgen dat ze Emilio Rodrigo en Fred Katen heetten. Ze kon aan de manier van lopen van Rodrigo zien dat hij gewapend was.

Perfect. Twee zondebokken die niet veroordeeld zouden kunnen worden.

Toen Joe op de afgesproken plek aankwam, had ze hem ruimschoots de kans gegeven om het uit te leggen.

'Waarom heb je Claire vermoord?'

'Ik dacht dat je zei dat je bewijs had, Maya. Maar je hebt niks.'

'Ik zal het bewijs vinden. Ik zal niet rusten voordat ik het heb gevonden. Ik ga je leven tot een hel maken.'

Het was op dat moment geweest dat Joe de geladen Smith & Wesson uit de geheime ruimte van de kluis op haar had gericht. Hij had haar glimlachend aangekeken. Tenminste, dat dacht ze. Het was te donker geweest om het goed te kunnen zien, en bovendien had ze gebiologeerd naar de loop van de revolver zitten staren. Maar nu ze eraan terugdacht, durfde ze te zweren dat Joe had geglimlacht.

En hij had de revolver op het midden van haar borstkas gericht.

Alles wat ze tot dan toe had gedacht, alles wat ze meende te weten, was in één beweging van tafel geveegd door de aanblik van de man die ze voor altijd dacht lief te hebben, en die nu een geladen revolver op haar richtte. Ze had het geweten en toch had ze het niet kunnen geloven, kunnen accepteren... Het moest allemaal een grote vergissing zijn, en dat ze hem hiertoe had gedreven, gaf alleen maar aan wat haar allemaal was ontgaan en hoe ver ze ernaast zat.

Joe, de vader van haar kind, was geen moordenaar. Ze had haar bed en haar hart niet gedeeld met een nietsontziende moordenaar die haar zus had gemarteld en daarna had doodgeschoten. Er bestond nog steeds een kans dat het allemaal op de een of andere manier uitgelegd kon worden.

Totdat hij de trekker overhaalde.

Nu, in haar fauteuil in de donkere salon, sloot Maya haar ogen.

Ze zag Joe's gezicht voor zich, de blik in zijn ogen toen de revolver niet afging. Hij haalde nogmaals de trekker over. En daarna nog een keer.

'Ik heb de slagpin eruit gehaald.'

'Wat?'

'Ik heb de slagpin van de hamer gehaald, zodat je niet kunt vuren.'

'Het maakt niet uit, Maya. Je zult nooit kunnen bewijzen dat ik haar heb vermoord.'

'Nee, dat weet ik.'

Dat was het moment waarop Maya de andere Smith & Wesson trok, die Joe had gebruikt om Claire te vermoorden, en drie keer op hem schoot. De eerste twee schoten waren niet dodelijk, en dat deed ze expres. Ze was tenslotte scherpschutter. De meeste straatcriminelen waren dat niet. Een enkel dodelijk schot zou te veel opvallen.

Kierce: *De eerste kogel trof uw man in zijn linkerschouder. De tweede in het rechteruiteinde van zijn sleutelbeen.*

Ze droeg een trenchcoat en handschoenen die ze met contant geld in een winkel van het Leger des Heils had gekocht. Die zouden de kruitsporen voor haar opvangen. Ze trok ze snel uit, gooide de handschoenen in een vuilnisbak en de jas in een vuilcontainer op Fifth Avenue. Het was onwaarschijnlijk dat ze gevonden zouden worden, maar als dat gebeurde en iemand zou besluiten ze op kruitsporen te controleren, nou... dan zouden de sporen niet naar haar leiden. Terug bij Joe nam ze hem in haar armen terwijl hij stierf en zorgde ervoor dat er genoeg van zijn bloed op haar T-shirt terechtkwam. De twee revolvers stopte ze in haar tas. Daarna rende ze half strompelend terug naar de Bethesda-fontein.

'Help... alsjeblieft... iemand... mijn man...'

Niemand fouilleerde haar. Waarom zouden ze? Ze was een van de slachtoffers. Ze zouden eerst kijken of ze ongedeerd was en of de daders nog in de buurt waren. En zij zou gebruikmaken van die verwarring. Ze was aanvankelijk van plan geweest de tas ook ergens te dumpen – er zat verder niets in, alleen de twee revolvers – maar uiteindelijk bedacht ze zich, want het was niet nodig. Ze hield de tas bij zich, dumpte het moordwapen op weg naar huis in de rivier en nam de andere revolver mee naar huis. Thuis schroefde ze de slagpin weer in de hamer van de geregistreerde Smith & Wesson, maakte hem goed schoon en legde hem terug in de kluis. Dat was de revolver die Kierce had meegenomen en had getest.

Maya wist dat de ballistische test haar 'onschuld' zou bevestigen en de politie in verwarring zou brengen. Want Joe en Claire waren met hetzelfde wapen gedood. Maya had een waterdicht alibi voor de moord op Claire – ze was in het Midden-Oosten – dus het was uitgesloten dat zij de dader was. Ze had het vervelend gevonden dat ze twee onschuldige mannen – Emilio Rodrigo en Fred Katen – de schuld in de schoenen moest schuiven, maar een van beiden had inderdaad een wapen gedragen, dus zo onschuldig zou hij nu ook weer niet zijn. Bovendien wist ze, door haar verklaring dat ze bivakmutsen hadden gedragen, dat de politie de beschuldiging nooit hard zou kunnen maken. Het was uitgesloten dat ze voor de moord veroordeeld zouden worden.

Vergeleken met wat ze in het verleden had gedaan, was de onvoorziene schade voor die twee minimaal.

De zaak was algauw in een onoplosbare chaos veranderd, wat precies was wat Maya wilde. Claire was vermoord en de dader was gestraft. Einde verhaal. Er had een soort gerechtigheid plaatsgevonden. Maya kende niet alle details, maar ze had genoeg geweten. Zij en haar dochter zouden in veiligheid zijn.

Totdat de video van de nannycam alles weer had veranderd.

Maya, nog steeds in de fauteuil in de salon, hoorde een auto voor de deur stoppen. Ze bleef zitten waar ze zat. Even later hoorde ze de voordeur opengaan en hoorde ze Judith zeggen wat een oersaaie avond ze het had gevonden. Neil was bij haar. Caroline ook. Met z'n drieën kwamen ze de salon binnen.

Judith deed de lichten aan en hapte naar adem.

Maya, in haar fauteuil, verroerde zich niet.

'Mijn god,' zei Judith. 'Ik schrik me een ongeluk. Wat doe jij hier, Maya?'

'Ockhams scheermes,' zei Maya.

'Pardon?'

'Wanneer er verschillende hypotheses zijn die een verschijnsel in gelijke mate kunnen verklaren, wordt vanuit dit principe aangeraden om de hypothese te kiezen die de minste aannames bevat en de minste entiteiten veronderstelt.' Maya glimlachte. 'Met andere woorden: het simpelste antwoord is meestal het juiste. Joe had die drie kogels in het park niet overleefd. Jij wilde alleen dat ik dat dacht.'

Judith keek haar twee kinderen aan en draaide zich weer om naar Maya.

'Jij hebt die stunt met die nannycam bedacht, Judith. Je hebt Rosa's kinderen verteld dat ik Joe had vermoord maar dat je het niet kon bewijzen. Dus besloot je me op een andere manier aan te pakken.'

Judith probeerde het niet eens te ontkennen. 'En als ik dat heb gedaan, wat dan nog?' Haar stem klonk ijskoud. 'Het is niet verboden om te proberen een moordenaar te ontmaskeren, of wel soms?'

'Niet dat ik weet,' beaamde Maya. 'Ik had het natuurlijk vanaf het begin kunnen weten. Je bent een echte manipulator. Je hebt je hele leven niks anders gedaan dan met de geest van mensen rotzooien.'

'Dat waren psychologische experimenten.'

'Eén pot nat. Maar ik heb Joe zien sterven. Ik wist dat hij niet meer in leven kon zijn.'

'Ah, maar het was donker,' zei Judith. 'Je kon je vergist hebben. Jij had Joe in de val gelokt. Door te zeggen dat hij naar die plek in het park moest komen. Misschien had hij wel iets soortgelijks met jou gedaan. Door je kogels door losse flodders te vervangen, of zoiets.'

'Maar dat was niet zo.'

Neil schraapte zijn keel. 'Wat wil je van ons, Maya?'

Maya negeerde hem en bleef Judith aankijken. 'Maar zelfs als ik niet zou geloven dat hij nog leefde, en zelfs als ik niet onder de druk zou bezwijken en schuld zou bekennen, wist je hoe ik erop zou reageren, hè?'

'Ja.'

'Ik zou denken dat iemand een smerig spelletje met me speelde. Ik zou op onderzoek uitgaan. Misschien zou ik een misstap begaan en zouden jullie me kunnen pakken voor de moord. Ik zou vast wel ergens over struikelen. Dus moesten jullie te weten zien te komen hoeveel ik wist, en hebben jullie allemaal je aandeel geleverd aan mammies zogenaamde psychologische experiment. Caroline maakte me wijs dat ze dacht dat haar broers nog in leven waren en dat Kierce door de familie werd omgekocht. Complete verzinsels. Tegelijkertijd bleven de dingen maar op me afkomen. De nannycam, het verdwenen shirt, de telefoontjes... Iedereen zou aan zichzelf gaan twijfelen. Wat ik dan ook deed. Ik zou wel gek moeten zijn als ik helemaal geen rekening hield met de mogelijkheid dat ik aan het doordraaien was.'

Judith glimlachte naar haar. 'Waarom ben je hier, Maya?'

'Ik heb een vraag voor je, Judith.'

Judith wachtte.

'Hoe wist je dat ik Joe had vermoord?'

'Dus je geeft het toe.'

'Ja. Maar hoe wist je het?' Maya keek eerst naar Neil en daarna naar Caroline. 'Heeft ze jou verteld hoe ze dat wist, Caroline?'

Caroline fronste haar wenkbrauwen en draaide zich om naar haar moeder.

'Ik wist het gewoon,' zei Judith. 'Een moeder weet dat soort dingen.'

'Nee, Judith. Jij wist dat ik hem heb vermoord omdat je wist dat ik daar een goede reden voor had.'

'Waar heeft ze het over?' vroeg Caroline.

'Joe had mijn zus vermoord.'

'Dat is niet waar,' zei Caroline met de stem van een verongelijkt kind.

'Joe had Claire vermoord,' zei Maya. 'En je moeder wist dat.'

'Mama?'

Judiths ogen schoten vuur. 'Claire chanteerde ons,' zei ze.

Caroline: 'Mama...'

'Of erger nog, Claire probeerde ons allemaal te gronde te richten... de goede naam en het fortuin van de Burketts. Joe heeft alleen geprobeerd haar tegen te houden. Haar tot rede te brengen.'

'Hij heeft haar gemarteld,' zei Maya.

'Hij is in paniek geraakt. Dat geef ik toe. Ze wilde hem niet vertellen wat ze had gedaan. Ze weigerde hem de informatie terug te geven. Ik praat niet goed wat hij heeft gedaan, maar het was je zus die dit in gang heeft gezet. Zij probeerde onze familie te gronde te richten. En jij, Maya, zou dat moeten begrijpen. Zij was de vijand. En als je de vijand aanvalt, doe je dat met volle kracht. Je vecht terug met alles wat je hebt. Zonder genade.'

Maya voelde de woede in zich omhoogkomen, maar ze weigerde zich eraan over te geven. 'Je bent een dom, kwaadaardig mens, Judith.'

'Hé!' Het was Neil, die zijn moeder te hulp schoot. 'Zo is het genoeg.'

'Je begrijpt het nog steeds niet, hè, Neil? Denk je nu echt dat Joe het familiefortuin beschermde? Dat het alleen om EAC Pharmaceuticals ging?'

Neil keek zijn moeder aan met een blik die bevestigde dat Maya gelijk had. Maya schoot bijna in de lach. Ze wendde zich weer tot Judith.

'Dat had Joe je verteld, hè? Dat Claire de info over jullie farmaceutische bedrog boven water had gekregen. En toen je alles om je heen zag instorten, had jij, Neil, geen vertrouwen meer in mammies plan. Je raakte in paniek en hebt die vier kidnappers achter me aan gestuurd. Je wilde weten hoeveel ik wist. En je hebt ze verteld dat ik mentaal labiel was. Dat ik, als ze tegen me zeiden dat ze me naar Joe zouden brengen, waarschijnlijk compleet zou instorten?'

Neil keek haar met onverhulde haat aan. 'Dat we je in elk geval aan het twijfelen zouden maken.'

Judith sloot haar ogen. 'Stommeling,' mompelde ze.

'"Joe wacht op je," zei die ene kidnapper tegen me. En dat was je grote fout, Neil. Want zie je, als Joe erachter zat, als hij die vier achter me aan had gestuurd, zou hij ze gewaarschuwd hebben dat ik gewapend zou zijn. Maar die gasten wisten dat niet.'

'Maya?'

Het was Judith.

'Jij hebt mijn zoon vermoord.'

'Hij heeft mijn zus vermoord.'

'Joe is dood, dus híj kan niet meer berecht worden. Maar wij hebben nu drie getuigen die je bekentenis hebben gehoord. We gaan je aangeven.'

'Je vergeet iets,' zei Maya. 'Joe heeft niet alleen mijn zus vermoord. Hij heeft Theo Mora vermoord...'

'Dat was uit de hand gelopen kattenkwaad.'

'Hij heeft Tom Douglass vermoord...'

'Dat kun je niet bewijzen.'

'... én hij heeft zijn eigen broer vermoord.'

Daar hadden ze niet van terug. Even bleef het volmaakt stil, het soort loodzware stilte waarin zelfs het meubilair zijn adem leek in te houden.

'Mama?' Het was Caroline die de stilte verbrak. 'Dat is niet waar, hè?'

‘Natuurlijk niet,’ zei Judith.

‘Het is wel waar,’ zei Maya. ‘Joe heeft Andrew vermoord.’

Caroline draaide zich om naar Judith. ‘Mama?’

‘Je moet niet naar haar luisteren. Ze liegt.’

Maar er was nu een lichte trilling hoorbaar in Judiths stem.

‘Ik heb Christopher Swain vandaag gesproken, Judith. Hij vertelde me dat Andrew op instorten stond, toen op dat jacht, en dat Andrew tegen Joe zei dat hij ze allemaal ging aangeven voor wat ze met Theo hadden gedaan. Dat Andrew daarna naar het bovendek is gegaan. En dat Joe hem even later achterna is gegaan.’

Stilte.

Caroline begon te huilen. Neil keek zijn moeder aan met een smekende, hulpbehoevende blik.

‘Dat hoeft niet te betekenen dat Joe hem heeft vermoord,’ zei Judith. ‘Misschien geloof jij in die gruwelijke fantasie die aan jouw zieke geest is ontsproten, maar je hebt me zelf verteld wat er is gebeurd. Dat was de waarheid.’

Maya knikte. ‘Dat Andrew overboord is gesprongen. Dat hij zelf een eind aan zijn leven heeft gemaakt.’

‘Ja.’

‘En dat Joe dat had gezien. Wat hij mij destijds heeft verteld.’

‘Ja, natuurlijk.’

‘Maar zo is het niet gebeurd. Joe en Andrew waren om één uur ’s nachts aan dek gegaan.’

‘Dat klopt.’

‘Maar Andrew werd pas de volgende ochtend als vermist gemeld.’ Maya hield haar hoofd schuin. ‘Denk je niet dat als Joe had gezien dat zijn broer overboord sprong, hij meteen alarm zou hebben geslagen?’

Judiths ogen werden groot alsof ze een stomp in haar maag had gekregen. Maya begreep het nu. Ook Judith had het voor zichzelf ontkend. Ze wist het al lang, maar ze had het niet willen weten. Het is verbazingwekkend hoe blind we kunnen zijn voor waarheden die zo onmiskenbaar zijn.

Judith viel op haar knieën.

'Mama?' zei Neil.

Judith begon te janken als een gewond dier. 'Dit kan niet waar zijn.'

'Het is waar,' zei Maya, en ze stond op uit de fauteuil. 'Joe heeft Theo Mora vermoord. Hij heeft Andrew vermoord. Hij heeft Claire vermoord. Hij heeft Tom Douglass vermoord. Hoeveel mensen heeft hij nog meer vermoord, Judith? In groep acht heeft hij een jongen bijna de hersens ingeslagen met een honkbalknuppel. Op high school heeft hij een jongen bijna levend laten verbranden vanwege een meisje. Joseph senior heeft het aan hem gezien. Daarom heeft hij de leiding van het bedrijf aan Neil overgedragen.'

Judith bleef haar hoofd maar schudden.

'Je hebt een moordenaar grootgebracht en keer op keer in bescherming genomen.'

'En jij bent met hem getrouwd.'

Maya knikte. 'Ja.'

'Maakte hij echt geen grapje toen hij die revolver op je richtte?'

'Absoluut niet.'

Judith, nog steeds op haar knieën, keek naar haar op. 'En toen heb je hem geëxecuteerd.'

Maya zei niets.

'Het was geen zelfverdediging. Je had hem kunnen aangeven.'

'Ja.'

'Maar je hebt ervoor gekozen hem dood te schieten.'

'Omdat jij hem weer in bescherming zou hebben genomen, Judith. Dat kon ik niet riskeren.' Maya deed een stap naar de deur toe. Neil en Caroline gingen achteruit. 'Wat niet betekent dat alles nu niet zal uitkomen.'

'Als dat gebeurt,' zei Judith, 'ga jij voor de rest van je leven naar de gevangenis.'

'Ja, waarschijnlijk wel. Maar de EAC Pharmaceuticals-zaak zal ook aan het licht komen. Het is afgelopen, voor ons allemaal. Er is niks meer over.'

'Wacht,' zei Judith, en ze stond op.

Maya bleef staan.

'Misschien kunnen we een deal sluiten.'

Neil zei: 'Ma, waar heb je het over?'

'Stil.' Ze keek Maya aan. 'Jij wilde gerechtigheid voor je zus. Die heb je nu. We kunnen elkaar tegemoetkomen.'

'Mama?'

'Luister even naar me, wil je?' Ze legde haar handen op Maya's schouders. 'We geven Joe de schuld van het EAC Pharmaceuticals-schandaal. We suggereren dat dat waarschijnlijk tot zijn dood heeft geleid. Begrijp je het dan niet? Niemand hoeft de waarheid te weten. Het recht krijgt zijn loop en misschien... Misschien had je wel gelijk, Maya. Ik... ik ben Eva, en ik heb Kaïn grootgebracht om Abel te doden. Ik had beter moeten weten. Ik weet niet of ik mezelf ooit nog in de ogen zal kunnen kijken of iets recht zal kunnen zetten, maar als we allemaal ons hoofd erbij houden, kan ik mijn andere twee kinderen redden. En kan ik jou ook redden, Maya.'

'Het is te laat voor deals, Judith,' zei Maya.

'Ze heeft gelijk, ma.'

Het was Neil. Toen Maya zich omdraaide, zag ze dat hij een pistool op haar richtte. 'Maar ik heb een beter plan,' zei hij tegen Maya. 'Jij hebt Hectors pick-up gestolen. Je hebt in ons huis ingebroken en je bent natuurlijk gewapend. Je hebt bekend dat je Joe hebt vermoord en je bent hier om ons ook te vermoorden. Alleen heb ik eerder geschoten dan jij. We geven Joe de schuld van het EAC-schandaal, dus we hoeven niet meer de rest van ons leven achterom te kijken.'

Neil keek zijn moeder aan. Er verscheen een glimlach om Judiths mond. Caroline knikte. De familie had de gelederen weer gesloten.

Neil vuurde drie keer.

Poëtisch, bedacht Maya. Zo veel keer had ze ook op Joe geschoten.

Maya zakte in elkaar op de vloer. Ze lag op haar rug, met haar armen en benen gespreid. Ze kon zich niet bewegen. Ze had verwacht dat ze het nu koud zou krijgen, maar dat gebeurde niet. De drie stemmen kwamen in flarden tot haar.

'Niemand zal ooit weten...'

'Controleer haar zakken.'

'Ze is niet gewapend...'

Maya glimlachte en keek naar de open haard.

'Wat ligt ze daar nou te glimlachen?'

'Wat is dat op de schoorsteenmantel? Het lijkt wel een...'

'O nee...'

Maya knipperde met haar ogen en sloot ze toen. Ze wachtte tot de geluiden – het geklapwiek van haar helikopter, het automatischgeweervuur, het geschreeuw – de aanval op haar zouden openen. Maar dat gebeurde niet. Niet deze keer. Nooit meer.

Alleen nog duisternis en stilte, en daarna, eindelijk, rust.

34

Vijfentwintig jaar later

De liftdeuren hebben zich bijna gesloten als ik een vrouwenstem mijn naam hoor roepen.

'Shane?'

Ik steek mijn hand in de opening en de deuren gaan weer open. 'Hallo, Eileen.'

Ze stapt snel in, glimlacht en kust me op de wang. 'Dat is lang geleden.'

'Te lang.'

'Je ziet er goed uit, Shane.'

'Jij ook, Eileen.'

'Ik heb het gehoord van je nieuwe knie. Voelt het goed?'

Ik maak een achteloos wuivend gebaar. We glimlachen allebei.

Het is een mooie dag.

'Hoe gaat het met je kinderen?' vraag ik.

'Heel goed. Had ik je al verteld dat Missy lesgeeft op Vassar?'

'Ze is altijd al slim geweest. Net als haar moeder.'

Eileen legt haar hand op mijn onderarm en laat hem daar liggen. We zijn allebei nog steeds alleen, hoewel we elkaar destijds een paar keer hebben opgezocht. Meer zeg ik er niet over. We vervolgen onze weg in stilte.

Inmiddels heeft iedereen ter wereld de video van Maya's nannycam, die ze op Farnwood op de schoorsteenmantel had gezet, wel gezien, want die is 'viral' gegaan, zoals ze dat destijds noemden wanneer iets belangrijk was, dus zal ik jullie de rest van het verhaal vertellen, voor zover het me bekend is.

Die avond, nadat Maya me had gevraagd om een oogje op Hector en Isabella te houden, had ze gebeld met iemand die met Corey the Whistle samenwerkte. Hoe die persoon heette, heb ik nooit geweten. Niemand wist dat. Ze hadden de nannycam gekoppeld aan een live feed, wat in het kort inhield dat de hele wereld kon meekijken met wat er die avond in het huis van de Burketts plaatsvond. Live... terwijl het gebeurde. Corey the Whistle was destijds al een redelijk grote ster aan het firmament – het speelde zich af in de tijd dat dit soort transparantie nog in de kinderschoenen stond – maar na deze avond zou zijn website pas echt een van de grootste van het hele internet worden. Het was duidelijk dat ik een persoonlijke grief tegen Corey koesterde omdat hij onze missie openbaar had gemaakt. Maar uiteindelijk had Corey the Whistle veel goed werk gedaan met de publiciteit die Maya hem die avond had opgeleverd. Angstige, beschadigde en machteloze mensen, die tot dan toe te bang waren geweest om de waarheid te vertellen, hadden het dankzij Corey aangedurfd om hun mond open te doen. Corrupte regeringen en bedrijven waren aan de schandpaal genageld.

Dit was uiteindelijk Maya's bedoeling geweest: de waarheid, die voor iedereen ter wereld live werd blootgelegd. Alleen had niemand deze afloop verwacht.

Een moord, die recht voor onze ogen werd gepleegd.

De liftdeuren gaan open.

'Na jou,' zeg ik tegen Eileen.

'Dank je, Shane.'

Als we samen de gang in lopen, ik nog steeds een beetje hinkend vanwege mijn nieuwe knie, voel ik mijn hart gloeien in mijn borstkas. Ik moet bekennen dat ik emotioneler ben geworden naarmate ik ouder word. Ik heb de neiging vol te schieten als er iets moois gebeurt.

Als ik de hoek om loop en de ziekenhuiskamer binnenga, is Daniel Walker de eerste die ik zie. Hij is inmiddels negenendertig en een meter negentig groot. Hij werkt hier in het ziekenhuis, drie verdiepingen hoger, als radioloog. Naast hem staat zijn zus, Alexa. Zij is zevenendertig en heeft zelf al een kindje. Alexa doet webdesign, ook al weet ik niet in welke sector.

Beiden begroeten me met een omhelzing en een kus op mijn wang.

Eddie Walker is er ook, en zijn vrouw Selina. Eddie is bijna tien jaar weduwnaar geweest voordat hij hertrouwde. Selina is een fantastische vrouw, en ik ben blij dat Eddie uiteindelijk, na Claire, gelukkig in de liefde is geworden. Eddie en ik schudden elkaar de hand en omhelzen elkaar halfslachtig, zoals mannen dat meestal doen.

Dan kijk ik naar het bed waarin Lily haar pasgeboren kindje in haar armen houdt.

Kaboem! Mijn hart springt bijna uit mijn borstkas.

Ik weet niet of Maya wist dat ze zou gaan sterven toen ze die avond naar het huis van de Burketts ging. Ze had haar pistool in de pick-up laten liggen. Er zijn mensen die zeggen dat ze dat expres heeft gedaan, om te voorkomen dat de Burketts zich op zelfverdediging zouden beroepen. Misschien wel. Maya had me een brief geschreven de dag voordat ze werd vermoord. En ook aan Eddie. Ze wilde dat Eddie voor Lily zou zorgen als haar iets overkwam. Eddie had dat op onovertrefbare wijze gedaan. Maya schreef dat ze hoopte dat Daniel en Alexa als de oudere broer en zus voor haar dochter zouden willen zijn. Dat waren ze geweest, en veel meer nog dan dat. Eileen en ik werden tot Lily's peetmoeder en peetvader benoemd. Maya wilde graag dat we deel van Lily's leven bleven uitmaken. Dat hebben Eileen en ik gedaan, hoewel Lily, door de geweldige zorg van Eddie, Daniel, Alexa en later Selina, ons niet echt nodig had.

Maar ik ben in Lily's buurt gebleven – en zal dat blijven doen – omdat ik van haar houd met een kracht die normaliter alleen een vader voor zijn eigen kind ervaart. Of misschien ben ik ook voor iets anders gebleven. Lily lijkt sprekend op haar moeder. Niet alleen uiterlijk, maar ook in haar gedrag. Als ik bij haar ben en dingen voor haar doe, heb ik het gevoel weer even bij Maya te zijn. Dat klinkt misschien egoïstisch, ik zou het echt niet weten. Maar ik mis Maya. Soms, als ik Lily thuisbracht na een honkbalwedstrijd of nadat we naar de bioscoop waren geweest, had ik het gevoel dat ik daarna snel naar Maya toe moest om haar te vertellen wat we hadden gedaan en dat het uitstekend met Lily ging.

Raar, hè?

Vanuit het ziekenhuisbed kijkt Lily me aan en glimlacht naar me. Het is de glimlach van haar moeder, hoewel een stuk stralender dan ik die ooit van Maya heb gezien.

'Kijk, Shane!'

Lily herinnert zich niets van haar moeder. Dat doet me pijn.

'Goed gedaan, meisje.'

Natuurlijk hebben de mensen het vaak over de misdaden die Maya had gepleegd. Ze had die burgers gedood. Ze had, gerechtvaardigd of niet, een man in koelen bloede geëxecuteerd. Als ze was blijven leven, was ze de gevangenis in gegaan. Daar bestaat geen enkele twijfel over. Dus misschien had ze de dood verkozen boven een leven in de gevangenis. Misschien vond ze het belangrijker dat de Burketts te gronde werden gericht, dan in het leven van haar dochter te blijven terwijl ze wegkwijnde in een cel en de kans bleef bestaan dat haar schoonfamilie alsnog vrijuit zou gaan. Ik weet het echt niet.

Maar Maya had me verzekerd dat ze zich nooit schuldig had gevoeld over wat ze in het Midden-Oosten had gedaan. Ook daar heb ik mijn twijfels over. Door die afschuwelijke flashbacks die haar elke nacht bestookten. Mensen die geen berouw voelen, worden toch niet door hun daden achtervolgd, of wel soms?

Maar ze was een goed mens. Het kan me niet schelen wat anderen zeggen.

Eddie had me een keer verteld dat hij soms het gevoel had dat Maya de dood bij zich droeg, dat die haar achtervolgde. Een wat vreemde uitspraak, maar ik denk dat ik begrijp wat hij daarmee bedoelde. Na wat er in Irak was gebeurd, kon Maya de stemmen niet meer tot zwijgen brengen. Vanaf dat moment was de dood bij haar gebleven. En als ze probeerde eraan te ontsnappen, had de dood haar ingehaald en haar op de schouder getikt. Die weigerde haar met rust te laten. Ik denk dat Maya het ook zo voelde. En dat ze, meer nog dan al het andere, er zeker van wilde zijn dat de dood Lily met rust zou laten.

Maya had geen brief voor Lily achtergelaten, om die op een bepaalde leeftijd te openen of zoiets. Ze had Eddie niet verteld hoe hij Lily moest grootbrengen of waarom ze hem daarvoor had uitgekozen. Ze had het gewoon geweten. Ze wist dat hij de juiste persoon was. En dat was hij zeker geweest. Jaren geleden had Eddie me gevraagd hoe ik dacht over wat we Lily over haar biologische ouders moesten vertellen en wanneer. We hadden het geen van beiden geweten. Maya had meer dan eens gezegd dat er voor de opvoeding van kinderen geen handleiding bestaat. Ze had het aan ons overgelaten. Ze had erop vertrouwd dat wij zouden doen wat het beste voor Lily was, en als de tijd er rijp voor was.

Uiteindelijk, toen Lily oud genoeg was om het te begrijpen, hebben we het haar verteld.

De smerigste waarheid, vonden wij, was beter dan de mooiste leugen.

Dean Vanech, Lily's man, komt de kamer binnenstormen, loopt naar het bed en kust zijn vrouw.

'Hé, Shane.'

'Gefeliciteerd, Dean.'

'Dank je.'

Dean is beroepsmilitair. Ik durf te wedden dat Maya dat prachtig zou hebben gevonden. Hij gaat op de rand van het bed zitten en het dolgelukkige paar bewondert hun kind zoals kersverse ouders dat doen, zoals het hoort. Ik kijk om naar Eddie. De tranen staan in zijn ogen. Ik knik naar hem.

'Opa,' zeg ik tegen hem.

Eddie is niet in staat iets terug te zeggen. Hij verdient dit moment. Dankzij hem heeft Lily een geweldige kindertijd gehad en daar ben ik hem dankbaar voor. Ik zal er altijd voor hem zijn. Voor Daniel en Alexa zal ik er ook altijd zijn. En voor Lily, dat spreekt vanzelf.

Maya wist dat, natuurlijk.

'Shane?'

'Ja, Lily?'

'Wil jij haar even vasthouden?'

'Nou, weet je het zeker? Ik ben niet zo handig in dat soort dingen.'

Maar daar wil Lily niet van horen. 'Je kunt het, geloof me.'

Mij vertellen wat ik moet doen. Net als haar moeder.

Ik ga naast het bed staan en zij reikt me de baby aan, zorgt ervoor dat het hoofdje in de vouw van mijn elleboog rust. Ik kijk naar het gezichtje en voel iets wat aan ontzag grenst.

'We noemen haar Maya,' zegt Lily.

Ik knik, want nu ben ik degene die geen woord kan uitbrengen.

Maya – de oude Maya, míjn Maya – en ik hebben veel mensen zien sterven. We hadden het vaak over de dood, die volgens ons definitief was. Dood is dood, zei Maya dan. Je sterft en dat is het einde. Maar nu ik hier sta ben ik daar niet zo zeker meer van. Ik kijk omlaag en denk dat Maya en ik het wat dit betreft misschien bij het verkeerde eind hebben gehad.

Ze is hier. Ik weet het zeker.

DANKWOORD

De auteur – dat ben ik – wil graag de volgende mensen bedanken: Rick Friedman, Linda Fairstein, Kevin Marcy, Pete Miscia, luitenant-kolonel T. Mark McCurley van de Amerikaanse luchtmacht, Diane Discepolo, Rick Kronberg, Ben Sevier, Christine Ball, Jamie Knapp, Carrie Swetonic, Stephanie Kelly, Selina Walker, Lisa Erbach Vance, Eliane Benisti en Françoise Triffaux. Ze zullen vast wel weer fouten hebben gemaakt, maar laten we ze niet te hard aanpakken.

De auteur – nog steeds ik – is ook de volgende mensen erkentelijk: Marian Barford, Tom Douglass, Eileen Finn, Heather Howell, Fred Katen, Roger Kierce, Neil Kornfeld, Melissa Lee, Mary McLeod, Julian Rubinstein, Corey Rudzinski, Kitty Shum en dr. Christopher Swain. Deze mensen (of hun dierbaren) hebben genereuze donaties gedaan aan goede doelen van mijn keuze, en als dank daarvoor heb ik hun namen in dit boek gebruikt. Als je het leuk vindt om in een van mijn volgende boeken voor te komen, ga dan naar WWW.HARLANCOBEN.COM of stuur een e-mail aan GIVING@HARLANCOBEN.COM voor meer informatie.

Ten slotte ben ik er extreem trots op dat ik ooit het Amerikaanse leger van dienst heb mogen zijn. Diverse bescheiden militairen, zowel mannen als vrouwen, hebben vrijuit tegen me gesproken, onder de voorwaarde dat ik hun namen niet zou noemen, en dat ik respect zou tonen voor hun vele moedige krijgsmakkers en hun families, die nog steeds lijden ten gevolge van de psychische schade die ze als vrijwilliger hebben opgelopen in een krijgsmacht die meer dan tien jaar bij diverse oorlogen betrokken is geweest.